支持单位

成都市文学艺术界联合会

出品单位

四川师范大学文学院
成都市李劼人研究学会

四川新文学大系

小说编　·第七卷·

总　　编　　王嘉陵　刘　敏

副 总 编　　张义奇　曾智中

本编主编　　谭光辉

四川文艺出版社

图书在版编目（CIP）数据

四川新文学大系. 小说编：共七卷 / 王嘉陵，刘敏
总编；张义奇，曾智中副总编；谭光辉主编. — 成都：
四川文艺出版社，2024.8
　ISBN 978-7-5411-6547-4

Ⅰ. ①四… Ⅱ. ①王… ②刘… ③张… ④曾… ⑤谭
… Ⅲ. ①中国文学－现代文学－作品综合集－四川②小说
集－中国－现代 Ⅳ. ①I218.71

中国国家版本馆 CIP 数据核字（2023）第 216296 号

SICHUAN XINWENXUE DAXI·XIAOSHUOBIAN（DIQIJUAN）

四川新文学大系·小说编（第七卷）

总编　王嘉陵　刘　敏　副总编　张义奇　曾智中
本编主编　谭光辉

出 品 人	冯　静
策划组稿	张庆宁
书稿统筹	宋　玥　罗月婷
责任编辑	张亮亮　任子乐
封面设计	魏晓舸
版式设计	史小燕
责任校对	段　敏　张雁飞
责任印制	桑　蓉　崔　娜

出版发行　四川文艺出版社（成都市锦江区三色路 238 号）
网　　址　www.scwys.com
电　　话　028-86361802（发行部）　028-86361781（编辑部）

邮购地址　成都市锦江区三色路 238 号四川文艺出版社邮购部　610023
排　　版　四川胜翔数码印务设计有限公司
印　　刷　成都东江印务有限公司
成品尺寸　148mm×210mm　　　　开　　本　32 开
印　　张　89.25　　　　　　　　字　　数　2360 千
版　　次　2024 年 8 月第一版　　印　　次　2024 年 8 月第一次印刷
书　　号　ISBN 978-7-5411-6547-4
定　　价　486.00 元（共七卷）

编选凡例

一、本编收录小说以全面性、代表性、稀缺性、本土性为主要编选原则。全面性是指尽量涵盖20世纪上半叶巴蜀小说家；代表性是指在考虑其他各点的前提下尽量选择小说家有代表性的作品；稀缺性是指尽量选择曾经发表但未再版或未收入全集的作品；本土性是指尽量选取籍贯或出生地为巴蜀地区的小说家，侨寓作家不收录。

二、本编的小说以收录和存目两种方式呈现。收录作品尽量考虑稀缺性；存目作品尽量考虑重要性和代表性。

三、本编收录的小说，尽量以最初的版本为依据，呈现小说发表或出版之初的原始面貌。个别无法找到原始版本的作品，以再版时间更早的版本为依据。

四、本编分为"长、中篇小说"和"中、短篇小说"两大部分。为查询方便起见，每一部分的编排以作家姓名拼音字母排序。同一个作家的作品，以发表或出版的时间先后为序。

五、为控制篇幅，部分长篇小说采取了节选的方式。

六、为保持作品原貌，字词的旧用法不做更改。比如"的、地、得、底""哪里、那里""想像、想象""甚么、什么"之类，或因作家习惯等造成的不同写法，不影响理解的都依原稿版本，不按现行标准修改。

目录

中、短篇小说

王余杞

博士夫人

一天雪后的黄昏，天空中仍旧密布着彤云。街上虽是死寂无声，但呼呼的北风，却只不住地怒吼。整个的大地，全蒙上了一层皎洁的素色，愈显得清旷莹明了。

博士夫人披着大衣，挟着书包，怀着满腔的心事匆匆走出了学校，冒着寒风直奔向家里去。她想：博士得了她发去的电，一定已经赶回来了。所以她在上最后一堂课的时候，心里似乎总不大安定：眼光紧注着壁间的自鸣钟，自己也不知道嘴里讲了些什么；好容易才盼到打下堂钟了。她如像得了大赦的囚犯似的，忙跑到教员休息室去穿好大衣，也等不得家里的包车来接，就提着书包先自走了。本来，从学校到她家的距离并不算远，但她今天觉得似乎有千里之隔一般。迎头几阵北风，使她感觉到异样的寒冷。紧紧地把头上的绒帽往下一拉，耸着肩，低着头，一步不等一步地走去。脚下踏着白雪，发出咯咯吱吱的声响，这使她的心绪忙乱起来。

她刚走到了自家门首，就把电铃按了一按。门开处随现出一个中年的妈子来，她好像是猜着了她的女主人要在这时回家，早已经在里边候着了似的。

夫人见了她就问：

"老爷呢？"

"还没有回来。"

这个回答简直是出于夫人意想之外而且似乎给了她一种重大的打击；两眼发昏，身子几乎有些立不稳了。只好等那妈子关好了门，扶着她的双肩慢慢地走上楼去。

进了屋子，扔下书包，和衣倒在床上。无聊的恐怖，占据了她的心头：她最怕的是博士一旦知道了她的历史而在她们俩的爱情上发生障碍。她想：——他们既然很相好，在此次聚会的时候，他没有不告诉他的；而且他要是借机会寻报复，更可以推波助澜的多加上些废话了。他的性情又不好，我岂不被他葬送了吗？……她心里愈怕得厉害了。她觉得这不幸的将来的实现，不但是可能而且是毫无疑义的。于是，她脆弱的心灵，只有默默地向他哀求。

"可爱的人，你恕了我吧！从前的事，怪我不得，只应该怪我的舅舅呀！哥哥，你别灰心吧，我们还是可以相爱的——不，可以见面的！"

暮色渐渐地袭进了窗子，屋里的一切陈设都有些模糊了；只有从洋灯里漏出的火光，更显得鲜红可爱。这时，妈子上来把灯开了，白色的灯光，立刻洒遍了满屋。她的两眼受了这种刺激，几乎张不开来；而烦躁的脑筋里也觉得似乎有许多千百斤重的铁块，不住地在里边往返撞碰，使她痛得发昏。于是，翻身向里，急急地招呼，说：

"关了吧，不用开了！"

"奶奶，起来坐坐吧！一会就要开饭了。"

"……，"妈子站了一会等不着回答，只得轻轻地走了出去。

幻想随着妈子步伐的消灭又立刻袭进了她的脑筋来。从前的感觉，像画画般在那里一幕一幕地沉淀了。

三年前的一天新秋早上，我和伯文俩紧靠着坐在公园后边的一株古柏下的木凳上。这时因为时间还早，里面的游人也不很多。我们面对着城楼，望见那庄严的建筑物上的黄瓦，正在和那秋阳争辉，而城下的一排瘦影临淌的乘柳，已不住翩翩起舞。我们受了这自然的薰陶，相互地对瞟了一眼，心里感到有种说不出的愉快。虽然大家都没多说话，而眉边口角却总显露着一种不可掩饰的笑容。

他似乎是情不自禁了，紧紧地偎着我说：

"妹，明天以后你就是属于我的了！"说着高兴得笑出声来。

"好不害臊，不怕别人听着，"我羞红了脸，假正经地说。其实，也就要笑出来了——只好用手巾紧紧按着自己的嘴。

"我从前向你说的话你还记得吗？"他突然敛了笑容，正经地问。

"什么？"我微微地吃了一惊。

"我说过很多呀！还指出了三点。"

"我实在想不上来，好人，你再告诉我一次罢！"

"哈哈！就是：我第一爱你那一双秋水……"

我已经明白他下面的话了，急急叫他，说：

"不用说了，我知道的！"

但他不睬，还装做读古文的声响来继着说：

"我第二爱你那一对乳峰……"

我急忙用手去按他的嘴，他把头一偏，眼光注着我的腰间说：

"第三我爱你那裙下的一点。"他又拉我坐在他的怀里，深深地吻了一会。

我费了不少的气力才挣扎起来，理着衣角埋怨他说：

“日子长得很呢，你何必急忙在这一会！——说正经话吧：我还要到我舅舅家里去一趟。你想：我的父母又不在了，最亲的人只有个婶婶和舅舅。明天订婚的事，也得向他们说说才是。婶婶是已经知道了的，不用说了；舅舅家里我总得去一趟。哎！可怜我这没娘没老子的人！”我悽然欲泪了，只得急急拉了他走出公园。

我坐车到舅舅家里，一进门就瞧见他从客厅的玻璃窗里招呼我。我随着就走了进去。

客厅里除舅舅而外，还有一位顶漂亮的少年。他的面孔很像伯文而丰神尤似过之。我想：如果他能像这人一样，那就最好不过了。心里一动念，脸上就先红了，只差得低下了头。

“让我来替你们介绍吧，”舅舅指着那少年向我说，“这位是我的好朋友，科伦比亚的法学博士张先生，最近才回国来的。”

随着也把我的名姓说了，于是互相深深的一鞠躬。

在一席谈话中，我了解了他是怎样一个人：他的学问好，他的言语漂亮，他的一切举动都似乎更高人一等。最使我钦佩的还是他为天下女子抱不平的那篇言论。他说：

“天下的女子，个个都是天才，都要比男子强千万倍。只是处于不平等的环境之下，竟自埋没了许多。我主张解放女子的一切束缚而来办社会上的各种事务，其成绩，必定更比男子们办的良好。”

他还附带的声明：他正物色终身的伴侣，如果成功，就得以身作则地让她来管他的一切。

他说一句，我也随着点头。我觉得他说的，句句都是我心里所要说的话。我整个的心，全被他所占有了。同时，我又想到早上的事来：伯文未免太小视我了，他还说我是他“所有的”，他简直没把女子当作“人”！他还配作我的丈夫吗？……

“奶奶，开饭了，请起来吧！”妈子又来招呼她了。

她此时坠入了无涯的回想，肚子一点也不觉得饿；只吩咐她：

"我人不大好，不吃了，你去告诉声太太。"

妈子去了，她极力的镇静，想把刚才的回忆继续下去，但复杂的脑经偏不受她的指挥。因为受了刚才妈子说话的影响，翻来覆去，只觉得一碗一碗的菜陈列在她眼前。她烦燥极了，却也无法可想，只好任它自然地发展下去。

她由吃饭的形景而忆起今年夏天的一段故事来：

那是她和博士已经结婚的一年后了。他们正在乡里消夏。一天早上，博士进来告诉她，外面来了个他从前的朋友，因为路过此地，特来谈谈。他已留下了他吃饭，可以略备几味待客的菜。

她在厨房里安排了半天，脑经早被油烟气薰晕了，只得进屋里去躺一会。听差进去招呼，她才懒懒地出来。她远远望见来客，就觉很熟，仔细一瞧，果然不差！原来就是那三年前在公园柏树下拥抱着她的他哟！

他们俩不自然地对看一眼之后，大家都觉得很难为情。她更是满脸涨得绯红，心儿也跳个不止；至于他，也只好匆匆地吃完饭就告别去了。

晚间，博士又提起了他。还说他们的感情很好：名为朋友，暗如兄弟，从不曾分过彼此。后来因为大家少有写信，回国来竟没有会着。只听人些说他因失恋而逃跑了。

"你别说了吧，什么好朋友，你看他那满脸的横肉！还有一层，他既和你相好，又是多年不见，就应该多谈几天才是；怎样刚来又马上就跑了！他岂不是做贼心虚吗？"她听了他的话心里非常恐怖：她怕将来博士会从他朋友口中知道她的历史而看轻她。因此说了这番话来离间他们。

"你别以貌取人吧，在先时，他比我还漂亮呢！我是相信他的。"

"你相信他，你不相信我吗？妻子反不如朋友，我几时死了才干净！"

"妻子是妻子，朋友是朋友，怎能够相提并论？"他走去拉着她的手，说，"老实告诉你吧：你死了，我也就不想活！"

几个月之后，博士得到伯文从天津寄来一信，说他因事被人牵连，快要判决了，请博士去救他一救。他于是马上就赶去了。她劝也劝不住，心里很不痛快，但口里又说不出来。想写信劝他回来，也知道不会生效果。过了两天，她才想出了一条妙计：她用她婶婶的名义拍一通急电到天津，说她自己因暴病死了，请他快回来办丧事。

楼下有人说话的声音，她以为是她的丈夫，细听去却又不是。她于是愤愤地说：

"不回来也好，我愿你一世也不回来！"

妈子走上楼来，说有封信问她要不要看。她答应了一声"要！"灯就随着开了。

她从床上坐起来，把信接来一看，才知是一封电报。找电码一查，却是下面的几个字：

"博士昨得夫人噩耗，晚自杀……"

她双眼发黑，往后便倒了。

妈子还在侧很关心的问：

"老爷明儿准回来吗？"

选自 1927 年《晨报副刊》第 1941、1968、1970、1971 号

都市里的乡下人

一

太太要到青岛避暑，吩咐张妈跟去。

"青岛，没听说过，是怎么样一个地方呢？"张妈有点茫然，边流着汗收拾自己的衣包，边自己问着自己。

"张奶奶，你多福气，跟太太上青岛去！"兼差厨子的刘妈一头钻进来，坐在炕头上直摇芭蕉扇，吐出一口羡慕而嫉妒的热气。

"真的，青岛，是个怎样的地方呢，刘奶奶？"

"喝，我那儿有福气知道呢！只听我爷爷说过，好，唔，好……"急得更出汗，却仍找不出一句适当的话语，咂咂嘴，叹一口气，"唉，我应该怎么样说呢？"

张妈懂得。——不需要多少赞美话，只凭这连连的两个"好"。

她的眼里发出了光，她的心在胸腔内忡忡地跳跃起来。这是第二次，第一次——

远在一百多里地的乡下的家，一家人在冻饿中苦挨着，担惊受怕辛苦一年。谁都没想白坐着吃，可是谁都没吃的。收成呢，一粒一粒地收回来，又一粒一粒地送出去。

"上城里去吧，上城里找活做。"

这个，不妨说是口号，由大伯从村里带回家来，宣传着，震荡了全家死寂的空气。

宣传变成事实，事实的表演者将属张妈。

"城里，城里是怎么样个地方呢?"张妈惶惑着问他们。

他们都没去过，他们答覆不上来；终还是大伯搓着双手，肯定地加上几个：

"好，好，城里准好!"

于是张妈第一次心跳了，眼里发出光。

跟着她到了城里，踏进了现在侍候着的太太的公馆。这公馆里的一切都使她感到新鲜：桌子椅子多光彩，靠近了照得出自个儿的影子；椅子和床都像有机关，一按往下让，手一放又起来。灯，不用上油，一拧就着了。桌上安放着一个木匣子，成天说着话，一会又唱了起来：

"……精已穷，

力已尽；

捕得了鱼儿腹内空!……"

她诧异得直发愕。

"这叫做无线电，"幸亏刘妈告诉了她，"刚才唱的是《渔光曲》，咱们太太也会，比它还唱得好呢。"

"城里真正好。"张妈也不容不这么说了。

可是——

头一个月的工钱全给媒行扣去。

第二个月的工钱又都捎回了家。

第三个月……

太太说："张妈，我带你上青岛去，你身上的衣服太寒伧了，得缝一件新的。"

摸摸身上，那里有钱呢，坐在上房直发愁。

看看下房里，阴暗，潮湿，满屋里总弥漫着一股臭味——张妈在太太屋里闻惯了香粉香水的香气，对于下房的臭味也发觉了。然而这下房，比了远于乡下的自己的家，还要周全得多，张妈敢嫌弃么？不，不；可是她觉得委屈：在乡下，乡下尽管不好，总是人人都一样，没把一样的人也分出个高低；城里虽说好，城里可不把人当人，像太太似的就在跟张妈皱眉头，嫌她寒伧。

"吃人饭，受人管。"衣服总得缝的，她含着一包眼泪。她找着刘妈：

"刘奶奶，太太叫我缝件衣裳，您借给我一块钱！"

"啊哟张奶奶。"刘妈咧开了牙。她心里正舒坦，去不成才活该呢；凭年青讨主人的欢喜，顺着竿儿往上爬，许别栽下来呀！

"我没有，"她做出十分抱歉，"谁冤您谁是那个，我没有。我，我也只有一块钱——那边杨家的张奶奶先和我说好了，她出一毛钱的利向我借。我……"

"那我也出一毛！"张妈红着脸抢接着，却又说得吞吞吐吐地。

"一毛钱我没答应她。"

"……"

"张奶奶，"她又转了口气，"我生长在城里，我是城里人，城里的人做事都有打算。咱们说开了！您先给我两毛钱利，我借您这一块钱。成不成？"

张妈心里一沉身子就发软，几乎没倒下炕去，但她仍然强自支持住。默默地站起来，默默地走出去，默默地站在上房门外，听见老爷已经回来，叽叽喳喳地和太太商量什么，便又默默地折转身，默默地回到下房，默默地坐在坑沿上。

接过刘妈交来八毛角票。还有两毛呢，作为利钱扣去了，心上感到给人剌了两刀似地疼痛。

"八毛钱足够了，张奶奶，"刘妈似乎是在安慰她，"东洋布才七分钱一尺，又便宜又漂亮，回头卖布的过来我叫门上李爷给您叫着吧。"

偷着工夫，新衣裳缝好了穿上身。

老爷向自己身上瞟了一眼，点上枝吉士牌烟卷，对着太太。

太太头也不回，一直对着镜子向襟上喷洒巴黎香水。

二

火车迈过女沽口，远处，张妈望见一片大水，她明白那叫做海。但她还是初次看见。对于水，她只习惯于一杯，一盆，一池，一湾，如今瞧着这么一大片，大得出乎想象之外。感到惊讶，嘴唇慢慢变白，颤抖。

太太又在叫她，原是叫她归集零星行李，瞧着她那么战战兢兢的样儿，自以为懂得似地笑了：

"张妈，你衣裳穿少了罢。这地方很凉快——这地方是没夏天的。快到了，你加上件衣裳，来把这些东西归集起来。"

不错，张妈也感到了冷。

脱下新缝的东洋布褂，塞上一件已经到处破烂的夹衣。冷是不冷了，可是东洋布褂是预备过夏的，缝得瘦了一点，塞上夹衣，紧绷绷怪不舒服，更是袖口衣插间，掩不住里面的旧敝，最砸太太的眼：

"哼，你没瞧瞧你自个儿这一身！"

太太过于爱好，因此便生了气。消这气的不是张妈，而是老爷。老爷俯在车窗上，叫太太：

"你瞧，前面就是青岛车站了。"

太太转过身去，他又才把嗓子压低：

"她是下人，你管她这些干吗呢？"

"给我丢脸！"太太生气原为的这个。

"谁还笑话到一个当老妈子的身上么？"

"那我为什么不带刘妈？刘妈还央求我过好几次呢，我嫌她老。张妈不是年青些？可是光凭年青那儿成？你瞧她那个怪模怪样儿，全青岛还能找出第二个！"

太太说的是实话。她下了火车，夹杂在一般高贵的人群里走出车站。坐上汽车，汽车在宽阔平整的太平路上飞驰着。马路两旁，一面是巍峨雄伟的洋楼；一面是海滨，栈桥，小青岛，水族馆，汇泉浴场……都一瞥就过。马路中间，能够给太太眼光所看到的尽是汽车，自然，像张妈这样的人，在汽车里即使是偶然也找不到的。

"怎么好叫我带她出去见人呢！"气咻咻地，仿佛余怒未息。

事实上这倒不是十分困难的问题：张妈不是来避暑的，就是身上拾缀得漂亮而又漂亮，也不能成天跟着太太四处跑。

吃过中饭，老爷穿着翻领衬衫短裤插，太太披上绣花睡衣，架上墨晶眼镜，手拉着手，蹦蹦跳跳地跑下浴场。这时张妈便应该开始收拾屋子：理被窝，洗地板，擦窗户，拭桌椅……

预备点心等老爷太太回来。

老爷太太回来了，又得侍候着打洗脸水，打洗澡水，收拾起脱下的衣服，搬取出收藏着的衣服。

然后，在晚上，老爷换上晚礼服漆皮鞋，太太穿上一身纱，一辆汽车，把他们载上跳舞场。

张妈又忙着一切事。没事也得等着。等到十二点，等到一点，等到两点……

在楼梯暗处的小房中，在暗淡昏黄的灯光下，在只有床板并无垫褥的铺位上，盘腿呆坐。疲劳，全身里给疲劳侵袭着。想睡，却不敢睡，任头垂在胸前，一颠一颠地直打盹。

虽然强自振作，仍不免堕入模糊，她不记得自己是在什么地方，忘记了是在万人称赞的青岛；反而记起，记起了——

那一个村子，那一个家，那一个家里的每个人。

每人戴上一张愁苦的脸。

为了活命，必须做事，从早晨做到夜晚，从夜晚做到深夜……

吐着气——他们抵抗着疲劳。

颠着头——同时张妈也被困于疲劳。

喝着冷汁——另一方面，老爷和太太借此安慰着疲劳。

"太晚了，该回去了。"老爷劝太太。

"不，"太太摇头，嘴里仍含着冷汁杯里的纸管，"今晚上的兴致很好，再跳一次华尔兹。"

乐队走上音乐台，四周的电灯同时熄灭，只舞场上疏疏落落地点缀着几朵幽暗的绿色灯光。幽暗得如入梦境，梦境里，迂回低婉的乐声流淌着。

太太斜偎于老爷胸上，听着乐声，沉迷欲醉，驰缓了步伐，在绿光下慢移着翩翩的影子。

乐声停止，大家拍手。

太太才满足地回转家中，把十分的高兴，特别分给张妈一分：

"多会我带你出去玩一天，张妈，总在家里蹲着不是白来了么？我想你许还不认识青岛是怎样个样儿呢！"

一分高兴张妈无心享受；她需要休息，需要睡眠，因为明天天亮就得起来浆洗衣服。

"吃人饭，受人管，"她又叹气了，"青岛是些什么样儿又碍着我那一档子事呢，一大家人的肚子还饿着的哩！"

三

一个晴明的早上，老爷太太破例起了个早，他们预备去逛德人遗留下的炮台。——太太没忘记张妈，她叫她把事情留到下午做，让她也去逛一回。

坐上一辆马车。双马在柏油路上传出细碎的蹄声，散布在如凉水一般的空气中，作成清浪的声响。

海湾里，绿树丛中，处处红顶洋楼，相映着更觉鲜明；海面上水波如皱。阳光照射着，远处是深蓝，近处是碧绿；一缕缕纱绡似的薄雾，忽然飘去了，忽然又飘来。

"多美哟，青岛！"老爷两眼微闭地直摇晃着头。

太太则因为起得太早，有时还不免微微打出个呵欠，但她的眼光，仍不住向四处轮射；一面又讲给张妈听：这儿是青岛咖啡，是最阔气的跳舞场。——这儿是东海饭店，是最阔气的旅馆，起码一间房间每天二十块。——这儿是湛山浴场，是最好的游泳地方，水最平，沙最细。……

这些，怎样也引不起张妈的兴趣：本来是，张妈平时站在桌旁，侍候着给太太盛饭。满桌的美味都看在她眼里，而吃到嘴的尽是些残汤剩水。现在，眼前即使有如何阔气的旅馆饭店，自己寄身的地方仍不过是一间楼梯暗角的小房；舞场浴场，和自己的生活无关，更觉隔膜。怎样能使她感到兴趣呢？

她只看到拉洋车的流着汗，一滴一滴地往下滴。

她还看到点点渔船，树叶般地飘浮在海上，冒着危险，争求活命。

"真美，在空阔的海面上点缀着几只渔船！"然而老爷又在闭目摇头地赞美着了。

于是太太跟着就曼声低唱——

"……精已穷，

力已尽，

捕得了鱼儿腹内空！……"

马车停下来。

相邻的三个炮台隐伏在丛林后。馒头似的圆盖，前面伸出一支炮管。

老爷说这是象征德国兵头上戴的钢盔，伸出的炮管则是从钢盔下伸出的枪管。

张妈不懂这个，她却只觉这直像个伸着脖子的乌龟罢了。

再上，还有两个更大的，一到已经给毁废了。

从后面，进入隧道。一个看守人在前领道。老爷将手杖交给太太，自己打着手电筒。

"太太，不要怕，没有危险。"看守人这么得体说了一句，便分述着全内部的组织和机构。

他比划着炮弹由地下小铁轨上运输的情形；他扳试着炮管上下左右挪动的枢钮。

沿着隧道通到炮台，旁边是一间一间的房：子弹室，司令室，侨民避难室，伤兵室……

伤兵室里墙上血迹斑斑，大家立刻觉得背心发冷，赶忙退出来。

而走到厨房里，看见满锅牛肉未动，听了看守人的"牛肉刚煮熟，没等到吃就跑了"，便都又笑了起来，松懈了刚才的紧张。

走出隧道，老爷第一个像要人似地向着太太和张妈发表谈话：

"这固然不能不说是一个伟大工程，但如在今日，已经觉得不足重视。在欧战时候，日本的军用飞机还不发达，只好用军舰进攻；若有飞机，轰毁这几个炮台是容易的事，也不至于费那么多的时日，牺牲了二十几只军舰，结果还是买通本地流氓领道才得攻下来。"

太太回头再望望隧道的出口，仿佛她正回忆着刚才所看到的一切景象，不禁失声说出：

"把整个的山挖空了来建筑多不易，真不知道该化多少钱呢，德国人真有钱！"

张妈因此而呆在那里痴想：干吗化这么多的钱，盖起这么个野兽妖魔似的住的地方，杀掉别人无数的人，又把自己无数的人给杀死？……她不明白的但她要想，想也没结果的反而像变成了一块硬块的东西紧压在心上。

太太向她说话她没听见。

猛然她瞧着戴在太太头上的是一张发怒的脸。

清朗的晴天也阴暗了下来，浓雾从海面上吹起，弥漫着，弥漫着，渐渐张开。

隐没了山峦，遮蔽了洋楼，藏躲了绿树……

得得马蹄声冲破浓雾前进。

上半天的休息却增加了下半天的事务：打水，烧饭，扫地，洗衣……张妈忙到深夜。

深夜，老爷太太在舞场里还没想到应该回来。

四

随太太在青岛住了两个月，张妈仍然是得了六块钱钞票。钞票，离家时大伯告诉过她："那是假的，你要现大洋。"不知道为吗现大洋全不见了，到处去换，都没换着。

为了这，张妈的心一直高悬着，高悬着随了太太离开青岛，转回城里。

听刘妈说，她家里人已经来等着她，早晚还来。

在大门门洞外，她会见那来人，那是她的丈夫。不用开口，张妈早知他的来意，马上从底襟袋里掏出那六张钞票。

那个面黄枯瘦的汉子，先还闪着炯炯目光直打量她身上穿着用东洋布做的衣裳；现在瞧见掏出来的是钞票，纹皱满脸的面孔上也绷得紧紧的：

"我说，你简直变了！瞧你穿这一身，真成了个城里的人；村里是怎样的光，大概你早就忘掉了吧！……"

张妈抄着双手，深低着头。句句话打进心，激动起满腔冤抑；鼻尖一酸，一滴豆大般的泪珠滚滚落在新衣前襟上，浸湿了圆圆一小块。

"我说，"丈夫搓揉着六张钞票，又接着，"你有福可享了，可也该想想咱们村里那般穷苦人！这几张软软的纸，咱们那里谁乐意用？给我换成现大洋也不能够？"

"你别这么说吧！……"语音里充满了哭声，张妈说不下去，仿佛一个什么东西哽住她的喉头。

门洞外经过的行人，都边走着边把眼光向这里扫射；门里的李爷，也探头出来望了两次。他们都有很多的话，但他们都无法说出。

末了还是那做丈夫的谆谆地反覆说了几次"别跟城里人学，我等着你回乡下来"才匆匆走了。

张妈呆站着，她在呼吸由她丈夫带来的乡村气味，然而这气味又随她丈夫的离去而带走了。她嗒然若失，驰缓了步子，走进门来。

太太在洗澡间洗澡，刘妈正从太太房里出来，手揣在怀里像是揣藏什么东西。撞着张妈脸上一红，跟着又变成了恶狠狠地：

"张奶奶，太太刚才还叫你呢，你快去吧！"

太太的澡还没洗完，从青岛带回来的皮箱有几只已经打开着。她只得退出来。

回到下房，刘妈就开始问她要账。

"张奶，"她开口，"你跟太太上青岛，不用说得了很多好处的喽！你借我那块钱呢，该还给我了吧，要有富余的，我还要求你借我点呢。"

"对不起，刘奶奶，"提起钱，张妈就万分痛苦，虽是对着刘妈，也愿意倾泻一番，"这年头，穷人是只有苦日子过的。我跟太太上青岛，白辛苦两个月，一个小钱也没捞着，干干脆脆还是那六块钱。家里等着要吃的，刚才我当家的找了来，我全给了他。借你那块钱，对不起，我求你宽宽期！"

"可是我马上等着用呢，"那个却直瞥着嘴，"今儿个怎么样也得还我。不么？要不，咱们回太太说理去！"

沉默。沉默里张妈听到太太在上房里叫。

"我在青岛新买的那条衬裙呢?"太太劈头就问。

"在那只箱子里。"张妈记得非常清楚。

"你找！"

找，没有。——别的箱子也翻遍了，也没有。

上那儿去了呢? 张妈背心直出冷汗。

太太又在发话:

"这些箱子都是你锁上的，都是我打开的，东西不见了，不是你，就是我——是我偷了么！"

像是当头一棒打下来，张妈头脑里嗡地一声响就昏晕起来；眼睛发黑，在一片黑幕上，排列着的尽是一幅一幅的衬裙。

"难怪刘妈常跟我说，乡下人，贱骨头，靠不住的，我没相信她，我看重了你，这样看来，我还不逮刘妈呢。还有什么说的！"

太太数说着，张妈看不清楚太太的脸，只瞧见那张嘴不住张合，她疑心它会咬她几口。但心里到底明白，她不能甘受诬蔑，她得辩白。

"你不用说！"太太却截住她，"你给我滚！"

且又立刻站起来，科科科地跑出去，大声叫着刘妈。刘妈早站在窗下。

太太告诉刘妈：张妈的工钱已经支清，叫她收拾东西走路。

她没得说一句话便被刘妈拉了下来。

"太太的意思。"刘妈呕着嘴，神气活现地嘴角上挂着冷笑，依然是代表太太在发言，"张奶奶你该明白，咱们在外面侍候人的人就怕的这个，我也没法帮你什么忙。眼下你要走了，我心里是怪舍不得的。……"

"你。衣包，"这才转到私话上，"你收拾收拾。可是你向我借的钱呢？……"

没有答覆。

"咱们从此不见面，我上那儿找你去？"她指着衣包，"要不，你把这个折给我！"

"什么？"张妈惊叫出一声。

"这是王法：欠债还钱，没钱也要剥衣服。我不剥你的衣服，让你穿一件新衣服回乡下。"

在这里，张妈才澈底认出了自己是个孤孤单单的人，别的人都是她的敌对，她们有钱又有势，自己却没有，因为自己离开了自己的一群。

她不再伤心，也不再流泪；她不再喊冤枉，也不再想辩白；她只愿意回家，愿意早一刻回她的乡下！

不管天色已是如何的昏暗，仍走了，空着两手走向出城的道路。

街边商店里正广播着唱片几句熟悉的歌句又吹到她耳中：

"……精尽穷，

力已尽；

捕得了鱼儿腹内空！……"

婉抑的歌声追送着那只孤伶伶的影子。

一九三五年六月在青岛。

选自1935年《星火》第1卷第3期

幺 舅

北京成立了戒烟局，使我想起了我的幺舅，可是他现在已经死了。

他是人些所称为黑籍的人物。他并不是自己堕落，实在是由于别人的引诱：他还不到八岁，那时大烟正在盛行：他家里的下人。差不多都有这种嗜好。他们常常领他去尝试，天真未凿的他，竟染上了不可解救的瘾。直到他的死，已经抽了二十六年，而他一生共活了三十四岁。

因为嗜好的限制，使他的穷乡僻壤里埋没了一生；其实，他的本心又何尝如此：他很想出外游历，尤其想到北京来。在他浅薄的意识，留有一个很深刻的首善之区的影子，那是半根据于我给他的信，半根据于大前门香烟盒上的书图，所以，和我通信上，每封后边都有这么两句："……北望燕云，不胜惆怅！……"足见他对于北京的思慕了。

他没来到北京，自然不知到实际上北京的情形：他不知道北京仅仅是一座破坏不堪的古城，狭小的胡同里满积着灰土，直可以把你的脚陷了下去；冬日的寒风，夏天的烈日，都予人以深刻的厌恶，引不起一点留恋心情。而他却以为北京是千古帝王之都，有巍峨的宫墙，庄严的建筑，富有历史趣味的名迹，以至一鳞一爪，都是不可多得的宝藏。能够来北京的人，也算幸福不小；换句话说，都要高人一等。像他自己，自惭形秽，还不够格。他这样无穷的想去，只有自怨自艾地叹气了。叹气的结果，不过多烧两口烟，于无形中使烟瘾渐渐增进。

他这样消极的原因，还是要怪我的一封信；我在他殷殷地问我关于北京的情形信中，只狠狠地答了他一句，就是："北京没有人烧大烟，抽大烟的都得受罚。"

所以我去年回家，和他会见了时，他还关心地问我：

"京里真是不让烧烟吗？……"

"当然。"

他听到只有默然，在苍白而瘦削的脸上，羞愧地罩上了两朵红云，闭着双眼，含着烟枪狂吸……

我此刻还不明白我当时为什么那样傻，竟会说出那么杀风景的话来！的确地，烧烟的生活是多么有趣哟！

在晚来人静的时候，床上摆好精致的烟具，莹莹如豆的灯光，只照着周围不过五尺远的地方，其余都被暮色所蒙蔽了。斜靠在灯旁，脑袋枕在叠好的被上，如果嫌低了，还可以加上一个扁枕；腿上也可以盖一床薄褥，舒适地，温和地使你不愿意转动。几个长方而发光的铜盘，迭次地摆在床中，上方放些大小整齐的烟盒和其它的烟具；下面就是十个或二十个记数的筹码和小巧的烟石；正中才是如入定老僧似的烟灯。它们都整洁而有光彩；躺在旁边，从任何地方都可以照出自己各种不同的影子。当你瞧见你的影子时，"辉煌灿烂"几个字，不禁就涌在你的脑筋里来了。

就是这样，已经够叫你心醉，何况还要烟烧？

开了烟盒，挑起豆大的烟汁，放在灯上烧，你可以听出擦擦的声响；等到膨胀到三倍大而又喷出缕缕青烟了，然后在小方石上搓揉，使成为一颗枣色的小圆锥体。栽上烟斗，慢慢地抽起来。

一口一口地从口里进去，送到肚中，分布全体；一部分剩余的就如潮水地经口鼻间涌出来，全身马上感到松动，而每一部分都不会觉到不舒适。如果口里干燥时，则可以吃点精巧的糖果，或喝些上好的香茶。总之，这种生活真是无上的享乐了。

所以么舅在知道了北京禁止烧烟之后，在失望中也微微地奇怪：他奇怪北京的人多么傻，会放弃这种有趣的生活而不享受。

他每天的生活很简单而有一定的程序：午间十二点钟起来，先抽二三十口，吃了点心之后，又得抽过几十个。这样，已经快到吃晚饭的时候了。晚上过了瘾，大概是十点前后吧，他的精神才兴奋了；有趣味的故事，幽默的言语，不断地流出来。或者唱两句戏词和几支小曲，也特别地响亮，决不似早先那么颓唐。

而同他捣乱的人也在此时把他包围起来。那些都是十五岁以下的小孩子，内中以我的几个弟弟算是他的劲敌。他们因为他的性情柔和，最大的原因，也还是因为烟灯太有趣味；所以都在他周围挤着。这样，在冬天还可以，在夏天却不免叫人难受。本来单是烧烟，已经够热，如果前后左右再挤一大堆人，则他轻易不出汗的额上也要微微感到润湿，喘不过气来地嚷了：——

"火炉，走开，我不烤！"

众人瞧见他受窘的情形，只有发笑，除了发笑而外，一点也不和先前差别，有时还更故意挨近些。或者他真生气了——所谓生气，不过是勉强敛了在凌乱的长发下晦暗的脸上的笑容，把烟枪向床上轻轻一掷，翻身起来，伸出长着寸来长的指甲如枯柴似的双手捧着脸，直到别人笑着向他赔罪之后。然而，不一刻，围攻的局势又在他的周围发现了。

真也奇怪，谁瞧见他都喜欢：喜欢他的糖果，喜欢他的香茶，尤其喜欢他的幽默。他有他特别的熟语，从滑稽的态度上，句句都使人发笑。

等到一个个地支持不住而去睡去了，他才稍得了片刻的安静，但同时工作又出来了；擦烟具和读报都得在这时举行。

年年如此，月月如此，天天也如此；没有兴亡的感慨，没有岁月的惊心，没有艰难的命途让他跋涉。所以在别人眼中的他都是无上的幸福者，对着他总说，"你的福气真不错!"

　　然而他自己却没觉到。他不但没觉到而反引以反感；感到孤寂。从他寂寞而单纯的生活中，往往引他堕入无边的伤感，这种伤感，最初也基于他的抽烟。他以为和别人比起来，自家总觉要差一点，仿佛残废的人少了一部分肢体一样。而自己缺少的还是精神，自然比肢体更重要了，也就比残废的人更不如。如果比残废的人还不如的话，人生也就太没有意义了。所以他对于他的嗜好，也曾尽心戒除过，大概因受毒已深而自己的体力又薄弱，终于没有生效，还白受了许多痛苦。他于是只有失望和忧心，内心常常感到惭愧的烦恼；偶一想来，就辣辣地难过。当他在别人问他有无烟瘾时，这种痛苦又刺着了他的心。甚至于人们向他多注视几眼，自家也有这种感觉。时间愈久，痛苦愈深；他几乎不敢蓦然见一个陌生的人⋯⋯

　　就在晚上看报，也不免有这种情况：莹然的灯光，映出自家细长的影子，纷乱的思潮，时常在脑海中随着报上的新闻而起伏；偶尔"烟土"，"黑籍"等字映入他眼中时，他真如受了重责罚，脸色从苍白中透出一点深红，仿佛自身也受到了报上所载的境况一样。哀伤自己也同是被人们摒弃，自己已不配做人的等级了⋯⋯所以第二天会见了人更形拮据，好像别人也知道报上登载的新闻挟着轻蔑的眼光来注视他。如果再称颂他的福气好，那简直是刺了他一刀，使他颤栗，使他伤心，不期然而然地解释：

　　"近来我已经抽得很少了，唉，那真是'墙上挂草帘子——不成话（画）'，我还打算写信到京里去买戒药呢。"

　　他的话能否解人对于他的蔑视，他不知道，却是说了之后，自己的痛苦仍然不见减少。反覆地回忆起刚才说的话，仿佛有什么错处被人发现。再一字一字背诵起来，似乎又不曾；或者语气上，态度上，脸色上……也都没有；而心旌总是不住地摇动，几乎想把刚才说出的话，否认不是他说的了。背上如被针刺，莫非有鬼，咳一声嗽，仍然无效，只好罢了。罢了！他的生命也就是这样一年年地断送以至于死……

有时他也自慰。他觉得人们对他的蔑视只是无聊；烧烟，其实也不过像人吃饭一样：吃饭不算下贱，烧大烟也算不得坏事。如果说中国不强是因为有人烧烟，那吗没有烟瘾的人正多，怎么还是弄不好？社会太无情，待人也用两种态度，真是少见多怪！……

他的理由非不充足，但他并不因理由足充而敢于见人，而敢于和人辩论，好像他的理由是杜撰，总没有大多数人异口同声所称的"败类"，"堕落者"，"奴隶性质"等等来得光正堂皇！他因此而怀疑到大多数，以至希望中国的人——不，全世界的人——都烧大烟。

去年暑假，我因已五年没回家了；故乡风物，逐渐模糊，偶尔读到"比家庭怀抱更好的是什么地方"的古歌，心里也微微起了一点怅惘，于是决定趁假期里回家一行。

到了家里，故乡的变迁真使人可怕；无论是曾擒蟋蟀的西墙，曾捉杨花的柳塘，都非昔年景象；各人脸上，同样罩上了一层老色，而见着长得很快的弟妹们，心里更不禁蓦然忆到他们先时的小影，暗伤他们童年的消逝。总之，故乡已不是昔年的故乡，存在我记忆中的故乡了。

到家的第二天，么舅就派人来请我去。

我到他家时已经打了十点钟，而他才刚从床上起来。舅母告诉我，他今天还是特别起早哩。

他的身子本来长得很高，因为烧烟瘦了，更觉得高了。青白的脸，颧骨特别地凸出得厉害。除一样地蒙上了老色，和从先一点没有变迁。

夜里人家都去睡了，只留下他和我两人。他靠在烟灯左边，我躺在他对面。

屋里关得严严地，瞧见灯光更觉得发热。想摇扇子，怕又闪着他的灯光，只得转到旁边一张椅上坐着，挥着芭蕉扇。

他没有觉到热，似乎也没有工夫觉到——的确，一个人最专心的时候，是在把喜欢吃的东西拿到手里还没送进口中的那一刻。——只匆忙地弄着烟泡在烟石上搓揉。看见我走开了，关心地问，脸上闪着惊疑：

"你闻不惯烟味吗？"

"不，我只觉得热。"

"京里呢，该不这样吧，听说那里很冷！"

"也很热，虽是冬天很冷。"

从北京的气候而谈到风俗，由风俗而人情，不知不觉又谈到了大烟上去。

因我的答语使他沉思，默默地抽了两口。过了一会，终于又恳切地说了：

"老侄台，你是'半天云挂剪刀——高才（裁）'，依你的意思，烧大烟有什么罪没有？"

"我想是没有的。"我因先前说话不留心，此刻特别地谨慎了。

"没有？怎么到处都禁烟？而且……"

"大概是因为大烟有毒的原故。"

"那比如抽得少呢。"他用手指着自己，显然是把自己做例。但如果说他抽得少，恐怕谁也不相信。

"抽得少总没有妨害。"

"唔，唔……没有关系……"烟枪又送到口边，后边的话已不容他再说了。

扇了许久，还很热地，蚊子也不住嗡嗡地乱飞；我心里烦燥，对于故乡起了反感，脑筋里又映出北京来；想到北京此时已是清凉的夜间，就不必在公园里乘凉，坐在屋里也不会这么难受了而且还没有讨厌的蚊子……

"我想到北京去玩一趟可以吗？那里一定好玩：听人讲来，就很不错，但我以为'瞎子见鬼——听倒说'，总不如亲眼看见的好，我真想去玩，可以吗？"他手里握着一个大前门的纸烟盒，眼光凝视着他，脸上也现着微笑。

"那是可以的。"我和着他，北京的幻影，在脑筋里更张开了。

"抽烟的也能去吗？"他似乎要我给他一个圆满的答覆。

"也……"我无话可说。

一直到我离家，我们会着，他总要问我关于北京的话，含着无限的欣羡，仿佛北京是天堂，他已没有进去的希望了。

我假后来京，他来信上仍然有这种意思，使我怜他的诚心，伤他的运命，中国作恶的人多，何以独薄于他一个人？……

得了他的死耗，我除伤悼而外，还像犯罪似的感到不安：他没遂来北京的愿望，全由于我的罪孽，这是多么对他不起啊！可是，回头一想，也好，他不曾来揭穿这尘土满街的古城的内幕，在与世界告别的一刹那间，心灵上还留下一座巍峨灿烂的千古帝王之都！……

北京成立了戒烟局，使我想起了我的幺舅，可是他现在已经死了。

选自 1928 年《国闻周报》第 5 卷第 5 期

厌 倦

一

四年之后的霞女士，变了，完全变了。四年时光的侵蚀，叫她完全改变了本来面目。于是，她给人的印象第一便是淡漠，说爽直点甚而有点呆滞。呆滞的反面是灵活。灵活，十年前正是她天赋的特质。知道她的人会感到诧异；便是她自己，也不十分了然这变迁的迹象，只随时在揽镜自照时，常因自己的面庞的消瘦而吃了惊；吃惊也无用，那是不可掩饰而且不可避免的，在自己所困守的环境中。

这环境她已经困处了四年。朝朝夕夕见面的只是有限的几个人，时间一长，便由熟习而感到厌倦；地方也是个叫人住着怪不舒服的地方：仄小的房间，简单的用具，和每日过着刻板的生活。在头一年，她真是有说不出来的寂寞和苦闷，像一只被关在笼子里的小鸟，她是无时不想破笼飞去呢。

尤其是每次寒暑假中，回到原来求学的城市里，会着相处多年的朋友，经不得人家一声惊叫——

"哟，怎么弄得又黑又瘦了啊！"

便像有千般委屈，攒集在心头，却又说不出来，只好含着泪光，强自欢笑。把假期里每一天的时日，都万分珍惜地打发着。假期过满，又不得不重来旧地，度着那样寂寞而苦闷的生活时，心里总觉忽忽如有所失；还不断地写信给她所认识的人，替她另找职业，且例举出不愿教书的许多理由。可惜结果总使她失望。

在无可奈何中就只好耐心待着。

再过些时，更有不少的结婚喜讯传到她耳中，那都是她求学时代最亲密的朋友。在先她自然替她们欢喜，但一转想到自己，心里就不免隐隐作痛。在学校时，她一向是被人尊崇惯了的，而今忽然给扔到偏僻的角落里。一切已不能和人相比，别人都比自己幸福。嫉妒从心底滋长起来，把消瘦的两颊染得通红。

那一个假期，霞女士便没离开这偏僻的地方。她想到别人都已结婚，还找谁去？城市里地方虽大，似乎也无可使自己容身。朋友们都有了她们的"家"，或者处理家里的事物，或者抚育身边的小孩；满怀心事，还有余暇来照顾自己？倒不如趁这假期清闲，留在学校里多读几本书籍。

但这强制的行为并不能使自己快活。平日里被功课所逼迫和学生们纠缠着，除了晚间一人独处时而外，一天一天倒也容易过去。现在却不行：成天只愁着时间难挨。看看钟，钟针老像没动。翻开书，看不完一页便厌恶了；提起笔，呆了半天写不出个字来。饭摆上来，端起碗来不想吃；不等天黑便爬上床，而往往是长久地不容易入梦。——早死的父母，见弃于丈夫的姐姐，辽远的故乡的景物，快活的学校生活，亲切的朋友，结婚的喜乐，婚后的幸福，自身的孤苦……这么反覆的想着就会害她一夜不能合眼。

而第二天起来仍然是无聊，无聊，无聊……

这样一来慢慢就变成淡漠，身子懒得动，几几乎两手也懒得抬起来，成天三分之二的时间都是躺在床上。说不上心情是不是麻木，但一切都感到毫无意趣是真的。像是在半空里摇幌，她需要有所凭依；像是心里空虚，需要有所充实。她需要着什么！她会唱歌，但是她唱给谁听呢？她会跳舞，但她跳给谁看呢？一切都变做了无意义，便简直一切都不做。

所以霞女士就变成淡漠，甚而是呆滞了。面庞消瘦下去，腕节间的骨骼反而显露出来。两肩似乎更在向上耸。

这环境也真使她不堪：全学校里就她一个女教员。——没有别的女的肯到这里来教书，因为她们在这里住不下去。其余的男教员，也是个个带了家眷才能留住。她自然也常常和她们往还着，那却一点也不能安慰她孤凄的心情。她鄙视着她们却又羡慕着她们。一身都交给丈夫与小孩，早晚忙碌着家庭锁事，真应着了所谓"家庭奴隶"的名义，霞女士自幸没变成那样的人；然而在另一方面，她们和她们的丈夫都显得那么亲热，她们享有着和一个男子发生特别关系的权利；她们为家庭锁事而忙碌，那是有意义的，有所为而为的，比了自己唱歌没人听，跳舞没人看又强得多了。

显然地，她们跟她总隔着相当的距离。这不足怪，霞女士想得到的，她与她们之间，正如她与她那些结了婚的同学之间一样。

那么，还有什么办法呢？则除了希望另外有个单身的女教员肯留在这里，或者可以热闹一点而外，是没有办法的。

这愿望幸而达到。

暑假开学后，校长聘来了两个新教员，一男一女，还听说并不是夫妇。她看见一些男教员在这样地议论纷纭，心里不由得平添了几分喜悦。屈着指，天天在盼着那新人到来。

两个新教员却是一道来的，这一点，在初颇叫霞女士怀疑而不快。但跟着也就释然，原来她打听得他们是亲戚，他和她都是自己求学的那个城市里的大学刚毕业的学生，而她之所以能来这里教书，也还是靠了他介绍的力量，因为他和校长是好朋友。

她热心地欢迎着那新来者。姊妹般地替她招呼一切，殷勤着，亲切着。乘机更介绍出自己，说出自己的名字。

"啊，就是你？"那个欢喜得跳起来，直看着她的脸，"久闻久闻。"

"怎么你知道我?"她倒诧异起来。

"谁不知道你?"那个满脸都在笑,还挤了挤眼,顽皮地把舌头一伸,"你是花王!我小学时就看过你登在书报上的相片!"

霞女士呆住了,往事从她记忆里唤起。那似乎已经是久远的事,久远得几乎完全淡忘了。她记起那时的光荣:多少男子向她表示殷勤,多少女人向她怀着羡慕;而她自己也是多么活泼,多么美丽……却没想到几年之间就被抛在这暗角里,作弄得变成这个形象,简直像是另外一个人。是的,另外一个人,现在自己是一个中学校的教员;"花王",那该是别有其人去膺任。

或者就应该加于这新来者身上。娴——新来者的名字叫娴,她是多么可爱!丰腴的两颊,光彩的眸子,又天真烂漫,又活泼多姿。四年前虽不一定把她瞧在眼里,四年后却已自感羞惭,转而觉得娴就是自己四年前的化身。迟暮之感啮啮着心腑,环境,时光,心情的变迁,使自己如在一场大梦中醒来,深深引起丝丝怅惘。

脸上竟自掠过两朵红云。

"花王,我们的花王",娴仍自嘻嘻笑着,但语音并没拿着任何讽刺的意思。

霞女士明白这个,倒也乐于听到这个早年的光荣的称谓,便一直任她嘲笑着。且吩咐着学校新给她们雇的女工张妈替她把屋子打扫干净,安置家具,才把被褥铺设起来。

霞女士热心,晚饭时就亲手做了几样菜,叫张妈出去买一点酒,说是给娴洗尘。她是很久以来不曾这样高兴而笑乐过了。

爽快地喝下一杯酒,竟又像年青了许多。拉着娴和张妈走出外院,在月光上,唱歌,跳舞,把几年来的寂寞和苦闷都倾泻了出来。

她太兴奋,酒又在肚里燃烧着,头脑发晕,几乎站立不稳。幸亏娴和张妈扶着她，送她回屋。

而她咚咚跳着的心是明白的，明白地重温着四年前的旧梦。

二

十年前，某城市里的一个大学贴出预科新生的榜来，在全数一百七十二人中有十五个女生，霞女士便是其中之一。

万绿丛中一点红，她容易便被大家发现出来；真有如红所显示的那么触目，她吸引了所有的目光。

别有用心的谀词和媚色，她到处接触到。从谀词与媚色的形态上看透那里面包藏着的不可问的心。但不揭穿它，她高兴有这么些愚蠢的行为来作自己精神上的一种刺激。

"花王，你是我们的花王！"

她只淡淡的一笑。

那方面便受宠若惊，四处宣传着，引作殊荣。

"啊，我们的花王！"

这声浪就洪水般地漫延开去，疯狂了那一群人。

自己的像片，也竟不知如何地连续在画报上登出来了。

"不公平的，那是不公平的。"她觉察出别的女同学们撅着的嘴。

这她不在意，而且也敌不过那狂潮似的"花王，花王，我们的花王"的声浪。

霞女士仍自微微地笑着。

她左右着多少人的悲欢，她自己已失掉了悲观的情绪：学费，有姊妹方面的供给，在生活上无须负责；功课，谁还不明白那些贼眉贼眼满嘴仁义道德的教授们的心，只要自己肯屈尊去听他一两点钟课，他就会自以为光荣得了不得，还敢叫自己不及格。此外，在校内，在校外，无处不碰到许多可怜可笑的脸，戴着过分的谨慎和小心，在那里忽惊忽喜地期待着她赐给他们一点可骄的幸运。

"花王，我们的花王啊！"

有时他们高兴地跳舞着如一匹兔子。

"花王，我们的花王啊！"

有时他们又悲哀得如一匹丧家的狗。

但无论他们的喜或悲，都与霞女士无干。她一点不感兴趣，她看不起他们，她对他们不过对一群恶狗，她只有厌恶。——最终，只有使她厌恶！

他们赠给她以光荣，而她赠给自己的则是骄傲。

因其骄傲，乃使别人更加敬重；更觉着她身绕着一圈祥光，更觉得她崇高得不可攀仰。而更企图得到一丝青睐。

"花王，我们的花王啊！"

"花王，我们的花王啊！"

预科毕业后，同级的女同学中有几个就已经结婚。这事本来平常，但在女同学间却平添了许多谈话资料：探询着结婚者对方的一切故实，批评着一己所见到的所谓是非优劣；善意的嘲笑，恶意的讥讽，她们任意地买弄着。明知道结果还是使自己憬然于自己的前途，躲在被窝里落泪，羡慕的泪。

幸而结婚者当中并没有众目所属的霞女士。

于是男子们宽心而耽心地——

"我们的花王呢，谁有这幸福！"

又团团地狂风似地卷起来了。

霞女士么，最初这意念也曾操过自己的心，充满着骄傲的心，但不久也就淡忘。一切都不值得放在她眼里，她那里把这些个平凡的结合放在心上？

当然她自己也有主意：从人们对她的尊重和景慕，她明白了自己所居的地位，这地位，她不能稍稍放松而使它低落。她天天看着报纸，记着每一个名字，那应该在这些名字中间，发现一个和自己可以相匹的对象。

事实上虽是不尽可能，于此也便看出霞女士心意的所在。

再不然，她改变了方针：这社会上是把留学生列在上层的。留学生便是将来名字出现于报章杂志者，这也可以。就目前自己的地位看来，那能算是奢望？

"留学生。"霞女士内心里有一个留学生。

头发光得如一面镜子，西装整齐得没一点皱纹，袖口必然露出一段雪白的衬衫小袖，领带又必然花得像一条蛇。满嘴会说洋文；温存，专爱，柔媚，忠实，又必集于他的一身。——这是她的理想人物，也便是她心中得提出的最低的条件。

这并没向人宣泄过，但秘密好像已经叫人猜测出来——

一个脑顶已秃但具有"留学生"资格的教授，便常常在公园里给她写着情书，倾吐出自己的肺腑。

这本来不成：留学生有的是，霞女士端端挑着这个秃头么？何况那秃头已经娶了太太，且生了五六个孩子。简直是侮辱，把霞女士算是什么呢！她烧毁了所写来的情书，故意把辱骂传到他耳里，害得他哭哭啼啼地哼出不知若干首"无题"诗。

第二次是由她的姊丈做媒。据说那方面大学就快毕业，毕了业就结婚，结了婚就留学。

"这不妥当，"她警告自己，"结了婚再留学，不如留了学再结婚！"

为了敷衍她姊丈的面子，也委委屈屈地和那人见了一面。

在眼前，没看见光亮的头发，没看见整齐的西装，没看见雪白的袖口，没看见花蛇的领巾；没听到一句洋文，没领受得点温存，柔媚，忠实的情意。一切恰恰相反。转身就把小嘴撅了起来。

姊姊笑着问她。她把摇头作了答覆。从此就没人敢提。

不但没人敢提，便是在学校中在学校外那一般热狂的人群也渐趋于销声匿迹。这不是偶然的。他们为什么那样地拼命恳勤，他们为什么那样地苦卖力气；纵有一分真诚，其中难免不掺杂着九分野心，谁不梦想那不可凭依的幸运落到自己手里！

梦想打破了，他们便会清醒过来。

"花王，我们的花王啊！"那呼声他们喊不出了。

"花王，我们的花王啊！"那呼声他们也喊不出了。

霞女士这就落了个空！但是虽然落了空，岂又好意思屈就？骄傲仍在心里残存着，率性坚持下去。重复地读着报纸，审视着那些名字，由名字而生幻想，她便在幻想里替自己建筑起空中楼阁来。

本科毕业典礼转眼又在一个暑假里举行了。

这才使她蓦然觉得真真是回复了本来面目。跨出学校门，没一个和自己相识。在学校时，以为自己的声明传出，谁人不知，而今落到广大的社会中间，自己原也不过是恒河沙的一粒，一切都是陌生，当时之所以没把人看在眼里的，现在人也没把自己放在眼里了。花王，能够向人表彰自己是花王？

拉着几个女同学的手，霞女士落下一滴伤心泪。

学业已经终结，不能再叫姊姊供给，生活的担子，当然只有自己担负起来。

于是费尽了心血才在这个偏僻之区谋得一个教员的位职，便不得不开始生命中另外一个旅途了。

含着泪给姊姊写过信，又喝了几个同学的钱行酒，收拾起行李，投向那一个最易被人遗忘的地方去。

"花王，我们的花王啊！"

"花王，我们的花王啊！"

这呼声还在她心底摇曳着，震动着肺叶，涌起一丝极细极长的辛酸情绪。灵活的神采自眼中消失，换来的是呆滞。苦闷，寂寞开始啃啮着她的心。

那偏僻之区，一直把她葬埋了四年，葬埋到现在。

<h1 style="text-align:center">三</h1>

现在，是春天了。霞女士躺在病榻上，恹恹地望着窗外的一片蓝蓝天空。天空上没一点云彩，只有金黄色的阳光，是那么柔和地照耀着，照耀得人的心扉也开阔了，照耀得人的眼睛也明亮了。照耀得一切都苏醒了：本来是枯黄憔悴的柳枝，这时随风荡过窗前，映在眼里的已敷上一层绿色了；再一次，更苗出了新芽；再一次，全条上都长满了娇嫩的小叶，又精致，又整齐。杂在柳条间的是一棵花树，那是桃花，也绽出红苞，仿佛是一朵朵欲笑不笑的鲜红小嘴。

天一发晓，帘前的雀子开始噪叫起来，霞女士便在这噪声睁开睡眼，然后等着太阳的照临，数着被阳光融化的屋顶积雪，化成清水，沿着檐口一滴滴往下的滴声，将息着自己病后的身子。

名为将息，事实上是做不到的。她病得太久了，整整病了一个寒假。但她是得的什么病呢？她不知道。因何而起病的呢？她也不知道。只记得自从吃了娴的喜酒之后，便一直这么躺着不曾起过床。

和娴一道来的那位男教员，他原来很久就和娴恋爱着，自从来到此处，因为机会的便利，事实更容易达到成熟。寒假放后，结婚的典礼就举行了。这当然给与霞女士以不小的刺激：自己正在寂寞苦闷的时候忽然来了个娴来作伴，心上的安慰正不减于投到爱人怀中。然而结果才是如此！寂寞与苦闷还叫自己再去尝受且不必说，而且一反一覆之间，所吃的苦头就更难以述说了。本来呢，早知如此，还不如当初一直没有娴来的好哩！似乎是失望，却又说不上失望；似乎是委屈，却又说不上委屈；似乎是激动，却又说不上激动……一切都似乎是，一切都不是……只有两个字：空虚。

这么着便躺下了，躺了个整整的寒假。

在病中，娴没忘记来看问她。她每次看到娴，都发现了那丰腴的脸又加上两朵鲜艳的红云，更美丽了，心里感到种说不出来的凄怆。

娴殷勤地替她招呼熬药，陪着她谈天，而每次都给她带来一包就稀饭吃的卤菜，临走时必要嘱咐张妈小心服侍，这常常使她深感不安。她自然希望娴能常来，并且盼望她长久地伴着自己，但真的那个如愿地来了时，便又不住后悔，直催着她走了。

"我很好了，你快回去吧。"但眼睛却不敢抬起来看她。

娴便又劝她安心静养，学校里的事有她去给她办。娴自结婚后，功课便已不再担任，而来代替她的却是一个冷静的少年——敏。霞病了，娴自然只得代霞，好让霞慢慢调理。

霞感激地点了点头，抬起眼光，直送着那活泼多姿的身影。还听到外面张妈的声音，"怎么不多坐会儿再去呢，她成天直念着你呢"，就不禁低下了头，一颗泪珠挂在颊上，摇摇欲坠。

晚间，她早早灭了灯，让月光浸入窗棂，如水的光辉映在临窗的书桌上，映在桌前的藤椅上。随着月光便有缕缕思潮在心底起伏着。像是缺少点什么，像是需要着什么。她久久不能入梦。

四下里本是静寂无声，却蓦然间房上像有什么在那里响动。她的心尖微微跳着。仔细听去，一声惨厉的长叫"咪哟……"传到她耳里，跟着又是"唬唬""咪哟……咪哟……"几声，便叮叮当当地踏着房瓦跑了。她明白那是猫的叫声。但微微跳动的心尖忽然停止住，忽然又剧烈地震动起来。满腔里更感到空虚，更感到酸痒；而无名的需要也更加强烈了。

她忽然想到那位新来者敏。那人她并不曾会过面，她却躺在病榻上听过他在院子里谈话的声音，高亢的声音。这声音还留在她的记忆里。她推想发出这声音来的人，他必是一个又精神又豪爽的男性。全身充满着一种力，那种力，不是女人的娇柔，不是女人的伤感，不是女人的脆弱，那正是女人所缺少的，所需要的，也正是霞女士所缺少的，所需要的。

她需要那种力来抚摸来倚傍来安慰，使自己活泼起来，使自己美丽起来，双颊上再染上红云，如娴一样。

不禁伸开手。

伸开手摸了个空，便又缩回被里，幽幽地叹了一口气。

整晚上，有一个还没谋面的陌生的影子黏伏在她心上。

影子黏伏在身上，病到底好起来了。慢慢地，她由娴伴着到外面走动走动。

她会见了敏，不用介绍也是认识的。但娴到底给他们介绍了。

敏没有特异处。

而在霞女士的眼中他是特异的。以后，她便常常想到他，常常希望会见他；真的会见他时又没话说，没说话脸倒先红了。

可喜的听说敏也是孤孤单单的一个人，正和自己一样，霞女士，竟有点不相信地心里真叫着"巧，巧，巧"了。

三月里的一天，是娴的生日，因为正在新婚之后，便铺张地约请了学校里的全体教职员夫妇。娴亲身来约霞，并且说明要留她在那里住，畅畅快快地玩一宵。霞也就高高兴兴把钥匙交给张妈，谆嘱几句跟着娴去了。

在娴家里，麻将牌桌子已经摆上，这是当地人的惟一娱乐，霞已经见惯了的，但她并没参加，她从没参加过。

奇怪地敏也不曾参加。

这倒叫霞像犯了心事地不自然起来。尽管夹杂在满堂宾客中间，仍是那么提心吊胆地坐着。她不敢向他多说话，又不敢不向他说话；她怕他不向自己说话，又怕他向自己说话。对于别人，她更怕他们的谈话中把他和她联在一起。

末了，只好躲开身去，帮助娴招呼，开出酒席。

酒席吃完，敏第一个先走了。

敏走了，霞又感得空虚。心里乱得一团糟。后来她也要走了。

娴苦苦留她，她不肯答应，说是身子又有点不大好。

大家都说她还没复原，应该早点休息，娴才含着一包眼泪放走了她。

她轻快地走回学校。

经过男教职员宿舍，静静地，只有一间屋里漏出灯光，那正是敏的屋子。她正要打那窗下经过。但忽然胆怯起来，似乎怕惊动了他，不得不提起后跟，用脚尖揉地悄悄走过。走过时，忽然又如触电一般，两眼被灯光吸住，急切而迅速地从缝隙处偷瞧一下。

敏正伏在桌子上聚精会神地读着一本厚厚的洋装书。

她的心又剧烈地跳动起来。

走过去了，却又折转身来，欲前不前地呆立着，才又忽地回头，走向自己的屋子。

摸着门上的锁，记起钥匙在张妈身上，便拉开嗓子叫：

"张妈！张妈！"

没有回声，张妈必然已经睡了，转身一直走到她住的屋子去。

屋里黑洞洞地。

"啊！天哪！"

突然怪叫一声。她看见什么？她看见张妈的没挂帐子的床上，紧紧搂抱地睡着一男一女，上半节身子露在外面。

不管他们惊醒没惊醒，她自己先就一口气地跑了出来。跑上那里去呢？她想起了敏，她想起了那映出灯光的窗子。

她扑向前去，碰地推开了门。

"啊！——"

敏正脱光了衣服，只穿着一条短裤衣预备睡觉。

她来不及退出来，两眼一黑，身子便软了下去。

敏茫然地抱住她。

紧贴着她接受他身上传来的力，这力，抚摸着她安慰着她；她再不缺少么，她已获得了所需要的；她更不会寂寞与苦闷，只会美丽起来，活泼起来。

她从他怀里抬起烧红的脸来，向他献出一个欢欣而满足的媚笑，折转身，一口气把灯吹灭。

第二天，敏坚决地向校长辞了职，并且收拾起简单的行李，立刻叫人搬走。

大家都为这突然发生的事情而纳闷，谁也不明白他辞职的原由。

选自 1935 年《申报月刊》第 4 卷第 4 号

温田丰

|作者简介|　　温田丰（1916—1994），四川重庆（今重庆市）人，原名温嗣翔，现代作家。编辑过《重庆日报》副刊、《新蜀报》等。代表作品有散文小说集《草原书简》、小说集《勇士与怯汉》、短篇小说《金伕子李金山》等。

金伕子李金山

八美，确实不是很美的。你要知道，拿我的粗浅的观察说来，蛮人正仿佛被一只无形的灾难的手扼住，渐渐流散，衰落。八美这个山谷里的小平原，平顶高耸的蛮房，附近二三里，大约有二十余家。但是，大都断壁颓垣，没有人住。除了离我们半里远，大树荫盖下有幢房子，住着几个蛮人；再过去，住着保长；另外，就只是可怜的金伕子的住屋，与做金厂生意的，帅大爷和蒋大爷的店子了。自然，农场炮台式的房屋，威镇全镜，热闹地住着我们和农场的三十几个人。

蛮人的稀少，引起我深刻的印象。许多人分析过那原因：第一、草地太广阔；但是，旧有的房屋逐渐破落，广阔说不可靠。第

二、蛮家送子弟当喇嘛去了，不讲生育；一部份是事实。第三、差徭烦扰，生活艰难；这个我想是主因。然而，凡是人都应有生存的权利，即在聪明的征服者，为着别种目的，也保存土著民族，何况，"汉满蒙回藏"，号称一家呢？

我们很寂寞，几幢房子都访问了。帅大爷那里，有花生，烧酒，杂糖，鸦片出售，也常常去。

一个下午，我们准备到帅大爷那里，去喝点花生酒。

走出炮台式的房屋，通过一片洋芋土，便到了横跨小河的木桥。站在桥上，你可以尽览八美了。往东看，越过狭窄的山凹，天空开朗，想像得出，那是一块广大的草原；看不见山，只有靠北这面，几座光峭的雪峰插进大空，射出耀目的异常凄凉的白光。山凹里面，南北两山夹峙，若非东面开矿，实在很像落进地牢。向西，顺河而下，不远，河折南流，高山挡住了视线。南山有矮小的青杠林，北山精光，满生着野草。平地上，许多青稞田，有的荒芜，有的耕种，坚实的稞穗，低低垂着头，似乎在忧虑着自己的命运。河岸陡峭，但水流静缓。北岸我们房子的东面半中里处，九根挺直的桦木并列着，绿叶环接，仿佛一道翠屏，树荫下藏着一所蛮房。南岸有许多石丘，傍着深坑；这是金伕子的业迹。百年前，年羹尧在这里淘过金，现在产量虽不旺，也还有人在淘。我们穿过石丘的小径，向一里外帅大爷处走去。

帅大爷，四川灌县人，随赵尔丰入康，就没有出去过。在康定住得很久，到这里开店，也有十年，仍时时到康定去办货。他娶了一个蛮女人，没有生育子女。他的身材瘦小，略现佝偻，三角脸，鹰嘴鼻，一口烟熏的黄牙齿，一双狡猾的小眼睛，年纪在五十上下。他整天蜷缩在烟榻上，除了掂金子，收钞票，很难得坐起来。其实，他的烟瘾并不大，然而一豆红灯，却是他的良伴。你以为他不管事么？不然，他一脑壳都是账目，都是最会赚钱的妙法；他也是能干的骑手，自己养了一匹壮马。在康定，他是一名小小的大爷，在这里，山中无老虎，猴子充霸王，更"海"得开。所有的金伕子，差不多全是他的弟兄伙。因此，他的生意也特别兴旺，四张烟榻，常告客满，他还卖腊肉，挂面，黄烟，草鞋，和粘巴。他任意赊给金伕子，而金伕子们每天都来缴上几钱几分金子。所有的货物，都用金子标定价格，对我们例外地收取钞票。他放了六十几两金子的账，一半是被金伕子拖起跑了，但是他还握了一百两现金在周转，以康定市价折合，约值一百万元。他的东西，拿钞票计算，真太昂贵了，花生两百元一斤，杂糖四百元一斤，……比康定的价格，贵出四五倍。这些零食，简直成了奢侈品。然而，寂寞如我们，嘴又那么馋，跟金伕子差不多，成了他的长主顾。

踏进帅大爷的门，院坝里那只毛毿毿的黑蛮狗，跳起来向我们狂吠，幸好被铁链锁着，不然定会把人撕成几块。小心地绕过它的势力圈，进了阴冷的牛房，爬上坚牢的宽楼梯，闯进了烟室。

这间屋子相当大，从厚厚的牛子墙上，凿了两个小小的方孔，放进来一线暗弱的阳光，角落里简直漆黑，幸有四盏烟灯，模糊地照着四壁。屋里陈设，全照汉人习惯，四张高脚的床，一张方桌，几根板凳，还有一个银柜，一个货橱。满屋弥漫着浓烈的鸦片气味，几个褴褛的金伕子，脚杆上沾满了灰色的污泥，横倒在铺着破席的床上。对着萤火似的烟灯，有的在裹捏烟泡，有的持了葫芦在拼命的吸，只听见呼呼地长响，嘴里鼻里都不出一缕烟子。帅大爷从烟榻上抬起半身看着走到方桌边的我们，客气地说：

"呸，请坐，请坐！"

"呸，帅大爷，花生酒！"我说。

"哦，坐嘛，坐嘛！"

我们三个人坐下了。帅大娘——四十多岁的蛮女人，扁大的脸，眼睛鼻子和嘴巴挤在一起，很不调和。她嫁跟帅大爷二十多年了，原来在康定背茶包子。帅大爷的脾气很不好，她或许认为应该如此吧，在他时有的咆哮中，从没有开过一句腔。——她给我们拿来半斤花生，一碗掺水的烧酒，还有两小包杂糖。我们就剥起来，吃起来，她像影子一样走了出去，为生意，帅大爷又大声喊她进来。

门口又鬼影一般出现一个人。他拖着无力的脚步慢慢走进来。我认出他叫李金山。他走到帅大爷床前，从怀里缓慢地掏出一个小包，软弱地递跟他。从苍白的嘴唇，吃力地吐出低嘎的口吃的声音：

"帅……帅大爷，这……这一钱金子，请掉点……请掉点香烟……香烟跟我。"

帅大爷伸出污黑的布满筋络的手接过去，凑近烟灯打开来，用中指轻轻拨着褐色的金沙，两眼抢出，仔细审视着金沙的成份。然后，用左手摊了解开的纸包，慢答答从床上挣了起来。从枕边取出一杆小骨秤，放下纸包，当当地敲敲秤盘，又轻轻提着两个纸角，将金沙倒进盘里。右手提了秤，左手敏熟地展移着小秤砣。展定了，静静地停了一会，又凑近烟灯，数数秤码，这才摇摇头说：

"噫，没有一钱哪，只得九分五。"

"有有，有……一钱，厂……厂秤……称过的。"

"没有呀，你称吧！"

李金山苦着脸，无可奈何地说："算……算了吧，掉……掉一钱生烟……生烟给我。"

"不行啰，只掉得到九分五。"帅大爷一边包金子，一边回答。

李金山没有响，静静地站着。候大帅大爷离开烟榻，开了银柜，放进纸包，取出一块黑土，一柄小刀，切一块下来，关了银柜，回榻秤好，交于他。一边又说：

"呃，李金山，你差我一两五金子，怎么不来上呀！"

"这……这两天，金……不旺吗，啥子……啥子上呢？"他答，用战抖的手拨裂着小块的烟土，放了一点进嘴里，还使劲舔着手指上的残余。他又走到火炉边，解下腰间的木根碗，斟了一点茶，骨嘟骨嘟倒下喉咙。然后，走到方桌边，颓然望下。我问他：

"过瘾啰！"

"过……过瘾啰！"他强笑着回答我。

他是我们的老相识，也是帅大爷的长买主。第一次我看见他吃生土，就引起我的注意了。为什么不像一般金伕子烧熟烟呢？他回答：

"烧不起嘛！吃一钱生烟，要烧两钱熟烟呵！"他过足瘾之后，说话不像刚才那样口吃。

我同他谈过好几次，他是四川遂宁人，十九年天旱，逃到关外来的。起初听说这里可以捡金子，满怀热望，想来弄几仓金子回去，顿然变成大富翁。他还带了妻子和一个孩子同来，实在，当时也没有别的去处，不能够说他过分妄想。到了这里，依然是穷苦和饥饿，而且，比家乡更荒凉。——金砖盈屋，成了美丽的幻梦。也曾打算回家去，但是，一身是账，又染了烟瘾，回乡也仅成空言，几经流转，才到八美。在转徙中，他常常燃着一缕希望，假如这回碰到金子旺呢，不说多，剩个几十两，我不就那个了吗，但是，一地复一地，十多年过去了，剩得的是更大的烟瘾和渐渐的衰老。半大的孩子，两年前也死去了。去年，他觉得替别人挖，就算碰到旺金，也只能得一点边边角角[1]，充其量，使烟贩充足些；于是，自己约了两个同乡，加上老婆，组成小小一棚人，在这里开始了他的新事业。但是，可怜的收获，抵不过烟贩的开销，又拖起账了，身

---

[1] 金厂规矩，初二、十六打牙祭，老板要让伕子挖一天，但是，主脉不许碰，只能边上挖一点，所以说边边角角。

子也愈来愈不成了。

他确实只有一张粗糙的皮，包着枯骨。穿一件粗毯子的蛮服，一根棕绳做腰带；满身泥垢，袖边和脚边都磨掉了一截，露出枯柴一般的手脚。他没有靴子，但是最穷的蛮人，都有一双破靴。由于长年站在水里，一般金伕子都穿草鞋，他却草鞋也无力买；金伕子扎着毯子头帕，他却光着头，乱发蓬蓬；初一看，认不出他是汉人，因为金伕子都穿着毯子短褂；听口音，他才是满口四川方言。他的脸色铁青，颧骨高耸，要不有双泛黄的眼珠在滚动，会错认做头骨标本的。……

他沉默的在屋里望着，双手撑头，搁在桌上。我们只顾到吃，没有去理他。他仿佛恢复了精神，站起来摇曳着出去了。

我们吃完所有的东西，两个同事倒下空着的烟榻，烧烟去了。我没趣的走出来，沿了独木梯，爬上顶楼。李金山住在这里，只有屋顶，没有墙壁，这屋子原是预备堆青稞的。他和老婆占一个角落，两个同乡占据另一个。两堆枯草，两把铁锹，两担撮箕，还有一个沙盘，这是他们全部的财产。靠露台，三块石头架个灶，锅里正煮着粗茶。李金山睡在草秸上，仰着仿佛一具死尸。他的四十岁上下的汉装的女人，坐在灶前，敞开衣服捉虱子。她一如内地的农妇，身体结实，粗眉大眼，脸上愚蠢而无表情，看见我，连忙掩好衣服，招呼一声，去拨弄着灶里的火。

"呃，李金山！"

"请坐，……坐，板凳都……都没有。"李金山坐起来，我站在露台外面。

"要吃饭啰！"

"要……要吃啰！"

"这几天挖得好么？"

"挖不够……面面啰！"

他的女人递给他一碗茶，一小盆粘巴，他一如康人，用稀脏的手在碗里揉着。还举一举碗，客气的对我说：

"请吗！"

"请啰！"

"你哪个不戒烟呢？"我突然问。

"戒……莫得法嘛！戒……戒只有饿死！"

"掉地方去挖嘛！"

"走不动呵，……还……还挣起帅大爷呢！金伕子……当不得呵！先……先生！"他摇摇头，头骨标本的脸上，蹙着眉毛，低垂着泛黄的眼睛，枯瘦的手托了碗，无力地搁在腿上。

"先生，我们是做庄稼，借不得这样惨呢！"他的女人插进来说，他在揉粘巴。

"是呀，想法子回去吧！"

"走得动偕说，屋里头也不晓得怎么样呢？"她答。

我不愿继续这个无聊趣味的谈话，溜下楼来了。

同事们在别的地方，拿旧衣服跟金伕子掉了些金子，觉得很上算。有个晴天，三个同事又拿了旧衬衣，学生服等，到附近金厂去掉金子，也邀了我同去。

向西走，越过帅大爷的屋子，不远就是金厂。河岸上，约有二十三十个，分作五棚挖着五个坑，仿佛掘坟墓一般，把无用的石块堆在一旁，成了小丘。几个人在掘；几个人又用木做的大吸筒，在抽坑里的淤水；几个人又用撮箕，把混着小石块的泥土，挑出地面；又有几个人运送泥土到河边沙盘上去。带旧衣去的同事，揽着生意，但回答的都是："没有金子呵，先生，买不起呵！"他们失望的夹着货物，站在坑边。我走下河去，这里胪列着五个沙盘，李金山和别的几个人，都持着锄头，把泥土拨上沙盘，在河里做了一条沟，让河水自己流过沙盘，冲去附着石块的泥土，又拨开石块，再拨新的上去。金粒便沾在梯形的沙盘上了。李金山拨两锄停一歇，拨两锄停一歇，铁青的脸苍白了，加上枯瘦的四肢，仿佛一个活动着的髑髅。

"李金山!"我走在他近前叫。

"哎呀! 先……先生!"他扶着锄头，无力地抬起头。

"怎么哪?"

"害了毛……毛病呵，……两天吃……吃不得面面啰!"他垂下头。

"睡两天嘛!"

"睡……睡不起呵，……帅……帅大爷……逼我要……要金子呵!"

"我们有医生，你来看嘛。"

"看啥……啥子呵，命……命生就了呵!"他又吃力地举锄去拨石块了。

第二天，我们又在帅大爷那里了。李金山走进来，面容惨白，两堆浓黄的眼屎拥在眼角，纵横的泪痕布满面颊，上嘴唇挂着两道发光的清鼻涕，口涎糊满一嘴，两唇苍白而乌黑，不住的打呵欠，两条腿实在驮不动上身了，扶着墙壁和桌子，才走到帅大爷的烟榻前。他摇摇欲坠的站着，说话的声音，模糊得几不可辨。

"帅大爷……你老人家救……救我的命吗，……赊……赊五分烟。"

"我的不是本钱么? 你扭到闹!"帅大爷停止揩烟，仰面望着他。

"我……要死哪!"李金山答，打着哈欠。

"你要死哪个? 你挣我一两七钱金子，没有喊你今天还就算对得起你罗!"他又揩着烟，眼神凝注在那喷香的烟泡上。

"你……你不赊我，死……死了……啥子还？"

帅大爷受刺似地掉过头来望着他，生气地说：

"你拿死来赖我，你死了，还有你婆娘呀！"

"帅大爷，多少赊点给他，他来了三次哪！"领榻一个中年金佚子插嘴说。

"赊给他？"帅大爷掉过头去回答，"他病妥妥的，死了毬大爷还！"

"你就算做好事吧！"领榻的声音。

"我的不是本钱！"他又揸着烟泡。

我实在觉得，这五分烟仿佛什么灵丹妙药，可以救这个垂死者的命。于是，我插言说：

"帅大爷，称给他，我给钱！"

"呵，你先生心好！"刚才插嘴的金佚子说。

"先生，……"李金山喊。

"李金山，你去看吗，我们有医生呀！"

"看……命……"

帅大爷揸完烟，栽大斗子上，呼呼地吸完了，懒懒地爬起来，掏着腰间的钥匙，一面说：

"有人给钱，这生意又做得啰！"

他开了银柜，称出生烟给李金山。他像饿鬼一样，接过手，一下就塞进嘴，咽进肚里，又特别兴奋地向我说：

"先生，道谢啰！"

三天不去帅大爷的店子了。一个阴惨的下午，灰色的空气流进胸腔，窒塞了鼻孔和嘴巴，闷得发慌。我们又向帅大爷的房子走去。刚进院坝，就听到女人的哭声。我直觉地想到："李金山死了。"异乎寻常地，帅大爷站在烟室外，我向他问询：

"李金山死了吗?"

"死了!"他揭开油垢的瓜皮帽,搔着头。

"哪阵死的?"

"上半天。"

我爬上顶楼,李金山仍像生前,睡在枯草堆里,只是脸上多盖了一张草纸,手足现着青菜颜色,他的女人一把眼泪,一把鼻涕的哭着。

"先生,……"她看见我们哭着说。

"呵,不要哭了。"

"有烟都不得死哪!呜,呜,呜。"

"呵,不说了。"

"棺材也没得,钱纸蜡烛都没有,呜,呜,呜。"

"没得办法呀,这里哪里来?"

"呜,呜,呜!……"

我心里想:"客死他乡,死不得好葬!"不觉也渗出两滴同情之泪。

我们悻悻地退下楼来了。

"帅大爷,怎么埋他呀!"我问。

"唉,啥子都没得,只有将就些了。我倒霉!"他扭动着三角脸,小眼睛直转。

"怎么的?"

"账收不到不说,还要埋他!"

"死都死了,算了吗!"

"倒霉,倒霉,还有他婆娘啥!"

"怎么?"

"他的婆娘总要还我!"

李金山由帅大爷施舍一床烂席子埋了。送葬的人倒不少,都是他们一帮的。他的未亡人痛不欲生，但还有一挑担子在肩上，他们这棚人，虽然缺少一个，仍旧挖着，李金山生前挖了许多坑，现在可得用了啊！

选自 1946 年《中原·文艺杂志·希望·文哨联合特刊》第 1 卷第 4 期

萧蔓若

安分的人

春天，伸出一只玩笑的逗人的手，搔得人痒痒地只想发笑。

都在笑呢：这丰腴地隆起的女人的奶子般的小山坡，山这面给阳春的烟霭揉抹着的小城市，扭缠着这小城市的沱江的流水，来往在江上的小船，小船上的人的脸……

尤其是人的脸。譬如那位黄春浦黄先生——或者照他在益心中学里的"官衔"，称他黄主任也行——独个儿坐在益心中学的校船上，跟着那老跸手，躺在摇篮里似的，身子轻微地摇晃着，那张瘦尖尖的脸，就永远挂一抹讽刺般的微笑——别误会，他并没有讽刺谁，天生成的，一有笑脸，他的嘴巴就似乎有意在紧抿着，似乎就在嘲笑谁一样，那有什么办法呢？

这是春天呀，他不应该笑么？

应该的，何况他刚才在城里会见了他昨天才订过婚的未婚妻，蜜斯陈！（黄先生顶讨厌别人叫什么小姐的，"蜜斯"，好听），而且还在那间剪刀店的黑屋子里，跟她紧抱着接了一个长吻！唔，那嘴里面有股什么味儿呢？要是在别的地方闻着，他准会发呕的。可是，黄先生赶紧提醒自己，那恐怕是处女嘴巴里特有的一种味儿；还有那恐怕也是处女特有的一对干净的奶子——他望了望对面那个小山坡，皱了一下眉头，而且背脊是驼着的，该不会有肺病……管她，张校董的表侄女呀，人家想还想不到呢！嘻嘻，她也要到益心中学来教女童军了。什么——怕哪个说空话？张校董的表侄女，敢情初中还没毕业，啥关系，她总是在××训练团受过几天童子军训练的。暑假结婚吧……

不知道是那跘子有意开玩笑，不好好驾驭着船，还是那船在水里生活不爱了，靠拢岸，它就一直往沙滩上爬——杀！险些儿没有把黄先生从坐板上跌下去，他吃了一骇，赶紧夹稳腋孔下面的黑皮包，天知道那里面装的是什么东西，一天到晚却都给黄先生夹在腋孔下的黑皮包，乘势跳上了岸边。

脚一踏上这号称柑子坝的土地——鬼才看得见有一根柑子树——黄先生的心里便格外感到有一股什么劲儿了。仿佛在这儿，他就一下子长得又高又大，一下子变成了富丽堂皇！他的眼睛是朝下看着的，他的脚是从人头上、树顶上跨过去的，他一伸手就可以抚摸着这整个的柑子坝，这×百亩地的肥沃的校产，这旧有的校舍和新修的讲堂，这给红白紫绿挤成一饼巴的花圃，这密密地浮着，仿佛铜钱般的青青的莲叶的荷花池，这葱茏茏一片的农场，这面对面站着一对对篮球架的操坝，还连同这时候正活跃在校内校外的七八百个男女学生。而这整个的柑子坝，这×百亩地的肥沃的校产，这……还连同正活跃在校内校外的七八百个男女学生，仿佛全是黄先生自己的财产，他是真心地笑了。

他从那由两行低低的洋槐护卫着的土大路，走上操坝，穿过一个正在给一群汗气腾腾的男孩子们起劲地打着篮球的地方。冷不防——砰，他的背壳上着了一球。他想转过身骂，但终于没有开口，大踏步逃出了那个危险地带。

迎面过来了一个人，手里抱着一个岁把多的小孩子。他们对撞过的时候，便一齐现出似笑非笑的样子打招呼。

"进城去了来?"

"散步?"

各人走开了，可是黄春浦走了几步，却忽然站住，他回过头去面对着运动场，仿佛他这时才想起应该鉴赏一下这些学生们的球技，其实他的眼睛是在瞒着刚才那人的穿着酱色短装的宽阔的背影，监视他走到什么地方去。他看见他转了弯，走进教员院去了，他才在肚皮里哼了一声：这家伙！转过身，继续走他的路。

他绕完了那荷花池的半圆圈，朝那趴在校门口的一对老朽的石狮子——它们好像两名褴褛的卫兵——望了一眼，跨进学校的大门。他满足地想：这地方真好，这地方……

真好！黄春浦先生原是顶晓得安分，知足的。他会常常告诉自己：做一个校务主任也不是容易的事啊！可不是？只要这校务主任当得牢，永远这么干下去，永远在这一个小小的王国里做一个实际的领袖，一天安安逸逸，松松散散地过着日子，那就是人生的理想境界了！唔，安安逸逸，松松散散，不错。他黄春浦原是没有一点钟的课的，校务主任呀，哪还有功夫兼什么课？一天到晚他要忙着这里走走，那里瞧瞧：司号，过了十分钟啦，怎么还不吹号！坝子要扫干净一点，老彭，于是转到一个教室边去，让那里面的人以为他视察教室来了，又靠近贴着一张壁报的地方，叫眼睛检阅一下那些花花草草的标题。过河玩儿么？下午，等别人没有课了，便摸到教员院去搓几圈小麻将。

这真是一种安分的，幸福的生活。

"我是一个安分守己的人。"黄春浦常常笑着向别人介绍他自己说。

可是，你也不能说黄春浦一点远大的志向也没有，一点值得惊叹的野心也没有，他有的，在闲空得无法消遣的时候，他也曾经想到过：有一天，他总会当校长的。唔，校长，那就——简直不晓得该怎样说好了，校长，了不起！他甚至于曾做过一次梦，他梦见他死了，墓碑上刻着"私立益心中学黄校长春浦之墓"一行字，醒来竟欢喜地笑出了声。不过，那总是太遥远的事，他没有那么傻常常去想，那仿佛，他站的是一个银钱会的尾会，让他接会的日期还早得很，他不能老去想它一样。自己才二十九岁呀，别人四五十的，还一天弓起背在教室里吃白墨灰，当教员，自己——这个年纪，就当校务主任了，对于随便哪一个教员，要他就要，不要的话，哼，就叫他滚——黄主任是给授权聘请教员的全权的。原来这家学校，校长是经常都不在场，他在别的地方，另有别的事，譬如做生意，更迫切地等着他去干，经常就由他黄春浦来统治这个学校的，这个犹皇帝微服出巡去了，不在朝的时候，由宰相来统治那王国一样。当校长，再过些年再说。

黄春浦也知道自己还年轻，还多少有一些年轻人爱犯的毛病，譬如幼稚，也是别人爱批评他的。一切事情来了，明知道不该这样办，他却偏要这样办，结果，总像他预料的一样：搞得糟糕。可是他绝不失悔，只有傻子才失悔的，他只挖空心肠，努力去设法补救，到底把它弄得光光生生。在这些时候，才看得见黄春浦的才能。他能够想出一些奇妙的方法来修补或改变那一件弄糟糕了的事。叫别人惊叹，佩服，流出一通意外的满足的汗！而他黄春浦，却显得平平常常，仿佛一点屁事也没有。这样，有些人便又说他阴险了。他听到这评语，倒毫不惊奇，他宁肯得意的好。怎么——阴险？那就请你瞧瞧他的阴险吧：对于一个教员，在放假的前一天，他还亲亲热热，有说有笑，第二天，谈送下一期的聘书的时候，他忽然连一眼都不看你了，叫你好像在不名誉的地方暗中吃了一棒，有痛说不出。对于一个学生，吃饭的前一刻，他还叫叫喊喊，问这问那，吃过饭，斥退你的牌告挂出来了，叫你着一霹雳，立刻昏倒。但虽然这样，他——自己也不知道，确也不能算是一个沉着应战的英雄，如果一遇到点儿意外的打击的话，他也就会手忙脚乱，胆战心惊。因此，他希望的，只是他自己去干别人，别人万不要来干他。他就因此，他想不愿轻易得罪一个人，就是暗地和你来一手的时候，最好还是当面对你巴心巴肠，诚诚恳恳。还不要忘记宣言：自己是个安分的人，只想怎么样把事情弄得太平无事就好。

总而言之，别的都不说，黄春浦先生是很满意他这事业的，他随时都在计划着要好好地一直干下去。

可是近来听说校董们，尤其是雷董事长，跟叶校长越更斗得厉害了，也许就会请他下台；还说要由雷董事长自己来兼差，承担校长这职位。唉，这真叫他心里有些吃紧。雷董事长，那个前任的小军阀，现在是大地主了的雷董事长，会请他黄春浦把这校务主任的官职继续下去么？那家伙，像他的姓氏一样，简直就是一只雷，一只埋在炎热的天气里的，并不炸响，只是隆隆隆吼着的雷，他对于学校，总是遇事刁难，挑剔漏眼，一发现有个小孔儿，他就钻进里边，暗中轰轰轰地嘶吼起来，他是把黄春浦看成了梁校长邀约来干这校务主任。黄春浦是梁校长的心腹么？在某种场合，他，黄春浦承认，但在别种场合，他宁肯反对的好。所以他很想找个机会，向那位雷董事长表明，叫他知道他黄春浦绝不是真心忠实于梁校长，只要雷董事长肯信任他，永远叫他当这校务主任，他愿意，敢打个赌，应用随便哪一种手段去对付梁校长——他愿意当面叼他，咒骂他的先人，或者简直不客气给他两耳光，假如他雷董事长非这样便不高兴的话。

"董事长，你不要以为我是他的学生，就怎样不得了，那么，你和他还是儿女亲家呢?"黄春浦忽然想到了这样一句很有分量的话，仿佛一个诗人忽然推敲得了一句响叮当的句子那么开心。他巴不得立地就跑到那雷董事长的面前，把这句话告诉他，请求他给他一个全盘的信任。

然而，这时候，黄春浦早已跨进校门，走在那儿的集合场上了。他夹着他的黑皮包，歪斜着一只肩头，通过那个平坦的三合土坝子，上了三部石梯，那故作旷达似的大开着的门，把他请进了那会议室去——从这里，他才能够走进他的办公室。就在那地方，他却突然给几个学生挡住了去路。一吃惊，就立地叫他记起了那件事。这很好，龟儿子，他心里诅咒着，却装作并没有什么事的样子，说：

"你们要咋个办?"

他在荷包里捞了一大半天才捞到了开门的钥匙，打开门，带着那几个学生走进他的办公室去。

他坐在办公桌后面的椅子上，跷起二郎腿。

"报告黄主任——"一个学生开腔，这是黄主任顶讨厌的一个，平常爱在壁报上说点俏皮话的，自以为是高中毕业班了，了不起，目空一切。

可是，不让他报告下去，黄主任却抢先，虽然他显得还是那么的和和气气，仿佛是在接待一个老朋友：

"知道了，就这样办的，看你们怎么样！独裁，我就承认独裁，法西斯蒂，就法西斯蒂，裁判错了，错了，怎么样?"

"运动会——"另一个学生想反驳，但黄主任没有给他机会：

"运动会怎样? 我们还是私立学堂，裁判错了就错了的。我们这是私立学堂。你说污教吧，并没有那一个估住你来读，也并没有哪一个下帖子请你，不高兴就听便！我们这学校并不多你们几位学生，你们就全班走了这学校也不会关门，怎么样，就是这样?"

"我们请假过河去自己找裁判员，质问他。"

"请假？很好，不过，那是该训育处的事。"

"训育处不准。"

"嗳，为什么？"他奇怪地吃了一惊，好像这件事也很出于他的意外。可是他一字一板地接下去："训育处不准，我大约不会准的。"

这下子，他从椅子上立起身，前进两步，扒出两只手来叫别人出去，好像他在劝解着闹架的人：

"对不住，我有事，请出去请出去……"

"我们要请假过河，去质问他。"有一个学生还固执地说，站在那儿不肯动。

"好的好的。"黄春浦的心里觉得很不痛快，这群龟儿子，跟你们闹了几天了，好像严重得很呢！哼，斗一斗吧，滚他的蛋，这些少年气盛的东西，看谁胜得过谁！

黄春浦原是想到这里来跟一个朋友写封信的，给这些龟儿子一搅，他不想写了。他毅然地，夹着他的黑皮包跨出了房门。会议室上壁的挂钟，要想招呼却又不怎么愿意似的，慢悠悠地敲了四点。锁上了他的办公室门，他带着一半别扭，一半自豪的心情，打会议室走下集合场，再走出校门口，一只脚自然地带着他走向教员院去。

教员院就在运动场的旁边，入口地方，首先赫赫地突出来一间屋子，临着荷花池，一面窗子大大地打开着，像一只可恶的大眼睛。黄春浦一看见这窗子，心里就不大舒服，也报复地向它眨了一眼，扑进那巷口。在第一号房门边，他停了脚，一只眼从门缝儿看进去：那个酱色短装的家伙，坐在一张书桌边，哼，两个学生站在那儿跟他说说笑笑！黄春浦把脑袋歪过去歪过来，才认出了那两个东西的面孔。他把他们的名字记在心里，好扣他们的品行分数。然后，他才悄悄离开了那儿，转个弯，跨进了他的老同学兼好朋友的一位许先生的房间，首先是许太太用"啊呦，大主任来啦！"的扁喉咙欢迎了他，跟着便询问他今天在城里跟蜜斯陈接了几个吻。

"一个，只一个。"黄春浦自己招供，装作不笑，心里想：你看，我幽默得很！

落坐在屋当中一张方桌旁边，他的心境完全轻松，舒展了，他用着暗示的口吻向许先生提议：

"今天怎么样？"

"来嘛。"许先生附议了，踱到门口边，望着对面一片房屋，奋力提高嗓子——可惜他早年就得了肺病，要高声也有些费劲了——叫道：

"刘主任！罗老师！"

那边，这就立刻起了回响，仿佛声音是从一个浅浅的山谷里射回来：

"来啦来啦！"

"许学元，你又要打牌呀？"许太太拼命放大她的扁喉咙警告她的丈夫，"这几天又咳了呵？"

"莫名其妙。"许先生咕噜了一声，抱歉地笑着。

"哼，今天我要去打！"许太太简单地宣布。

"你要打就让你打好了，何必扯那些靶子？"许先生戳穿她。

牌桌摆好了，三个男的夹一个女的，唏哩嗦啰地就干起来。许先生好心肠地坐在他太太的旁边"抱膀子"。

拿战术来说，要数许太太最精，刘主任跟罗老师第二，黄主任落伍。难怪，这位黄先生本来是才学不久的，虽然因此牌瘾也最大。他坐在牌桌上，总显得那么慌作一团，砌牌，他砌不赢别人；出牌，他要别人催。横在他面前的墩子，不像别人那么整齐，坚实，老是滥流浠滴，一碰就垮。他全部的紧张着，忙乱着，两只细小的眼睛，里外乱窜。常常到了摸牌的轮子不知道，也常常打到对面一方，他就提前去摸牌。坐在他上手的许太太喜欢捉弄他，惯爱神不知鬼不觉地偷去他一张牌，叫他当着莫名其妙的相公，奇怪怎么和不下来。

才过一圈，黄春浦已经输了十多块，他脸上发着慌。

"今天我们赢黄大主任的钱来买鱼吃。"许太太宣告，她是出了名会烧豆瓣鲤鱼的。

"要得。"黄春浦红着脸承认。

可是，这时候，屋子里突然黑了一大半，原来房门外站定了两个人。是吴主任和叶主任。前一位是训育，后一位是统管初中男生部的，连同那个现刻正坐在牌桌上的刘教务主任，一起被称为"三学士"——这个称号的来源倒还要待考。

那两个，站在房门口的，左边腰杆上都挂着一只黄色的布口袋，也就是所谓"杂囊"的东西，那里面满装着特地从河边捡来的无数颗圆滑的小石子，倘是走路来的，就得唏唏嘘嘘。他们的左手，各执一把橡胶皮跟藤秆子联合制造的"弓"。照例，每天午后一完课，他们就带着那弓弹的武器，走出学校去了。他们走近河边，走上山坡，走到人家的房屋的后面，树竹林的中间，轻脚轻手，探头探脑，仿佛一对上下手的偷儿似的。他们在寻找着小鸟的踪迹。一发现哪一条轻枝上，哪一个屋顶上，停着一对鸟儿，他们便立即拈弓搭弹，铛一声射了出去。本来是不大容易射击的，那目的物给吃了一惊，砰一声飞去了。他们于是匍匐溜拐地跟随追去，到处侦察着，用着两只闪着火的鹰眼，直到重新发现了它，或者另外找着了一只，他们才得安心，又狠命地给它一射——铛！这一回射中了，那做梦也没想到会这样收场的雀鸟儿，一下栽到地下来。两位射手于是一齐喝一声彩，连看也不看他们的牺牲者一眼，十分满足地扬长去了——他们还要去探索他们的第二个牺牲。这样，一直要到吃晚饭的时候，或者还更迟一点，反正会跟他们留菜，他们才带着胜利的豪情回到学校。有些人很奇怪：为什么天天打鸟，一只鸟也不见他们带回来？原来他们的打鸟，其志是不在它们的，他们是为打鸟而打鸟的。

现在，他们站在许先生的房门口，仿佛两名才退下战场的兵士。打牌的人都一致见怪了：他们今天会回来这么早？可是他们立刻懂得大概出了什么事，因为这两名壮丁毫不放松他们的脸子，而且固执地把那两堆又宽又厚的肉堆，塞在门洞边，挡住从那儿照进来的光线。

"还在开心，学生都跑了一半啦。"吴主任气喘喘地说，他有这毛病，一张口气就喘。

"哦？"牌桌边的几个人同时嘘出了一声。

"我们刚才在河边，"叶主任补充，"看见高一班的通通跑了，他们说：黄主任说的，叫他们都去。"

这一惊，似乎有些吃得意外，连黄春浦先生也从板凳上站起来了。

"好得很，"他说，"不假外出，挂牌，全班斥退！"一分钟的冷冻，他便用一只腿扫开板凳的一端，准备跨出屋子去，却发现自己的手里还捏着一张刚才想打出而竟未打出的牌，他上当似的哼了一声，把它扔在桌子上。

"不要慌，"吴主任规劝，"商量一下再说。"

"你看怎样？"黄春浦两只手爬在桌面上，好像一只瘦螃蟹。

"那怎么成？"吴主任说，喘着气，"全班斥退，这……而且是第一班的高中呀！……学校的名誉，而且教育厅知道……"

到这里，黄春浦却伸出一只手指头宣布了，声音也开始打战，显然他是临到了一个属于突如其来的叫人冲动的事件。

"这事情我看得清楚。这些龟儿子，不能不给他们一点教训，否则还成个学校？会造反了！牌一挂，他们会懂的——哪里料得到我们会采取这样强硬的手段？快毕业了，用这么多钱，开玩笑！要求嘛，悔过嘛，好，那时才来痛骂他们一顿，全体记两大过！怎么样？"他口不由心地说，连自己也觉得一点把握没有，好像只是用这些乐观的臆想，好叫自己陶醉一时一样。

可是，这策划，所有在场的人，连同许太太，都十分踏实了，都佩服黄主任的"料事如神"。

而这些赞赏和佩服，虽然渐渐地加强了黄主任的自信心，好像一件假事，多几个人一证明就变真了一样，他心里觉得还是有些忐忑。但他到底是断然决定了：他偏不相信，他要这样干就这样干！仿佛他生理上有这么一种要求，非要冒这一次险不可。为了不叫他的决心动摇起见，他狠毒地点了一下他的瘦尖尖的下巴。

牌局只好在慌忙中没有结果而散。高一班全体斥退的牌告，果然在晚饭以后就像一声霹雳似的挂了出来！

整个的益心中学，七八百个男女学生，于是立刻沸腾起来了，轰乱起来了。

"高一班全体开除了，二十一个！"

"我的天，这……"

"啊呀呀！……"

到处都在讨论着，商量，喧哗着这个了不起的大事变：到处都在动荡着，紧张着，战栗着，或者幸灾乐祸着……

黄昏在开始灭亡，黑夜在逐渐产生的时候，晚自习的号音响了，可是它叫不进那些学生们到教室里去，到书本里去；这里那里都还在嗡嗡嗡，嗡嗡嗡。害得我们的吴主任，还有军事教官，连续吹口笛，骂"莫名奇妙"。

高一班的全体学生，二十一个，这时候却从那位不公平的裁判员那里，带着不得要领的结果，从城里回来了。他们还不知道自己的名字已经一起写上了斥退牌，高高地悬挂在会议室门口的墙壁上。

于是，他们有好些个像火烧似的愤怒了，好几个像霹雳似的呆傻了，好几个又死掉爹娘似的伤心了——有一个女同学还趴在她自己的书桌上嚎啕大哭起来，埋怨男同学们害了她，逼着"闹事"，得到开除的下场。

黄主任的办公室，正在那一班的紧隔壁，他清清楚楚听到了那些龟儿子们的悲惨场面。他一个人坐在椅子上笑着，站起来又坐下去，用一句成语：乐不可支。他在等着，看他们今晚上来不来请求，说好话。

他听见他们一群人走出了教室去。他想：要来了，赶紧在椅子上把身子坐正，跷起二郎腿，肚子里起稿着一些最挖苦，最刻薄的话，准备来振他们一顿。

他们没有来。再等了一会，还是没有来。下自习了。

"明天——明天一早会来的。"黄春浦自己在心里预约着。他放大胆睡觉去。

天亮了，也就是昨晚上那个明天。大清早，那些龟儿子们却已经把自己的行李从寝室搬出集合场来了。他们毫不犹豫要立刻走路。

训育主任吴先生，气急败坏地跑到了黄主任这儿来。

"糟了，"他通知，"他们要走了！"

"呃？是全体？"黄春浦说，他在桌子上抓起一本又大又厚的洋装书夹在腋孔下，又急忙扔下它，拿起他的黑皮包来。

"全体，行李都搬出去了！"

吴主任说完这话，翻身就往外走，他声明：他的大便胀了。

黄主任夹着他的黑皮包，跟随跑出去。果然，那集合场上，已经乱七八糟地摆着铺盖卷，书籍，洋伞，洗脸盆，仿佛发生了火灾。它们的主人们散乱地坐在石阶上，铺盖卷上，书箱上，又仿佛一群守在火车站，等候着就要开到的火车的旅客似的。好几个力夫拿着自己的武器——扁担，棕索子——远远守望在那儿。

黄春浦的心头似乎就要爆炸：他想叫吼出来，但又给自己镇压下去——怎么叫法呢？你挂牌斥退别人的，难道不要别人走路么？

而且，他还好像忽然醒悟了，事情的结果一定这样。他站在那会议室门口的石阶上，脸上依然装作淡淡的，甚至带点儿欣幸的神色，嘴角边挂着一丝讽刺般的笑。

吴主任已经解好了大便，来到校门口，刘主任跟叶主任排在男生食堂的进口地方。全都似乎有些冷落和颓唐，好像显赫一时的将军才交出了兵权一样。

所有这学校的几位主任先生，原都是华东大学出身，由梁校长请来包办这学校的。他们结成了一帮，仿佛一株大树的几股老根子，牢牢地扎进了土地和石缝，支撑着这整株的树和桠枝。树干受了伤，不要紧，只要老根子不动，桠枝折了几条，不要紧，只要老根子不动。

不错，他们是不会动的，他们还是那么稳稳地站在那儿，虽然似乎有些冷落和颓唐。

沿着这集合场东面的一排四间教室，窗子后面，布满了紧张的，悲凉的，而又觉得很有点趣味的稚气的面孔。几位主任先生都懒得吆吼他们了，让这不规则的，暗淡的早自习就这么挨过去。

这时候，一个女学生，那被斥退中的一个，离开了她的行李堆，跑上石阶来了，打黄主任的身边挤过，她走进了会议室。她要经过那必经之路，最后一次回到她们教室里去搜寻一件遗失了的什么东西。

黄主任侧转身，嘴巴动了一下，可没有出声。他跳着心子，斜起一只细眼睛送她进了那间教室的门。

她很快就从那教室出来了，手里拿了一个什么本子。

黄主任于是不慌不忙地把身体转正，跨进会议室去，在半路上迎着了她。

"秦士芳。"他叫着，用一种很温暖的，慈爱的，爸爸对女儿，哥哥对妹妹的声调叫。

秦士芳站住了。她今天好像特别害羞，低了头，第一次和情人会面似的。

"你们全班都走了么?"黄主任小声地，怕谁听见的样子，一只手抚摸着那夹在另一只腋孔下的黑皮包。

那一个不张声，眼圈子似乎在发红。

"谁叫你们闹……不假外出。"他惋惜地说，"我知道是几个同学闹起的，你们是受了连累……"

秦士芳的眼圈显然比刚才更加红了，两片薄薄的，可怜的嘴唇皮，还努力在抿着，抿着，挤成一条长长的弧线，不这样它就会哼出来似的。可是，她突然向黄主任鞠了一个躬，头一钻就趋跑出了这个会议室，跑到集合场上她的行李堆边，开她的箱子去了。

黄春浦带着一颗沉重的心，装着散步的样子，又走出会议室的大门，而且走下石阶，叫那只空着的手插进裤袋里，在那些散乱着的行李堆中间走来走去。

"我说，哼，"他忽然说话了，眼睛也不看谁一眼，仿佛他是在回忆什么事，无意中就脱口自言自语了起来，"自作自受，自作自受……现在，好啦，快毕业了勒，哼哼!"最后两个字音，是从鼻孔里笑出来的。

"我们也不稀罕毕这个业。"离他不远的一个学生，男的，正弓在地上结操鞋带，开了口，也是自言自语地，眼睛也不看谁一眼。

这是一个好机会，黄春浦高兴了。他赶紧立定脚步，面向着那搭嘴的人：

"啊，你不稀罕毕这个业？真的么，林国权？你已经一二十岁了，你家里送你来读书，一年花几千，为的什么？"

"送来吃饭的，受气的，着斥退的……"林国权唱歌似的接应着。

"哼！"黄春浦不得要领让开了。

"姚主任来了，姚主任！"几个人同时叫着，迎了上去。

姚主任是会计的，他提着一只小皮箱来了，那里面装满了的是账簿和法币。这些旅客们，等在这儿，就是等他来退伙食钱，才好走路的。

"莫忙嘛，吃了早饭来。"姚主任劝慰似的说，络腮胡的下巴回头去向大门口一指：那位司号先生已经拿起号筒，懒洋洋地吹起快要落气般的下自习的号音了，吃饭号也就接连起来，仿佛只是一个号牌子。

学生们这就从各个教室的门口挤了出来，有的是空手，懒得自己借碗筷的；有的却拿自己的吃饭工具，敲得叮叮当当响。

"不排队了。"吴主任把那乱七八糟的集合场看了一眼，大声宣布。

男的和女的，便分批向各自的食堂涌去，一边用眼睛照顾着集合场上那些快要出发的旅客们。

"我们不吃早饭。我们要走路。请姚主任马上退钱给我们。"旅客们争着说，好像火车已经听得见在叫了。

会计室的窗口，它也是向集合场这边开着的，立刻挤满了人的脑袋。

黄春浦，虽然明知道事情的结果一定这样，他从脚后跟到头顶，却突然一阵发麻，他感到异乎寻常的难受，那情形，仿佛看见自己一手筑成的金字塔，在一阵莫名其妙的风雨里开始倾崩，仿佛一只上品的花瓶，在一只开玩笑的手里打得粉碎。他全身颤抖着，眼睛周围起了一层暗云。

"不行!"他吼叫一声,冲到会计室的窗口跟前去,"姚主任,伙食钱不能退——不退!"

已经给打开来的姚主任的小皮箱,一下又关上了。姚主任睁大眼睛向窗外的一群人做了一个鬼脸,好像说:对不住,这不能怪我。

"为什么不退,黄主任?是我们自己的伙食钱呀!有这规矩么?斥退学生不退伙食钱!"好几个学生红着脸叫应着。

黄主任这时已经又退回到了他原来站定的,那会议室门口的位子。他轻微地喘着气,一张脸铁青,小声儿的,仿佛诉苦似的呻吟着:

"不退……不退……"

不顾那些龟儿子们的责难的诅咒,他黄主任,忽然叫出了其中一个的名字,还用抬手来帮助他的叫声:

"陈万才!"

那被叫着的迟疑了一会,走过去了。

黄主任把他领进了那会议室,领进了他自己的办公室。他坐在他办公桌后面的椅子上,搁下他的黑皮包,叫一张慈善的,甚至于可以说是悲哀的脸孔,仰望着他邀请来的这位宾客。

"陈万才,"黄主任说,声音发颤,"我知道这事情是你领头的,呃。你们太不看重自己的学业了……我黄主任跟你们有仇恨么?……学校辛辛苦苦教育你们,培植你们……你们……你们是益心中学高中第一班,而且快要毕业了!家庭,社会……可是你们太,太不看重自己的学业了,你们难道不失悔么?你们……你们没有什么话说了么?……"

"没有了。"

那个陈万才,站在黄主任的办公桌面前的,要是黄主任站起来，还比他矮半个的高得出奇的年轻人，听完了黄主任的教训，简单地回答了这几个字。

这对于黄春浦却是——一堆微弱得快要熄灭的炭火上，再泼下一瓢冷水：嘘！黄春浦心头的炭火熄灭了，叫一股最后的，惨淡的白烟，从那熄灭的炭火上腾起来，掩盖着他整个的空虚的心洞。

"我们没有什么说的了，只要求学校退我们的伙食钱。"黄春浦又听见那一个说。

"没有什么可说的了，"黄春浦重复，"你们不失悔么？不想办法能够……能够……"

"我们不失悔，"那年轻人说，那声音虽然显得执拗，却也掩饰不住它的凄哀，"真料不到……我们又不是同学校为难，我们……我们去质问了裁判员……不说了，学校要开除我们，我们就是，只是要求学校退我们的伙食钱。"

这一番并不动气的申诉，几乎叫黄春浦也有些感动了，因为他几乎觉得这班学生也很可怜，受了差不多可以说是冤枉。

可是黄春浦挥了挥手，叫那可恶的年轻人出去。然后他从椅子上站起身来。他想再走到外面看看。可是他又坐下了，他也忽然变得非常虚弱，仿佛才害了一场大病。费了很大的劲，他打响了那锈坏的叫铃，叫进了那没事的时候便坐在会议室里打盹的老朱。他命令他快去请吴主任，刘主任和叶主任来。

黄春浦没有失望，不要五分钟，他们都到了。

"怎么办?"这一个一张凄惨的，发白似的脸子和这简单的辞句招待了他的来宾们。

大家互相看了一眼，呀呀嘴巴，刘主任还用左手摸了一下自己的打皱的后脑盖。可是到底都没有说出怎么办。

"我看……"黄春浦叹了口气。

"这事情，是弄得太糟了，"刘主任埋怨着说，"如果当真——

唵，学校的影响太大！全班斥退，而且是第一班的高中……"

"唉，真没有料到他们硬有这样倔强，硬不怕！"叶主任加添着。

"我看，"黄春浦胆怯怯地说，"你们哪个再去试试看，叫他们悔过，就撤销斥退——老叶，你去！"

"我，我并没有任过他们的课呀！"

"我去试试。"刘主任自告奋勇了。

"好，你去好，"黄春浦鼓励，"你合适。"

刘主任出去了，剩下在这儿的，静静地等着回信。他们好像在等在候审室里，等着最后一次的宣判。

十分钟，刘主任回来了，一踏进门就摇着他的胖头。

"哼，"他报告，"这些杂种，算啦！他们还骂你。"他的眼睛看着黄春浦，"说你阴险，毒辣。他们还说，他们越来越不满意这个学校，说学校里越来越黑暗，说学校光挣学生的钱，又不好好聘几个教员，他们在这里是白费光阴，说他们不愿毕这个业，反正要考上大学可以考同等，做事的话，多半再也学不到什么东西……说……他们已经走了。"

沉默。屋子里只听得见细微的，颤栗的，几只鼻孔出气的声音。

第一堂上课的号声响了，要断气似的呻吟着，那几位主任都有课，他们没可奈何般的，丢下黄春浦一个人在这儿，静悄悄地出去了。

黄春浦，凄凉地坐在椅子上，头发着昏。房顶，墙壁，书架，泥巴地，都渐渐在他眼前浮动起来，转着圈子。他心里却是空洞洞的，好像一切事情已告完结——戏台上最后一个角色走进门帘里去了，铺着简单的桌子拉出了台口边；最后一盘麻将有人和了，彼此都站起身来，主人家已经在解桌布带子。这时候，他只是顽固地记起了地方上的那些绅士，记起了县政府，他们平素总是跟学校为难的，说学费收得贵，滥收学生，现在不知他们更会怎样的借口攻击；教育厅知道了，那更糟糕！唉，还有梁校长，那远在××的梁校长呀，他将会怎样地看他黄春浦呢？他一定要说他办事糊涂，也许还会说他有意拆他的台呢！完啦，这校务主任当得稳球！而且，他忽然在心里来了一个肯定：要是教务主任不当了，密斯陈一定会跟他解除婚约！他听见他背后木架上的一排药瓶子，给他那打战的身体震得科啰科啰，他下了四次决心，想立刻跑出去把那些龟儿子叫回来，说不要斥退他们了。他们大概才刚到江边，没有过河吧。可是，他无论如何不能那样做，那会给他们和全校的学生怎样的笑话呀！何况，他本来已经暗示过他们，还叫刘主任去交涉过，要他们悔过就算事，那些龟儿子，唉，却是强硬到底！

黄春浦越想越气愤，他恨不得架起一挺机关枪把他们全数扫在河中间。

"打死他们，这些混账东西！"他咬着牙在心里吼着，一跳就离开了他的座位。

可是，他还没有找到一挺机关枪，先自己一下就呆住了，他一双细眼定在了对面的墙壁上。那儿贴着一张私立益心中学组织系统图表，最上一层便横排着三个大字：董事会！

黄春浦的背心，突然再一次通过了一股寒流！好糊涂，他闹了一大半天，竟忘记了还有个董事会，就在眼前的董事会！雷董事长那堆肥胖的身架，便一下撞进了脑子来！

他站在那儿，站在那私立益心中学组织系统表的前面，整整死了七分钟。后来，菩萨保佑，他慢慢复活了，决定赶紧去把这件事报告给雷董事长。这是目前最紧急的工作。是呀，他应该赶快拿出他的才能，设法把这件事情补救好！他决心要用脑壳去下赌注，去赢得雷董事长对这一次的谅解——的确，只要雷董事长肯给他支撑住，连梁校长也可以不必放在心上了。可是——该怎样比较好呢？眼见已经塌倒下来的大厦，想跑过去用两只手抵着它，已经穿了底的破船，想用一双破袜子去塞住。黄春浦就抱着这样一种心情，夹着他的黑皮包，支持着那已经虚弱了的身体，费劲地拖着那气得打颤的腿子，却又努力跨着快步，走出了他的办公室，走出校门去。

校门口那对老朽的石狮子，那两名褴褛的卫兵，用四只瞎眼睛睃着他，嘻开烂嘴巴对他嘲笑着。花圃，荷花池，洋槐树，在这天里都变成了衰败的风景。让它去！黄春浦只心慌意乱地移着步子，心慌意乱地盘算着怎样在雷董事长面前编制这事件的报告书——这回，开春季运动会，请来的裁判员裁判不公，引起了那一班受委屈的学生们的愤怒。要叫重新决赛过，学校不许可，要过江去质问那位裁判员，学校又不准假，他们就自己去了，学校就全班斥退了……这么如实地报告？似乎不大妥，似乎有小题大做的嫌疑，似乎有跟学生们意气用事的嫌疑，似乎有专横，幼稚——这可恶的幼稚，和别的什么的嫌疑……

"唔，"黄春浦在心里跟自己筹划，脚步放缓慢了一点儿，"总而言之，事情不能把它说得这样单纯，要放一点更严重的东西在里面——唔……唔……"他面前隐约地现出了一丝亮光，"最好说是……"

他这时已经走到了现在是闲空着的，寂寞着的篮球场边。一个人从对过来了。那个人，穿着酱色短装的，抱着一个岁把多的小孩子，慢慢地走着，咿咿呀呀地哼唱。

黄春浦跟他对撞过，发问：

"没有课？"

"没有，过去？"那人说，走开了。

黄春浦的心里一下乐开了花。该死的，他黄春浦怎么这一次竟糊涂得想挨两耳光，他怎么昏了头，竟忘去了这一个人！他这回真是撞了鬼！他加快着脚步，急忙回过头望了望这个人，仿佛证明着他还存在没有似的。

这个人，姓史，单名一个坚字，是去年下期才来的。他原是来得"不明不白"，像黄春浦平素说过的一样。那是去年暑假的时候，学校聘不到教员，黄春浦亲跑上了成都。一天在少城公园茶馆里，因为满座，他和一位先生拼了席，这么一来，两位生客竟聊起天，互相问起了职业。等到黄春浦知道对方竟是一位史地教员，他高兴了，一定要请他下外河教书。

可是，那位先生告诉他外河这地方，他是早就想去玩玩的，无奈他早已接了遂宁那边一个学校的聘，对不住得很。

"明年来效劳吧。"他结论说。

可是第二天，黄春浦却亲身拜访了那位才认识的朋友的家宅，再三再四地请求他接受他的诚意，叫辞退了遂宁那面的聘书，跟他一道下外河。在推却不过别人的热情，在比遂宁那学校每月多一百元的薪俸，和由蓉到外河的路费由益心中学负担的条件之下，他毕竟答应黄春浦了。过了一个星期，连同别的两位新聘的教员，他带着他的夫人，半岁的孩子，跟黄春浦一同到外河来了。

这位史坚先生，不过二十六岁，矮矮的个子，终年冬似乎穿着那一套酱色的短装。他教了好几班史地课程，半年还没有教满，全校学生可都对他热烈拥护了，那原因之一，还因为他很能演戏，学校办什么会的时候，他登过两次台，还同一个女学生合演了一对爱人的戏，这破天荒的创举，使得许多人对他又佩服，又歆羡，又嫉恨！可是学生们，无论男的或女的，都显然非常敬爱他了，他和他太太，小孩所住的屋子里，常常都有学生们嘻哈打笑的声音。他们或她们从那屋子走出来，手里总要带一本从史先生那儿借到的什么新书，一般中学教员通常所厌恶，所不屑翻一翻的"浅薄"，"荒唐"的新书。

黄春浦跟别的那几位作为这家学校的大树的老根子的主任们，对于学校聘到了这样一位"人才"，都一面表示高兴，一面又觉得可悲：对他发生好感，又同时怀着敌意。结论是：这样的人物，学校绝不能让他"长久"干下去。

黄春浦再一次回过头去，想再看一看那位史坚先生的宽阔的背影。他没有失望，他又看见了。

渡了河，穿城而过，又渡河，然后到了雷公馆。

雷董事长不在家。他坐在他的客厅里等着，一直到了中午。他借口另外有事，走出街上来，在一家小面馆吃了两碗牛肉面，算是用过中餐——这时他才记起：今天他竟连早饭也没有吃。

又四处溜达了一会，再回到雷公馆去。

一点钟后，他会见了雷董事长。

一见面，黄春浦在脸上就扮出一个讽刺的笑。可是，他赶紧又收起它，觉得这时候不太合适，换上了一张严重的脸。

"董事长，"他让屁股尖挂在椅子的边沿上，紧抱着他的黑皮包，仿佛那是他的定心丸，伸出一条瘦颈子，像只公鸭一样，"董事长，学校发生了事，真糟。有人煽动学生捣乱……"

那位才从外面回到家来，刚刚坐定的雷董事长，他那肥圆而又光烫的头顶上，还在冒着热腾腾的烟，脸上整堆的肥肉松弛着，仿佛就要从那上面掉下来的样子。而在那还未及垮下来的松弛的肥肉堆的中央，却配备着一只小小的怎么说也不相称的鼻头：从那鼻头的两边，划下两条深深的线，一直拖过了嘴角，然后向里面弯，对那圆圆的，叫人奇怪着这样年纪还没有胡髭的嘴巴取了一个包围式，这就形成了整个面部的悲观气氛，说起话来，现出要哭的样子。

"噢?"他哭着。

"就是那个史坚，史坚教员，董事长晓得的，他煽动学生，全班人都……"

"全班人都？"

"全班人——捣乱，已经全班人开除了，这是高中第一班啦！"黄春浦咬紧牙根说，显得那么愤慨。

"全班人开除了？"雷董事长的确也大为吃惊了，照样说，只差没有流眼泪了。

"是呀，有什么办法？史坚，那家伙简直是岂有此理？他煽动那帮学生擅自不假离校。"他回头望了望门口，然后把嗓子压低，说着大声的悄悄话，"他还有秘密组织活动，要把学校推垮！"

"这样的？把他抓起来！"雷董事长再也不打算忍耐了，他喊着，就像一只大热天的雷，一只关了许久的，悲哀的雷。

"是么？看董事长怎么样……"黄春浦两只细眼睛热切地巴着那一个，好像在向他求援。

雷董事长，也已经看出了这位贵客正为了这件事在着慌，他心里一愣，缓缓地，心平气和地才再开口，仿佛缓缓地，心平气和地收歇了那大热天的雷声。

"黄主任，"他有意安慰他说，"就这样办吧，把他抓起来，一切有我……"

"那一班学生……"黄主任还不大放心地提醒。

"叫他们转来就是。"他说得那么轻松。

这事件，它的谈判的进行和结果，倒顺利地有些出人意外，以至于叫黄春浦感到没有劲儿。可是他到底笑了，从心里迸出来的真实的笑。

"黄主任，请你放心，"雷董事长的陷落在脸上的肌肉堆里的圆眼睛，自己转了一个圈儿，"我不会使你为难的……我不会……以前，恐怕你还有些误会我……其实我……你放心……梁校长我们是儿女亲家……可是他又有信来，说他忙不过，一定不干益心的校长了，要我兼任……当然，我们自己的学校，还叫别人来干么？……他忙，也是实情……不过，黄主任，你放心，就是我干校长，也应不会对你有什么的，你安安心心地当你的校务主任……说不定，过些日子，还要请你帮点更大的忙，请你干校长呢，哈哈哈！"雷董事长忽然笑着了。

"董事长，啊呦，我怎么干得下！"黄春浦快乐得很想跳起来——跳到那一个的身上去。

可是，董事长赶快夸奖他：

"哪里？你行——我看你比梁校长还能干。不怕我们是儿女亲家，背地说他的坏话：梁校长办学校实在是外行，做生意倒不错。"

"唔，我也这样说，"黄春浦连忙附和，"他还是最好专门去做生意，嘿嘿……"

雷董事长又第二次放开喉咙大声地哭着笑了，一只大热天的闷雷那么哭笑着。

这笑声，全部陶醉了黄春浦，比密斯陈的笑声更叫他作迷。他很想过去——因为他实在没有劲站起来走过去，跪在那发笑的人的脚跟前，抱着他的膝盖，对他说出一些最亲爱的话语，他很想那么样叫他一声爸爸——什么？他偷偷望了望他，快五十岁的人了，比起自己这二十九岁的小伙子，叫爸爸不是很合适么？

而且，说也奇怪，他似乎越看越有些像爸爸了，黄春浦家里那个爸爸的白胖的面影，似乎已经印上了这一个雷董事长的。

"董事长，"他声音快乐得打颤，"我一定真心诚意地替你效劳，我一定……请董事长也不要误会我，不要说我是梁校长的学生，我对他没有什么的，我对他不过……其实我老早就想来向董事长……就是怕董事长……董事长，我对你……对你……董事长，你知道，我是一个安分的人……"

"好，"董事长承认，像在夸小孩子似的，"我相信你，你好好干下去……不过我的意思，下学期要把刘主任，吴主任，黄主任他们取消，另外找几个更精明的人来……"

黄春浦一下哽住了，回不出话，因为他心里突地拔起了一个念头：噫，猪不是慢慢来宰，最后就是……

可是，他不能再迟疑了：

"可以可以，"他赞成，分外高兴似的，"那样很好，我和他们也没有什么的，泛泛的同学，可以可以……"

"好，那么就这样办吧。那一班学生，由我去把他们弄转来，你放心。至于，那个史坚，最好叫他自动立刻滚蛋，否则我就要把他抓起来关起。你看怎么样？"

"很好——可以。我和史坚没有什么关系……我们是碰巧认识的，他真是来得不明白……"

这下子，黄春浦从椅子上站起身，感激地向主人鞠了两次躬，他告辞了，说改天要跟董事长送一瓶他家乡出产的顶好的干酒来。

一踏出了雷公馆的大门，黄春浦满身轻松得想开快跑。他想大声地笑，说不定还想唱个歌。他真是高兴得透了顶，因为他这一次会见雷董事长的收获，大大的超过了他预先的希望，而且他大大地自负了——哼，瞧瞧吧，黄春浦幼稚是幼稚，到底是个人物！阴险，嘻嘻！他又笑了……

过了河，他在这小城市的街道上走着，仿佛每一个行人的脸上都挂着笑。他想：到底是春天呀！

要不要去见密斯陈呢？他停在一条岔道上，心里动了一动。可是他的脚还是一直往正街走了，他不能挨疲，他要快回学校去干完这件事。

他又坐上了那跛子驾驶着的校船，瞧着那船桨打起的一连一个的漩涡，那来往在江上的小船，那丰腴地隆起的，女人的奶子般的小山坡，山这面被阳春的烟霭揉抹着的小城市，一抹讽刺般的微笑永远留在他的嘴角边。

而且，他坐在船上，忽然说话了：

"老跰，你好好推，下学期我加你的工钱。"

他的脚踩着了这柑子坝的泥土，这益心中学的校地，他觉得，仿佛它们比往常踏得更坚实，更牢靠了。

远远的一条小路上，吴主任跟叶主任出现在哪儿，左边腰杆上显眼地挂着一只黄色的口袋，手里捏一把"弓"，探头探脑地向竹丛里窥探着，他想起，现在该是三点过了。

球场上沸腾着男学生们，叫嚷得天翻地覆；荷花池畔，却是女孩子们的世界，三三五五地打成堆，有的唱歌，有的欢笑。

黄春浦小心地绕过球场，来到了通进教员院子的岔道口。他的脚停住了，心里微微一颤，那打开着的窗，今天仿佛又变成了一只看穿人的肺腑的眼睛。他站在那儿踌躇了分把钟，最后下定决心要去做一次拜访。

他轻脚轻手折到了那扇小门边，仿佛一个小偷似的，侧着耳朵听听里面有什么动静。然后轻脚轻手把那扇小门推开了一条缝儿，他看见史坚先生抱着孩子在屋里走来走去，史太太坐在床边缝补什么东西。

他扁着身子，费劲地挤进了那扇子房门，好像房门是给抵住似的，不能推得再开一点。

于是，他那瘦尖尖的脸，立刻发青了。仿佛他是忽然得了暴病，走不回家，只好半路上到这儿来停停，等着家里打发来接他的轿子，他悄声默气地在进门边一张凳子上坐下来，叫眼睛瞟了瞟那门背后：并没有什么东西抵住。

史坚先生抱着孩子，在床面前停下了。

"史先生，"黄春浦开口，提不起声气，"糟了……"

"唵，什么事？"

"嗨，真想不到……社会上有这样黑暗……"他逐渐恢复了些元气。

对手方，让一双眼睛定定地盯住他，开始屏住呼吸。

"你看，史先生，你不是在这里教得好好的么？学生也很欢迎你，你看，不晓得是什么人坏，胡说八道，说你……说你思想上……嗨，总之，这社会……我看……我看你还是离开这里的好……你知道，这边的环境坏得很，董事会……下学期我们也决定不干了，妈的，气死人，像我这样安分的人也……我们是好朋友，所以我才……我……"

另外那一个，两只大眼睛不转地望着那说话的人，呆住了，好像他在听着一个最动人的故事。好一会，他才侧过身，把手里的孩子轻轻地递给了他的太太；她也照样轻轻地接过了他，仿佛他们是在交收着一枚炸弹。

"你说，要我离开这里？你说，是现在？"史先生不大相信地，小心地问。

黄春浦无可奈何似的，为难地点了点头。

"这……这……简直笑话！我的思想——有什么证据？"

"唉，老兄，"黄春浦向对方弯进身子，压低嗓音叹了一口气，"现在的社会，要讲什么证据？……你不走？他们要抓你！"

"哪一个？"他的脸色变了。

"雷——雷董事长……"

史先生和他的太太，两条视线联络了半分钟。然后，他突然解开了它，一回头，坚决地说：

"不行，那不怕，笑话……嘿嘿……"

"你不怕！"史太太惊叫了，好像这时才从一场噩梦中醒过来，"好汉不吃眼前亏，这世道有青红皂白么？抓了你怎么样？砍了你的头怎么样？走，就走！进城去买车票，明天就走！你不怕？"

"走……"为丈夫的含糊地迟疑地说。

"走呀，明天就走！这瘟地方我也住伤了，回成都去，饭总有得吃的，饿死了么？哼……"

"妈的，"史先生忽然叫出了一声，"我晓得，哪一个在跟我玩花头！"

他突然惊住了，像开驶着的快车，遇着了危险，突然刹住似的。他仰起头，望着屋顶：黑色的瓦片，像一排排黑色的牙齿，要向他咬下来！

黄春浦只好又叹了一口气，立起身。

"黑暗的社会啊！"他唱歌一样地说，还摇摇头，用这来证实他的黑暗的社会的理论，很不甘愿似的转过他的身子。

在门口边，他又停了步，回转头：

"你这一个月的薪水，我马上叫会计处算好，给你送来。"

那小房门，在这位探访者的最后一只脚拔出了以后，给轻轻地带上了！是那么样的轻，好像深怕惊动了停在那上面的一只苍蝇。

这下子，黄春浦就暗中伸了伸舌头，转个拐，走进了另一间屋子去，那就是许先生的住室。

照例，许太太的扁喉咙又"啊哟"了一声，接着便是许先生用下面一句话来致欢迎词：

"那一班学生开除了……怎么办？"

"管他妈！"黄春浦满不在乎地答应着，做了一个谁也猜不透的，神秘的鬼脸，坐到屋中间那张方桌跟前去：

"来八圈。"

这一次是许太太抢先了，她跑出房门的阶沿上，用着扁喉咙大声喊：

"刘主任！罗老师！"

"来啦来啦！"

那边于是立刻起了回响，那声音好像从一个浅浅的山谷里射回来。

原载 1944 年《中原》创刊号

选自萧蔓若：《萧蔓若小说集》，华文出版社，1994 年

撤退的某一夜

黄昏的帐幕急迫地向大地垂落，紧接着从四面八方腾起了苍茫的暮霭。仿佛有一个什么巨人，要赶紧把握着这难得的时机，好在那猝不及防的惊心动魄的背景底下，导演出一个急剧的伟大的场面。

昆山镇，还在那整日里被敌机袭击的恐怖之下发抖；四野的村庄、田园，也还刚从白昼的死亡里苏生过来，在挣扎，喘气。什么地方的灯火，胆怯地亮一下，又熄灭了；空气里划着短促的远远近近的铜笛声；野狗在所有的方向嗥叫。从那受伤的，痉挛着的市镇里，从那残废的，死灰色的乡村的茅棚里，竹林里，泥巴洞里，零乱的队伍陆续地爬出来，爬出来——扛着枪的，抬着炮的，背着军毯杂囊的，挑着公文箱铺盖卷的，骡马、自行车，大的锅灶……像无数的河流，向着苏嘉公路流去。公路上，早已是无尽长的队伍的潮，那没有头，也没有尾，只是一叠瞧不尽的糊涂的混乱的潮，在昏茫的原野上翻滚。

人全都噤住嘴巴，各自只把所有的力气集中到自己的腿杆上，跨着大的步子，让他们的脚步声，枪刀和行李的碰撞声，混合着一种豁擦叮当的巨响，急流在那清凉的十一月的薄暮的雾气里。

"传下去，第×连跟得上来？"

或者：

"问机关枪营的来了没有！"

队伍里偶然有人这么沉着嗓子叫着，后面的人就一连串喝了下去，但那声音很快地又完全消灭了。

或者又是一声尖锐的短促的詈骂：

"不怕死么，打电筒！"

像在流水上投下一块巨石，溅起一阵水花，马上又恢复了原状。

人的潮，渐渐地近于疯狂似的在奔流着，大地也好像给震动得在颠簸。

沿着公路，左手边，是苏州河的上游。千百只大大小小的木船——满载着兵士和行李辎重的木船，浮满了那黑沉沉的河面，它们顶撞着，碰击着，争着想挤开一条道路。呼喊、叫骂、争吵，互相鸣枪示威，还有那难民船上男女老幼的一片嘈杂的雷似的哭声，直闹得天翻地覆。这里是一个惊慌和恐怖混成的庞大的骚乱，叫不曾经验过的人们丧胆。

河中间，有一艘满身披挂着竹枝，受了伤的野兽似的小小的汽艇，屁股上却拖着一条线——十来只大木船，它是那么吃力地向前拔着脚步，脑袋摇摆着，嘴巴里吐出白泡子。喘一阵气它又停下了，让别的船只蚁阵似的在它身边擦挤着，它那瘦削的肩膀上还要那么烦腻地给成群的轻薄的竹竿子触触点点。它无可奈何地只好不时发出一两声绝望的干叫。

那十来只大木船上的武装乘客——总共大概有一百多——特别嘈杂，仿佛受了委屈似的——他们这一大伙，反转挤不赢那些小瘪三。他们把所有全中国的各式各样的骂法都一齐搬上嘴来，还嫌不够的时候，就各自重新编拟，叫那乱嘈嘈的河面上，举行竞赛一样，飞掷着连他们自己也不十分懂得的恶骂声。可是最后，他们终于零零落落地停住那些咒骂了，代替它的是各人把一对愤怒的眼睛望着那乌黑的天。

是的，他们愤怒，他们的心头都好像烧起一把火；一种单纯的"恨"，贯穿在他们的全身！恨什么？如果有人这么问，他们一定毫不迟疑地回答：恨一切——你和我都在内！

其实也难怪，他们这许多条好汉，谁不知道是全中国有名的"钢军"？他们从来打仗——就没有听见说败退过，可是这一回他们跟日本鬼子打，吃亏了，他们败了——不，绝不是他们败，一定是别人连累他败的，哼！而且那"猪"团长，今晚上还要跟他们这一百多人作对，派他们压什么"辎重"到苏州，坐在这倒霉的像一条病牛似的瘟船上，真叫人心里发急！妈的，他们连像公路上那些弟兄们那样，干脆跑路也不行，你说气不气人！哪，这是"命令"！

一想到"命令"，倒数第三只船上，那专爱讨论"问题"的周青云，又一个人像哲学家似的在绞痛脑袋思索起这"问题"来了。"命令"，军队上有这玩意，也真是个奇怪的事儿呀，命令：集合！哗啦哗啦哗啦——一刹时就整整齐齐排在一起；命令：冲锋！嘎——潮水一样，就像敌人冲过去，哪怕死尸一排一排地倒！要是命令集合，我偏不集合呢？命令冲锋，我偏不冲锋呢？可是这么想着，他的屁股就好像在挨扁担打，背脊上也仿佛在钻进一粒粒的机关枪子弹。可是他又想，命令冲锋就冲锋好了，冲死了不就拉倒？为什么又要命令退却呢？他的心里，这就起着一个大疙瘩。

"罗和尚，我问你，这一次我们为什么要退的？"他突然叫着。和他背靠背的那个叫做"罗和尚"的那家伙，倒还没有提防到别人来这一手，一怔，身体微微旋了一下。叫那发问的人几乎靠个空，他骂了一声。

"哼，你去问'猪'团长好啦。"罗和尚懒懒地答着。

"'猪'团长？你就去问颜师长也不晓得！"隔近的杨麻子大声插进嘴来，表示他比别人高明得多。停了会儿，他再用着很有几分骄傲的，仿佛只有他才晓得这秘密消息似的口气说：

"这一次的退却，就是因为大场失守，金山卫敌军登陆——"

"我不相信，"罗和尚用手掌拍着他自己的大腿，"大场失守，还有什么地方登陆呢，就能叫我们这么多——十万二十万——军队退么？"

"这是战略关系呀！"杨麻子的眼睛在黑暗里睁得像两只鸡蛋。

"我不懂——袁排长，请你讲讲看，你说他这话对不对？"罗和尚心里很气，他妈的杨麻子晓得什么，也要求"摩"倒地，他想拉袁排长作他的声援。

袁排长坐在船头上，他早已一个人陷在苦闷的沉思里，他，这个湖南佬，当总退却的命令传到他的耳朵时；他曾独个儿躲到一座坟堆后面去痛哭过一场。这时他听见有人在叫他，才猛得惊醒过来。他根本就没有听见弟兄们在争论些什么。周青云这就很热心地，重新把刚才的"问题"慢条斯理的再向别人讲述一遍。

"这个我也弄不十分清楚，"袁排长的沙喉咙，说起话来就像两只破瓦罐在敲碰，"又有人说是失败在光是阵地战，没有游击战——"

"对！袁排长的话对！没有游击战——妈的，你杨麻子晓得什么！"罗和尚赶紧拥护着袁排长，好排斥那自以为了不起的杨麻子。

"游击战？江南也用得着游击战吗？八路军在山西，倒听说游击战很出风头。"暗角落里，不知是谁又在多嘴。

可是袁排长十分不耐烦的，好像他这人很不高兴又不懂得什么又爱叽叽呱呱那种家伙：

"江南为什么不可以用游击战！真是少见多怪！"

"对，袁排长，我们都去游击战好不好？"罗和尚又急急忙忙按住袁排长的话尾巴，他准备从他的长官的嘴里领受几句嘉奖。

可是袁排长不再说话了，心事很重似的又各自陷落在他原来的沉思里去。

这时候，静了一会儿的这十来只木船上的武装乘客，渐渐地又蜂子朝王似的这里那里哄闹起来了，他们都是在议论着这一回事：战火是怎样退的。他们吵叫着，各人尽量发挥自己的高论，有的嚷着，与其这么退，倒不如死守在前线的好；有的又说，这样向后转，真是没有脸见人！可是谁也说不出一个究竟怎样好的办法来，还是妈妈娘娘地乱骂一场当做结论。

突地，嚓——小汽艇的尖头上，一下子横撞着了一只篾篷船的尾巴，两边的人都骂起来了：

"妈的，你们怎样在开的！"

"你问你们怎样在划，王八蛋！"

那是一只不大不小的篾篷船，船头和船尾各有两个兵士在摇、在撑，他们的手艺生疏得很，船走得格外缓慢；有时候，他还想往回走，于是就那么打横在河中心。仿佛很明白自己没有资格和别人抢道，它——那只篾篷船，由河心慢慢挤到河岸边去了，它沿着岸，缓缓地走着，让别的船只都陆续追过它，开到了前头去。

残留在地面上的最后一抹光明，这时已经完全消失干净了，黑暗塞住了整个的空间，像有谁给大地盖上了一个黑漆的布罩子；天上也好似一个黑窟窿，连一颗星也没有。

那只篾篷船里，忽然伸出了一个人头来，仿佛是在窥探什么，可是他什么也看不见，除了那个靠船边的黑腻腻的河水。那只头可不就缩回去，还那么茫茫地向前注视着。

"李同志，外面怎么样？"船舱里有人在问。

"不怎么样，许多船大概都走到前面去了，这里似乎已经没有先前那么多的船。"

那只人头回答着，这才退回到舱里去。

舱角落里有谁叹了一声气。

"叹什么鸟气！这情景还不够人难受吗?"是一个湖南腔的声音。

"就是因为难受才叹气呀！丢那妈，打得好好的，不知怎么要退，而且退得是这么凶，你说该不该叹气!"这是一个广东佬。

"算啦，干你我屁事，我们又没负军事责任，我们做宣传工作的人，卖膏药该我们——其实，我们屁股上别着一根勃朗宁都是多余的，打谁? ——败了仗，扯伸腿跑就是了，老李，你说对不对?"

"老白，你不要又在那里放屁了，你还是多给你的密斯陈寄几封情书好啦!"

船舱里重复又归于沉寂。现在，船头和船尾上，已经多加了两三个撑和摇的帮手，船渐渐地在静默里加快了些儿。左前方两三丈光景远那艘拖着十来只大木船的小汽艇，不知为了什么——一定是机器发生了毛病，突然停止了那孔隆孔隆的诅咒声，那么默默地，死蛇一样躺在河心里，这只篾篷船，带着矜骄的哗哗的打桨声，反赶到前头去了。

这时候，所有船舱里的人，都哑默着不开腔，仿佛谁动一下嘴唇皮就会惹祸，让那单调的桨声和船底河水摩擦船板的沙沙声骚扰着各人的耳朵。

可是谁忽然发出了警报：

"听，飞机!"

果然，嗡——那听得惯熟的声音，刹那间就已经来到了头顶上。十几只脑袋都一起齐伸出舱外来，察看那铁鸟的行踪；只听见那只飞行物在暗空里冲击着空气的声响，很快就越过他们的船顶，飞到右手公路那边去了。

"王八蛋，又来了。"船头上撑着篙的那位兵士咒骂着。但那骂声还没有落脚，他就看见一个星似的东西亮在不远的空际，那是飞机上在放照明弹。跟着就隐约听得见从低空扫下来的机关枪声，咯咯咯，后来它又沿着公路向前飞去了。

于是，仿佛从什么地方突然钻出来似的，天空里时远时近地到处都在飞响着那嗡嗡声。沿着公路那一带，于是马上热闹起来；到处都在放照明弹，到处都在扫机关枪，到处都在轰轰地投着炸弹。

前面，里把多路远的光景，河岸边，有房子在给燃烧着了，半边天通红，下面的河水也映得像一个血池子；圆洞桥让红的天作了背景，呈现出一幅凄艳绝伦的弧形的圆画。桥上面是混乱的人影在推挤着，奔窜着，远看去，像一些牛皮影子人在那儿扭作一团厮打。突地，一个黑点子，从桥头上落卜了河水，（那是给挤跌了的人！）可是，那些牛皮影子谁也不理会他，只是在推挤着，奔窜着……

"妈的，像这个样子退却，给敌人的飞机扫射、轰炸，自相践踏的死，为什么不永远守在前线，死也死个痛快！'包围'？一二十万大军怕包围！老子跟他一阵乱冲，他包个什么！妈的这样子……这样子……"

篾篷船里，忽然又有人这么叫起来。谁又叹了一口气。舱角落里那个广东佬是在低低地哭泣着了。

跟着是袭来一阵死样的静默——这船上所有的人仿佛全都已经跌进了一个死亡的深渊，谁也不能挣扎，谁也不愿挣扎，无可奈何地就这样子让自己往下沉落去，沉落去。

三分钟过去了。五分钟过去了。十分钟过去了。

那只篾篷船就那么悄悄地走到了那座圆洞桥的下面。这时候，公路上的队伍已经断了梢，桥上暂时是寂无行人。

猛地，桥头边掉下一件东西来，正打在船尾巴那位撑船的兵士的身上。他惊喊了一声，几乎跌下水去。全船的人都呆住了。

"人腿子!"他叫着,把那只飞来的礼物推下河里。

河岸上,大概是个什么小镇,一排低低的屋子正在给猛烈的火焰燃烧着。一刻钟以前,标着太阳的飞机,曾在这儿丢下了好几个炸弹和烧夷弹。

篾篷船这时用了从来没有过的速率往前挣,它要赶紧逃开这火烧房子的强烈的光亮。

夜渐渐深了。船篷上和船头船尾的人身上,都已经布上了很重的露水,谁都觉得比先前更加冷得多,全缩着身体,一声也不响。

可是,谁又突然这么低声叫起来:

"听,飞机!"

舱里的人,这才好像从死亡里给救醒转来,十几只头又一齐探出窗外。那却并不是飞机,在这河里,靠南岸那边,就是先前那艘拖着一长串大木船的小汽艇,大概它突发的暴病已经有了起色,又喘着气匍匐到这儿来了,它努力地在向前挣扎着,苦痛地发出匍辘匍辘的叫喊。它是那么吃苦地拉不动身,好久好久还在原来的地方呻唤。除此以外,河面上是空荡荡地一片肃穆,原来那些成百成千的船只,是早已不见了踪影,苏嘉公路在这儿也已经弯开了离河更远,听不清那些奔驰在陆地上的人马的辘擦叮当的响声了。

可是,像一支箭,叫人不及提防,在头上,不知从哪方来的,嗡——跟着流星似的,一颗照明弹!起初是一点红,从高处往下落;眼睛一样,映着映着,就变成了一个雪亮的星停在低空里。它亮得像一盏几百支烛光的电灯,低低地挂在这只篾篷船的头上,用一根竹竿准就可以敲得落。周围两里路宽的光景,忽然变成了白昼。河水亮晶晶地躺在那儿,一只绿色的虾,受了惊似的在水面上跳起来半尺高。靠南岸边那艘小汽艇,也赶紧收住了喉咙,停了步,让后面那只,让后面那一长列木船,互相用头尾撞碰一阵子。篾篷船上的十几个人,瞧得明白,头上的飞机一定会把他们这只船作为攻击的目标，因为它恰巧正在那亮得吓人的照明弹底下。他们急忙命令停了船，然后你望望我，我望望你，好像在说：这一下完了。

空中的那只怪鸟，果然是把这只篾篷船瞧得准确，从右边打了一个半圆圈，绕从船尾后一直对准这只船飞，它飞得是那么慢，那么低，仿佛很下功夫地要求做一桩伟大的事业。看着看着，那只铁鸟尾巴上的一点红灯，正正地悬在船顶上了。在这一刹那，大家都停止了呼吸，每个人的脑门心那地方都在突突的蹦跳，发着痒。那是"千钧一发"的时候，他们急迫地在期待那一颗炸弹的降落。轰！这只船，连同这船上所有的生命马上便会成了粉碎、木片和血肉都一起沉落在江底——彻底地毁火。这时候，谁的心里却反转像抽去了什么似的空空洞洞，没有恐惧，没有思索，有的只是极度的紧张；每个人的眼睛几乎要裂开来那么盯着上空，想能够瞧见那下降的黑点子。

可是，那一点红灯，移过了船头，这才：轰！一颗炸弹却落到右前方离船约莫三四丈远的河岸上，爆射出一簇红的火花。

船上的人松了一口气，又发命令开船。

那只铁鸟，可马上又飞了回来，轻轻再投下第二颗照明弹。这一次离船稍微远一点点，但这船上并不比先前减少光亮。它于是又赶快停下来，和刚才一样，光裸裸地无处躲藏，十几个人只依然伸着脖子等候头上的怪鸟下蛋。好像先头的引错了路，后面的也得跟着走，第二颗炸弹还是落在右前方离船约莫三四丈远的河岸上。

那天上的袭击者，却不就这样甘了心，跟着再投下第三颗照明弹来，仿佛今晚上它不消灭掉这一只篾篷船，它就回不到老家。

"这样不行，这么接二连三地投弹，我们不能呆在这里等死！"

这才提醒了船上所有的人似的，大家嘈杂着叫把船赶紧划到南岸那边去。那几个摇船的水手们，这时也好像忽然从噩梦里给叫醒转来，船头一转，拼着命就横渡过了那十多丈宽的河身。等到那只飞机再打了一个半圆圈，飞到原处来，看着它攻击的目标已经不知去向了。一只鸱鹰发见它的掠夺物不驯驯服服，准备做它的牺牲，却要狡猾地逃逸掉那么感到愤怒，它——那只凶暴的飞鸟，立刻从低空栽下河面来，侧着翅膀，咯咯咯地胡乱扫射着一阵机关枪，亮着红色的达姆弹，和地面差不多成了平行线，向水上叮叮咚咚地斜落，它们——那连珠似的红色的达姆弹，一边向水面投射着，一边修正它们的目标，渐渐地发现了靠南岸边那一长串木船，它们越更疯狂地扫射着了。

而且倏地，那只贪婪的飞行怪物，又滑到了南岸这边来，毫不吝惜地再投下一颗照明弹。

"船上的弟兄们，赶快通通上坡！"

那只篷船上，有人在急迫地叫，于是，那艘小汽艇和它所携带的十来只木船上的百多个弟兄，很快地都撇下了他们护送的"辎重"，带着身边的武器——步枪和子弹，跳上了岸。他们散开，伏在泥土里。

嗡嗡地在头上飞叫着那东西，照例绕了一个半圆圈回来，看见它的大队目的物还停在那儿没有动，它发狂了，接连轰轰轰——就是五六个炸弹，刹那间，那些"水上的家屋"，都变成了碎片往河底沉落，其余是一些破烂的木板和别的什么，在那打起一阵波浪的水面上四处漂浮。

然后，那只铁鸟才胜利地咆哮着向远方飞去了。

从泥土上爬起来的一百多个人，像发疯了一样，他们叫嚷着，暴跳着，乱作一团。他们谁也拿不出主张，不知道这下子怎么办的好。

这么着继续了二十分钟。

"弟兄们，请大家静一点，听我说几句话！"

原来那只篾篷船上那位姓李的，在黑暗里抖着嗓子高声叫了。大家这才零零落落地闭住了嘴巴，听听这位发言人有什么高见。

"我们的船通通给炸沉了，我们什么都完了——"

可是，不让他把话说下去，弟兄们又一个劲喧嚷起来：

"是呀，我们什么都完了！上海、昆山、苏州，将来整个的中国都要完！肏他娘的，我们在前线流血，拼命！他们却叫退却！"

"丢那妈，我们就是吃了他妈飞机的亏！我敢说，要是我们也多几架飞机在前线帮帮忙，这战火老早就不要打了——他日本鬼子的陆军算得什么，他们只会跪在地下叫老爷饶命；可是他们飞机多，到处磅磅磅，到处跟你轰炸，叫你在战壕里抬不起头——噢，仗火就是这样败的，这样败的……"

"可不是，我们只有硬着头皮等轰炸，譬如今天晚上，一二十万大军退却，如果派几架飞机来掩护掩护，让他妈的日本飞机能这样随便下蛋么……"

"喂，弟兄们！弟兄们！"那位姓李的把两只手拍着，费了很大的劲才把那乱哄哄的叫嚣压下去，"你们听我说！你们听我说！现在不是我们争论的时候——固然，我们是吃亏飞机少，但这也并不是唯一的打败仗的原因！请大家不必灰心，这个仗不是这样就完了的，大家要记着'长期抗战'呀！我们的武力会在长期抗战里充实起来的！小小的挫折，算不得什么，最后胜利总是属于我们，我们要相信我们的最高军事领袖，他一定有办法，同时我们也应该相信我们自己……"

"好！好！"有两个兵士这么硬起喉咙叫着，其余的也就跟着狂叫起来了，那巨大的声浪泛滥在这黑沉沉的原野，叫那初冬夜晚的凝结了的空气也打着颤。

叫好声可是很快就停止了，黑暗里就猛地袭来一阵可怕的沉寂。

三分钟，六分钟。

突地——

"可是，现在我们怎么办呢?"这是一个粗暴的北方音，好像要寻着一个对手；来吵一回嘴。大家都微微怔了一怔。

过了会儿，什么地方却有人轻轻地在回答，他是那么地小声气，仿佛今晚上的错事都应该归他一个人负责：

"怎么办，船炸沉了，用脚走到苏州再说。"

可是他的话忽然给一声巨吼——那是一只沙喉咙，像两只破瓦罐在敲碰——击得粉碎：

"我有个提议，我们不要回苏州了，我们当游击队去!"

这是一个炸弹，把一切的人都炸哑了气。好一会，这漆黑似的河岸边——像有个庞大的死神伸出了一只巨掌，扼住所有的咽喉——一丝儿声响也没有，倘使谁的身上掉下一根汗毛也准可以听得见。

约莫走了半里路的时间，四处才渐渐地复活转来似的扬起了轻微的响声：

"当游击队!"

"当游击队!"

"当游击队!"还是先前那一只沙喉咙，"是啊，我们为什么不可以当游击队!"一分钟的间隔，"我以为当游击队最有意思，我们就神出鬼没地在苏嘉公路这一带，破坏敌人的交通，抢劫敌人的弹药，辎重——就在他们的屁股后头干他一家伙——赞不赞成!"

"赞成!"好些人，连思索也不思索，截着刚才那个的话尾巴，就这么吼了出来；于是，跟着所有的喉咙都在爆着"赞成!""赞成!"

空气又那么哑默了一会儿。先前篾篷船上那十几个宣传人员，这时倒出乎意外地惊愕着，在互相切切地议论起来了，那中间，那位"老白"的话最多，声音最大。

可是，那只沙喉咙却又是一声吼叫，这震得所有百多个人的每一根神经纤维都在嘀嘀嗒嗒地响：

"那就好得很！我们——我们——"他忽然接不下去了，好像这一下他也不知道应该怎么办。

百多个人都屏住呼吸，把耳朵竖起来过了那么一阵子，那只沙喉咙又才：

"那么我们要赶快推举一个首领出来，否则那不是土匪么？"

"我们就推举你袁排长。"

一小部分的人这么领头，大家也就齐声附和着叫。

"那么，大家准备好，"这位不客气的新首领，于是发出了坚决的号令，"我们要在天亮之前，躲到附近的村庄去！还有一句，现在既然大家都没有话说，就请大家要服从我的命令，如果还有少数的动摇分子，我就要枪毙他！"

二十七年一月二十四日于长沙
选自 1938 年《东方杂志》第 8 期

冷老师的倔强

"陆先生，这件事你的确做得差池了。"他，冷老师（为了表示特殊的尊敬，大家都叫他老师，不叫先生的），筷子夹起一撮豆芽，停在半空中，偏起头向着和他同坐在一方的那位陆先生凑过去，用左手掩护着他的嘴巴，感慨万端地说，"无论如何，你去的好呀，男男女女搞在一起，糟糕——嗳，真是糟糕——"

那一个，本部的管理先生，陆祖述，连连地点着头，负疚似的微笑着，胆怯怯地声辩着：

"我就是……就是害怕学校不……不那个，不谅解我，说我把他们带去的……"

"不会不会，陆先生，你和他们一道去总好得多呀，男男女女搞在一起——嗨！"冷老师忽然气愤地右手在半空中一抖，让那撮豆芽撒在桌子上。

于是，他的眼睛，那给花白眉毛掩盖着的眼睛，蒙眬的，玻璃般的眼睛，透过深度的近视眼镜，圆圆地瞪着前面，瞪着桌子上那摆成梅花形的四碗干菜和一碗汤，瞪着那菜碗里像一条条青虫似的四季豆，瞪着那浓鼻涕般的洋芋羹……他的花白头发硬冲冲地直立着，就是钢铁压上去也得顶住似的直立着，然后他把头一偏，而且叫颈子拗了起来——这是一个决定的信号，全桌上的人，和他同坐在一方的陆先生，左手边的廖先生，下席的陈先生，右手的冷师母和他们一个十来岁大的小世兄，全都暂时松懈了吃饭的工作，集中着意志，准备听取那惯熟了的骂语，那千篇一律的对于饭菜的诅咒。冷师母这时候，照例让微笑浮现在嘴角边，有意给这紧张的空气来个缓和似的。

"妈的，硬不跟我们春米，这样多谷子毛草啷个吃！顿顿都是他妈的，四季豆，洋芋，洋芋，四季豆！"

停一停，他把颈子稍微放软和一点，随便看定一个人，或者陆先生，或者是廖先生，或者是陈先生：

"他妈的干吗的，"他把"吗"的字音在嘴唇和鼻孔之间搓揉着，旋转着，拉长着，俨然像官腔一样，可是下面的话，又是完全本地土音了，"一会儿是总务主任，一会儿交际部长，一会儿建设部长！"他意味深长地望着别人，唤起别人在心里，在脸上，和他表着同情，和他同样的浮起一种咒刺的微笑。

跟他们对称着的另一桌上，那个姓王的年轻人，满脸通红了，他同别人一样的明白，冷老师的这支箭完全是为他而发的，甚至他也觉得，他的确应该给射透。校长派他到这里来干事务员，他来了，却又很不愿意顶着"事务员"这块卑微的招牌，很不愿意干干"事务员"的卑微的职业；他宁肯常常在外面向人家吹牛，说他是这学校的总务主任，或者负担"建设"方面的任务，或者承肩交际方面的职责。在这儿的时候，除了"拖甑子"以外，就什么也不管。

冷师母吃着饭，听着冷老师的骂声，她一味在嘴角边荡漾着那微笑，那永远是谦逊的，认罪的，息事宁人的，善良的微笑。用着这微笑，仿佛就可以把冷老师的发怒，骂人，归罪到她自己身上来，仿佛就可以把这严重的，僵硬的场面松弛，软化。今天逢"九"，是她吃素的日子，她更应该使一切事情去凶转吉，化恶为善。

可是，无论什么时候，不管是不是她吃素的日期，冷老师在饭桌上，或者在别的地方怒骂的时候，她都不参加进来，劝阻他的。不知道是她不敢，还是她从来没有这习惯。这样，从旁人看去，她好像是和冷老师全不相干的人，听着那骂声，她只不过意地微笑着罢了。

那位小世兄，坐在饭桌上，略为顿挫一下他那和饭菜奋斗着的精神，一眨眼，他却又只在他父亲开骂之前，做着准备姿势的时候，无暇旁顾地，单让两只和他父亲一样圆圆的，玻璃般的，也有点儿从先天带来的近视的小眼睛，一个劲在那几只菜碗里溜转着，心里担忧着等会儿菜会不够。不顾父亲的训诲，不肯改掉吃饭时的从容不迫的姿态，每一餐，大家都下席了，他总还爬在桌子上，搜刮着那些碗底的残汤剩水；一面警戒着那老早就端着饭碗巡逻在旁边，等桌上只剩下他一个人的时候，便要来跟他抢菜吃的校工老王。

现在，全体都下席了，连同那位小世兄。冷老师和陆先生在办公室兼教员食堂的大门外的阶沿上站着，继续谈议着那突如其来的不幸事件：高×班的全体男女学生——其中的一个就是冷老师自己的亲生女儿，突然借故闹事，离开学校，到重庆去了。冷老师和别的人都知道，这些小毛头，不可能有什么大作为的，他们很快就会回来，所以连冷师母也并没有怎样着急。可是冷老师的心里总好像突然生起了个大疙瘩样。

"嗳，我说，你无论如何该同他们一道去呀!"他说，伸出一只有着黄指甲的手。

"唔，这个，校长又不在，我怕他会怪我，误会我，说我领着他们闹事情的。"陆先生还是照样吐诉他的苦衷。

"不会的，不会的，"冷老师肯定着说，"你去总好得多呀，男女学生搞在一起……"

陆先生似乎也有些失悔的样子了。他觉得他很对不住冷老师，因为他知道冷老师这样着急，正是为了有他的女儿在内。

地坝上，有三个学生——男的——走过去，都穿着单背心，短摇裤，光腿杆，拖着木板鞋。

冷老师见着这模样，心里就发恨，就联想起他的女儿。他猛地把身子一旋，便向他自己的房里冲去，撇下陆先生一个人在阶沿上空站了会儿，扫兴地走了开。

那位小世兄，因为父亲在家，就特别用起功来，一丢了饭碗，他便钻到房间去高声朗诵：

"盐有咸味，是日常主要的调味品，可以增加食物的滋味，又可以腌藏食物……"

冷老师跨进房间去。

"盐有咸味……"

"咸味！咸味！"当父亲的猛地吼叫起来，把他的儿子瞪了一眼。

小世兄忽然一惊，心里想："读错了么？没有，他听错了。"于是，重新把嗓子提得更高，更清楚，更准确地读起来：

"盐有咸味，是日常……"

"停下来，我听不惯！"冷老师对他吵着，在桌子上一手抓起他的水烟袋。

"点火来！"

儿子立刻放下书本，向大厨房飞跑去了。

"盐有咸味……"冷老师的耳朵还在响着从他儿子嘴里发出来的声调。他烦恼地摇一下头，心里叫着：

"什么话！什么话！"

从这些不成话的书句，冷老师又憎恨起他的儿子来。冷老师一向是带着一种厌恶的感情和一副迁就的心胸去看这些书句的。而他让他的儿子去读它们，可以说是由于他的大量、宽恕和委曲求全。他瞧不起这些教小孩子的书，他憎恶这些书，它们拖沓肤浅，俚俗不文。"白话"，他想起这两个字就生厌。可是，不知是什么原因，他又不能让他的儿子去读那些老书，如像他当孩子时所读的一样，无论他的儿子在学校里或者回到家里来。甚至于有的时候，闲空着，没有上课，也没有上街，他还要教教他读着或者监督他读着这些鄙俗的书本。或者还要责骂他偷懒，当他放下这些鄙俗的书本，希图逃出外面去玩耍的时候。他一边教着他，十有九回都要无端生气。于是他公开斥骂这是狗屁，无聊，弄得那位小世兄简直是莫名其妙。这同样的情形，他也照例常常在讲堂上表演。冷老师担任了全校高初中各班的历史课程（他本来是教国文的，因为改卷子太吃力，近年才改教历史）。历史教本也全是用鄙俗的白话写成的，讲着讲着，他也总得忽然气愤地骂起来：

"鬼话，两句就说清楚的，写他妈二四行！"这样常常逗起那些男女学生们各种内容的发笑。

虽然如此，情形却又依旧不能改变，他不能改编一本文雅简练的历史书，也正如他不能叫他的儿子不读"盐有咸味……"一样。

同样的情形：虽然他不满意男女同班上课，不满意女生打球，但他也不能不让他那读高中的女儿和她和男学生们同坐在一个教室里，而且也不能禁止她打球——她还是篮球的选手呢！

这一切，在冷老师，好像都很难解；这一切，对于他，好像有一种其大无比的什么力量。那力量，威胁着他，压迫着他；他不能抵御它，抗衡它！可是，他又绝没有投降它的道理，不，连这样想，对他也是一种侮辱！他宁肯让他的儿子，女儿，乃至全世界的人，都站到一边去，他也要——至少是在精神上——孤军奋战，坚持到底！

他的儿子给他点火来了。他把纸捻递给他，胆怯怯地望着他的脸。

冷老师接过纸捻，也对他的儿子望着。那孩子的一双惶惑的，戒惧的，疏远的眼光，刺痛了他的心。他觉得这孩子逐渐在从他所站的据点，从他的身边远远离开去。他觉得这孩子不了解他，正如他不了解这孩子。他很想趁他递给他纸捻的时候，一把拉着他，挽他到自己的怀里，用他的慈爱，他的温暖，换回这孩子的灵魂来紧贴在自己的灵魂上。可是他没有这样做，他只对他说了一句：

"你傻痴痴地望着我干什么？"

那孩子不过意似的退到门边去，慢慢挨过门坎，然后便用着那么一种活泼的，矫健的姿势，全身一弹，就跑掉了。

这姿势，叫冷老师又想起了他的女儿，合着那些男学生们闹事，跑到重庆去了的那女儿。他愤愤地吸了几袋烟，站起身来，抓起他的手杖，跨出房门去。他照例不向冷师母打声招呼，连望也不望她一眼。冷师母，在他眼里，许久已经不存在了。她仿佛是个多余的女人，在这世界上，她站着那么一个无足轻重的位子。终年终月，他让她无声无息地各自生活着，从不干预她，打搅她，除了要衣服换和别的一些事故外，他也很难得和她交谈一句话。她呢，也自觉到自己的立场和价值，永远甘于自己的地位，爬行在冷老师的边缘；则使对于自己的儿女，她也愿意退居于他们的生活圈外。

冷老师一径走出院子的大门，挺直起身子，昂着脑袋——他虽然五十三岁了，他不驼背，不垂头，从后面看去，简直和一个壮健的青年人一样——沿着那正在蹦跳着一群年轻小伙子（他仿佛没有看见）的篮球场，向那条土大路走去。

十涸了的田地，到处井裂着宽阔的嘴巴：浅浅的秧苗，一些黄毛了头的头发似的，枯萎在自己的头上。许多较高的田还没得插下去，丰茂的杂草封锁住了泥土。路旁边的苞谷却是苗壮的，茂盛的，它们在向着那些枯槁的禾苗示威，炫耀，说它们并不需要雨水，有的已经骄傲地背起娃娃，红缨子鲜艳地披在秆子上。

冷老师看也不看它们一眼，一直走。

在岔路口跟前，他可停了步。右边一条是到街上去的；到女生部就该倒左手，自然也可以从女生部稍微绕个弯儿，到街上去。

女生部。这是最讲究，最优雅的一座院落，房屋宏敞，结构整齐，先前应该是一个名门邸第。那宽阔的庭院里种着十来株黄桷兰，这时节庄前庄后，正散布着它们浓郁的香气。

这里，是国华中学的重心，神经中枢，校长的全家人就住在这里面。冷老师平素没事的时候，常常到这儿来的。在一个半独立的小院中，校长家里，和校长跟另一位老同事打打"乱错"，或者和别的几个教员来几圈麻将，消磨掉三五个钟头，然后踱进学校旁边的小店里喝烧酒，才半夜三更摸着黑回到高中部去打门。

打牌，吃酒，原都不是冷老师所乐意的。他要干这些，一句话说破，无非是想逃避寂寞。他对他所教的书本既然生厌；学生们也引不起他的兴味；太太，儿女，精神上又和他远远隔离，他，冷老师，不去打牌，喝酒，你说他应该做些什么呢？在牌桌上，他总是发恼。那位校长先生，说起来还是二十多年的老朋友，他办了二十年的学校，他就给他帮了二十年的忙——二十年呀，多么长久的年月，他没有离开过一步！现在，他倒赚肥了，创造了这么大一个"产业"，对于他这位跟了半生的鞠躬尽瘁的老友，也不过比一般普通教员待遇好得有限；而他偏又假装着和他是"自家人"，给他一个空头的"校务委员"的头衔，已够他"悲愤填膺"。所以每次在和他面对面坐在桌子上，打着"乱错"的时候，冷老师总会无缘无故发起脾气来，借口他出牌太慢，或者洗牌太马虎，向着他吵叫。他，那位校长先生，却总是支吾躲闪，对他轻轻讽刺一下，结果多半是"不欢而散"。和另一些同事们打麻将呢，他的好兴致也实在继续不了多久，严格说起来，恐怕只在几个角色刚刚坐拢牌桌，麻将才从盒子里倾倒出来，在铺着雪白桌布的桌子上哗啦一声响的一刹那。此后，便是逐渐激怒他的情景："新花头"他弄不清楚，常常要叫他吃亏（他痛恨那些"新花头"，但这年头不要"新花头"，除非你根本不打麻将，或者除非你一个人打），不必说，而那些年轻人的言语，动作，习气，也很使他听不入耳，看不顺眼，话不投机。喝酒，倒的确还比较好一些，但他又找不到一个谈得来的酒友。

自从发现"逸闲居"——一家开设在场上一个偏僻角落的茶馆以后，他也经常常到那儿去泡一碗茶，一个人坐上大半天，看看茶馆里特地订来飨客的××报，暗中咒骂着那些编造的谎言，痛心于中国的沉沦。那多骨的背部在竹椅背上压痛了的时候，他便立起身来，踱到从早到晚经常在堂口战斗着的牌桌旁边，站那么一会儿，还照例说一两句有关牌经的笑话，替别人和自己助助兴。然后又回到他的原座，继续他的坐工。

冷老师，现在停在岔道上，踌躇了五分钟，最后他到底决了心，不到女生部，叫两只脚往右边一条路走。

他一径走到"逸闲居"，在他的老位子上坐下。

他今天的心情特别别扭，老汪替他泡好茶，便立即讨好地把那份新到的××报献给他，他也挥了挥手，表示不要看，使得那位茶堂倌遭受了一个意外的挫折，至于懊恼地跑进茅房，撒了一泡还没到时的吝啬的尿。

冷老师靠在竹椅上，在深度的近视眼镜后面，睁起一双蒙眬的，玻璃般的近视眼睛，奇怪这世界为什么会是这样的离奇，不可思议！而同时，冷老师又确凿地明白，一切是再简单不过的，那就是，这世界在莫名其妙地动荡，莫名其妙地变乱，人们便在那动荡和变乱中，疯狂地改换着地位，而且疯狂地不顾死活般地往前冲。于是，在原位上，只剩下他一个人，他简直没有和他共同呼吸的友伴了。这便是这世界的离奇之点，和不可思议之处。但是他，冷老师，却是意志清醒，心神安定的，他不能跟着这可诅咒的世界，跟着那些可诅咒的人一样发疯，他宁肯独自一个脱离他们，远远掉在后面，让他们瞎冲乱撞。他要冷眼观看着他们的生存和灭亡。自然，这样他感到孤独，寂寞，可是他不怕，他是一个倔强者，反抗者，他正要用这孤独和寂寞作为他的武器，抵抗人世间一切向他压来到势力！

冷老师不是弱者，年轻的时候，他就以顽强著名的。他惯爱一个人站在一边，和多数的人们争斗。三十左右的时候，他加入了那以"国家第一"相号召的团体，但不久就离开了它，依旧一个人单枪匹马和社会搏战。

到底是他胜利了呢还是失败了呢？他自己也说不清。总之，他眼看着这社会变动，这世界都变了，都远远从他跑开了；没有变的，没有移动一步的，只有冷老师自己！他无心叫它们不变，不跑开；他也有力叫它们不变，不跑开，他甚至于在表面上还做出投合它们，附和它们的样子，譬如他叫他的女儿坐在男女同学的讲堂上，叫他的儿子读"盐有咸味……"那样不成话的书，而他还居然那样教着他们！但在精神上，他却永远是独自一个人站牢在他的原位，燃烧着耻辱的，复仇的感情。

他靠在竹椅上无端地发恨。茶馆里来往是人影，那堂口上的麻将声，堂倌的吆吼声，都完全钻不进他的眼睛和耳朵，他只觉得他好像生存在一个穷荒的漠野！

陆先生不知几时走近他的身边来，而且叫着他，他才忽然醒悟似的惊觉了。他招呼他坐，叫拿茶来。

陆先生坐在他对面的椅子上，他仿佛感到了点儿温暖。这个年轻人，失掉家乡的逃难者，态度谦恭，言语谨慎。冷老师对他多少还有些好感的。

"你来多久了，冷老师？"陆先生温和地寒暄着。

"吃过晚饭就来的。嗳，我说，陆先生，你是该和他们一道去呀，噢？"

"是的，我就是恐怕……"

"男男女女搞在一起，真是糟糕……"

"不过，我想他们该知道守规矩，不至于……"

"谁晓得！算了吧……"他重新往椅子背上一靠，做出一个不愿再谈这问题的宣告。沉默了三分钟之后，谈话不知又被谁拾了起来。那不过关于一般的话题：天气的亢阳，米价的高涨，场上的赌风，等等等等。

当夕阳已经完全下山，天色在逐渐昏暗的时候，他们走出了茶馆。在通往正街的巷口上，冷老师却一下拉住了陆先生的膀子。

"我们喝酒去！"他热情地提议说。

陆先生顺从了他，跟他走进下街头一家专卖泸县大曲的酒馆。他们在沿街的一张空桌边坐下。

　　开初，彼此还是沉默地喝着，等到第二杯曲酒端到桌上来了以后，两人间的空气便立刻活泼起来了，谈话也就兴致地从两张嘴里不断地涌出。陆先生平素是不大开腔，现在，酒精一燃烧着胸口，他就忍不住要吐出一些日常听不见的话来。

　　"唉，"他首先叹一声气，"教书不是人干的，任管理更是倒霉的事。两面不讨好；学生讨厌，学校责备……"

　　"嘎，你才教好久点儿？就埋怨了？还早呢！"冷老师把杯子搁在桌子上，淡红着他那双蒙眬的近视眼睛。

　　"我已经吃不消了……"

　　"二十年！嘿嘿，我也不晓得是怎样过去的，中国，世界，都大大改了样，我还困在这学校里！老朋友，狗屁，他倒弄肥了，你看看，"他伸出手膀，把衣袖撩起来，现出那筋骨毕露的一段，"妈的，干了这半杯！"

　　陆先生服从了他的命令。

　　"再来两杯！"冷老师叫。

　　"只要精神上痛快都还好，"陆先生说，"精神上……唉，寂寞得要死啊！"

　　冷老师用两只更加发红的眼睛盯住对方，呆了两分钟。然后，他的屁股慢慢离开了板凳。他向那一个弯进身体。他的硬冲冲地直立着的花白的头发，他的花白的眉毛和胡子，都一齐抖索着。

　　"你寂寞，你寂寞，噢，噢，你寂寞什么？你算得什么寂寞？我，我冷兆秋，才是这人世间最大的寂寞！我没有一个朋友，没有一个亲人，我的老婆，儿女，许多年，许多年以前的老的，年轻的熟人，连同这个世界，一起离开了我！他们都跑远了，让我一个人留在原处！我打牌，我喝酒，算得什么，我才是真正的大寂寞呀！

我……我……"他，突然眼睛一翻，在那深度的近视眼镜后面，落下了一颗大的眼泪，顺着那眼镜的边缘，端端地滴进他自己的酒杯里，溅起了一个小小的浪花。

他重新把身体坐正，用双手抚在他的额角上。

陆先生正在发愣，他又突然把手一扬：

"这究竟是个什么世界，鬼！比西洋镜还变得快，发了疯，男女同班，'盐有咸味'，二八将，缺一门，独么，疯啦，疯啦！"他逐渐恢复了他的顽强，和对于世界的敌意。

天色已完全黑了，电石灯在柜台上亮着惨白的光，发出一股奇臭，酒馆里冷浸浸的，这时除了他们两位饮者，再没有第三个顾客。斜对门，那家面馆，也空冷冷地像一个走散了香客的神殿，只剩下门口边从锅灶里飘出来的一缕寂寞的，淡淡的烟气。

陆先生催促了好几次，"我们走吧"。冷老师答道"不忙"。等到他面前已陈列了八只空杯，陆先生当门也摆了五只，他们才立起身踏出酒馆。

冷老师似乎已经有些醉了，他偏偏倒倒地在街上晃着，觉得自己好像腾在虚空里。陆先生不时用手去帮帮他，忠告他走慢一点。

他们从那条小街弯进了正街，一股凉风从正面吹来，叫冷老师感到清醒了些——其实，他未必就已喝醉，他是难得真真喝醉的。他忽然觉悟过来似的，反感地摔脱了陆先生扶着他的一只手，心里想：

"这算什么，我冷兆秋要人扶持！"

于是，他就那么站在街心，不再走动了。

"冷老师，我们走吧，夜深了。不要紧。"陆先生又伸出他的手膊去。

"不。"他第二次摔开了他的手，心里十分气愤，而且感到一种侮辱。他冷兆秋从来是没有示弱过的（他想起刚才在酒馆里落过一滴泪，觉得非常恼怒），他绝不愿意接受任何一个人的帮助。他宁肯和全世界的人为敌！"不，"他重复，"请你先回去吧，我还要——还要到'逸闲居'去一下。"

"已经迟了，茶馆决定关了门。我们一道回去吧，趁这亮烘烘的月光。"

"对不住，请你不要管我，我还有耽搁，请先走吧，请先走……"他做出万分客气的样子，伸出手来，谢却别人的好意，他心里却填满了无限的憎恨，觉得陆先生越要他一道走，想扶持着他走路，那便是陆先生越有心给他侮辱。

最后，他不顾陆先生的坚决邀请，独自向通到"逸闲居"那条黑巷走。他躲在那暗角落里，看见陆先生无可奈何地跨了开，他才悄悄地远远尾在他的背后，抱着满肚皮的怨恨，偏偏倒倒走回学校去。

选自 1946 年《文坛月报》第 1 卷第 3 期

牺牲精神

每次对他的部下们训话，归结起来，曾×长总是告诉对方，叫别人一定得有牺牲精神。

"牺牲精神，"曾×长摘下他的近视眼镜，用只手从前额一直抚到下巴，然后又再把它戴上去，"牺牲精神，是顶要紧的一种——"他干咳了一声，那老鼠似的小眼睛通过那两块圆突的玻璃在他这一群部下的脸上扫了一记，"中国人总是不讲牺牲精神的，只晓得贪生怕死，自私自利，咳咳，所以弄到国家这样危险，——危险得很！大家想一想，难道硬要亡了国我们才讲牺牲么？我不相信中国人就真是这样的王八蛋！"他的脸于是很快就转成了青，谈话也立刻加快了速度，仿佛忽然站在了他的仇人的面前，要用最刻毒的咒骂来刺伤他，连干咳也赶紧结束了，"为什么到了这个时候大家还不努力一点呢？还不牺牲一点呢？全是些冷血动物，死了没有埋的猪！混蛋！抗战，抗战，这样抗法还不亡国！做事又全不合乎科学，污七八糟，没有秩序，——中国人一点秩序都没有，外国的车站，轮船码头，像鱼一样，一串一串的走，不像中国这样子，电影院的门口要挤闭气！难道慢一点电影就放完了么？看电影，中国的电影有什么好看？全是些小丑，韩兰根，水，"他总是把"所以"两个字拼成一个"水"音发出来，"外国人批评中国没有文化，真的，中国有什么文化，只学到些外国的皮毛。单是外国又有什么文化？裸体，大腿，就是他们的文化；中国总还有固有道德。为什么我们不恢复固有道德？为什么——"他切齿地叫着，小眼睛从近视眼镜后面瞪着他的听众，仿佛中国没有恢复固有道德，全该坐在他前面这一批他的部下负责。

可是停了停，他才记转来他的话是越说越离题了，而且觉得这样动怒似乎也是多余的。

"我这个人真容易生气。"他在肚皮里埋怨着自己。然后，恢复了开初的和平，干咳了两声：

"水——咳咳，我希望大家在工作上和生活上都要刻苦一点，最要紧的就是要有牺牲精神，国家已经快亡了，我们还不应该牺牲么？与其留着这条命来当亡国奴，不如——咳，我们要牺牲，生命，金钱，名誉，一切一切，中国人——"他的脸上又渐渐发青了，他又要一个劲骂下去，可是他突然停住了嘴，因为他听见飞机的响声渐渐地越逼越近。

"飞机洞挖好没有？"他把头旋到左边又旋到右边，想找个勤务兵来问。坐在最后排那位中尉叶×员却立起身来，恭敬地问答他，已经挖好。

"水——大家没有什么意见就解散吧。"

他于是最先走出这间屋子，溜出后门，躲进飞机洞里去了。

吃过早饭，他给他的部下们分配好了工作——哪几个担任领导新招来的宣传员去宣传，哪几个担任调查本乡的户口，哪几个去组织民众锄奸团。所有的人，连他的少校秘书，都已经分头出发了，他习惯地躺在他那独自一人享受的小房间里的行军床上，好像做完了一桩伟大的事业似的，满意地屈着一只腿，手指头在脱了袜子的脚缝里搓几下，又送到鼻尖上去闻一闻。他又放开喉咙唱起"枪在我们的肩膀，血在我们的胸膛"来了。

这间小房子，是属于一个外科医生的，在曾×长他们这些人来到这里以前，那外科医生和他的家人们已经逃光了，这间小房间，和别的屋子一样，也早就搬了个空，只有墙壁上还留得几张纸烟公司的美人画表示她们的主人同时也很爱风雅。那些美人，从曾×长的老鼠似的近视眼看来，实在美得很，尤其是那些眼睛，随便你从那个方向对她们看，她们都是那么谄媚地睨视着你。曾×长顺手在床头边拿起他的手棍，斜举起来，对准一个美人的一只眼睛，自己的却瞄着一只："Piabur""Piabur"，他这么叫着，又放声大笑起来了。

曾×长的开心，是有他的充分理由的。他是新近才升充了上校×长，为这事，他曾经高兴得整整三夜没有睡着。上校和中校，虽然官阶只差一级，上校×长和中校秘书之类实际上就差得太远了。后者他干了一年多，国难薪，每月只不过百多点点，此外便干巴巴地，一丝也没搞头，前者呢，就是他才升上来这个，除了薪水，却还有公费，工作费，特别费，以及活动费等等，名目繁多，总计起来，每月就有千把块。一包在内，至多拿两三百块来开支吧——顶够了，那么，他一个月至少可以赚七百块呀！

"一个月七百，"他一边闻着臭脚，一边计算，"七得七，七二一四，一年就是八千四，十年呢，八万四，二十年呢，十六万八，自己今年三十七，至少总可以干他二十年吧，十六万八！"他的全身乐得起了痉挛，那单薄的行军床也在跟着他快活得发抖。

可是他没忘记，同时也得小心地把耳朵竖起来，准备一听见飞机响就跳下床，钻到飞机洞去。曾×长顶害怕的便是飞机，那东西在空气里的冲击声，一打进他的耳门，他的心立刻就会紧得像压上一块钢板。躲在飞机洞里，他也必须用两只手把耳朵蒙起来才好受。

"混蛋，为什么要发明飞机！"他常常在心里咒骂着。

除了飞机，这世界上，曾×长就只怕大炮这一种了，它和飞机一样叫他不舒服；他不和部队一块在最前方，总要和他们隔个几十百把里，就是为的这个。

"师长，我觉得我们在前线毫无工作可做，就只宣传和训练民众吧，也找不着对象，他们这些老百姓，胆子真小，总是老早就跑到后方去了，我想我们也到后方一点去的好，可以多做点民众工作……"这么向着那他常常用"咨呈"的×师长声明了以后，他各自带着他的几十个部下，远远地和在前线的部队取着一定的距离，专心做他的民众工作了。在这些地方，他就不必担忧大炮，只提防着飞机。

混蛋！飞机果真又在远处发响了，可是当他正要跳下行军床，那响声却又忽然消逝，等到证明它已经飞去不可知的远方，他又才好好地把身子躺平，重新来计算那些数目字：七百，八千四，八万四，十六万八……

"可是，不要那么乐观吧，"突然，有一个什么声音在他脑袋后面嘲笑，他全身一阵发寒，仿佛有人在他背脊上洒了几滴冷水，那声音还在继续下去，"这些什么活动费，特别费，工作费，原是抗战期间新加的呀，就是说，如果战事一停止的话，哼！"

他忽然毛焦火辣起来，他抬起头到处搜寻着，想抓住那个不识相的声音赏他一个耳光。可是他终于只好：

"唉。"不自禁地叹了一口气。

这回战事到底能够打好久呢？谁担保他会延长到二十年？他于是记起了近来的许多谣言，说是中国马上就要和日本讲和，因为中国打不过日本。中国打不过日本，他想，这是真的，别人的飞机大炮这样厉害，你中国有什么？

"唉！"

他渐渐地扫兴到快发狂了，他又开始埋怨他自己这些年来没有存到一个钱。这些年来，他都住在南京，每月从几十块到一百多块，总还是老不够用，其实，他是很刻苦的，从不轻易随便添置一套新衣服，电影院也只偶然进去，可是不知怎的，衣袋里常常总只剩了个空。太太永远抱怨着，老家里的老太太，也时常来信诉穷，诉苦。那些日子，他一天都在苦闷中过生活。现在他发迹的机会到了，可是——唉！

他烦恼地从行军床上坐起来，用次高音唤着他的中尉总务×员陆志诚。

陆志诚进来了，谨慎地走到他的面前。

"怎么样？"他问着。

"唔？"那一个不懂得他说话的意思，惶惑地把眼睛很快眨了三次。他知道他的长官又有什么重大事情发生了，因为一遇到这种情形，他的话就特别说得简短。

"你那里还有多少钱？"

"差不多八百块吧。"

"八百块就八百块，什么差不多吧，糊涂虫！咳咳，以后要特别节用一点，没有经我批准的，一个钱也不准用，懂么？"

"今天早上，罗司书借支了三块，还有他们宣传员，说每天吃两餐饭，中间的时间太长了，从早上八点到下午六点，整整十个钟头，他们又一天到晚都在外面工作，肚子实在饿得很，他们要我买点糖，把那从×部领来的面粉做成馒头，每人可以带几个在外面充饥——"

曾×长想用最大的忍耐力听完别人的话，可是他不能够，到这里，就猛的给他的部下一个炸弹：

"混蛋！你有权借支么？你！为什么不叫他打报告来批，三块，要你赔，要你陪！——什么，买糖，混蛋，你买没有买？"

"还没有，就是要请示×长。"那个退远一步，两只手把军帽捧在胸前翻弄着。

"不许买，这就是你要请的示！而且你以后如果再不经过我批，就随便借支，那怕就是一毛钱，我非把你关起不可！去！"

陆志诚鞠了个躬，很快就消失在门外去了。

总好像有个大疙瘩生在曾×长的心板上，譬如一件衣服没有做合身，或者一个期望的朋友失了约，他懊恼地抓着他的短头发，行军床也不平地同时发出叫喊；床头边，他的那根手棍，忽然受了震动，叮咚一声倒到了地下，他一伸脚猛的就把它踢到了房门口。恰巧在这时候，陆志诚又在那儿出现了，他一吓，几乎跌了个交，曾×长的火气又立刻从丹田升了上来，他正要开口痛骂他一顿，陆志诚却开口了：

"报告×长，昨天你说要我今天到前方师部去，是不是就去？"

这一下倒把曾×长提醒了，他险些儿忘记了这件叫他高兴的紧要的事。他的忿怒像一个吹胀了的球，现在却忽然给放了气，一道希望的可喜的光辉在他眼前连连地闪。

"好，等一等。"他说，愉快得像对着一个朋友谈天了。他赶忙从行军床下面拖出他的小皮箱，掏出了一张写满半幅蝇头小楷的十行纸，这东西，是他昨晚上费了大半夜的功夫，自己起稿，自己誊正的。人通通都睡静了，他一个人还伏在那张小条桌上写着，他磨练那些词句，推敲那些字眼，常常为了一个字的斟酌，他要思索半点钟；他聚精会神地一笔一笔的拉伸，几乎把头也钻进了桌面，他的腰杆和手腕，这时候还有些酸痛呢。

他重新把那件东西拿到窗子面前检查了一遍，看有不有写错的地方。最后他满意地笑了。

"行，"他对自己说，"这两百块钱大概不会成问题的。"

这是一件他对×师长的报告，为了表示最大的尊敬起见，他从"咨呈"的方式改过来的。这报告的内容，简单说来是：他曾×长因为工作上的需要，请求×师长每月津贴他两百元。那语气非常的诚恳，谦卑，看起来，他好像忽然变成×师长的直属的部下了。他说明他在这"前线的后方"工作是怎样的努力，一切都十分顺利，困难的就是经济支绌，不能把工作充分地展开，所以"拟恳钧座俯赐察核，准予按月津贴二百元，以资周转，而利工作，实为德便"。

曾×长一边把报告放进信封，心里想，要是能够成功的话，一年又可以多进二千四了，于是他又计算起来：十年呢，二万四，二十年呢，四万八。

他信托地把这件报告交给陆志诚，叫他当心些，不要给失掉，他说他不放心叫传令兵去就是为的这个，他并告诉他，如果×师长立刻给钱，他就把它带回来，可是千万不要给本处的任何一个人知道。

"别人问，"曾×长叮咛，"你就说到苏州去来好了，不要说到师部去的。"

陆志诚，这个曾×长的远房的亲戚，的确是个再忠实不过的人，他的特长，尤其是还有一张比别人更厚的脸皮子，无论曾×长怎样骂他，有的时候，简直骂得他狗血淋头，骂他是伙夫，骂他是生不出蛋的鸡。一秒钟后，他就若无其事了，而且实际上，他在这里，确又是曾×长最亲信的人。他听着曾×长的吩咐，连连地点着头，然后，他把那报告谨慎地装进他的小皮包里，很快就准备好，出发去了。

这时候，曾×长心里的暗示已经完全消除，他兴奋得很，确信着×师长看见他这张报告，一定会毫不迟疑地在那上面批着"交军需处按月照发"。他欢喜得真有些支持不住了，那"枪在我们的肩膀，血在我们的胸膛"的歌曲，他一再连唱了十二遍；一直到傍晚时候，他又接到他的部下们几张借支报告以后，才把他那件高兴的事暂时搁置在一边，重新来痛恨这些"捣乱者"了。

这天是这一月的最末一天，照例晚上要开个"月终工作检讨会"。

"今天晚上，"他极力镇静着，想不让他的火气来得太快，"我想我们可以实实在在地来检讨检讨这一月来的工作，现在请大家——从这边一顺，轮流报告，一个至多三分钟。"他把他那只六块钱买来的夜光表掏出来摆在桌子上。

报告开始了。曾×长两只眼睛专心注视着他的表，望着那两只长短针艰难地移动着看不见的脚步。他觉得三分钟比三年还长；好容易等到了，他就拼命打着铃子，命令别人住嘴。

"报告×长，"那报告的人认真地请求着，好像今晚上这工作报告和他的借支报告同样的重要，"我要求多给我两分钟，因为我还有许多话没说完。"

"不可以，守会场的规矩！"

"报告×长，三分钟实在太不够了，我提议每人都可以讲五分钟，因为一个月的工作，三分钟无论如何讲不完。"还是先前那个。

"不可以——不行，什么提议，这又不是真正开什么大会，我命令怎样办就怎样办，为什么三分钟还不够呢？我们应该养成一种习惯，无论怎样复杂的事，我们都能抓住它的要点，非常简切地说出来。说话最不要拖泥带水，把不关紧要的也拿到这里来啰唆，又不是在家里和老婆谈天，或者坐在茶馆跟朋友吹牛，一个人浪费两分钟，十个人就是二十分，百个人就是二百分，全中国四万万七千万人，就说四万万五千万吧，请你们算一算，都是学过乘法的，这是多么大的一个损失，中国人简直把时间不当一回事，和别人一吹起牛来就是一大半天，日本人就不同，日本人平常没有事，不作兴跑到别人家里去的，有要紧话也就在门口几句就说完了，所以他们强，能够一口气吞了东三省，又来吞华北，吞上海南京；美国更有一句名言：时间就是金钱，这真是颠扑不破的真理！我们中国人简直都是糊涂蛋，虚掷时间，是亡国灭种的现象——"

他越说越性急了，手掌在桌子上拍打着，仿佛在和人吵架。最后这一次他几乎拍在他的夜光表上，他吃惊地望一望它，已经过了六分钟了。

"第二个发言！"他赶紧命令着。

现在算是十几个人通通都报告过了，虽然谁也没有说到他要说的五分之一就给勒令闭了嘴。

"报告×长，我们宣传员也报告吧。"左手边的一排长凳上，是坐着十一二个年轻伙子，等到那些官长们都哑了气，其中的一个就立起来申请。

曾×长对他看了一眼，沉默了五秒钟。

"不必了，为了节省时间；大致都是差不多的。你们青年人，最好少说话，多做事。是的，你们是宣传员，但那是对着老百姓的时候，在这里，用不着了。"

这下子，轮到了曾×长的批评与指示。他真是在奉行时间就是金钱的那句美国的名言，十分简单而且笼统地说了一些工作上的原则，然后用了下面几句很快结束了他的话：

"你们的工作，许多地方是努力的，许多地方却还不够，水，以后还须要更加努力。"

稍稍停了一会儿。

"现在，"曾×长用着另一种声调继续了他的话，那神情显然比刚才更认真，好像这才入了正题，"现在，我们应该好好地作一次自我批判了，看我们这一月来，对不对得住国家，看我们到底有不有牺牲精神，据我看来，觉得还差得远得很！就拿借钱这件事说吧，"他随手从衣袋里抓出一把弄皱了的借支报告，"简直就够不上一个真真的革命同志。现在国家到了这个地步，我们还说什么钱！我们其实有饭吃就已经了不起了，再打几年仗的话，你看，连饭都没得吃，还谈钱！我们比起德法之战的法国人来就好上了天，我们还没有像巴黎的人民那样：被德军围困起来，连地板下面的饿瘪了的老鼠也拿来充饥，你们还是肯吃瘪老鼠，还是肯不借钱呢？水，我们要能够牺牲，牺牲——譬如，"他用眼睛到处寻找，"罗司书，"被叫着这一个，赶紧站了起来，挺直腰身，两只脚并在一起，"你为什么要借三块钱呢？你说！"

"报告×长，部下的家乡被日本人占去了，父母都逃到××，他们写信来说，实在过不了，所以我部下——"

"混蛋，过不了！中国人过不了的才只你的父母！沦陷的地区已经有——已经有——"他的老鼠似的小眼睛在近视眼镜背后渐渐往上翻，他在追记那什么报纸上的统计。可是他失败了；他记不起；他只好又把眼睛翻下来，"总之，宽得很，成千成万的人都在颠沛流离，都在饿饭，我们能顾及自己的父母么？连自己的父母都不能牺牲，我们还谈得上抗战！你不要说你是个司书，天下兴亡，匹夫有责，你说，你还有什么理由！"

罗司书显然没有什么理由了，只哭丧着一张脸，木头一样竖在那里，嘴唇皮那么抖动着，抖动着。

"还有你们这些，"曾×长撇下了罗司书，现在准备来收拾另外这一伙了。他一张一张地清理着那些借支报告，"二十块，十五块，十块，又二十块，请问你们，还是到前方来做救亡工作的，还是只晓得借钱的！"

继续了一分半钟的沉默，可是终于有一个人站起来说话了：

"报告×长，我们自然是到前方来做救亡工作的，但是我们也得要钱，因为我们不能眼看着家里的人饿死！不错，成千成万的中国人都在受难，能够救几个我们也总得救几个；再说，如果上面根本没有规定我们的薪水，我们就让家里的人饿死吧，但并不是，上面是规定得有的，而且还是按月照发，我们都全知道，为什么×长老把我们的钱扣着不肯发给我们呢？而且还有那么多特别费——"不知道是太兴奋，还是别的，这个人突然把话头咽在喉头跟前，吐不出来了。

"是你！你王立民！你敢反对我！我要把你报告到上面去！撤你的差！你侮辱长官，破坏长官的名誉，什么，特别费！特别费是给你用的么？我是主管，你们没有干涉我的权力！你还是个中校，你！你！哼！"他喘息着，那不大出众的低矮的鼻梁也忿激得在抖动，叫他的近视眼镜几乎也从那上面跌下桌子。

最后他咳了两声，抓起笔来在每一张报告上批准了三元。

十分钟后，一场纠纷显然是中止了。曾×长早已经恢复了和平。

"现在，大家还有什么话要说么？总之，我这人是个心直口快的人，有什么就说什么的，我其实十分尊重大家的意见，你们有什么要求，我总是答应的，现在——"

他的话立刻停住了，因为那里站起来了一个宣传员，一个二十岁光景的小伙子：

"报告×长，我们想请×长，唔，请买一点糖——"

曾×长这才猛的记起了那回事：

"你不要说了，我觉得你们这些青年人全不是真真爱国的，卧薪尝胆的故事总该听过的吧，为什么国难严重的今日，你们还要吃糖！"

"不是吃糖，因为我们早晚只吃两餐，一天都在外面工作，我们实在饿得受不了，在×部领来的面粉，堆在那儿没有用，我们想拿来做点馒头吃，如果不买糖的话，就是加盐做也可以。"

"这个办不到，"曾×长把头一扬，他的近视眼镜映着那两盏洋油灯光，红红绿绿地闪了几下，"面粉不能随便拿来吃的，那另外有用处，要吃也就只有光吃，好在柴火不要买的，糖或盐却不能添买，因为那写不出账，报成公费么？一定报不上去，算在伙食上吧，又不是全体的人都要吃馒头，譬如我，就不吃这东西——"

"算在我们自己的伙食上好了，我们每月不是有八块钱的津贴么？"

"咄！真是老百姓，军队上什么都要讲一致的，你们怎么能单独行动！到前方来就不能过舒服生活！什么都是一种习惯，我们还不是和你们一样，一天吃两餐？多等几天，就一样习惯了。其实又不是我不给三餐饭你们吃，还不是吃各人的？是部队里的命令，白天不许烧火，怕飞机，你们难道不要命么？不错，你们都是很可佩的青年人，到前方来做救亡工作，尽义务，每月只有八块钱的津贴，但是我当×长的也是一样，一样和你们吃苦，自然，我们有较多的薪水，但这是国家规定的，因为我们的责任负得大一点，国家当然就有一种较大的报酬，你们呢，只要到了那一天，国家也同样给你们较大的报酬的，国家决不能偏袒那一个——不过，现在是国难时候，什么都说不上，我们只好一齐忍痛牺牲；我当×长的，总愿和大家同甘苦，共患难。咳咳，你们觉得我的话怎样？"

"很对！"不知谁这么应和了一声，曾×长开心地笑了。

"不过，报告×长，"这是另外一个，属于官长之类的，领导那些宣传员们工作的上尉×员刘尚刚，递过来一张纸条，同时再用嘴巴加添，"今天我们，这些宣传员们，还用了两毛过河钱。"

曾×长仔仔细细瞧了那纸条半天：

"过河钱？什么过河钱？"他质问着。

"今天我们到四乡去宣传，就在那面不远，"他用手随便指了一下，"有一条小河，我们临时雇了一只小划子，一去一来，共花了两毛船钱。"

曾×长把近视眼镜摘下来，用只手从前额光到下巴：

"河有多深？多宽？"

"大概齐到大腿这些吧，有两三丈宽。"

"这么样的河也要坐船么？"曾×长叫起来，"简直糜费公帑！为什么不涉水过去？不错，这是冷天，但是这正可以表示你们的牺牲精神呀，前线的士兵，打起仗来，命都不要，我们还能怕冷么？"停了停，他再把手举到眼镜跟前，但是这一次它没有给摘下来，"你们实在不能牺牲的话，就不要过河去，在河这边宣传好了，你们以为这样就表示了工作努力么？要不用公家的钱的工作，才算是真真的努力工作，否则那只是消耗国家，我对大家的工作考核，老早说过，是本着这原则的：谁能够少用钱，或者简直不用钱也能工作，谁的成绩就是最优等——不过，今天已经算过去了，我承认这两毛钱，我总是尊重大家的意见的，以后那就请大家——唔，"他好像有意把这空气放得更轻松些，那么着，可以表示他是尊重大家的意见；他从衣袋里取出他的香烟匣子，栽一支香烟在他自己的嘴上，又把匣子收进口袋里去了。可是那位中校王立民也跟着掏出了他的烟匣来，故意大声地开着那雪白的锑做的盖子，然后慷慨地轮流把手伸到他附近的每一个人的面前。

曾×长微笑着，又发表了他的谈话：

"大家还有什么意见么？今晚上可以尽量说一下子——不过大家耳朵得尖一点，听见飞机响，要熄灯——有意见，关于工作的改进上的，都请大家尽量提出来，我总是尊重大家的意见的。"

"我有一个意见，我觉得我们的标语写得太少，应该派人到××去买点纸和颜料来，多写点贴贴。"

"我觉得，我们的工作做得很不确实，宣传方面，还不深入民众。"

"在铲锄汉奸的工作上也做得不够，我们只做到表面。"

"我们的意见是，"这一次却又是一位二十来岁的宣传员，"我们还应该多添加宣传人员，组织戏剧，歌唱等等团体，这样才能收到更大的宣传效果，我还可以化装讲演……"

"你们这些，"曾×长赶紧回答，慢一点他的说话时间就会给别人抢去似的，"全是幼稚的见解——宣传，写标语，讲演，好像这就能够打退敌人！老实说，咳咳，那些都是卖膏药，骗人的玩意；现在是行动的时候，不是叫嚷的时候了，而且总要花钱：买纸，买颜料——糜费公帑！老实说，我真有些怀疑那个什么宣传，不过既然要的这套把戏，我们也照样要罢了。咳咳，譬如你们宣传员吧，上面一次两次来命令，要叫招，而且还规定了最少的人数，而且还说要派员调查，我们也只好照办，其实，咳……什么，你们还想多添加人？戏剧？歌唱？这个我可不准！我不许在本处有什么戏剧和歌唱出现，那些污七八糟的东西！你们是不是还想添加女同志，好一道演戏和唱歌？哼，青年人！在本处，我不准男女混杂在一块，要恋爱请到别的地方去！化装，这简直是胡闹，我们正大光明地向老百姓宣传，又不是土匪××党，要鬼鬼祟祟地化什么装！我们对老百姓说，中国要亡了，你们快起来救亡！这还不是理直气壮的事么？化装——胡闹！失了我们工作人员的人格！"渐渐地，曾×长的脸又转成了青，手掌在桌面上已经拍到第十八下了。

现在全室里沉默得像是停丧房，空气也似乎已经凝结起来，叫人透不过气。邻近的村庄上传来了部队（曾×长叫做友军的）的熄灯号声，在暗哑的初冬的夜空里，格外悠长，格外哀惋。这之后，便是曾×长那只摆在桌上的夜光表的细微的嘀答声傲慢地扩大了声响，尖锐地打入每个人的耳朵。什么地方的蟋蟀偶然发出一声两声的吱吱的歌唱。

"总之，"还是让曾×长自己来打破这寂寞，"我总是尊重大家的意见的，大家还有什么话么？请尽量发表好了。……没有？那么我们现在就来谈谈时事问题吧，"这时候，在他心的深处浮起了真实的关切的情绪，"大家看这一次的战争，能够打好久？中国会不会和日本讲和？"

"中国也许会和日本讲和。不过那是汉奸的希望——"这个人显然是误解了曾×长，太瞧不起曾×长，他的话是对着谁讽刺的，全都听得出。

"对！"曾×长却一下截断了别人的话，"汉奸！那全是汉奸的想法，中国一定要和日本永远打下去——"可是他忽然觉得永远两个字不大妥帖，急忙修正，"中国一定要对日长期抗战！不过，你看要几年才能够达到最后胜利？"

他的近视的老鼠般的小眼睛在眼镜后面微笑着，瞅着刚才发言的那一个，心里可在计算着：七百，八千四，八万四，十六万八……啊，还有×师长按月的津贴，四万八。

别人可不告诉他要什么时候才能最后胜利，却故意把眼睛避开他，望着那荡着两圈灯光的屋顶，脸绷得像一面牛皮鼓样。

过了一会，曾×长打开了这个僵局：

"好了，我看今晚上大家都疲倦了，散会吧。"

曾×长今晚上满心想睡个舒服觉，因为新从××买来的丝绵絮，今晚开始垫上了他的行军床。可是渐渐地把他激怒了，他睡不着！每一次睁开眼睛，他都看见对面他的部下们所住的那间大屋子，就是那逃走了的外科医生的大客厅，老是煌煌地亮着灯光。他在床上，嘶着声气叫：

"你们为什么还不睡觉！混蛋！"他的眼前幻现着那些洋油灯里的液体，他在逐渐逐渐地干涸着，仿佛他自己身上的血液，在逐渐逐渐给一根管子吸去。他心痛得很；而且他又怕飞机。

最后，他实在忍不住了，爬起身来，轻脚轻手地蹑到那间大屋子的门边去，他怕惊动了他们，一下熄灭了灯，他要突如其来地给他们一个打击。

那间大屋子里，十多个他的部下和十多个宣传员们都还没有睡，他们在那些一个挨一个的地铺上，坐成一个不规则的大的圆圈，小声地，警戒地，在谈论着什么事，好像在会商着一件机密的要公。上三十个人的脸子，有的泛着红，有的是铁青。

曾×长的猛可地出现，倒叫他自己吃一大惊，因为他们不但不赶紧熄灯，就连一点骚动也没有，他们只突然停止了谈话声，像突然给关闭了总电门，所有的电灯都一下停止了发光一样。他们仿佛一排泥菩萨似的坐着，谁也没有拉动一下身子。

"混蛋！"他在肚子里愤怒地骂着，冲出他嘴来的是：

"你们在干什么，今晚上！"

那些泥菩萨们，好像预先约好了似的，谁都不做声，仍然那么稳稳地坐着，仿佛并不曾看见他曾×长，有如所有的停止了发光的电灯并不看见谁。

曾×长变得快要癫狂了，车转身，几步就跨到了天井里。可是在天井的中央他突然立定了脚，恰似一下给橡皮胶粘住了在那儿。他的耳朵又听见了从那大房间溜出来的切切的谈话声了。可是他一个字也听不清，他只觉得那些每一个声音，都好像一根尖针；他只觉得那些说话对他很不利。

好一会他才把他的身体拉回到了他自己那间小房间，一下倒在他的行军床上，嘴里喃喃地骂着：

"混蛋！混蛋！我要报告你们这些，把你们通通枪毙！你们不滚蛋，我就自己滚，我愿牺牲我自己，跟你们拼！……"

二十七年六月于四川铜梁

选自康濯序：《中国新文学大系1937—1949》短篇小说卷，上海文艺出版社，1990年

友　情

一

飞机场，像一面辽阔的海，静静地躺在晚秋的太阳光下，冒着淡淡的烟。道格拉斯，三三五五地趴在这海的边岸，恰似一些才从海底游出来的气闷的甲虫。它们焦躁地望望天，另一些同伴们却在低空里划翔着，绕着圈儿，翻着筋斗，唱着震破耳朵般的快乐的歌。它们羡慕的了不得，很想也立刻一起去一道儿欢腾一阵子。它们歪着脑袋，瞧瞧有不有那些熟识的，戴着大眼镜，肿的人们走近身来，跨上它们的背，这样，它们便好欢天喜地的把鼻子上的长家伙——人们说是螺旋桨的——拼命搅一阵风，然后在地上跑一趟就飞上天去。

远远地，有两个人走来了，却并没有戴着大眼镜，是另一族类：叫做机械士的。唔，大概希望就在前面了。每一次，它们要飞上天，不是先就有叫做机械士的朋友走到它们的身边来摸摸这里，拍拍那里么？而且还少不了把那又清亮，又发香的汽油灌进它们的肚子里。每一次，一看见人来给灌汽油，它们心里就说不出的高兴，因为肚子里吃饱了那清香的液体，就再不会气闷地爬在这儿，就可以嘻嘻呵呵地飞上天了。每一次，它们总尽量把肚子挺开，贪婪地喝着，深怕肚子不够大——越喝得多，在天上就越玩得久啦。一看见那汽油不小心给失洒了一点儿在地上，它们心里就可惜的了不得，只恨没有把舌头伸到地上去舔干。心里说：机械士朋友，当心些呀，政治指导员那天不是说过的么——一滴汽油一滴血呀！

　　唔，这两位机械士，光景却不是来摸摸它们，拍拍它们，还请它们吃汽油的。他们不是非常闲散的样子？两个人在并排地走着，叽里咕噜在谈着什么呢？唔，时间已经不早，太阳的大红脸在远方的地平线上就要跌下去，他们今天不会来照顾它们了。唉，他们真好，没事干的时候，可以自由自在的□□，玩耍，它们呢，没有事就气闷地爬在这儿。

　　唔，那两位朋友越来越近了。它们很想向他们打个招呼，他们却只顾走着，说着话，好像根本没有看见它们似的。

　　他们在说什么呢？听。

　　"妈的，这生活真苦！"高个子说。

　　"谁说不苦。"矮的一个附和。

　　"妈的……嘛嘛……妈的。"

　　"妈的怎么样？"

　　"呃，润生，我说，我们为什么不想点办法？"

　　"想什么办法？"

　　"想办法搞点钱来用……"

"……"

"呃，润生。"还是高个子，刚刚经过搁得有几桶汽油的地方，那是准备在那儿随时给道格拉斯们吃的，他用脚把其中的一只桶踢了一下，好像它就是那润生。

"怎么样？"润生回答。

"嚇嚇，这汽油……"

唔，汽油干什么？要给道格拉斯们吃么？

可是矮个子说了：

"福林，你再向我说汽油我就对不住你！"

"嚇嚇——我说，润生，你不要太老实了，别人汽车嘟嘟嘟，开过来又开过去，我们弄一点儿有什么……嚇嚇！"

"我们不能跟着别人，我们只能凭自己的良心，国家现在在打仗，那天政治指导员不是说过的么：一滴汽油一滴血啊！"

"嚇嚇，你这爱国大家！不过，咳，我原是说着玩儿的，你我老朋友，可不能随便把这些话告诉别人啦。"

"……"

"不过，我问你，润生，我说……我说是……如果我……如果你看见我……嚇嚇，你怎么样……"

"我一定抓住你！"矮个子非常了当地说。

趴在那儿的甲虫们也吃瘪了：什么事，要抓？

"真的么？"高的一个一下跳过身，扭着了对方的手膀子，一半像开玩笑，一半像认真，"你能出卖朋友？"

"不是出卖朋友，是为了国家……国家比朋友更要紧。"

跟着却是那高个子一阵哈哈大笑，然后：

"润生，和你开开玩笑，你看，就这个样子——脸都红了。"说着说着，他就伸手在对方的脸上拧了一把。矮个子发火地叫起来：

"你干什么！"

于是他就各人逃也似的跑了开去，高个子也一个人向另一条路走开了。

现在，只剩下那几位道格拉斯没趣地趴在那儿，看着那飞在天上的几个同伴追逐着夕阳的最后一抹残光飘下机场。

二

晚上，月光像水一样冷冷地从那海样的飞机场和四周的原野浸入这一片机械士们的宿舍，屋子里比平常格外清冷。人都睡静了，只有润生一个人老翻来转去的睡不着。他心里觉得又是生气，又是悲伤。他的生气和悲伤，一点没有疑问是为的福林。这家伙，简直变相了。要是别人的话，变相就让他变去吧，可是福林是自己的朋友呀！小同乡，初小高小都同学，不必说，还是一道出来当机械士学徒的，现在又派在一块儿当机械士。在这飞机场里，能不知道他们是好朋友？谁一提到润生，就会联想起福林，反过来，谈起福林也没有不会想到润生的。旁人说他们是城隍庙的鼓槌，甚至于说他们是双生子，虽然他们的确并不曾在任何一个城隍庙里一同擂过鼓，也不是共同有一个母亲，可也真像同胞的兄弟一样。他们有着亲密的感情，却从不吊儿郎当地开玩笑。对，真真的好兄弟是不会互相开玩笑的。有谁看见同胞的骨肉一见面就大家动手动脚，譬如彼此拧脸玩儿呢？可是现在福林这家伙也学到这一套流痞相了，说着说着就向别人的脸上伸过手来。润生一定就是为了这个，心里非常的难过。

可是润生再想了想，觉得又不对劲起来，他的难过，完全就是为了福林这流痞相么？不对，那更大的原因，一定是福林还向他说过好多回汽油汽油！

屋子里，忽然一阵阴暗，吹进来一股冰冷的风，待会儿，月光才又继续了它的光明。

　　润生再把自己的被盖卷了卷紧，又重新理起了他那乱麻般的心绪。他又想起这些日子，福林常常抱怨这样，抱怨那样。说钱不够用，养不活家口，于是又对自己说：要是自己也像福林那样，家里还有一个老母亲，一个小弟弟，恐怕也……润生又替他的朋友原谅起来。

　　可是，为什么福林一发牢骚，就要说到汽油，汽油和牢骚有什么联带关系？而且还对自己的好朋友忽然变成吊儿郎当起来了；说着说着就伸手来拧他的脸，这又是什么缘故？润生越想越心乱，越心乱他又越要想。

　　他轻轻偏过头去，对面铺架上，映着月光，看见那睡着了的福林的扭歪了的脸，看见他那张开着的大嘴巴，看见他那左耳朵下面的一撮黑毛，不知怎的，润生很想从眼睛里，挤出几滴眼泪来。

　　屋子里，打鼾的声音，情歌似的这里唱了那里又和起来，把深秋的凉夜越更显得辽阔和凄冷。润生从那写打鼾声里，听出福林的是格外粗壮，格外莽闯，仿佛有一股子什么怨气要跟着他的鼾声一同发泄。

　　突然屋顶上一阵沙沙的声音，又是一股冷风从窗口卷进来。润生觉得真有些冷了。他再偏过头去望望福林，发现他的肩角那儿，被盖掀开了一个大洞。他赶紧欠起身子，伸过手去给他的朋友掖好被角；心里说，这家伙！可是就在这时候，忽然福临大叫了一声：

　　"不管我，汽油！"

　　润生给吓得差点儿没有跟他一同叫起来。他瞧瞧那只睡着了的扭歪了的脸子，那张开着的大嘴巴，那左耳朵下面的一撮黑毛，心里像鼓似的打了好一会。

　　润生终于模模糊糊的睡了去，又终于给谁惊了似的醒转来，好久都不能安稳的熟睡去。最后，他听见悠扬的起床号声在清冷的旷野上婉转地啼叫着了。

三

这是一个难得的星期天的下午。伙伴们许多都到城里或别的地方玩去了。润生也约福林一块儿进城去逛街。福林却皱着眉头呼头痛，说想睡一阵子。等润生想走过去勉强拉着他走，他飞快地就跳上床，蒙着被盖睡了。

润生只好心灰意冷地独个儿踏出宿舍，沿着机场边上的小路跨过木桥，向马路走去。

马路上，断断续续地来往着行人，黄包车三三两两地在没命地飞奔，卷起阵阵的尘土，载着大肥猪的独轮车辆列成一长队，一路吱吱呀呀地哼哼着，好像唱着悲哀的挽歌把它们送到屠场，一辆长途汽车跛着腿跑着，受伤的狗一样汪汪汪地嚎叫。

润生对于这些，都毫不发生兴趣，他只一心一意的想着：今天进城去是不是能够在表哥那里借得到两三块钱？脚上的袜子实在破得不成话了，一脱掉那胶布鞋就老姜似的出现五个脚趾，真应该买一双袜子才行。可是表哥在电报局当听差，也常常对着他道穷诉苦，是不是有钱借给他呢？

润生一想到这里，他的脚步也就自然地缓慢了起来，仿佛这条公路的前头逐渐在黑暗下去。

"这生活真不容易过啊！"他独自在心里叹息了一声，这又很快叫他记起了福林。他觉得福林实在可怜。他常常对别人抱怨，发牢骚，哪是凭空的呢？他心里的鬼里鬼气也实在……

汽油！

突然，润生一下停住了脚步，好像谁在他头上敲了一棒似的，叫他想起了一件紧要事：福林为什么今天忽然会生病？为什么难得的星期天他不出来玩？他全身一阵发寒，冷汗像油一样泌在它的背上，仿佛他才做了一件天大的错事般的，想改悔恐怕也来不及了。

他掉转身来就发狂似的向着转回机场的路上跑去。

他跑得是那样快，好像在追逐一个正摄取了他的生命为往毁灭的路上奔跑着的死神一样。

可不是——宿舍里哪有还有什么福林！他的床铺上只潦草地摊着被罩。

一跳出宿舍，润生毫不迟疑地跑进飞机场，用着燃烧般的眼睛寻找着福林的影子。

没有福林！

飞机场上静悄悄的，什么声音也没有。天上也一样，只有几朵白云代替了道格拉斯在互相追赶着游戏。

机场外边的桥头，有一个特务旅的卫兵，背着枪，毫无目的地在走来走去，润生跑过他的前面，他也毫无目的地把他看了一眼。

润生沿着机场的边道跑着，他差不多已经把飞机场跑了一个半圈。他的心脏也快要从嘴巴跳出来了。

看！远远的前头有一个人，那不是福林是哪一个？他，那福林，背向着这面在慢慢地走着，仿佛吃得太饱在散步似的。润生还没有打定主意叫他呢还是不叫？那一个却忽然停了脚，在转身向这面走来了。润身赶紧蹲下身子，把自己藏在一株小树后面，看他干些什么。

一点不错，那的确是福林，他依然慢慢地在散着步，眼睛这边那边地在张望着；于是他经过了一桶汽油跟前，就用脚去踢着它，踢着他，再来一脚，让他慢慢地向场子的边儿滚，离他不远的地方还捆得好几桶，显然这一桶就是从那儿踢过来的。

润生什么都明白了，他的心跳着，血往脸上流，好像他自己在干着一桩羞耻的事。

这时，他看见福林停止在那儿了，两双手插在裤袋里，做出是在那儿观望风景的神气。然后他又散步了一会儿，四面瞧瞧，再用脚去踢那一只汽油桶。

润生真替他担心，深怕给谁看见。他小心地用眼睛到处探望着，好像他是在替福林打哨。背后方，那座小茅篷的前面，一个卫兵老让他的背向着这面立着，指手画脚地大约在讲着什么动听的故事，听讲的也许就是那茅篷的主人，那卖香烟花生米的独眼龙。润生看见他没有转过身来的样子——自然，因为距离太远，就是转过身来，也未必就会瞧见他朋友的犯法的举动——他放心了，只默默地躲在那株小树后面，专心诚意地鉴赏他的朋友的动作。

现在，他，福林，背又朝着这边在散步了，两只手插进裤袋里，然后又掉转身，取着斜方的路，走近那一桶汽油，又用脚去踢它，踢它，让它向机场的边上滚。

看着看着，那灰色的圆家伙，已经慢慢地移到机场的边线上了。忽然，它一下就跌落在小河里，听得见它打击着河水的一声轻微的响声。

跟着那一声响声，福林好像中了枪弹似的倒到地下去了。润生也万分紧张地回头回头向那茅篷边的卫兵望去。他，那个兵，却仍然在那儿指手画脚，虽然听不见他的声音，知道他是正谈得津津有味。

过了一会儿，福林这才慢慢爬起身来，在四方打量了又打量，然后就很快跳过那搭在小河身上的木板桥，走上了那面的小土路，顺着河缓缓踱着步子，虽然他是在护送着那掉在河里的汽油桶一道走。

渐渐地，他跟着河身转了弯，给一排树林遮住了。

这一阵子，润生都好像着了迷，现在才清醒过来似的，他吸了一口大气，用左手抹了抹额上的冷汗，赶快离开了那株小树，跳过河，大踏步跟着福林追了去。

当润生快走到那一排树林边，斜刺里突然走过了另一个警卫兵来。润生差点儿没有大叫出声，立刻却决定好要告诉他有人偷了汽油，叫他一同去抓。

可是，润生还没有来得及张开嘴，那个兵却似乎已经明白了他的意思，真的向右边的路倒了拐。润生心里这又着起慌来了，想跑过去阻止他，或者用一句话骗他回头。

有意解救润生的还是那一个兵，忽然他又站住了脚，用只手拍了拍他自己的后颈窝，仿佛一下记起了什么事，车转身又向原路走去。

润生飞跑过那一排树林，在绕过一座庄院，他发现福林正在那儿刚把河里的汽油桶捞上了岸，把它放在土沟里，自己呆呆地站在那儿，料得定他是在计划怎样把它弄走。

润生的出现，叫福林吃了一大惊。可是，发现是润生，他似乎安心一些了，只红着一张脸子，上牙齿咬着下嘴唇，不做声。

"你这是干什么?"润生走上前一步，粗着声气说。

"穷。没有办法。干什么!"福林忽然大胆起来了，圆睁着一双眼睛盯着他的朋友，仿佛他比他的朋友更理直气壮。

"可是，你什么都可以干，却不能偷汽油，国家在和敌人打仗，国家的空军正需要汽油，你没有听见一滴汽油一滴血的话吗?"润生为微微地低着脑袋，声音放得更低，仿佛他很不过意，仿佛那干这丢脸的事情的正是他自己。

"算啦，润生，我一定分几□跟你。"福林又变成嬉皮笑脸的样子了，一边招呼着那正在田里干活的一个农夫。想叫他来帮助他把这桶汽油弄走。

"不行!"润生也非常吃惊他自己为什么突然这样凶恶起来了，"快给送回机场去，不的话——"

"不的话?"福林还是用着开玩笑的口吻。

"不的话我就要抓住你!"

福林觉得对方的脸色有点异样，心里也好像开始有些害怕了。

"我们连这一点朋友的感情都没有么?"他用着强硬的声调哀求着。

"朋友的感情是有的,可是我不准你偷汽油,这是国家需要的血!"

那田地里的庄稼汉,走过来了,问他们要做什么。

"请你帮忙抬一抬,给钱你。"福林指挥着说。

"是不是往机场抬?"润生在向福林逼近一步。

"不是——我相信你就会出卖朋友!"福林的眼睛忽然充满了血潮,仿佛有一股杀气罩上了他的脸。

"好!"跟着这一声,润生一伸手就抓住了福林的手膀,然后他对那站在他们身边的老百姓说:

"快去叫两个兵来,说这里抓到了一个偷汽油的人!"

一看见那给抓住的一个在奋斗着想挣脱身,那庄稼汉扯开腿就向飞机场跑去了。

等两个武装兵士飞跑到来的时候,润生和福林俩已经扭抱在土沟里打了好一阵的滚。两个人的身上全部是污泥。

福林终于给那两个士兵从土沟里抓了起来,一条棕绳子反剪了他的手。

润生的鼻子在流着血。

两个兵压着福林走在前头,润生跟在后面。这一刻的心里难过得快要爆炸,眼泪像断线一样流出他的眼眶。他觉得他对不住福林,他多年的朋友。他张开嘴巴。轻轻叫着福林的名字,请他原谅他的抓他。

那福林,却头也不回过来一下,给夹在两个兵的中间,横着身体,移动着他那一双固执的脚腿……

选自 1940 年《中国的空军》第 39 期

萧荑

| 作者简介 |　　萧荑（1900—1996），四川郫县（今四川成都郫都区）人，现代作家。代表作品有短篇小说《国文教员》《悲田院》《七十二荒》《教育家》《七月半》等。

悲田院

一

黄昏时分，爸爸从城里回来，两手摔打摔打的：这种欢欣的神情，只有去年他为了我们将来的教育金买的有奖储蓄券中了一个第五奖的时候才有过。那天他从城里领了五百块钱的奖金回来，也是两手摔打摔打的，特为我们三娘母每人扯了一件衣料。今天他又是那种得意洋洋的神情，想必又有什么好消息，而我们又可以得到一件衣料了。于是，正在大门前坟坝上跟野孩子们打土巴仗的我们，赶快丢掉手里的土块，跟着他跑进屋里，把他包围着。但却失望得很。他手里什么也没拿有，也没有看见他动手掏衣包。他只把眼睛往屋子里外搜寻一下，没有看见妈妈，连手杖也来不及放下，便连忙跑进灶房里，走到正在埋头对付不愿意燃烧的湿柴的妈妈跟前，喜笑颜开地，简截地报告道：

"成功了，悲田院。"

他把头微微一摆，鼻梁两旁的刻划出两条深沟，而深沟上边的肉堤急急地往上蠕动，停止在眼角上，构成一个愉快的笑容。妈妈立刻把嘴边上的吹火筒拿下来，抬起头，忘记了拿袖头揩去被烟子熏得泪水模糊的眼睛，便急忙地问道：

"两个孩子都说准了吗？"

爸爸把颈脖往后一梗，嘴巴一嘻，鼻梁两旁的沟堤急急地向两个嘴边移动。

"一个已经不容易了，还要两个！"他严肃地答应着，一面把手插进衣包里掏香烟，一面补充着说，"先把家庆送进去，再说家珍吧。"

本来爸爸刚才的一席话已经引起了我们的兴趣，而且高兴起来。我心里正在暗暗说："好啦，我们都有地方读书了！"家珍也愉快地望我一眼，显然心里也在同样说："好啦，我们都有地方读书了！"但是现在听到不能同时进去的话，好像一瓢冷水泼到头上，家珍把脸一沉，面上的高兴要好快就有好快地消失了。我禁不住也有些难过起来，同情地望了她一眼，又带着几分责备的成分望了爸爸一眼，意思是说："你为什么不好好给她说一下呢？"但是爸爸却没有看穿我的心思；他正把燃烧着的香烟放进嘴里衔着，然后把两个手掌一并捏住手杖的弯柄，拄在地上，把身体倾向前面，说道："明天我就送你进悲田院吧。"他抽了一口香烟，边吐烟子，边继续着说，"这一年来，为了你们两个的教育问题，实在苦够了我。你想，我天天在教人家的儿女，而自己的儿女却失了学，这岂不是最矛盾，最痛心的事吗？唉！"他使劲吐出很长一截香烟，好像解决了一个大问题。

真的，我的爸爸是此间高中的教务主任兼代两班的国文。他每天一早就拿起教科书上学校去，下午四五时才带着疲劳回来。他没有功夫教育我们，而此间也没有一个小学。为了我们的读书问题，两年来不知他皱了好多次的眉头，绞了好多次的脑汁。看见我们一天到晚打入野孩子群里，学些下流的语言和动作，他总是把眉头皱起，忧郁地望着我们，总是那一句话："我看你们简直是野性难驯了！"后来他在晚上把批改本子的时间挤出一点钟来教我们国语和算术，但是一到白天，我们又跟左邻的张牛娃儿，右邻的李狗娃儿绞在一起，把晚上所学的一点东西立刻忘得干干净净。爸爸只好摊开两手叹气："唉，这大个地方没有一所小学，这还谈什么教育呀！"他沉痛地摇着头说，接着又是那一套我们半懂不懂的话，什么"染于苍则苍，染于黄则黄"。说了这些话后，爸爸总是颓唐地倒在躺椅上，半闭着眼睛，抽着贱价的香烟，让那缭绕的白烟子隐蔽着他那忧郁的面孔。去年夏天，有人向爸爸提到悲田院。"我们送不进去呀！"他严肃地说，"那是失教失养的儿童才有资格进去。我们虽然失教，却还没有失养呢。"但这一下却打动了他的心。当天晚上他便跟妈妈谈到把我们两兄妹送进悲田院的事。他说，悲田院确实是一个理想的儿童乐园，而且离我们的家只有两三里路，能够把我们送进去，家里省下两口人吃饭还是小事，而解决了爸爸日夜悬念着的我们的学业问题，却是大事呢。——爸爸简直被兴奋塞满了，好像我们的学业问题已经解决，并且看见他的儿女们已经手牵着手地走进悲田院去了。

但是悲田院果真不容易送进去。爸爸亲自跑去申请了几次，都没有成功。理由不是因为儿童名额已满，便是因为我们不是真正失教失养的儿童。今年端午节那天，有人向爸爸建议，找委员或科长一类的人物说句把话或写一封信，是很有力量的。对于这个建议，起初爸爸总是摇着头，把眼睛望着他那双经常都有个把窟窿的布鞋尖子；因为爸爸是从来不找那些大人物的并且提起这些大人物的，爸爸总是厌烦地把头掉向另一旁。就这样爸爸一直沉默了三天，好像对于一个难题不能解决那样的皱着眉头。大约还是妈妈看穿了他的心眼，第四天晚上，她带着劝慰的口气说："你还是去找一找他们吧！"爸爸收了一口气，半晌才抬起头，望着我们说："为了你们，老子只好去向人家磕头了！"接着他又气愤愤地补充着说，"我真不高兴见他们那种虚伪的面孔，装腔作势的态度！"虽然已经同意了妈妈的说法，可是依然不见他准备请求他们委员或科长一类人物的动静。一直又过了两个月，他才打定了主意。那天早晨，他决定去找张委员的时候，简直就跟前年死哥哥他到棺材铺里买棺材时一样的神情。中午时分他回来，他的表情也是很冷淡。妈妈开心地问他结果如何，他却爱理不理地回答道："信是已经写了。据张委员说，问题是没有的。叫我下星期再去听消息吧。——今天我平生第一次向委员磕头了！"他愉快地笑了，把眼睛掉向我们，"要是委员的信也不发生效验，那你们就算倒霉，我也没法可想了。"

张委员约爸爸去打听消息的日期本来是后天，不料他今天就提早去了，并且也不预先告诉我们一声便悄悄地去了，显然对于我们的学业问题，他心里的焦急实在不是我们所能想象的，而对于这个问题的得到满意的解决，他心里的高兴也不是我们所能想象的。当他叙述今天在城里当着张委员和沈院长跟前，谈妥了我们进悲田院的时候，他面孔上的表情，由兴奋逐渐严肃起来，最后眼里滚出来泪水了。妈妈也格外高兴，特地打两个荷包蛋来安慰他的劳苦功高。但他并没有注意到端着蛋碗立在旁边的妈妈；他只眼巴巴的望着我们，恳切地说：

"悲田院办得很好，在全国说起来，都是数一数二的，进去是颇不容易呀！只是仅准送一人进去，未免是美中不足。"

听着这些话，家珍更加难过了。她翻开白眼，仇恨地望我一眼，立刻三步作两步地窜到妈妈身旁，抓住她的衣角，呜呜地抽咽起来。爸爸这才注意到端着蛋碗立在身旁的妈妈，于是接过来，拈了一个荷包蛋伸到家珍的嘴边，表示安慰的意思。她把嘴一摆，紧贴在妈妈的腰杆上，更加伤心地哭出声来。爸爸伸直腰，叹了一口气，把蛋碗原样还给妈妈，似乎他也吃不下去了。

妈妈牵着妹妹到灶门口坐着，一面继续对付吱吱叫唤的湿柴，一面好言安慰她，而我便跟着爸爸走到他那间堆满木柴的书房里。

"你进悲田院后，要用心读书，遵守院规呀！要不然，我就把你叫回来，让妹妹进去吧！"爸爸用威胁的口气叮咛着，睁圆眼睛望着我，似乎准备看看我的反应。

我低着头，微笑着。爸爸似乎相当满意，于是又掏出衣包里的廉价香烟了。

这一夜，虽然妹妹始终阴沉着脸，爸爸也一阵阵的叹息，而愉快和忙碌却是一年以来所没有的。爸爸坐在他那把经常坐着批改本子的藤椅上，袖着手，有条有理地备述悲田院的历史，最后的结论是："办得不错呀！在全国都是数一数二的。"之后，便介绍到沈院长了。爸爸绘声绘色地描摹着他的相貌：

"挨边五十岁的人，头发已经白了一半，但精神却蛮好。有干劲儿。嘴里有两颗金牙齿，一说话便露出来。他的眼泪比谁都多。见了厅长，他总是动不动就流泪。真是刘备的江山，哭出来的呢。"

爸爸说得我们都愉快地笑起来，就连一直阴沉不语的家珍也躲在妈妈的衣角里无声地笑着。但他马上又用严肃的口气批评沈院长："认真呀！热心呀！除了他，悲田院是办不好的呢！"

至于妈妈，洗完碗筷，把妹妹送上床后，便开始清理我的衣服，准备明天一早就带去。爸爸说，悲田院供给衣被，一切用品应有尽有，一件都可以不必带去。但妈妈却说悲田院的东西粗劣，怕我使用不惯，坚持要把全部应带的东西都带去。爸爸引经据典地加以反驳，又是那一套半懂不懂的话，什么"君子爱人以德，小人以姑息"。于是两人几乎要吵闹起来，结果还是爸爸让了步，除随身的衣服外，允许再带一件换洗的汗衫，一床薄被和牙刷牙粉。

"早些睡呀！明天早些起来，我送你去！"最后爸爸吩咐着。但我上床的时候，还是很迟，爸爸教书的学校里已经梆梆地打了一更天的梆柝了，并且我在床上总是睡不着，听着书房里爸爸跟妈妈两人还在商量给我准备这样那样。

二

不消说，第二天我们全家格外起得早，就是家珍也不甘落后。当我抱着被盖卷，提着小包袱，跟着爸爸走出大门的时候，她两眼一红，哇一声哭起来："我要去呀！我要上悲田院读书呀！"她哭声哭气地叫唤着。我们已经走了好远，还听到这尖锐的哭声在白露茫茫的晨空中飘荡着。据后来妈妈说，她一直哭着，伤心的伤心，直到妈妈拿爸爸到悲田院给她想法的话来欺骗她，好歹才把她暂时欺诳着。但当时我却对她的顽梗有些生气。"真是哭得讨厌！"我心里说，咬紧牙齿。"谁叫你不当哥哥呢。哪个不晓得，当哥哥的人凡事都要占便宜呀。"于是不由得把胸膛挺出，头开始骄傲地摇晃起来了。

自然，凭着我们四条飞跑的脚膝，到达悲田院，并不必要多久的工夫的。当我看见大门外旗杆上飘扬着的国旗的时候，我简直被兴奋塞满。这里真是一幅美丽的图画。四围的风光不必说，单说悲田院的本身，便足够使人眼花缭乱了。一道门墙从半山上包围过来，一直到溪边才从两面包抄过来，把一座黑漆龙门紧紧地钳着。围墙里是一片密树浓荫，从当中露出几排灰黑色的屋脊。一群群的八哥在树梢间飞动，从这一枝飞到那一枝，又从那一枝飞到这一枝，而它们的嘹亮的歌声，简直打不出比喻，好听极了。

"这地方真幽雅呢！"爸爸在后面赞赏着，抢上前一步，跟我并排着，"再不好生干，真是辜负这幽雅的环境了。"

他边走，边反复着这几句话，只听到"幽雅"二字在我的耳里跳动着。不料刚走到大门跟前，却发见一件大不幽雅的事情。在门前的石阶前，并排坐着两个十来岁的干筋瘦骨的儿童，一个正在解开衣服，寻找虱子，露出胸前一条条的肋骨，另一个头顶上生满了癞痢，正在捞起裤脚，剥大腿上的疥疮壳。我们走上前的时候，他们不动声色地继续着他们的工作，并不因为一个生人的近前便受了影响。他们这样的镇静，不知因为见惯不惊，还是因为麻木使然。本来看到虱子和癞痢便要摇头的爸爸，要是在平时看见这两个孩子，一定又要摇头，厌恶地把脸掉开，但是现在他却泰然得很，不知他把他们当作乞丐，还是根本没有看见他们。总之，我是立刻感觉到这两个孩子实在太刺眼，太跟爸爸所说的"幽雅"不相称，正是对准这"幽雅"的风光打来的一根木棒。但是爸爸却不但没有注意到这点，并且把他的全部注意放在那更幽雅的门面上了。

这是一座又高又大的黑漆龙门，两扇大门，栋梁，瓦椽，乃至一切细微的地方，都是黑亮亮地闪着光辉，显然这是随时油漆的成绩。门外两旁是两堵八字形的墙，刷成作为防空色的黑色，一边写着"孝弟忠信"，一边写着"礼义廉耻"，把门面点缀得格外出色。爸爸不由得把脚停住，看了这边，又看那边，头微微摇晃起来，然后才慢慢地提起脚步，跨进大门，通过一条每边栽着芭蕉的甬道，走向二门。二门两边的黑墙上，写着四个斗方的大字：儿童乐园。大约跨进三道门坎，便是我们这一代的极乐世界了。立刻，我暂时丢下了萦绕在我心里的两个儿童，来打算我的将来了。我希望进这乐园以后，得到一个相好的同学，互相规过劝善，切磋琢磨，毕业后升中学，升大学，到外洋去留学，回来做大事呢。我正在这样骄傲地幻想，爸爸已经踏上二门的石阶，一只脚已经跨进门里头了。他踌躇一下，左右打望一眼，显然是想找一个人去传达，但却没有找到一个适当的人，倒发现靠二门左边的墙根下端正地跪着三个八九岁的儿童，显然是罚跪的。三个人头上都是长着癞痢，三个人鼻孔上都挂着鼻涕，三个人的眼睛都不断地滴着泪珠，一颗跟一颗地从眼里流到颊上，又从颊上流到衣襟上，把乌黑的脸颊划出一个一条条的白色痕迹。不过爸爸大约没有多大兴趣注意他们，因为他现在正把眼睛掉来放在这"乐园"的整洁的外表上了。实际上，这"乐园"也实在整洁得令人不能不注意。这是一座簸箕式的大厦。是由民房改成的。三合土的院坝，青石的阶沿，刷成黑色的墙壁，就是细小的角落里，也没有一点灰尘，没有挂一根蜘蛛网。显然地，这是每天动了许多精细的手换来的成绩。"悲田院真正比我们家干净呢"，我心里暗暗赞叹着，不由得使劲挺起胸脯，战战兢兢地跟着爸爸走向左边那间门楣上题着"办公厅"三个白色大字的办公厅。

办公厅里摆着六七张铺着白桌布的写字台，每张台上的角上都立着一个标明职务的三角牌，壁上挂着精致的圆表，地下打扫得糍粑落下去也不会粘上尘土，一句话，一切布置都是经过考研的，绝不是随随便便安上几张桌子，如同年底乡场上写卖春联的摊子。但是，这许多张办公桌上却没有人坐着办公，除了壁上挂钟的有韵律的声响外，简直清静得好像古庙。真的，我对悲田院的第一个印象，就仿佛到了古庙。除了大门外两个坐在石阶上捉虱子，剥疥疮壳的儿童和二门里三个面墙跪着啜泣的儿童外，简直连人影子也没有见到一个。他们到哪里去呢？我怀疑地望了爸爸一眼。爸爸也正在惶惑地四下张望，好像到了三岔路口，不知走向哪方一样。大约等了一刻钟的光景，才从跟办公厅门口平行的一条黑暗的甬道走出来一个细长的工人模样的人物，手里端着一个倒满浓茶的玻璃杯。我心想他是给爸爸端来的，不料他却侧着爸爸的肩膀，端进办公厅了。

"院长呢？"爸爸在他的后面问。

工人把玻璃杯不高兴似的放在那张三角牌上写着"训育主任"的办公桌上，然后才转过身来，边向门外走，边回答说：

"厅里去了。"

我又立刻想起爸爸昨晚说的，他在厅长面前动不动便流了眼泪了。"大约他今天又要流一回眼泪吧？"我心里说。

"先生们呢？怎样一个也没有？"爸爸问，显然是想找一个人来把我交代过去。

"院长一走，大家都出去玩了。"工人冷笑着回答。

"学生们呢？"爸爸又问，与其说是闹心，不如说是奇怪。

工人眨下几下眼睛，然后用嘴巴往办公厅的屋里屋后一指，用不满意似的口气说：

"在后头操场上，全体罚站呢。"

"为什么呢？"爸爸追问着，好像哲学家。

"不为什么，新训育主任的下马威风！"工人似乎也动了情感，气愤愤地回答说，"昨天一来，就打了两个学生，手心都打肿了。今天一早起来，又罚了三个学生的跪，现在还跪在那里呢。已经跪三个钟头了。那不是！"他伸手指着院坝里面墙跪着的三个呜咽饮泣的儿童，并且接着深长地吸一口气，显然对于这种过分的处罚也动了义愤了。

立刻，不但这些被处罚的儿童，并且连大门外两个捉虱子的，剥疥疮壳的儿童和我发生密切的关系了。我不由得有些胆怯起来，抬头望了爸爸一眼。他正皱着眉头，忧郁地欣赏门楣上那"办公厅"三个白色大字。

"我们回去吧，爸爸！"因为院长既不在这里，我打算这样提议，但还没有说出来，爸爸似乎已经察觉着了。他埋下头望着我的眼睛。

"训育主任就要来了，"他说，"你不见工人已经把茶给他端来了吗？跟他交涉是一样的。免得跑来跑去，荒废学业呢。"

果然爸爸没有猜错。不到五分钟，一阵凌乱的脚步声便从办公厅背后的操场里传来，显然是被罚站的学生们解散了。并且不要多久的工夫，就有一个粗眉横目，脸上有一个刀疤的人走到办公厅门前。爸爸给他点一个头，并且请教他的尊名大姓。原来这就是训育主任魏先生。这倒令我大吃一惊。这哪里像一个训育主任的样子呢？分明像我家前月驻扎的一个湖南人夏班长。我真有些瞧不起他，但爸爸却那样亲昵地跟他攀谈起来，并且命令我向他行一鞠躬礼。他使劲望我一眼，会意地点着头，叫我出去跟那些儿童一块儿玩耍，而把爸爸请进办公厅里去坐着，于是嘻嘻哈哈地说起来。

离开办公厅门前，走下阶沿的时候，正看见儿童们从通到操场的侧门走进来，大家都是垂头丧气的，没有一点活泼的气象，再加上屁股上飞舞着的破片子，衣服上一个又一个的大窟窿小窟窿，过半数的头上顶着癞痢，三分之一的赤脚板，简直是看不完，简直就像城里救济院里收容的乞丐娃儿。而令我又好笑又奇怪的，有不少的儿童，走到侧门的时候，总是把背靠在门坊上擦痒，有的便用两手抓紧袖口，两边摆动着来擦痒。难道他们都生虱子吗？难道个个身上的虱子都是一堆堆的吗？我在纳闷的时候，爸爸从办公厅里出来了。他是把事情办好，准备回家的。

"你要好好读书呀！"他叮咛着，又使劲望我几眼，这才往外走。

三

爸爸刚刚走后，顶多才走出大门外，那个细长个子的工人便把铃叮当地摇起来，同时，训育主任魏先生也气势汹汹地从办公厅走出来，把口哨嘘嘘地吹了一阵，然后大声叫着："快点，快点！"

儿童们要好快就有好快都在礼堂前的院子里集合成一排一排的，看光景，大有出发的样子。果然，立在阶沿上的魏主任又把哨子一次，先给人一个注意，于是开始问道：

"大家准备好了没有？"他大声问，把眼睛往左右一扫，简直跟夏班长的神情一模一样。

"准备好了！"是一致的回答，声音很响亮，但我却疑惑这洪亮的声音不是从这批瘦弱的小生命的口里自然喊出来的，而是用大力压榨出来的，就像夏班长拿脚头从他那用绳索捆来的，饿得骨瘦如柴的队伍中逼出来的宏大的回答声："懂了！"

我正在回想着夏班长春天在我们屋后的坟坝头，也就是我们经常跟野孩子打土巴仗的地方，用穿着草鞋的脚头训练他的一班壮丁的时候，魏主任突然发觉二门墙边罚跪的三个儿童还是石碑似的跪在那里，立刻跑去每人赏了一脚，叫他们站进行列。他一扭身准备回到阶沿上的时候，突然看见了依靠着二门门坊立着的我。"你也加入呀！"他鼓圆眼睛向着我说。于是我便跟着三个拿袖头揩眼泪的罚跪的儿童一同站进行列的尾巴上。他们的胸前，也跟其他的孩子一样，都配着"少年建国军"的符号。我不由得心里暗笑起来了。"这批癫痢头也配建国吗？"我正在这样想着，魏主任霍地在阶沿上叫起来：

"今天都得去呀！要是我发现有偷懒的，罚他一天不吃饭！"

原来今天是到胡笼庙给省银行种菜的。据说，省银行有五十亩菜田，为了节省一笔工价起见，便请悲田院的一百多个儿童去帮忙，而院方也居然答允了。于是便决定牺牲三天的学业去挣这一点面子。这点，刚才在操场上的魏主任便宣布过了。现在，魏主任只是扬起左手膊，简截地命令道：

"出发啦！"

出乎我意料的，提起出发，大家这才活泼起来。每张瘦削的脸上都现出愉快和解放了的微笑，显然劳动服务比教室里听功课自由得多，舒服得多。大家争先恐后地夺门而出，在一条狭窄的黄土路上牵成将近半里路长的行列，屁股上的破片子在行列中一飘一飘的，好像每人都长了一条尾巴，从远处看来很是好笑。不过若从近处看来，却令你哭也不，是笑也不是；譬如我前面那一个罚跪的孩子，挂在眼角上的泪水还没有干，但一出大门便有说有笑的活跃起来了。这大概因为做苦工总比罚跪强得多吧！

胡笼庙距悲田院大约三里路的光景，翻过一个山坡，不必要多久的工夫便走到了。省银行仓库的门前正摆着一长排锄头等候我们。立刻就有一个不胖不瘦，年纪轻轻的家伙出来招呼我们，把我们引向靠河边的一丘已经犁过的田里。这是一丘狭长的田地，东西从河边到公路旁，南北从仓库的墙脚一直到一座黄土坡下。这一块田地，据不胖不瘦的家伙说，只有三十亩，但据我看来，恐怕五十亩还不止，显然省银行不但企图剥削我们的劳力，并且企图欺骗我们的劳力。但这点不但同学们没有感觉到，就连我们的训育主任也没有感觉到。他现在正翻开名册，开始点名，神情是那么严肃，生恐有一个漏网之鱼，而同学们也都聚精会神如实答应，生恐自己的名字在这回劳动服务上脱漏，而影响到操行。不料点到低年级，叫到"许昌福"和"徐文生"的时候，竟至接连叫了两遍，得不到回答，任魏主任的忿怒的叫声独自在阴暗的空中荡漾着。空中荡漾着的余音还没有停止，魏主任把脸一沉，声色俱厉地说道："这两个贼种哪儿去了？真不想吃饭吗？好！"拿起铅笔，在这两个名字上打了一个记号，于是又继续点下去。这之间，不胖不瘦的家伙已经指挥一部分点过名的同学到仓库旁的敞屋里把白菜秧搬来了。

"大家要努力呀！哪个不努力，哪个就不准吃饭！"动不动就是"不准吃饭"，我进悲田院不到半天，已经听魏主任说过几好次了。他挥动着握着铅笔的手，开始分配工作。他把同学们分作四类：第一类大个子，担任平土挖厢的工作；第二类中等个子，担任挖窝的工作；第三类小个子，担任种菜的工作；第四类"老弱残兵"，依照他的说法，也就是那些满头癫痢，浑身疥疮，或是鼻孔挂着两坨鼻涕的同学们，便担任分散菜秧的工作，最轻松的工作。而我，不知因为也是属于"老弱残兵"之列，还是魏主任格外体恤，我这初来人，被分配到第四类里。

工作开始了。这一块狭长的地面全部都散布着人。每个人都站在自己的岗位上，争取时间和空间，决不让一分一秒的光阴白白过去，一尺一寸的土壤不经过锄头和手爪的洗礼。群体的喘息和土块的响动混合在一起，成了一种绝妙的合奏，五六十把白亮的锄头在空中舞动着，好像海洋中的鱼群，在海天一色的时候，浮出水面翻身，露出白亮的肚腹，一瞬就沉下去，接着又来第二度的表演。一群一群的八哥从山上的树林中飞出来，飞到我们的头顶上盘旋两周，便落到地面上，跟在锄头的后面跳跃着，如果碰见蛐蟮之类的虫子，一嘴便啄起来，不容许它摆动一下，便活生生地吞咽下去了。随后，鸦雀群也来了，起初胆怯地站在离我们很远的田边，之后才逐渐大胆起来，跟在八哥的后面寻找脱漏的食物。一会儿，又飞来七八只乌老鸦，但它们总是做贼心虚似的始终站在田埂上张望，不敢飞进田里。你别瞧不起这批干筋瘦骨的似的孩子们；他们做起活来，实在要人拼呢。第一类和第二类，乃至第三类的同学们且不说，单说第四类的"老弱残兵"，也并不示弱。这一类的"老弱残兵"，大约有三十个人的光景。他们一只手分散着菜秧，一只手抓扒着疥疮或揩着鼻涕。看见栽种方面积余太多，于是有一部分便很踊跃地参加了第三类的工作。要是这时候有一位大员赶到这里，他一定会欣欣然有喜色，微微点着头说："前方拼命，后方生产，这些民族的幼苗也晓得加倍努力，谁敢说最后胜利不属于我们呢？哈哈哈！"但是大员的眼睛却是看一面的，大员的耳朵却是听一面的。他不会看出田埂上魏主任抄在屁股后的手里的铅笔和记分册，更不会看出魏主任随时都会出来记上那些不努力做工的孩子的名字；同时，他也不会听到魏主任出发时说的："今天给省银行种菜，事关我们全院的名誉，不努力的便不能升级呀！"更不会听到我身旁那个接连害了三天病，发着大烧大热的同学的压抑着的呻吟。自然，还有许多潜伏着的怨尤，譬如我吧，心里就老不高兴，而大员是绝对不会体贴到的，这个大员是这样，那个大员也是这样，所有的大员都是这样，我敢说。

太阳当顶的时候，省银行的厨役送饭来了，是熟米饭，二荤二素一汤，很丰富，据同学们说，比院里的饭好百倍。我们就在田埂上围着堆堆吃起来；大家都吃得很香甜，显然同学们从来没有吃过这样好的饭。于是大家众口同声地谈论起来。有的说还没有吃饱，有的说晚饭再来一顿更好，又有的满口称赞省银行的这顿丰富的招待。正在兴高采烈谈论的时候，忽然一阵嘘嘘的哨子声从魏主任的口里放出来。

"大家听着呀！"他把手一扬，大声叫着，"今天省银行这样招待我们，我们不要忘了呀！今天下午我们要把这块地种完，才对得住这顿饭！现在就开动！"

把魏主任地命令视若山倒，在悲田院大约成了一个风气。他举到空中挥动的手还没有放下来，同学们已经立刻清风雅静，开始拿的拿锄头，拿的拿菜秧了。似乎他们比上午还起劲。但我却有些支持不住。虽然我只是担任分散菜秧的工作，但整整站了一上午，两腿已经酸痛，而且也太干燥无味。我从来没有做过这种苦工。四五岁的时候，我在幼稚园里，几多好玩；以后进了初小，也有没做过这种苦工。家乡沦陷前，我曾经读了一年的高小，连扫地先生也没有叫我做过。逃出家乡的几年中，虽然学业荒废，天天跟野孩子打土巴仗，但爸爸每天晚上总要给我们讲一讲书本；只要一提起书本，读书的兴趣究竟要比打土巴仗浓厚得多。爸爸送我到悲田院来，也是为了读书，将来好升中学，升大学，留学外洋，决不是跑到这里做苦工，给人家种白菜。想呀想的，我的眼睛禁不住润湿起来，浑身的力量立刻飞散了，手里的菜秧一下子落到地下。

"唐家庆！"

雷霆似的声响震惊了我。立在田埂上的魏主任鼓圆眼睛望着我。

"你瞌睡来了吗？"他恶声恶气地叫着，"我警告你，你是新生呀！"

我又只好振作精神，拾起菜秧，踏着梗脚的土块工作着。我还没有散下十根菜秧，那个接连发烧三天的同学仰头嘘出一口长气，好像用过于柔软的泥土捏成的泥人，逐渐缩塌下去，喘着粗暴的气息，便起不来了。魏主任怒气冲冲地跑过来，弓着腰杆，仔细看了一阵，扯转头向我命令道：

"唐家庆，你来把他扶回去！"

他又在我的背后补充着说：

"叫傅医官给他看一看！"

这位同学叫做李春明，今年十一月才满十二岁。据他在路上告诉我的话，他的父母被敌人的飞机炸死，他的哥哥被敌人拉去做兵，他的姐姐被敌人拉去作花姑娘，他一家人现在只剩他一个了。他从前是胖胖的，没有害过病，没有生过疥疮。自从进了悲田院，头上开始生虱子了，身上开始生疮了，病魔差不多时时刻刻跑来纠缠着他。"你看我的两只手杆呀！"他哆嗦着伸出他的两只手杆给我看，真是好像两只鸡脚杆。他又哭生哭气地说，这回又发了三天烧，也没有人管。"不是有傅医官吗？"我记得刚才魏主任曾经提到过他的名字。"傅医官终天打牌喝酒，哪管你病不病呀！"李春明坦白地回答着，身子一歪，差点脱离我的搀扶着他的手膊，倾倒下去，于是嘴唇开始抖动起来，脸上发出死灰色，手上起了密密麻麻的鸡皮疙瘩。我好歹把他扶到院里。

果然傅医官不管事。我把李春明扶到卫生室，而卫生室的门却紧紧地锁着。我只好扶他上床躺着，到处去打听，结果只找到那个细长个子的工人，但他也不知道傅医官的行踪。我只好伸直腰杆叹一口气，正在想不出法子的时候，忽然听到一阵嘻嘻哈哈的笑声从女教员室里冲出来。我好像发见什么似的喜欢起来。"女先生们总有些八卦丹呢？"电闪似的思想通过我的脑筋，要好快便有好快地一个蹦步就蹦到办公厅对面的女教员室跟前，并且一直推开门闯进去。屋里有几多男的和女的，我一时看不清楚，但男的和女的都是那么亲昵地谈笑着，那么愉快地嗑着瓜子儿，剥着花生，我却看得清清楚楚。

"先生，有没有八卦丹？"我端正地站着问，正想说明需要八卦丹的理由，那一个嘴唇上搽着口红，脸颊上搽着杏黄，头上梳着飞机头的女先生，气势汹汹地把手一挥，阻止我正想说的话。

"没有，没有！什么也没有！"斩钉截铁似的回答。

我只好鞠一个躬退出来。正巧走到转弯的路上发现一个同样写着"女教员室"的屋子；里面虽说没有动静，但门上却没有上锁，当然是有人在屋。于是我又得救了，立刻同样一推便闯入。不料对着门的床铺上正横躺着一男一女，四只腿子绞在一起，四双手膊抱在一起，两只嘴巴合在一起。我本想赶快退出来，但一想人命要紧，立刻又站住了。还来不及开口，那个头发披到肩膀上的女先生，已经从男先生的身子底下翻起来，直往我的身边扑过来，头发在她的头后飞立起来。

"谁叫你进来的？谁叫你进来的？给我滚出去！给我滚出去！"联珠炮似的话从她的小嘴巴里喷涌出来。她边说边扑过来，好像发怒的猴子扑来抓人一样。来不及退出来的我，被她连门一起推出来，门在我的后面啪一声。

"完了！"我边跑边说，好像挨了一棒的狗，很快便跑回李春明跟前，一言不发地挨着他的身边坐在床沿上。他的昏厥已经过去，睁圆眼睛瞪着墙壁上挂着的卫生标语："有病赶快找医生"。好像传染病似的，我也跟着他的眼睛望去。四只眼睛忧郁地集中在这标语上，好久好久了，这才调动开，不约而同地碰在一条线上。眼泪突然出现在他的眼睛里，好像两颗宝石。我心里一酸，眼里也立刻润湿起来，拿袖头揩一揩，于是大家默默没有话可说，任两股粗暴的喘息统治着这阴沉的寝室。每当斜对面女教员寝室里的嬉笑流溢进来的一阵，这寂寞的房间里才颤抖一下。

擦黑时候，同学们回来了，满头的大汗，满身的泥土，脸上黑一块白一块，真好像放出去做苦工回来的囚徒。他们大半都急忙忙地往厨房里钻，显然大家都饿得慌，但是，除了给先生们煮饭的小灶有火外，大灶大锅都是冷冰冰的；管伙食的同学们没有准备这顿饭，他们心想着这省银行至少还要招待一顿丰富的晚餐。现在只好到处找厨工生火，淘米，洗菜，并且大一点的同学都一齐参加了这项工作。一直到了十点过后，饭菜才半生不熟地摆出来。

四

今夜晚我没有睡好觉。十一点才上床。魏主任指定我跟李春明同铺。那是上下两层的双人床，每层睡两位。但是李春明却一人睡一间铺，大约因为他经常害病，并且身上疥疮和虱子格外多的关系。现在我跟他当配头了。对于他本人，我虽然很同情，但对于他身上的虱子和疥疮，我却格外厌恶。这是初冬的天气，有相当的冷。幸亏妈妈没有听爸爸的话，给我一床薄棉被带来。李春明只盖一床灰粗布的破烂夹被，冷得缩作一团，好像蜷伏着的小狗。他一阵阵把身体向我这边移动，企图沾我一点温暖的光。我怕他的虱子爬过来，只好往床边上退让。到了不能退让的时候，我只好任他挤，同时缩紧全身的筋肉，准备接受从他那边爬过来的虱子的第一嘴。并不要多久的工夫，果然我的大腿上开始痒起来，接着是两只胳膊痒，然后是背上痒，到了后来，浑身都有东西在爬动，越爬越猖獗，好像是练习体操，正步，齐步，跑步，以及各种队形变化，无所不有。我是从来没有生过虱子的，在家乡的时候不用说，就是流亡在外，衣服洗得不勤，爸爸妈妈身上都间或登见个把虱子，而我的身子却始终没有，即便偶尔发见一个，那也不是我身上生的，而是从妹妹身上爬过来的，立刻就把它置之死地，可以说，我身上的肉从来没有被虱子咬过。现在，我怎样受得了呢？起初，我用手浑身乱抓，随后爬起来坐着，还是不能制止虱子的猖狂。突然我想起借茅厕里的灯光来照一照，那是有效的办法。于是我立刻梭下床，踮起脚尖走出门，好像做贼似的生怕惊动了别人。果然走出没有惊动人，而回来也没有惊动人，显然同学们疲劳过度，而且已经习惯这种臭虫虱子嚣张的夜了。我赶快举起冒浓烟的桐油灯照一照被盖里面，首先刺激我的眼睛的，却是好多好多看见灯光便急忙忙跑动的胀得通红的臭虫。我的手指怕接触着它们，后来咬紧牙齿，捉一个放进灯盏里，于是这才逐渐大胆起来，把它们一个个给以同样的死法。自然，从我的指头中间脱逃的也很不少，不过光只被盖和褥子上的收获，已经把灯碗的里面铺盖的密密麻麻的了。臭虫肃清得差不多以后，我正准备搜寻从李春明身上爬过来的虱子，我面前突然而来的脚步声惊动了我。我抬起头。离我床三步远的地方，正立着一只手提着灯笼，一只手捏着手枪的人，嘴里的两颗金牙齿闪着光辉。爸爸昨晚给沈院长的描写要好快就有好快跑进我的脑筋里，我立刻认识出这便是他本人了。我吓了一大跳，还来不及梭下床立正，他已经开口了，声音是那么严厉，脸色好像落雨的天空。首先他问我的名字，然后把枪头向灯火一指，简截地命令道："吹了！不准半夜起来点灯！"于是，好像懒得多说话似的，车身就往外跑，从手枪上射出一道乌黑的光辉。我只好马上吹熄了灯，任臭虫子啰唣好了。

我是什么时候睡着的我不知道，但我却知道我睡的时间并不长久，因为我被一阵铃声惊醒的时候，我的脚板还没有十分睡暖。听着嘻哩哗啦的声音，我睁开眼睛一看，同学们那么紧张地穿着衣服，摺着被盖，理着床铺，但同时却又连连地打着哈欠。接着，魏主任的哨子又急促地响了，并且大声叫道："快点，快点！大操场里。院长训话！"

"该不是关于我半夜里起来点灯的事情吧？"我猜想着，于是连脸也来不及洗，便胆怯地跟着同学们集合在大操场里。队形还没有排好，院长已经怒气冲冲地走到台上，鼓起眼睛看着我们整理队伍。他的神情就跟昨晚一样严肃可怕，尤其是还没有开口说话的时候，先不先把嘴里的两颗金牙齿露出来，构成一个冷笑，你会看出这笑里埋藏着一把尖刀。他把反剪在背后的手拿一只到面前一晃，两片乌黑的嘴唇迟钝地动了两下，这才吃力地说：

"今天早晨，我有一件事要向大家说一说。这是一件小事，但也是一件大事。……"

"该不是关于我半夜点灯的事吧？"我第二度猜想着，胆怯地从眉毛底下打望他一眼。他正举起手膊，准备说出底下的话来。他的手膊停留在半空中，足足有两分钟之久，他才说出来。果然我没有猜错。他并不转弯抹角，直打直劈地便提出我的名字。他起初叙述发现我半夜点灯的经过，然后描摹我聚精会神对付臭虫虱子的可笑的神情，好像他认为我这种动作是愚笨而可笑的。当他描摹完毕的时候，他加强语调说："这种行为简直犯了严重的错误呀！妨害个人的瞌睡还是小事，万一落个火星子到被盖上，引起大火，那如何得了呀！不但你吃不消，我也吃不消呀！"于是他列举许多例子，证明半夜点灯的危险和因而引起的悲剧。眼见他的话已经告一段落，可以宣布完结的，不料好像精神病突然发作似的，他把眼睛一鼓，颈脖一硬，把两个手掌捏成两个拳头，大声咆哮道：

"况且，况且，万一敌机夜袭，这岂不是给它指示目标吗？这简直是汉奸的行为，汉奸就不是轩辕黄帝的子孙，汉奸就是中华民族的罪人！汉奸就应该枪毙！唐家庆，"他叫出我的名字，并且用眼睛在队伍中寻找我，当他寻找着的时候，才盯着我继续说下去，"你简直不是轩辕黄帝的子孙！"

我听到这里立刻昏晕了。他以后还说些什么我没有听到，我的耳里被院长这句话塞得紧紧的。爸爸曾经给我讲过，轩辕黄帝是汉族的始祖，四万万五千万同胞都是他的子孙。那么，我果真是汉奸了。我倒十二分不服气！解散后，同学们都很愉快地笑着，只有我一直不舒服，好像受了天大的委屈。我很想找一个高明的历史先生问一问。

凑巧第一堂就是历史，功课表上注明教师是王先生。原来就是昨天跟一个男人绞在床上的那位女先生。她立在讲堂上的时候，我仿佛看见她的腿子依然绞在男人的腿子上。她一开口说话的时候，仿佛如同昨天声色俱厉地赶我滚出的神情。她一定还痛恨我。那么，她还肯解答我的疑问吗？我正在这样疑惑的时候，她把教本摊开在桌案上，抬起头望我们一眼，从容地说："今天讲轩辕黄帝。"

"轩辕皇帝姓什么呢？"有人不待她开始讲书，便性急地问了。

她和蔼地笑着，仿佛是说："这也不知道吗？"于是轻轻地咳嗽一声，不慌不张地回答说：

"姓黄嘛，名叫帝，轩辕是他的大号。连这也成个问题吗？你们的历史常识真是太差。"

她叹息几声，又继续着发挥她的意见。

"黄帝不但是中国人的老祖宗，也是日本人的老祖宗。他有一百个儿子，每个儿子又娶了三千个后妃，自然他的后辈有这样多喽。"

于是她又从书本上引出许多话来证实，什么"黄帝百子"呀，"后宫三千"呀，令我们都惊吓得发呆似的望着她的嘴巴。"对了，"我心里想，"连日本人也是黄帝的子孙，那么，作兴我就是汉奸，也不能说就不是黄帝的子孙呀！"于是我突然对王先生起了敬意，虽然对她昨天把自己的腿子拿来绞着男人的腿子依然有些不满意。

这一堂我相当地满意。我希望第二堂的地理再来一位好先生。不料第一堂刚刚下来，魏主任就来命令停课，叫我们做清洁活动，因为下午厅长要来本院。于是我们立刻分班开动了。有的打扫院子，有的打扫操场，有的打扫茅厕，有的打扫盥洗室，一句话，每个细小的角落里都分派有人打扫。魏主任跟在院长的背后走动着，指点这里，指点那里。院长望着四处的墙壁呻吟几声，说是太不新色，又来不及粉刷，恐怕给厅长的印像不良。到了十二点钟的时候，才马马虎虎打扫完毕。吃午饭的时候，院长又叫魏主任把生疥疮的同学剔出来，准备厅长来时，都一律藏起来。

现在只等厅长来了。但是一直等到三点钟都没有影子。原来厅长今天是到工学院的。工学院距悲田院只有三四里光景。院长生恐他顺便来，所以才叫我们准备一下；牺牲一天的功课，绝不及厅长来院的重要。他又吩咐我们依然不要乱跑，怕的是三点以后厅长还要来。于是我们又白白地等候了两点钟。

<h1 style="text-align:center">五</h1>

降旗的时候，院长问我们说："厅长来不来是一回事，而我们要准备又是一回事。悲田院是随时准备给外人看的，这便是悲田院的精神！"他的眼睛里闪着光辉，显然是感觉这几句话说得有力。接着，他加强声音说道：

"现在，本院成立三周年纪念，还有三个星期就到了。这正是表现我们悲田院精神的时候。从明天起，开始停课，大家分头筹备，我们准备大大庆祝一下。各位小朋友有多大力量，便要拿多大力量出来。这不仅给我院长个人挣面子，并且给大家同学挣面子。"

命令一出，全院立刻沉到忙乱的大海中了。

"首先要把圈里的两条猪喂肥呀。那时才好宰呢。"院长开心地命令着。

院长说是拿出三千块钱来筹备，吩咐大家放胆地去做，能做多好便做多好。这一下，忙煞了事务处，并且作难了事务处。教导处开条子要买白磅纸做图表，卫生室开条子要买铁纱装纱窗，各级的级任导师开条子要买德国五色纸布置教室，院长也要叫想法买三十套带盘子的江西瓷茶杯招待各机关首长和新闻记者；而事务处周先生也想用上等黑烟子和石灰粉刷墙壁，并且使动物园和植物园充实起来，表示事务处的成绩。周主任天一见亮就爬起来，自己端着脸盆到厨房里舀点冷水揩揩眼睛，便带着三四个大同学进城去办货。但是一连三天都是空着手回来的。据这三四个同学说，先生们所开的物品遍城都买不出；自从抗战发生后，这些东西早已断绝来源。但是开条子的先生们却大发脾气了。

"这样也买不出，那样也买不出，这还搞个屁呀！巧妇难为无米之炊，我们只好跟院长说好了！"这几乎是一致的声音。

这急煞了周主任。他红着面孔，摊开两手叫苦，并且走向这位先生解释，又走向那位先生解释。但是不但没有得到谅解，而且每一处挨了一顿斥驳，脸上飞满了女先生们的唾沫星子。本来这些唾沫星子要是在平时飞到他的脸上，他认为很香甜，并且卷起舌尖去舔的，但是现在却增加了他的难过和焦急。他平时看见女先生时便出现在脸上的猥亵的媚笑，现在已经没有了。他平时看见女先生总是把肩膀一扭的动作，现在也忘记拿出来了。他现在只是发呆地立在那里，苦笑着，连声地诅咒商人，诅咒这偏僻的城市，甚至诅咒抗战。末了，他无可奈何地只好又叫着往天同去的三四位同学进城去。

午后他胜利地回来了。但采办的物品却不是先生们所开的。白报纸代替了白磅纸，药房里的纱布代替了铁纱，四川的五色纸代替了德国的五色纸，而院长吩咐要买的江西瓷茶杯还没有头绪。

"这怎么做得出好图表呀！"教导处魏主任看见白报纸就皱着眉头叫苦。

"装纱布等于不装！"傅医官把纱布啪一声摔在椅子上，拿出烟斗吸着，眼睛瞪着窗子上带着扬尘的蜘蛛网。

"叫他买德国货，他偏要买四川货！叫他来布置！叫他来布置！我懒得搞了！我懒得搞了！"女先生们一叠连声地叫着，嘴巴翘得格外高。

看光景，事情快要弄僵了。这时候，院长出头了。他嘻开金牙齿，同情地叹了一口气，然后才加以劝解。并不需要好多话，先生们立刻和颜悦色起来，把周主任买的代替物拿到手里，并且立刻回到个人的岗位上活动起来。只听得这里在叫学生的名字，那里也在叫学生的名字；凡是装窗，制图表，布置教室和一功工作，都是我们同学去做，而先生们只是站在旁边指点，甚至连指点也懒得指点呢。

第二天周主任理想的烟子也采办回来了，那也是七八个大同学唉呀唉呀挑回来的。于是全体同学们都有工作了。周主任从这里到那里地指点着，忘去了揩掉溅到他脸上的石灰和烟子。其实他的指点是多余的，因为经常对付墙壁的同学们不但比他懂得多，而且比他熟悉得多。譬如粉刷屋子，他只晓得石灰水里放点胶，刷上去就不容易脱落，但却不晓得把豆汁掺和进去格外白亮。当下就把院长室作为试验。果然又白又亮。于是周主任立刻派两个大同学到隆鸿坝买一斗黄豆回来，叫人连夜磨出来。大礼堂，办公厅，教员寝室，学生寝室，教室，盥洗室，茅厕，一句话，凡是屋子，一律用豆汁石灰水粉刷，从地脚到瓦椽，角角缝缝，刷子的力量都是走到的。

室外，用黑烟子刷墙壁，也是同样精细的。不但一个细微的地方刷子要走到，并且烟子要刷得均匀。从围墙到龙门，再到院子，都要刷成深浅一律的黑色，不得东一块深，西一块又浅。这项工作说起来很容易，其实是很不容易的。尤以四面的围墙，多年来不曾刷过，多年来风吹雨打，烟子颇不容易刷上去，那些深坑更不容易刷上。这需要有耐心的人慢慢地对付，如同画一幅工笔画一样，需得一笔笔地去画。这项工作只要你做半个钟头，包你从头到脚都变成跟墙壁一样的颜色了。

挨边儿黄昏收工的时候，院子里出现两种人：一种从头发到脚底全是白的；一种从头发到脚底全是黑的。前一种白脸壳上闪着白眼睛，白牙齿，好像是舞台上的严嵩；后一种黑脸上闪着白眼睛，白牙齿，好像是非洲的黑人。要是外边人突然进来看见，一定会愉快地笑起来。可是我们却是相对苦笑着；明天，后天，万后天，我们还得要扮演严嵩和黑人呢。

屋子和墙壁还没有对付归一，院长突然想起似的又要平院子了。本来院子平平坦坦，实在不必加上一层新土的，但是院长却严肃地吩咐道："要平，要平，一定要平！什么都新，只有院子不新，那还叫什么'焕然一新'呢？那还是悲田院的精神吗？"

于是我们这一群幼小的同学们都被征调去做这项工作了。这是给省银行种菜时的所谓"老弱残兵"，稍微吃力的工作都是吃不消的，但是现在只好拿出吃奶的力气来。"哪个不努力，哪个就不准吃饭！"魏主任又在那里瞪着眼睛，监视着我们。最困难的是抬土，那是要从山坡上去抬，有四分之一里的远近，而且一上一下，一兜子土抬到院子里，总是一身的大汗。偷懒，怠工，或是抬个半兜子，都是不可能的，因为谁不怕魏主任那双射人的眼睛和他那张刻薄的嘴巴呢？于是从山坡到院子的一条路上，继续不断地有着粗暴的喘息，简直就像一群驮着重载，翻越山坡，嘴角吐着白沫的驴子一样。我们抬到下午，有好多同学累得来连晚饭也吃不进去了。就是去吃的，大半都抬不起手膊去拿筷子。而最痛苦的，是第二天早晨到茅厕，大家都喊腿子疼痛，蹲不下去。

"今天怎样抬得动呀！"大家都在叫苦。

不料还没有动工，突然来了一位胖胖的家伙，后来知道这是一位艺术家，院长特意请来布置悲田院的。他一边走进二门里，看见满院子的土，便把头摇几摇，连声说："要不得，要不得！"我们得救了，立刻欢叫起来。但是叫声还没有停止，艺术家把院长递给他的香烟吸了一口，便吩咐我们要把土抬出院子，并且把院子打整干净。于是他又吸第二口香烟，一面吐烟子，一面拿手往靠办公厅的院子画了一角，说是准备铺成草地。当他吸第三口香烟的时候，他把眼睛卓望立在院子中间的我们，但并不马上说话，一直接连吸了三四口，吐出烟屁股以后，这才大声地命令道：

"你们到外面去，到那边坟坝上，给我划草皮，抬进来！大家手脚放快点。今天就要把这块草地铺好！"

好像跟着闪电而来的雷霆一样，院长立刻把手一挥，嘻开他的金牙齿，厉声地叫我们赶快动手。接着，魏主任的"哪个不努力，哪个就不准吃饭"的命令也来了。而这时候，我们好像绑赴刑场的囚徒一样，既没有恐惧，又没有悲哀，机械似的跟着别人动作，心与身都麻木了。

但是艺术家的预计终于没有实现。一直抬到擦黑的时候，总共抬进来的草皮仅够铺三分之一的地面，而昨天抬进来的土还原封原样堆在那里，等候我们抬出去。我们正坐在地下喊天的时候，突然来了一件令人开心的事。周主任用裙袍抱了三十只鸡雏回来，这些鸡雏因为不愿意拥挤在一个透不过气的范围里，大半都打出樊笼，有的跳到他的手膊上站着，有的跳到他的肩膀上站着，甚至还有的张开还没有长大毛的翅膀，朝着他的头顶上跳呀跳的。周主任躬着腰背，小心地招呼着它们，生怕它们有一个跳落地下。一直把它们抱进动物园，他才放胆地把腰伸起，任这些小动物跳出他的裙袍，于是他骄傲地笑了。而我们也马上活跃起来，跑进动物园里，逗着这些小东西玩。原来这些鸡雏是他从邻近各家借来充实动物园的，因为动物园里除了几头猪和三只羊子外，是有名无实的，实在叫外人看见笑话。果然添上了这三十只鸡雏，动物园立刻蓬勃起来，立刻充实起来，只看见这里也是鸡雏，那里也是鸡雏，这里在吱吱地叫，那里也在吱吱地叫，而这些叫声把院长也引诱来了。他立在园门口上，露出金牙齿，但却不像平素那样可怕，倒是那么天真地微笑着，满意地点着头。随后，他慢慢地走到园中间，伸出指头数一数，但东跳西跳的小动物却不让他好好地数清楚，最后还是周主任把数目告诉他。他高兴得金牙齿更露出一些。

"好！"他称赞着说，"这样一来，悲田院就充实多了。三周年纪念的时候，不仅给我院长挣面子，并且给大家同学挣面子，也是给国家挣面子呢。"

六

    并不要久候，三周年纪念说到就到了。最后这一天算是顶忙了，差不多每个角落里都是乱纷纷的，没有哪一部门已经搞归一的。这一部门在叫学生帮忙，那一部门也是在叫学生帮忙，年纪大一点儿而又比较灵醒的同学总是到处都在叫他的名字。不过这部分年纪大而又灵醒的同学都在忙于搭台子的工作，而其他部门是叫不来的。台子是搭在一操场里，准备开会和演剧用的。要宽大，要结实，前台后台都要应有尽有，而顶上还要搭棚子。这些需要专门家才做得好的，现在却要我们同学来做。好不容易呀！单就台口上面那二十个五彩方形灯笼，也就颇要费点手续。每个灯笼上剪贴着不同意义的美术字，而连缀起来便成了这次纪念大会的全称。这不但费了许多脑子，并且费了不少的细致的功夫，远在七八天前同学们就开始扎起糊了。院长带着沉不住气的神情，从这里走到那里，又从那里走到这里，指点这样，又指点那样。"你们终天没有睡觉嘛！"他生气地叫着，"搞了半打半个月，还没有搞出个名堂，明天拿什么去见人呀！"一直忙到晚饭过后，两个大同学把那蓝底白字的木对联拿回来，悬挂在台口两旁的时候，他才轻快地舒出一口气，但接着他又急忙忙地跑到动物园里，去催猪和羊的命了。"宰好没有？宰好没有？"他还在园门口外便开始问。看见猪和羊已经倒挂在树干上剖肚皮，他才嘻开金牙齿笑一笑，贪馋地望着刀锋下的白嫩的肉。但时间也是很短促的，因为他还得去巡视其他各部门。直到十一点过后，看见最后那个走马灯挂在大门外柏枝牌楼上的时候，他才吩咐大家早些去睡，明日早些起来。

    第二天果然起得很早。一起来，就感觉有一种新的气象，就跟过年一样。可以说一切都是新的，连茅厕里的踏脚板也冲洗得干干净净，洒满石炭酸水，命令我们今天不得到里面去大小便。只有我们的衣服不新，并且有一部分浑身布片飞舞，打赤脚板的也很多，那岂不跟这"焕然一新"的局面不相符合吗？其实还是多余的担心，因为在即刻来到的紧急集合上，院长声色俱厉地解决这个问题了。"大家听着，"他大声叫着，"今天是一个神圣的日子，前来参加的，有各机关首长，有各报馆的新闻记者，有各界来宾。我们同学，凡是衣服破烂的，没有鞋袜的，头长癞子的，身上生疮的，一律给我躲藏到厨房后面去，一律不准参加，免得贻笑大方，而给悲田院丢面子。"院长还没有说完话，魏主任就开始挑选了。于是就有四五十个不够格的同学立刻被挑出来，站在一旁。许昌福，徐文生，李春明这几个叫化子似的学生自然不能逃出例外，就连我也被他生拉活扯地从列子里牵出来，硬不准我参加这个盛典。我辛苦了半打半个月，结果落到囚犯似的囚禁在厨房背后，不准我见见大世面！眼泪不由得滚出来了。

厨房背后是一块狭长的地带，堆满垃圾，煤渣，菜皮，泼满了脏水，一句话，凡是厨房里不要的东西都往这里倾销，一个讲卫生的人是不愿意在这里落脚的，也不愿意嗅这种酸臭的气息的。但这里却有一个好处，尤其是今天。那满满一大锅的红烧猪肉和那同样满满一大锅的红烧羊肉，炭火正炖得满锅翻滚，浓郁的香气不断地往我们的鼻孔里钻。这总是令人很愉快的。这里还有一桩好处：南面正靠着大操场，从那枝条粗扎的篱笆的缝隙中，正可以望见操场里的一切。于是我们马上争抢着选择一个适当的位置，以便回头偷看举行庆祝的盛况和午后准备表演的游艺大会。

逐渐地，外面的话声和笑声大起来。周主任连连跑到厨房里催开水，接连提了三大壶出去，还不能使他额头上的皱放下来，显然来宾来得很多了。这时候，集合的哨子已经急促地响起来，很快地，操场上已经站满了同学。这些同学都是穿得整整齐齐，干干净净，而且大家的胸脯都在魏主任的有光彩的眼睛下挺得高高的，准备来宾们的欣赏等了好久好久了，才听得一声宏大的"立正"，列子里立刻屏着气息，木桩似的动也不动了。一片杂沓的皮鞋声从远处响过来，渐渐地逼近前来。躲藏在篱笆后面的我们，竭力压抑着呼吸，同时也竭力把眼睛睁圆，竭力把眼光射出枝条间的缝隙，不让操场中的影片漏脱一节，乃至一个细微的变化。我们的院长走在前头，领导着一串来宾，直向台上走去。这些来宾，大半都穿着透亮的皮鞋，提着黑漆的手杖，一句话，都是威风凛凛的。但是顶威风的，却还是我们的院长。他头戴军帽，脚登马靴，身穿马服呢的制服，背上横挂着武装带，而手上是雪白的手套。当仪式完毕的时候，他把身子从台里掉向台面，走到讲桌跟前，从容地脱下手套，拿两根指头尖尖掏出胸袋里的讲演稿子，摊开在桌子上，然后向坐在两边藤椅上的来宾点一点头，嘻开两颗金牙齿，于是开始报告了。他详细地报告悲田院一年来的概况。他的声音自始至终都保持着一定的高低，虽然有不少谦虚和不满的话，但大部分还是夸张悲田院的成绩。

"总而言之，"他结束着说，有一种骄傲以上的东西在他的声音里跳跃着，"一年来，我们处处总是为儿童们的健康打算。我们养鸡生蛋，给他们吃；我们养猪养羊，宰给他们打牙祭；我们雇了很多的保姆，给他们洗补；本院经费虽然拮据，但每季总要想法给他们每人缝两套新衣服；药物我们虽然无力多买，但总是竭力讲究卫生，一年来患病的儿童可以说绝无仅有了。"

讲到这里，院长暂时停住了口，头微微摇晃着。而我们这一群里，趁着这机会，立刻腾起一阵叽叽咕咕的声音。经常生病的李春明把小嘴巴翘得高高的，喃喃不平地说："鬼，我近来年打年，从来没吃过什么蛋。猪倒是宰过两条，但四条腿子都提到院长公馆里去了，我们只吃到一两片肉。"满脑壳癞痢的徐文生，正想接着说下去，而篱笆外面讲演台上的院长忽然歇斯底里地叫起来了：

"再说到儿童们的学业，我们也没有马虎。我们总是想方设法，到重庆，桂林，昆明各方面去给他们聘请教师。我可以担保说一句，悲田院的教师个个都是饱学足智，经验丰富的。"

院长的话真是说得那么娓娓动听，那么诚恳感人，无怪两旁藤椅上的来宾都那么兴奋，我们显然地看见了他们都把眉毛立起来，并且我们显然地看见他们脸上的筋肉急急地动着。果然有一位高个子秃头的来宾，应着院长的请求，很兴奋地站立起来，走到台口上了，显然他已经被院长的一席话打动了。他说话很滑稽，不但台上的人听得高兴，就是台下面站得腰酸腿痛的同学们都立刻活泼起来了。他称赞悲田院进步得不可思议地快，今年今日与去年今日比起，简直是两个极端。

"所以我说，悲田院好比特别快车呀！"他的话达到顶点的时候，他把右膊往上一挥，眼睛鼓得滚圆，好像准备战斗的牛，"现在没有一个人生疮，没有一个人长虱子。大家也穿得干干净净，整整齐齐。悲田院简直是天堂呀！"

显然这个比喻是很得意的，他张开嘴巴微笑着，台上的许多颈脖也都像鹅颈脖似的伸得很长，精神突然抖擞起来，而最高兴的还是我们的院长。他嘻开金牙齿，用要笑不笑的眼光往台下的行列扫射一个弧形，据后来站在前排的同学们说，他们亲眼看见，当他扫望台下的时候，从他那微微张开的嘴巴里，突然不自觉地流出一坨口水，滴在他胸前的皮带上，显然我们的院长听了来宾的颂扬，更是得意忘形了。

但是来宾的颂扬只是表面的；因为他们的眼光不够锐利，不能看穿隐伏在篱笆背后的一群——这一群才是悲田院的精华。当他在台上伸长颈脖，称赞悲田园没有一个人生疮的时候，徐文生正把他头顶上的癞子抓得血淋淋的；当他把伸出去的颈脖收回来，称赞悲田院没有一个人长虱子的时候，许昌福正从他的胯底下摸出一个胀得圆鼓鼓的虱子，丢进嘴里，咬得嚓一声；当他挺出胸脯，一步跨到台口上，称赞悲田院服装清楚整齐的时候，一阵狂风吹来，把我们衣服上的破片子吹想飘飘地飞舞个不停，而衣服上的臭气便格外猖獗起来，尽是往鼻孔里钻。

讲演继续了三个多钟头，每个来宾都被我们院长请到台口上恭维悲田院几句，一直到十二点过后这才完毕。操场里刚才一声"立正"，准备把来宾送回饭厅，而厨房里立刻忙乱起来，两口大锅里的红烧猪羊肉已经开始移到碗里，准备拿到来宾们面前显出它的魔力。从锅里惊动起来的香气，好像挤塞在屋里的浓烟一样，争抢着往门窗和壁缝冲出去。我们简直被这一股股的浓香胀饱了；直到浓香消散以后，我们才感觉肚腹里是空虚的，逐渐难过起来。等到最后一轮已经吃完，撤回杯盘的时候，我们的肚子开始咕咕地叫起来。这时大约已经三点钟，我们整天还没有得到一点东西吃。我们这一群好像已经被遗忘了。操场里的游艺已经开始了，首先是一阵悠扬的音乐，然后才是一幕幕的表演。会场中一阵阵腾起爆竹似的笑声，显然台上正表演到精彩的部分。但我们此刻却没有兴趣从篱笆缝中去欣赏了。我们正需要一顿饱饭的安慰。但这只是一个幻想。厨房里已经洗完碗筷，不知哪位厨工把一大盆脏水从门里泼出来的时候，还没有人来理我们。结果还是那位大嘴巴，有着几根胡子的老刘，忽然想起似的，从门口伸出半个身体，向我们招一招手。我们猜到这是什么意思了。果然没有猜错。老刘把手向着灶头上那个装满残汤剩水的大缸子一指。这一群饿慌了的孩子们中立刻起了一阵的小扰动，而结果每人得到大半碗残剩的油腻腻的汤菜。但一粒饭也没有的甑子却令我们大失所望。"来宾太多了，连院长也没有吃饭呢。"老杨叹息着说，开始卷他的旱烟，我们喝了这大半碗残汤后，阴一个阳一个地都溜出去了，有的竟跑到操场里去看游艺，也没有人阻止我们，正如同没有人来解放我们一样。我立在会场侧边，看见院长正陪着来宾们坐在最前面的三张铺着白桌布的条桌前。桌上摆着盛饼干，杂糖，瓜子和香烟的大瓷盘。来宾们吸着香烟，嗑着瓜子；他们笑一下，院长也陪着笑一下，而所有的嘴巴上同时闪着油腻腻的光辉。我立在那里看了五分钟的光景。台上尽管热闹，但艺术终于不能战胜饥饿，于是只好溜出来去想点办法。忽然间，我想起了家，在那里，绝不会让我一饿就饿半打半天的，绝不会锅里炖满红烧猪羊肉而让我只吃残汤剩水的，绝不会桌上摆着饼干杂糖而不抓一把给我的。思家的念头已经打动，再也制止不住了，正如同不能制止住滚滚而来的潮水。一走出大门，我就不顾一切地撒腿往家里奔跑，好像一只挣脱出樊笼的鸟飞向山林里。

七

我跑到家的时候，爸爸刚从学校里回来，身上的粉笔灰还没有刷掉。看见我一身稀脏稀烂，他大吃一惊，一时说不出话来。正在这时，妈妈给他端了一盆洗脸水进来，也吃惊地停止在门口上。稍微冷了一下，她才端到屋角里的盆架子上放下，而爸爸也镇静一点，开始问到我这一个月来的生活情形了。我咳嗽一声，正想肃清喉咙开始报告，而妈妈连忙走到我跟前，柔声地慰问我，眼泪已经滚出来了。妹妹也闻声跑进来，手里拿着一本安徒生的童话，立在门口上，惊奇地望着我，两只眼睛放出滴溜溜的光芒。爸爸洗完脸后，走到他的书桌跟前坐下，使劲望我一眼，好像已经明白似的，带着忧郁的口气问我是怎样一回事。

我一面流着泪，一面陈述着。爸爸带着哲学家的神情听着我说，并不插话，只是额头上的筋肉急急地动着，面色逐渐阴暗起来。当我讲完的时候，他把脸往地下一沉，不假思索地说道：

"那么，你不用再去了吧！"

就这样，我便脱离悲田院了。我在悲田院待了四个星期，总共上了一点钟的历史，而得到的知识也仅只是这一点点轩辕黄帝姓黄名帝，字轩辕。但是我依然怀念着它，而爸爸也没有忘了它；每当同朋友们坐在他那间堆满木柴的书房里，谈到教育问题或政治问题的时候，他总是把悲田院引为谈话的资料，沉痛地叹着气，结论一定是这句话：

"只求表面，不求实际，中国的事情绝对搞不好的呀！"

选自 1946 年《世界文艺季刊》第 1 卷第 3 期

船　上

——民族战争中的一段插话

一九三七年，十二月二十七日，在女埠，学校解散的第二天。

笼罩在江上的白露，渐渐稀散，而迟迟不前的朝阳，已经在遥远的山顶上张开肿胀的红脸了。我们昨夜租定的船，早已开到学校门前的江边停放着，等候我们。在八点前一定要动身。自从杭州富阳相继陷落后，桐庐便吃紧，看光景，敌人的军事计划，也许是从衢州截断浙赣路，直驱南昌。要是再不马上走，万一敌军先我们打到衢州，一方面又从水路打金华兰溪，我们夹在中间，倒成了坛子里的乌龟了。"老人家"冯先生急得满头是汗，天不见亮，便把昨夜打点好的行李搬到船上，一直等候着同行的人们来到。但是，众人都到齐了，只有约定同行的八个学生还没有影子。太阳已经爬得很高，穿过白露，窥视着我们。他立在船头上，眯着眼睛张望。焦急地唠叨着："这八个家伙还不来呀！真急死人！……年青人就是靠不住，就是靠不住！……"

"老人家，你慌什么呀？"我说，一半是安慰他，一半是看不惯他那过分焦急的神情，"敌人不会这样快；难道中国军队都在睡觉吗？"

"嗨匕！"他急得蹬着脚，"你也在做梦吧？为什么上海一失守，两天就打到南京了？……快点走吧！不是一走就拉倒了吗？女埠还有什么留恋头？谁家的大姑娘在留你？——好了，好了，来了！阿弥陀佛！"

白露茫茫中现出八个青年的隐约的影子，渐渐逼近，清楚。他们穿着一色的黑呢制服，用竹扁担挑着自己的简单的行李，一闪一闪地，好像在肩膀上游戏，在遥远处就传来他们的乐观的谈话声；青春在他们那儿蓬勃地滋生着。

"你们来的真早呀！"冯先生带着轻松地口吻说，把他们上下打了几眼，似乎想责备他们几句，但是八位青年的一阵响亮的笑声，缓和了他的忿怒。于是他朝河里擤一泡鼻子，叫他们快点上来。

他们挨次由跳板上走上船，从肩膀上轻轻地放下行李，把八根扁担有秩序地放在船边上，铿锵地响着有力的声音。于是他们伸直腰背立着，两手叉在腰杆上。

船老板放下旱烟管，慢条斯理地站起来，吐泡口水在手心里，搓了几搓，这才撑住舵把子。几个船夫跑到船头上，拖出篙竿。于是船底起了一阵豁朗豁朗的声响，摇摇摆摆地离开江安了。

冯先生嘻开嘴巴，轻快地笑着。

八个同学开始布置了。船上最好的地方，是中间的舱底里。他们把箱子和不是随身要带的包裹放在底下，弄成一块平坦的局面，然后铺上被褥，让先生们睡在这里。船尾那头的舱面上本是船家休息的地盘，现在分配给几个女同学和女先生。随后，他们这才动手布置他们的部分。那是船头的舱面上，白天敞开，夜晚才拉下篷子的地方。

"那里不行呀！"冯先生关心地叫着，"你们进来挤挤吧，看弄起毛病来的。"

"不要紧不要紧！"八张嘴巴同声回答着。好像只有他们才能吃这苦头。

他们首先揭开舱板，把他们暂时不用的东西放进去，那是些雨伞，磁铁碗，洋铁壶，画笔，和调色板一类的东西。据他们说，他们每到一处都要准备画壁画的。他们笑着，说着，有些唱着"打回老家去"的歌，快活而洪亮的歌声，压抑住"老人家"的忧虑，而升腾到空中，余音在江上颤抖，久久不散。

"你们倒还快活呀！"冯先生叹一口气，带着讽刺的口吻说。

回答他的，是一阵充满着青春之火的笑声，混合在船夫们的宏大的呼声里，合奏成一种有力的，雄壮的交响曲。于是好像波涛特别汹涌起来，船动荡得更厉害了。

"先生们坐下呀！滩头到了！"船老板忽然高声地号叫着，额头上的青筋暴露着，耸立起浓密的，斑白的眉毛，目不转瞬地瞪着前面，长满络腮胡子的嘴角上飞舞着白沫。"是怎样呀？……吃饭的吗？……靠右边，我说靠右边呀！……我操你妈妈的！……"

"你不要吵呀！"我们看见他那凶猛的神情和粗暴的言语，我们心想他在跟我们吵闹，"你吵什么呀？你这东西！"

他并不理睬我们。他凝神注视着船头的水脉。船已经走近滩头了。这是一个弯曲的斜面，洪流汹涌地奔泻下来，哗哗的咆哮声，使得我们的心都紧张起来，准备着随着船一个劲儿挣上去。同着一道上滩的船有十来只，首尾用小酒杯光景粗的棕绳连系起来，互相紧紧地挨靠着。我们的船老板用腰杆管制着舵把子，腾出两只手来抓起粗大的松木篙竿，一个劲儿插到河底里，咬紧牙巴哎呀哎呀地撑着，粗壮的胳膊和粗壮的篙竿同时起着颤抖。在船头上，四个船夫每边排了两个，把篙竿抵着他们的肩头，拼命地往前撑，身子随着船的前进而倾下，终于仆倒在船边上，"哄"的叫一声收梢，于是又爬起来，作第二次的演奏。他们八条筋肉绷起的大腿，不息地晃动着，好像游戏场中大力士在空中抛弄八根木棒。他们的赤露着的脚板又粗又大，砖头似的在船板上沉重地踏着。

"真够劲儿，他们！"冯先生艳羡似的说。

船终于顺利地翻过滩头了。

船老板放下篙竿，坐在船边上，重新拿起旱烟管，幽闲地吸着。他吸了一口，抽出烟管，向我们微微一笑，打着生硬的普通话，解释着说：

"我们是粗人，我们吵，骂，是跟我们自家人的，不是跟你们，你们听不明白我们的话。你们是我们的客人，我们是很客气的。你们明不明白？嘻嘻嘻！"

"好的，好的，我们明白了！"八个同学响亮地回答。

冯先生却没有理会这一层。他深长地舒着气，过滩时骇成的灰白的面孔渐渐转正。他取下眼镜，用袖头揩一揩，然后准备戴上，但半途又忽然停止，眯着眼睛，向他们八个问道：

"你们骇坏了吧。"

他们微微笑着，摇着头，脸上焕发着红晕。接着，他们站起来，伸一伸腰，胳膊在空中使劲地打着，用力地发泄。

"喂，你们坐下吧！"冯先生吩咐着。于是从小网篮里取出一包橘子，每人发散两个，好像老祖父分发孙子们的东西。

他坐在舱底里，背靠着舱壁，一面吃橘子，一面从眼镜框外望着他们，问道：

"你们八位打算到哪里去的呢?"

他们立刻停止吃的动作,恭谨地听着他的话。

"我们可没有一定呢,走到哪里算哪里。"答话的是姓金的同学,一个红的面孔,白的牙齿,常常带着乐观的笑容的青年。

冯先生立刻摇着头,含着橘子的嘴巴咕噜几声,等到橘子吞咽下去以后,他才严肃地说:

"这怎么行呢,一点没有着落就出门?外面不好处呀!'在家千日好,出门一日难。'你们要晓得呀!把这儿个钱花完怎么办?去找人吗?谁理你!况且是在现在,这大家自顾不暇的时候。外面是靠不住得呀!我在外头跑了十多年,难道还不晓得吗?我初到上海的时候,年纪比你们大,还要当阿木林呢。"

于是他便把他当阿木林的事情详详细细地叙述一番,接着,说教似的下了结论:

"真事儿。我骗你们吗?我给你们说的是老实话呢。我看你们几位还老诚,又是初出门,离乡背井,流落他乡,一旦没有办法,那时候才是杨令公碰碑:盼兵兵不至,盼子子不归。你们现在就应该想一想呀!不要平时不烧香,急时抱佛脚。我是灶王爷上天,有一句说一句。不信,请看!"

他的话是从心底里发出来的,语气又很诚恳,八个同学和我们都静心地听着。他们一再点着头,表示冯先生的话是经验之谈。但是他们那过分的恭顺,似乎是说明他们的世故:并不是绝对听信冯先生的话,而是为了对待师长的表面上的礼节。

冯先生快活地笑一笑,白牙和眼镜亮晶晶地闪着光辉。他又从网篮里掏出两包米花糖,一包分给他们八位,一包分给我们这边的几位。在静静吃米花糖的时候,船也渐渐缓慢起来,几乎没有前进了。只听得篙竿拨水的声音和船夫们口里粗暴的喘气。

"先生们,"船老板又叫起来,"船撑不动了:没有风,船又重。

先生们请上去几个走路吧。船好走快点。"

"好的，好的，我们上去走。"八位同学兴奋地抢着答允。于是他们加快地吃着米花糖，等候船靠岸的时候，一涌地跳下去了。船又撑开江岸的时候，冯先生霍地跳起来，也要上岸同他们一块步行。他那衰老的身躯跳下去的时候，摔了一跤。他很快地爬起来，赶上他们。

"冯先生太真实了，"我对留在船上的几个人说，"只是对于青年太不了解了，究竟是两个时代的人。这八个同学一定是到陕北去的。他们年轻，勇敢，能够看清时代的主潮，跟着时代跑。这决不是他老人家能够想得到，做得到的。"

大家没有注意我的话：他们都在想各自的心事，沉闷罩住每人的心。

留在船上的，是男女教职员和两个女同学，吃着零食，谈笑着，不知走了好久，风起来了。

船夫们把风帆升起，船登时快起来，江水在船两边哗哗地响着。岸上拉纤的船夫也把绳纤收拾好，涉水爬上船。

"那八位同学呢？叫他们上来吧！"女生指导员陶小姐关心地说。

但是哪里去叫他们呢？岸上又没有他们的影子，无疑地，他们已经跑到前面去了。据说，今晚宿在游龙。我们都关心他们从午后一钟点就上岸走，接连要走六七个钟头；为什么他们这么辛苦，而我们却安安逸逸地坐在船里吹牛谈天，吃东西，睡觉呢？这实在没有理由拿来向自己解释。我转过头向钟先生说。"是的，"钟先生幽幽地说，"他们能够吃苦头，能够扛着一根扁担，能够跑陕北；时代是他们的了！"

太阳烧着红红的余晖，把西北一半天烧红了。岸上，横列着起伏的浅山，山旁立着乌柏树，树上的秋后残余的红叶，随风飘动着，但却不见落下来一片，好像风霜已经锻炼了他们的筋肉。江上，随时现出一块块的灰白的沙洲，上面歇着乌老鸦，水鸭子，和各种水鸟，它们跳着，叫着，有的互相追赶着。它们随时都在动，陪伴着永不停息的江涛，作它们生命上的进取。

"船老板，什么时候才到游龙呀？"我问。

"说不定，晚上八九点钟该可到了。"

"那么，还有多少路呢？"我追问着。

"不到十五里了。"

"那十五里就要走五六个钟头吗？"我惊异了。

"上面是大滩头呀！说是说十五里，要当三十里走还不止呢。"船老板唠叨着，又把滩头的险恶讲了一番。他说，光滩头就有八九里长，危险得很，一不小心，船就会翻身。前两天曾经翻过两只船呢。"只要翻过滩头，就是游龙了。"他用安慰我们的口吻，结束了他的话。

"先把饭烧好吧。"身体结实的高材生，女同学谢站起来提议。她又解释，八位同学太辛苦，应该烧点好吃的东西慰劳他们。她临风立着，风吹乱了她的头发。她搓着冻得红红的两手。于是把袖子挽几挽，跨到舱尾去了。

帆吃满了风，带着船迅速地往前走，快得像一只小火轮。

渐渐地，从荡漾着银色波涛的河上的上流，传来了怒气腾腾的声响——是遥远处的滩头像饿虎似的在咆哮了。

船老板立在尾船上伸直腰杆从篷顶上望着罩着黄昏的江面，好像寻找食物的狗熊。船夫们动手穿草鞋，挽裤脚，把纤绳拿在手里，准备过滩头的工作。

两岸没有山。广阔的江面中间夹着许多绿洲，把江水分成东也是河，西也是河，叫人辨不出方向。我们的船浮在一条大的流里上航。发怒似的吼声越来越近。

滩头来到了。在这里，从东岸上平空伸出一个山嘴子，矗立在江心中，好像特意拿来点缀似的。这以上江水又合在一起，汇成一条汹猛的洪流，好像瀑布，直对着山嘴子冲过来，喷起一丈多高的银白色的水花，在昏暗中也显得白花花的。

我们的船暂时停在滩底下。船夫们正准备上岸拉纤的时候，岸上忽然涌起一片"西班牙革命军赴玛德里前线"的歌声，压住了江水的怒号。

"是我们的八位同学呀！是我们的八位同学呀！"谢欢欣地叫着，好像发现什么新奇的东西，于是放下正在拨火的火筷子，野猫似的跳起来，举起袖子挽得高高的胳膊，喘出粗豪的气息。

我和钟先生走到船头上去看。他们正从高岸上一摇三摆地走下沙滩上来，夜色强调了他们的精神。只是没有看见冯先生。

"冯先生呢？"

"在后头，赶不上了！"

"你们为什么不等他呢？"

他们没有回答，只是快活地笑着。

他们本想在这里上船的，但看一看险恶的滩头忽然又停止了，于是把船夫手里的纤绳分些过来，搁在背上，他们前后排列着；疏落地成一个长排，黑的线条很分明，好像组上的八个侧面剪影。他们一致地向前弯曲着身子，纤绳在他们的背上牵直，慢慢地移动着步子，从昏暗中望去，好像轮船码头上八根拴系纤绳的铁桩一样，叫人想起"伏尔加船夫"影片上的船夫们了。

"伟大呀！真伟大呀！"钟先生赞叹着。

江风伴着江涛，在夜色朦胧中怒吼，哀号。船，从两边洪流的奔驰中，不曾移动似的移动着，终于翻过了第一个滩头。

"力呀！这是力呀！"钟先生一叠连声地说，眼睛在昏黑中闪闪放光。

忽然间，歌声又从岸上吼起了。是唱的《伏尔加船夫曲》，雄壮，严肃，音波凝结在江上，好像水面上凝结着的猪油。沙洲上的水鸟戛然长啸一声，立刻从我们的船上飞过，接着又飞回来，绕几个圈子，消失在黑暗中了，而我们的船也似乎走得更快了。

"力呀！……这是力呀！……伟大！……真伟大！……"钟先生用吟诗似的调子，断断续续地说着，声音发抖。

我感动得说不出一句话，只好转头望一望船尾上烧饭的。

"谢！饭烧好没有？"

"这就烧好了，到游龙准有吃的。"她响亮地回答一声，转过头来，脸庞给火烤得红红的，映在熊熊的火焰前面，好像早晨初出来的璨烂的太阳。

把目光转向岸上，那里有八个粗豪的黑影子。

一九三八年二月三日武昌

选自 1938 年《七月》第 10 期

国文教员

今天是星期日。夏文彬决定破费一天的工夫，把堆积在案头上的几十本作文本子改完。吃完早点后，连嘴也不漱，便坐在书案前，磨了满砚台的墨，好像准备今天完成一桩伟大的事业。他从案头上顺手抓来一本作文，眯着眼睛，使劲地在桌腿上打几下，本子上的灰尘立刻扬起来。这边正在给小娃娃煮鸡蛋黄的夏太太却叫喊起来了：

"轻点，轻点，尘土扑满一碗了！"

夏文彬没听见似的连忙打开本子。

"抗战之初，吾国志在必败，抗战之后，吾国志在必胜。"文章一开头，便是这样的妙句。夏文彬刚才满腔的雄心，给扑了一瓢冷水似的，立刻收缩下去，好像吹胀的气球裂了口。他嘘了一口长气，把笔杆使劲一放。以致案上的笔筒马上翘起来。

"轻点，轻点，把力生惊醒了！"夏太太，压低着声音地叫，好在十个月的力生依然安静地睡着，所以她便没有像平时般的继续叫下去。

但夏文彬却滔滔不绝地发起牢骚了。

"教员我真干够了，我真不想吃这碗饭了，学生文章写不通，教员自然要负责，但是整个教员制度是如此，又有什么办法呢？抗战以来，抗战教育的呼声已经普遍了全国，抗战教育已经是举国一致的要求……"

"够了，够了！"夏太太厌烦地，却又撒娇地说，"这是你们国文先生的伟大成绩呢。"

"就是你嘛！"夏文彬抱着两只手臂说，"要不，我早打游击去了！"

"你这就去好了，又没人拉住你，我——"话没说完，力生坐在床上哇的一声哭起来。夏太太丢开夏文彬，赶紧跑去抱在怀中，端了一泡尿，抱到太阳底下喂鸡蛋黄去了。

夏文彬索性离开了书桌，燃起一支香烟，一屁股倒在睡椅上。他的思想，随着烟子的缭绕渐渐升起了。

抗战前，他就厌烦了教员的生活，曾经三番四次发誓不吃这碗饭。抗战后他便更想脱离教育界，干一番有声有色的抗战工作，但是，从杭州逃亡到后方，却找不到献身的机会。在武汉时，倒有一次可以随政治部直属第三政治大队，偷渡黄河，穿过津浦线，到山东敌人后方去游击，但又因为妻子快生产，错过了机会。后来，他随着难民群流亡到瘴气笼罩着的华山里，在穷愁中眼巴巴地看见前方许许多多的伟大的战绩，而感到自己的落伍，于是叹气，呻吟，拍桌子，捶大腿。今年夏天，有人介绍他当教员，这一个意外的机会触动了他的心。"果真实行抗战教育，干教员并不是没有意义的。"他的心里这样说，于是不待跟他妻子商量，他便满口答应了：他知道他的妻子一定会赞成这种安静的生活的。还没有跨进学校大门，他的抗战教育的实施方案，已经在他的心中计划周密了。他决心还是站在自己的岗位上，好好做点青年的工作。开学的那一天，行过典礼后，他准备跟教务主任谈谈这个问题。刚刚寒暄几句话，陆主任好像看穿他的心眼似的，连忙把头微微一偏，舌尖往外一顶，嘴唇下的香烟便巧妙地移到嘴角上沾着，嘴巴微微张开，却又没有说出话。显然他的心里正在起着微妙的作用，而涌在夏文彬喉头下的抗战教育计划便暂时被阻挡住了。接着，陆主任才抬起眼，慢条斯理地，严肃地说："这里的学生程度太低，分子又很复杂。终天唯物唯心的，其实只晓得几个名词。上学期开除了几个，这学期我们打算好好儿整顿一下。他们一切课外的活动和一切什么组织非得学校允许，绝对不准的。另一方面，就是要加紧他们的功课，国文每两周作一回。讲古文，三年级多讲子书。少跟他们讲些什么新文学，新思想，他们懂得个什么！"夏文彬的心已经冷了，以下的话他没有心思去听了；一句话，抗战教育在这里是不允许的。

想到这里，他嘴里的香烟已经快要燃完。他噗一声吐出烟屁股，从睡椅上撑起来，烦恼地喃喃着："讲子书，讲子书，讲了半年的子书，学生就作出这样好文章来！"他抓起案上的本子，生气地摔在一旁，随手又抓来一本。又是一篇不通的古文。可是他这回却没有离开。他提起蘸满浓墨的笔，一行一行地涂去。翻过第二面，实在看不懂，他在几页上画了一个大圆圈。

"老夏在家吗？"外面太阳底下有人跟夏太太讲话，他知道是张信人。他还没有放下笔，来客已经走进屋里。

"哈哈，谁的文章又吃大鹅蛋了！"张信人快活地叫着。这是一个英文教员，年轻活泼，喜欢打麻将消遣。听他那响亮的声音，就知道他是一个健康乐天家。他刚坐在椅上，便把鞋子脱下，打开潮湿溃疡的脚趾丫，看了又看，之后，用幺指头挑些药面弹在上面。于是穿上鞋子，拍拍手，抬起头。

"这两天胜败如何？"夏文彬问，与其说是关心，不如说是为了趣味。

"大败特败了，"张信人快快地说，"前天三十块，昨天四十块，这个月就算白干了！"

"伟大！"夏文彬笑着说，于是张信人也笑起来。

这两人的志趣从来不相投合，但因为张信人坦白，直爽，并且没到学校前两人就早已相识，所以夏文彬见了他，总是很愉快的。

"谁赢了呢？"夏文彬有趣地追问着，带着哲学家的口气。

"又是赵胡子！老油子！我们搞不过他，以后不跟他来了。"于是，张信人带着浓厚的兴趣，把他准备捞梢的计划说一番。这学期他已经输了三百块，十一月还没过完，他已经预支到十二月的薪水。他是单身汉，住在学校里，每月除了十二块钱的伙食外，剩下的钱都在牌桌上慷慨地数给别人了，两脚上却穿着露底的袜子和前后都是窟窿的破鞋。这人在夏文彬的心中是怪有趣的。

"今天不干了吗？"

"歇两天再说，这阵手太不顺。"张信人认真地说，"我们赶凤凰坝去好吗？"他忽然想起似的提议着，便站起来准备出发。

门外抱着娃娃晒太阳的夏太太，听见屋里在说赶凤凰坝，便连忙叫着："你给力生扯件衣料回来呀！"

夏文彬犹豫一下，但马上就坚决地站起，把衣服抖几抖，心里掠过一丝轻松的感觉。他们走出门，温暖的太阳照在他们的身上，原野上来袭一股清香。他们两人都走得飞快，好像是赶路。走完了原野，刚刚翻上山坡的时候，张信人忽然停住脚，车转来说："我们到赵胡子家里去看看好吗？"

"好嘛！"夏文彬看穿了他对这位赌友的依恋。于是张信人领头走向山坳里去了，衣角扇起扑扑的风浪，如同他本人那样的起劲。

赵胡子家里的赌局正在蓬勃地进行着。桌子上堆满了洋蜡烛泪，这说明他们已经战了一个穿夜了。每人的眼腔周围增加了一层铁青色的圈子，眼角上含着一坨眼屎，但每个人依然聚精会神地去对付前面的小方块。他们很快地摸起一张牌，但打出去却要考虑又考虑，拿出去到半途，又收回来，最后才拍的一声打在红豆木的桌上。当张信人夏文彬进院坝的时候，听见屋里清风雅静，疑惑没有人在家，喊一声也没人应，正想转身走，只听得屋内桌上拍一声，同时有人叫和，接着便哗叫起来，赵胡子的声音压倒一切。张信人一冲就闯进门，好像是抓局的样子。钱会计面前摆着一色万字的清三翻。赵胡子对着脸色灰白的吕同珊气愤愤地说："你不该放这张四万呀！他没有出过一张万字，你看不清楚呀？刚才对面放张三万已经危险极了，无疑地是和一四七，后一牌来个清翻，真冤！"

"胡子输急了，胡子输急了！"张信人开心地连声欢叫着。

赵胡子转身，捏紧拳头伸向他，带着挑战的口吻说："老张，你这败兵之将！我已经战了卅二圈，还可以再战卅二圈，你敢来跟我决个雌雄吗？"

"我怕你！最后胜利属于我！"张信人半开玩笑半认真地说。

吕同珊让出一角来，说是精神支持不住，但实际上是怕太太骂。每回打牌他都要被太太臭骂一顿，尤其是输钱的时候。后来太太竟把钱收藏起来，这回他临时向钱会计借支了三十元，又输光了，月底发薪时，拿不出全部回去，太太又要骂他："你这背时的赌棍！"并且晚上不准他上床，即便上床，也要拿脚踹他。他从牌桌上站起来的时候，两只手有些发抖。

说到实际要下场，张信人倒有些迟疑，但他瞪着眼睛想了一下，马上便决定了，他把夏文彬的袖口一拉，拉他到门外，他悄悄地说："把钱借三十块来，今天又是我捞梢的好机会。他们打了一个穿夜，已经精疲力竭，我乘其弛而攻之，未有不胜的。此兵家制胜之道也，赢了钱，明儿咱们吃北味。"

于是新的赌局又开始了，四个人都很起劲。起初，每人的声音都很大，他们把抗战用语随便拉来运用在赌场上，像"抗战到底"，"焦土政策"，"最后胜利"一类的名词，四张嘴巴里飞蹿着，但是，渐渐地，话减少了，每人都把精神集中在牌上。张信人瞪着自己的面前，"沉着应战"（依据他的说法），赵胡子两只眼睛不停地在场子里溜，他所说的"打游击"。到了以后，简直鸦雀无声只听得牌敲桌子。这正是战争进展到人神的阶段了。

夏文彬溜出门外的时候，没有被人注意，他深长地叹一口气，销魂似的东西笼着他的心，于是又想起学生们不通的文章了。走回家的时候，还没有十二点。夏太太奇怪赶凤凰坝回来得这么早，赶快抱着力生走到他跟前，一面跟小娃娃说："爸爸给大儿子扯衣料回来了。"

"扯个屁的衣料！"夏文彬烦恼地叫着，"张信人又在赵胡子家里干起来了。教员日夜打牌，不好生教功课，学校实行这种教育，死气沉沉！这样的抗战教育，怎样会把学生教得好呢……？在这环境下再呆半年，真会闷死人了！"

"太大了，"夏太太正经地说，"你看一场牌就可输掉一月的薪水，真骇人，来个么，分子的小局，消消遣嘛，倒没有什么。你来把力生抱抱！"

"我要改本子呀，那大堆，明天要发出去！"夏文彬说，无可奈何地顺手抓来一本作文展开，凑巧又是那本"抗战之初，吾国志在必败，抗战之后，吾国志在必败"。这几句话石子似的横在他的面前，他叫一声："又是这！"在旁的夏太太也噗嗤一声笑出来，而怀里的力生便也加紧地摇晃着两只手膊，表示要到书桌上来。夏太太让他的两只脚站在桌面上，而他还不满足，躬下腰背去抓他面前的一切东西。突然，他那灵活的小手抓住了夏文彬面前的本子，好像抓住什么稀奇的玩意儿似的，一把就抓过来，敏捷地撕了几把，他爹妈两人抢过来的时候，已经撕成好几片了。

"叫我怎么发出去呀！总要抱到桌子上来玩！"夏文彬摊开两手叫苦。

小娃娃哇的一声哭起来，夏太太连忙拍他的背，温柔地说："大儿子撕得好，大儿子长大不做这样的文章。"

"环境不改变，还是一样要作这样的文章。"夏文彬意味深长地说。于是伸手摸摸力生的脸："淘气的小东西，来，我抱抱。今天烦得很，不想改了，咱们到坝坝头晒太阳去。"

一会儿，三个人已经坐在辉煌灿烂的阳光下的草地上了。

选自 1940 年《七月》第 5 卷第 3 期

七十二荒

一

"同志，你大胆地去吧！七十二荒的民众素称强悍，只要能够把他们组织起来，绝对是一支有力的人民武装。现在，你们两人就作为开路先锋吧!"

陈队长站在门板搭成的桌子侧边。当他说完的时候,扶着桌子角,咬着嘴唇,眼睛牢牢盯着我们。看见我微微点一点头,而袁嘉也没有提出什么异议,他才轻松地舒出一口气,把桌上发散着霉气的香烟拿两支过来,放一支到自己的大嘴巴里,递一支给我,并且把擦燃的冒着绿焰的火柴伸到我的面前。一面吐出蓝色的烟子,一面抢上前一步,伸出有香烟气味的左手掌轻一轻拍拍我的肩膀,亲昵地补充说:

"不要害怕! 如果碰着什么困难,赶快回来告诉我,我把城里的工作布置一下,决定到那边走一趟。你们现在就收拾吧!"

窗外,微弱的太阳光线淡淡地洒在破裂而风化的石阶上。阴昼不息的土蜂傍着石灰剥落的墙壁飞来飞去,在幺指头般大小的窟洞里爬进爬出。钉在那棵生在墙内,而又伸出墙外的槐树上,电线上,蹲了三只燕子。头摆动,似乎是向窗内张望。两只白颈老鸦飞到墙上,伸长颈项,用贪婪的眼睛望一望,好像没有望头,便飞到右边翘着龙尾巴的大殿的屋脊上,开始在瓦缝中生长着的苔藓和青草里寻找虫子。破碎的白云块,低低地在城市的上空浮动。从挂着蜘蛛网的窗上,可以望见笼罩密云到七十二荒的山峰,蔚蓝的山腰和黑压的山脚。

"那么,像这样的环境,我们两人对付得了吗?"我很担心七十二荒的工作我们担负不起。我实在怀疑我们两人的能力。我很想商量他把我们留在城里工作,或另调一个地方,但是我不好意思说出口。我们这个连队里只有五个人。留在城里工作的当然应该是陈队长,还有两个同志,一个派到南乡,一个派到北乡,他们都是一个人独当一面。而我们俩人被派在一起工作,那还好意思说什么呢?然而我的意思却被陈队长看出来了。

"一定对付得了!"他喷出嘴里的香烟头,坚决地说,使劲望着我。我赶快避开低下头，望着剥蚀的墙壁上成串爬动着的大黑蚂蚁。

"那么，我们只好去试试再说了!"我笑着说。

陈队长立刻又敬我一支发散着霉气的香烟，然后从破门板搭成的办公桌上捡起那封给七十二荒乡公所李乡长，请求他助工作的公函，严肃地交到我的手里，于是伸出手掌又点着吩咐说：

"你们去，首先就要开办民众学校，妇女识字班，然后成立农民会，妇女会，尽量想法去训练他们，组织他们。十天之内一定要把这些任务完成。"他开始愉快地笑起来，显然不曾嗅到从墙外附近茅厕里传来的我已经嗅到的强烈的臭气。

我们拿着公函，回到那发散着潮湿气味的有着泥塑神像的寝室里，准备收拾被盖卷的时候，一件残酷的案子立刻又浮现在我的脑子里了。那是半个月以前的事情，一个县政上派到七十二荒征收的征收员，头一天还押了五个过期不缴的农民到乡公所，对着他们拍桌子，动脚头踢他们，而第二天他带着两个乡丁出去以后，便一直没有回来。挨边黄昏的时候，有人发现靠近河边的崖底下躺着三个身上挨了七八刀的尸首。而第三天县政府派人来验尸的时候，三具尸首已经被狼或其他动物拖去了。

到底还是袁嘉勇敢。她把明亮的眼睛一睒，立刻把盖抓起来放在狭小而下垂的肩膀上。

"我就不信，"她用坚决的口吻说，睫毛急急动着，"难道七十二荒的人都是没有理性的吗？那个征收员挨刀，因为他作威作福呀!"

于是我们出发了。我卷起裤脚，从袁嘉那儿把被盖卷拿过来扛在肩上，让她只提一个轻便的小提篮和一只准备带去杀来吃的花母鸡走在前头。从城里到七十二荒伸展着二十里紫白色的桐子树花开遍溪边，里边以及村前村后的平地，一条约莫三尺宽的石板路从城门洞里爬出来，直向七十二荒前进。路旁，盛开着蒲公英，野菊，而黑蝴蝶和蜂子便飞着。等到一走进七十二荒，便一点也看不见了。而石板路到了山脚下，便突然变成黄黑色的巨蟒，往上蜿蜒爬行，人走在上面，时时刻刻有被它生气摔到山谷里的忧虑。这是一条直通遥远地方的官道。还在一里以外，我们便看见几十只老鹰傍着山顶飞翔，嘶叫，甚至于冷静地蹲在伸出来的黑黢黢的岩头上，对着我们这陌生的人睁圆眼睛。路陡得来简直要把胸口贴着前面的石块。爬到半山上比较平坦的地方，我们住了脚，往上一望，山顶上没有融化的白雪，正闪着光。而头顶上的黑云好像一块大铁板正往我们压下来。但这里我们的路却傍着另一个陡峭的，悬生着麻麻密密的葛藤的崖壁下降，开始降到雾气溟蒙，不可摩捉的谷里了。核桃般大小的牛屎蜂，这里那里都在嗡嗡地飞着，时时刻刻从我们的头顶飞过。突然，袁嘉嘶叫一声，双手按着她的后颈窝急揉，拼命地喊痛。我知道她是遭牛屎蜂刺了，赶快按下她的头，用指头拔出那褐色的皂角刺般大小的螫尾，拿到她的眼前。她立刻倒退一步，举起两只手。

"这是要人死！"她哭声哭气地说，泪水在黑眼里闪动着。

她的话刚刚说完，一个更大的牛屎蜂鼓动着暗褐色的翅膀，虎虎地又飞过来了。袁嘉把身子一扭，躲过了它的锋芒，然而就在同时，却发现对面的岩额头上伸出长舌头的灰色的狼，它张开大嘴巴，向我们嚎叫几声，而接着同样的叫声从四面八方响应起来。我们立刻抬起眼睛扫了一个半圆形，山谷那边的几个被雾气笼罩着的山头立着七八只同样张开大嘴巴的狼，伸出来的红舌，架势向我们这边扑过来。

袁嘉吃惊地躲到我的身后，不但暂时忘掉了后颈窝上的疼痛，而且完全失掉了先前的勇气和镇静。狼微微张开润湿的嘴巴，等候我拿出对付的法子。

我不慌不张地掏出裤带里的手枪，乌黑的枪闪着乌黑的光。推开了保险机，对准着那只首先发现的灰色的大狼，把扳机一扳，阴暗时空中划了一道红光，那边岩头上所有的狼一齐把身子一扭，后蹄搭在地上，使劲一蹬，跑了，背后留下一股飞扬起来的黄色的尘土。

　　袁嘉轻轻地舒出一口气，但先前的活泼和勇气却恢复不起来，脑后颈窝上的蛰伤却感觉更痛了。

　　我们逢人便问，好像黑夜里摸索路途，找到七十二荒乡公所的时候，已经正午过后了。乡公所是在一条有着八九十家铺面，到处放着敞猪的镇上，由一个破朽庙子改成的，门前两边的路旁，插着两排各保歌颂功德的带着红缨的杏黄旗子，在湿润的微风中飘荡。我们在许多奇怪的眼光下，胆怯地穿过旗子，走进乡公所的大门，但却不见一个人，要不是一阵阵拿起牌砸桌子的清脆的声音，我们会离开的。我在那油漆剥落的又大又宽的门上重重地拍了几十下。好久好久了，才从那礼堂后面钻出来一个头缠黑帕子，肩膀上横挂着系粉红丝带的连枪的人物，立着眼睛检阅了我们一阵，这才从长着青草的院子走过来。我赶快把部队带来的公函伸出去向着他，同时急促地走上去递到他的手里。他眯着眼睛看看封面，然后又抽出里面的公文看着，好像他就是接收这公函的乡长。他吩咐我们等着，便拿着公函进去了。五分钟后，他重新出来了。

　　"我找个人带你们到吴保长那儿去，什么事情你们问他好了。"他很有果断地说，浓密的眉毛急急地动着。

　　"乡长呢？我要见乡长，我们要请教他。"我说。

　　"乡长没有工夫。找吴保长也是一样的。庄燕娃儿！"他向着后院里大声叫着。"吴保长是本乡第一保的保长。"他继续说，"凡事找他就行了。"

　　一个穿着垢腻的衣服，两眼红肿夹带着眼屎的小孩子慢吞吞地走出来了。

"你把他们两位引到吴保长家里去。"他吩咐着，吐了一口浓痰，一车身隐藏进去了。

吴保长家在一个离镇口一里光景的幽深的山坳里，三面是密树浓荫笼罩着的高山。当我们走进阴沉的□里，隔离葛藤编扎的大门口约莫一百步光景的地方，三条肥大的狼样的恶狗露着白亮的牙齿奔跑过来，把我们包围在中间，咆哮着，猛扑着，脚爪撑在地上，蹬起了灰白色的石粒。我们都跳了起来，一面用脚头猛烈地踢着，一面用手中提着的被盖卷和小提篮挡住它，同时竭力想从篱笆上拔出一根木桩。袁嘉的惊慌的叫声和飞舞着的衣袍的下摆更引起畜生们的注意。一条短尾巴的大狗奔去咬住她的衣服正在用力撕裂的时候，我已经不顾死活地拔出了一根饭碗粗大的木桩，重重地打在它的头上，狗叫着跑了，但最后猛烈地一扯，终于撕下了下摆，而其他两条恶狗，格外张大了挂着馋涎的嘴巴冲过来。我一再地转过头去，向着立在一旁，狗并不去咬的庄燕娃儿投射出恳求的眼光，但是他却木桩一般立在那里，不停地用他那瘦黑的好像干树枝一般的指头揉着他的红肿而流泪的火眼。幸好这时候大门里钻出来一个十四五岁头黑缠帕子的小孩子解了围。他立在门口端详了好一阵，然后才吆喝着狗，走过来把它们赶开。

"吴寿生，给你们送上人来了。"庄燕娃儿带着讽激的口吻，不动音色地说，向着对方移动着他那不快不慢的脚步。当他们两人面对面的时候，听不清楚的谈话开始了。这两位同样十四五岁的小孩，始终带着成年人的态度，没有表情地说着，当谈话完毕的时候，庄燕娃儿慢慢转过身子，并不望我们一眼，便打着口哨走了。于是吴寿生走过来，一声不响地把我们引进撒满鸡屎和羊屎，显然好久不曾打扫过的院子里，而站在街沿上的一个同样头缠黑帕子，挨边四十岁光景的人，立刻向我们投射过来含着敌意冷酷的光辉的眼睛。直到吴寿生向他说明李乡长的意思以后，他才走下大石块的阶沿，皱纹堆得多而结实的眼角上浮现一种不自然的微笑，但马上就消逝了。

"这就是吴保长吗？"我用客人的身份向他点一点头。

一个脸上有刀疤，手里捏着宰猪草刀的女人，匆忙地跑出来了。她用惊惶不定的眼光在我们的身上搜索着。当吴保长提到我们住处的问题的时候，她赶快抢上前一步，带着不放心的口吻问道：

"你们是不是夫妇呀？"

"要问清楚他们的来历呀！"从灶房门口传来着颤抖的干涩的声音，一个驼背弓腰的老太婆，正扶着门坊，把身子倾向前，微微张开她的干瘪的没有牙齿的嘴巴，两只失掉光泽的眼睛牢牢望着我们。直到我们保证我们是夫妇以后，吴保长指着那间靠牛圈的谷仓说：

"那就住在这间仓房好了。有地板，不潮湿，四处又谨严。冬天也很暖和。"

于是我们把被盖卷提进仓里了，那是一间面积狭小，壁板已经朽烂的谷仓，角落里尽是老鼠打的窟洞，而顶上便挂满了两三尺长的扬尘吊子。一跨进去，首先前来迎接我们的是一股屎尿和腐烂的谷糠混合起来的霉臭气味。主人的灶房里还没有点亮，我们带来的一支洋蜡烛在被盖卷里，又不方便找出来，于是我们只好在黑暗和臭气中摸索着放妥东西，忽然从屋梁上哗啦一声落下来一个笨重的东西，正从袁嘉的肩膀上滑下来，悉悉索索地跑进角落上的窟洞里去了。我们发觉这是一个大老鼠的时候，我们忐忑不安的心这才镇静下去。袁嘉摸索着打开被盖卷，摸出洋蜡烛，火柴，我帮忙点燃蜡烛，仓里逐渐光明起来。

二十里的旅程，使得我们的身体过度地疲乏了。没有床，我们只好打地铺，没有门，我们只好任它大打大开，于是我们躺下了。

但我们的精神却很兴奋，同时又怕狼或其他吃人的野物深夜闯进仓里，直到半夜，我们还不能入睡。只要睁开眼睛，便看见仓外的黑暗中有什么怪狗张开大嘴巴，吐出红舌头，嘻开白牙齿，逐渐逼上前来。风从山顶吹到屋脊上，暴躁地号叫着。宅后崖壁上生长着的苦竹，凄厉地呜咽着，吐散出它的辛辣的气味。突然间，从屋后山那边传来几声宏大的，震动山谷的咆哮，于是一阵狂风从山边的山壁上扫下来，吴保长家的三条恶狗拼命地钻到仓底下躲藏。

袁嘉警觉地赶快爬起来，点燃被风吹熄的蜡烛，淡黄色的光芒跳动着，飘荡着，投射在壁板上的那两三尺长的扬尘吊子的影子也跟着跳动起来，飘荡起来，好像庞大的蝎子在壁板上爬动。袁嘉轻手轻脚地从地铺上爬起来，把我们包扎被盖的灰黑色的军毯挂在仓门上，于是仓外的威胁这才减少一点……

不知什么时候蜡烛熄灭了，而我们也睡着了，我突然被仓门上毯子推动的声音所惊醒，接着便听这院子里被捉住翅膀和颈项的鸡子挣扎的声音。我一面用手肘推醒袁嘉，一面抓起枕头旁边的电棒，对着仓外照去，电棒头上浅黄的光从那被推开的军毯的缝口一直射到院子中间，只见那头缠黑帕子的吴寿生两手抱着一只花母鸡，踮起脚尖急急往他家灶房里奔跑。

袁嘉霍地跳起来，准备追出去。我一手抓出她，小声说：

"我们是初来的人，要是闹起来，我们只有吃亏的。"

袁嘉抓过我手里的电棒去照一照仓角里，花母鸡已经没有了，只留下几匹花羽毛。

这残余的夜，带来的一支洋蜡烛已经点完，我们只好面对着黑暗坐在铺上，准备着未来的灾难，饥饿的豺狼的号叫，野猪呼啸，穿过树林，撞得树木嚓嚓地响动。屋后柏树上的猫头鹰几声怪叫，天慢慢黎明。

袁嘉把挡住仓门的军毯取下来，正在这时，那个有着刀疤的吴保长娘子，带着惊惶而闹心的神情走过来了。她立在仓门口，两只有着枯枝似的指头的手抱在胸前搓着，颤抖着声音说：

"先生，是你们的鸡昨晚丢了吗？门外沿路都是毛，那边坡上一摊血呀！准是叫野猫拖去了。我们这山里，野物多得多，这么大小的猪！"她用两只臂膊比一比，"动不动也叫它抱起跑了呢。"

"血在哪儿？"我盯着她。

"我引你去看嘛。一大摊呢。"

为了要看看她玩的什么把戏，我们便跟着她去。果然一出门，地下便是黑白混合起来的花鸡毛，一直到山坡上的路上断断续续地都撒有。山坡上靠那棵大松树的旁边，果真有一大摊血，血中间有更多的鸡毛，并且地上还印着凌乱的，一两分或两三分深浅不等的野猫子的蹄痕。

"你看你看，"保长娘子伸出污黑的赤脚指着地上，得意地说，"这不是野猫搞的是什么？"

一声轻蔑的嗤响从袁嘉的鼻孔里喷出来，我赶快拿眼色止住她。她使劲咬着嘴唇，阴暗堆满了眉间。回到舱里的时候，两脚刚刚跨进门，她便把紧闭着的嘴巴张开，气愤地骂道：

"豺狼虎豹的世界！这里的工作我看实在没法子作了！"

同时，对面吴保长的灶房里，保长娘子正提高男子似的喉咙，大声宣称着：

"野猫子真可恶呀！仓里两位先生刚来就蚀财，一只大母鸡要值几多钱呀！"

袁嘉在地板上重重地顿了一脚。

二

等到袁嘉脱掉昨天被狗撕去一幅下摆的衣服，换上一件短袖子的酱色旗袍以后，我们出发工作了。我们工作的步骤，首先找李乡长跟他取得联系，并且请他帮助推行，然后才来同吴保长商量枝节的问题。笼罩着山谷的乳白色的浓云，已经升到半山上，好像一条白色带子把这里那里的山拦腰捆住，而带子以下便是一片云海。吴保长门前靠崖壁生长着的合抱大的松树上，松鼠们跳跃着，更撒开大而长的尾巴，把枝叶上的冰冷的露水振抖下来，落在我们的头上，脸上。我们沿着昨天来的狭小而多石块的山路走着的时候，发现许多昨天不曾注意到的新奇的景物，尤其是当我们走到镇口的时候。那黝黑色的陡峭的崖壁上，当年二万五千里长征的英雄们用土红留下来的粗犷的字迹，突然出现在我们眼前了。

"啊!"袁嘉惊叫着，细长的眉毛急急地动着，"他们曾经从这儿走过吗!?"她的眼睛闪耀着，那意思还似乎是说：那么这儿的工作应该容易推动了。

我也有着像她一样的想头，于是睁圆我们的浮着微笑的眼睛欣赏了一会以后，我们带着愉快和希冀走向乡公所。

如同昨天一样，乡公所门前两排歌功颂德的杏黄旗子，矜骄地，得意洋洋地，但却寂寞地招展着。我们熟悉地一直走进去，跨过密砌的石块缝中生长着青草的院子，对直走到光敞着的、前面没有门壁的礼堂。里里外外张望一阵，仍然没有看见人影子，我们便拣着靠壁头的两把油漆剥落的旧式的椅子坐下，望着板壁上的挂满蜘蛛网的孙总理遗像和两旁的黄国旗，等候有人现出来。一股鸦片烟的闷人的浓香一阵阵地传进我们的鼻孔里，接着便从后院子里仍然响起来稀里哗啦的洗麻将牌的声音。

而迫不及待的我便立刻冲进去，开始呼唤李乡长，同时发见里面还有一个栽着几棵正发芽的芭蕉的小院子。

又是昨天那个佩带粉红丝带连枪的乡丁。从左侧的一间挂着污黑门帘的屋里走出来，牢牢地盯着我们，好像在问："你们又来了?"出乎我们意料以外,当他转身走进那间牌声清响的上房,而又出来的时候,他伸出手掌向我们一招,带着命令的口吻说:"乡长叫你们进去!"

靠近窗前摆着的蒙着灰呢毯子的方桌四边,正坐着四个赌友,都把精神贯注在自己面前的小方块上,谁也没有察觉已经走到房门口的我们。我们踌躇一下,然后跨进印花布门帘搭起来的门。这是一间宽大的有着地板的屋子,靠着里面板壁上安放着一架旧式大花床,床上的皮褥子上放着烟盘子,那小巧玲珑的燃灯的玻璃罩子里的火头微微地闪动着。那个坐在方桌对面,歪着灰色呢帽,显然是李乡长的人物,急急地抓起一张牌,眼睛并不望着我们说:

"你们随便坐嘛!"

直到他踌躇又踌躇,放出了一张东风以后,他才抬起头望了我们一眼,显然是应付场面问道:

"你们住在吴保长家里吗?"

我含糊地答应了一句,便趁机把话拉到本题。

"李乡长对于我们工作方面有什么意见吗?"我热烈地望着他。

"意见吗?"他拖长声音回复着,眼睛牢牢盯着堂子里,"就是——女学生给我拿过来!"他大声叫,首先抓倒三家都有三翻的牌,然后才放倒自己面前小和的牌,以堂子里捡过来刚才上家打出的那张五条,放在四六条的中间,"你们三家都得感谢我,要不是这张卡五条!"

他把面前整齐的牌推到堂子里,于是在愉快声中急急地乱说着。等到牌洗归一以后,我们趁着短促的,不很紧张的砌牌时间,向他提出我们对他的请求:

"七十二荒的工作,李乡长千万要帮点忙才推动得起走。"我一面说,一面注视着他脸上的表情。

他默默地听着,他那黑胖的多汗毛的脸上一直保持住冷酷的神情，连那眼角上的粗暴的青筋也不曾□一下，直到下手家抓起骰子准备掷的时候，他才兴趣浓厚地笑起来，迅速地把骰子拿过来。

"你不要慌嘛，等我联个十来庄你再来！"他哈哈笑着，把骰子放在两个手心里搓几搓，然后使劲掷下去，是五点。"五在手！"一面冷淡地问道：

"那么，你们打算做哪些工作呢？"

我立刻从凳子上站立起来，抢上前一步，准备把我们的工作计划报告给这一位我们衷心盼望多多帮忙的乡长听取。

"第一件，我们要开办民众学校，妇女识字班……"

"发财碰！"他大声叫着，打断了我的话。

"第二件，我们要成立农民会，妇女会……"

"你们的计划好大！"他眼角上浮着不容易察觉的轻蔑和厌恶的冷笑，迅速地摸起一张牌，连看也不看便啪一声打出来。"还有呢？——啊，你才来呀！"

一个戴着红顶子瓜皮帽的胖子急促地走进来了。他的狭窄而丰满的额头上沾着一层薄薄的汗水。他那和他的胖脸颊比起来并不算大的嘴巴喘出粗暴的气息。谁也不招呼，便一直走到李乡长的身边，顺手拉一条圆凳子挨着他坐下。

"你打听得怎么样？"李乡长关心地问，把手里迟疑不决的一张红中停止在空中，等候他回答。

"要得，乡长！"胖子用沉浊的胸音简单答应着。

李乡长把他的浓密的眉毛立起来，毫不顾虑地摔出手里的那张红中。对面一家立刻推倒牌，是辉煌的三元会。但李乡长连看也不看一眼，赶快微侧着身子去听胖子的报告。

"乡长，"胖子放低声音说，伸出右手助势，"是上好的用土，只有五十两，每两三万就可以讲成，现在市上已经卖到三万四五了！"

"好，我全都要倒！"李乡长闪耀着眼睛说，车转身去砌牌，但忽然想起一般又把身子往一边让一让，"你下来打两圈吧！"

"不！"胖子摇着头说，立刻站立起来，"我还要去跟他讲一讲。"

"那么，请他晚上到帅幺妹儿那儿再谈谈吧！"

胖子摇摆着笨重的身体走了以后，退到凳子上坐着，等得发急的我重新又站起来，准备继续我的未完的话。但李乡长厌烦地把面前的牌翻来盖着，转过腰来向着我们严厉地说：

"你们既是上头派到这儿来工作，我们当然欢迎。你们的办法我一点没有意见。要我帮助你们吗？可是我也是一个外行。你们还是回去跟吴保长商量商量吧！"好像背书一般说完以后，他立刻又回转去对付桌上的东西了……

吴保长正卷起袖子，打着赤脚，手里拿着锄头，在靠着牛圈的灰堆里用粪水去和灰，而保长娘子便坐在靠近灶房的院子角落里，用菜刀切下种的山芋，吴寿生正在收拾好久不曾用过的箩筐和扁担，那个驼背弓腰的老太婆，也坐在太阳照射着的灶房门口，拿着一包种子苞谷在抓。一句话，主人们都埋着头对付各人手里的工作，谁也没有对我们表现一点主客间应有的招呼，显然他们对我们不但冷漠，而且仇视。袁嘉带着懊恼的神情走回仓房里，而我便蹲到吴保长跟前。

"吴保长，我们请你帮忙呢。"不会跟人周旋的我，单刀直入地说。

"帮啥子忙呀？"吴保长用刚直的生气一般的声音问着，并不抬头望我一眼。

"就是我们打算在这儿开办一所民众学校……"

"啥子叫做民众学校？"他的声音里带着显然的暴躁和烦恼，显然他在装佯。

"民众学校就是民众学校，难道你还不晓得吗？"话已到了我的喉头上，但我没有说出来。我竭力压抑住情感，改口说道：

"民众学校就是教育一般成年人的学校，七十二荒的老百姓十分需要这种学校呢。"

"唔，"始终低着头，继续对付粪灰的吴保长，鼻孔里嘘出一声轻蔑的嘶响，眼角上浮起毛虫爬过似的冷笑，"我看，我们这里的老百姓才不需要这种学校呢。"

"可是李乡长也并不反对呀！"我竭力想法支持着。

"那李乡长又怎样说法呢？"他沉住气反问道，依然眼睛并不看着我。

"李乡长叫我们回来跟你商量商量。"袁嘉突然从仓房里站出来，插口帮我答应着。

"况且我们是奉命令到你们这儿来工作的呀！"我接着说，我的情感实在压抑不住，不由得脱口说出来这句立刻就感觉到这是最劣拙的话。

吴保长没有表情地沉住脸，迅速地和完了最后几锄头粪灰，于是用手把一旁的箩筐拉过来放倒，然后重新挥动锄头，把粪灰铲进箩筐里，于是站在旁边等候着的吴寿生便走过来担到田里去，而保长娘子便把随切随丢进一个小箩筐里的洋芋端起来，跟着儿子端到田地。当吴保长第二次把箩筐拿过来放倒的时候，他才微微伸起腰，抬起头望着我，冷笑着问道：

"那么，好嘛，你说要我帮你们什么忙呢？"

急急抢过来的袁嘉，好像生怕放过机会一样，赶快回答道：

"我们想在这儿举办民众学校，妇女识字班，成立农民会，妇女会，这些都要请你帮帮忙。"

"我们打算请你今天带我们挨家挨户去访问。"我竭力把话转到具体的工作上来。

"可是今天我要种洋芋。"他说，立刻挥动起锄头开始他的工作。

"明天可以吗?"

"明天也种不完?"

"后天呢?"袁嘉插口追问着,声音里带着轻蔑的暴躁。

"后天或者差不多。"吴保长冷淡的声音回答着。于是,好像故意躲避我们一样,走到牛圈侧边,抓起一根还没有刨平的扁担,把粪灰箩筐挑到肩膀上,闪了几闪,大步挑到田里去了。

我望了袁嘉一眼,她也望我一眼,四只眼睛碰在一起,于是我们回到仓里。

"未必离了他们,我们就不能工作吗?"她生气地说,突然奋发起来。

我的意思,得到一个本地人,尤其是像李乡长和吴保长之流的协助,那是有许多方便的地方的。然而他们既然不可靠,我也只好赞成袁嘉的意见了。于是我们立刻开始我们的访问民间的工作。

我们访问的第一家,是和吴保长家隔着一个生长着碧绿的麦苗的山谷,在平坦的坡上建修着一座相当大的庄宅的人家。这一家的当家人叫做苏括括。这是一家自耕农,山谷里的青秀的麦苗和山坡上一片耕犁出来,准备栽种洋芋和红薯的黄色土地,都是这家的所有物。出了吴保长的屋门,翻过右手边的光秃的山坡,便逐渐走下山谷,沿着一条时时被人摞高的石块阻塞着的小径,于是往上爬,上了坡,便到了这家的已经歪斜的,两扇门板已经关不拢的大门跟前。灶房门外的宽阔的阶沿上,安着一张方桌,方桌上摆着碗筷。靠着黄土糊的壁头旁,整齐地排列着四五个半人高的泡菜罐子,而是一个年轻的男子,正提着一桶水,站在矮凳上,把水全部倒进一个泡菜罐子颈口上的水槽里,于是下来又准备提第二个桶。就在这时,院子角落里的茅柴堆里躺着的狗叫了一声,而那个正提水的汉子,回过头来,望了我们一眼,立刻放下桶,要好快便有好快慌张地直往灶房里跑,同时,我们清楚地听到从他的嘴里叫出来的压抑住的恐怖的声音："拉壮丁的来了！"接着，大步迎出来一个头上顶着折成正方形的老蓝布帕子的四十岁光景的女人。后来我知道这是苏括括的女人，一般人都呼着苏大娘的。我看见她的把握椅子的手颤抖得多么厉害，以致影响到椅子也跟着颤抖起来。

"请你不要害怕，我们并不是拉壮丁的。"我赶快向她解释，然后才坐在她拖过来的竹椅上，竭力把态度放和平。

"先生们，我们屋头没得人，你看，坡上洋芋红薯，都没栽种呀！"

"我们并不是来拉壮丁的！"我一再向她保证，"我们是来从事民众教育的。"

但她好像并没有听见我的话，继续急急地申辩着说：

"真的，先生们，我们屋里都是女人，娃娃，男的早已抽去了。"

"给你说，我们并不是拉壮丁的呀！"袁嘉急得尽是跺脚。

一个拄着拐杖的歪嘴老太婆出现在灶房门口上。她伸出她那细长的颈项，睁圆她那被蚕茧作的裂纹包围着的老花眼，牢牢地盯着我们，用确信的口吻说：

"他们是催粮的，我说他们是上头派来催粮的！我们已经上了呀！你去把粮票子拿来给他们看看嘛！"

苏大娘和老太婆同时往屋里奔窜。我们追赶着她们的辩解是没有用处的。很快地苏大娘已经拿着粮票子奔跑出来了。

"不是，不是，你们误会了！"我从竹椅子上站起来，连声叫苦，"我们是来访问你们的。我们打算在这儿成立学校，想使大家知道一点国家大事。"

老太婆吃力地把拐杖移到门槛外，然后颤巍巍地跨出来，举起颤抖的手杆指点着说：

"我们不要你们访问我们，我们不要你们的学校，这些我们听得厌烦了。只要你们不再来拉我们的壮丁，不再来多派我们的钱粮，我们就谢天谢地了！"

趁着她说话的期间，苏大娘已经走进灶房，每只手里端着一碗荷包蛋出来，笑嘻嘻地递向我们手里。这显然是贿赂。

"我们才吃过饭。""我们的肚子还是饱的。"我和袁嘉同时推辞，尽力往一边退避。

"就只两只鸡，三四天才生一个蛋呀！"老太婆噜苏着，好像我们不吃这两个蛋，便不但对不起她们，而且对不起她们的母鸡。

"那么，先生们就在这儿吃午饭。"苏大娘改口说，把敬不上的蛋碗端来放在阶沿上的方桌上，于是卷起袖子，爬到泡菜罐子旁的矮凳上，把全部赤露着的臂肘伸进半人高的罐子里，好像抓住一件猎获一般抓出来一大把黄生生的泡头豆，上面的漩水一直吊了一两尺长，同时从搅动了的罐子里，冒出来一股浓厚的酸而带恶臭的气味。

袁嘉赶快掏出白色的手绢蒙住鼻子。

"走吧！跟她们讲不清楚。"她烦恼地说，急急车转往外走。

走出大门外，我们一直叹着气。我竭力排除悲观的心境提议再去问一两家，但袁嘉却红涨着脸说："再去访问一家，两家，乃至一百，还不是这样！根本他们就不相信我们呀！你没听见那个老太婆说吗，他们已经听得厌烦了！也许从前那些做工作的家伙，给他们的印象太差了。"

"但我们可不能因此就放弃这儿的工作呀！我想只要我们重新好作□也是有希望的。"虽然说这样向袁嘉劝解着，但我却不能否认这时的脑子里却有着这样的坚决的想头："对于这批顽强的农民，你什么办法呀！"

"绝对没有希望！"她睒着眼睛说，车转身走向那条阻塞着石块的归途。

"那么，明天我们还得再来访问呢。"我说。

我们回到吴保长家的仓房里的时候，黯淡的太阳已经偏西了，接着，好像埋藏在谷里的雾气便逐渐升起，而院子里，好像一条灰色的狼掠过一样，突然弥漫着一层乳白色。吴保长们还没有从洋芋田地里回来。灶房门口坐着的吴老太婆还在继续抓苞谷，一只山羊跑过来，拿角在她的背后撞击着，但她并不怎样理会它，只是用温暖的声音骂着："你还不滚进圈里！狼要把你拖去的呀！"我们退到仓角里的地铺口坐下，望着黄褐色的挂满扬尘吊子的壁板和大敞大开的仓门，我们卷入到透不过气的寂寞里。忽然袁嘉深长地叹一口气，颓然倒在枕头上，但即刻她又警觉地翻转上半截身子，拿手去摸一摸枕头底下。

"哎呀！电棒又叫人家偷去了！"她惊叫着，立刻从地铺上站立起来，提起被褥乱抖一阵，也没有看见电棒——昨夜曾经照射过偷鸡的吴寿生的电棒。"一定是他偷去了！这还成世界吗？"

她的怒气勃勃的脸青一阵，又红一阵。粗暴的气息从她的微微张开的嘴巴里急急地吐出来了，她摇着头，绝望地说：

"我们赶快收拾起走吧！"

"那你不怕陈队长又要批评我们是小布尔乔亚吗？"我说，"我看还是先跟陈队长商量商量再说吧！"

我背了好多唇舌，这才说服了她，于是决定明天一早回到城去同陈队长商量。

三

我们第二天一早回到城里看见陈队长的时候，一堆廉价香烟的浓烟正包围着他。发觉我们走上前来，他立刻放下正在挥动不停的笔杆，快活地大叫几声，不待我们开口，他便直爽地说道：

"你们回来得正好，我正在挂念你们呢。你们是不是被盗了，碰钉子了，于是就灰心了？我知道你们一定要回来的，但想不到才去两天就回来。请坐下吧！你们遭遇着的困难说给我听听！"

他顺手抓一支香烟给我。这种浓情盛意增加了我的惭愧，我用眼睛示意袁嘉，叫她先说。她果真毫不推诿地说起来了。

陈队长燃烧另一支香烟，趴到门板搭成的桌子角上坐着，倾斜着他那因工作过度，时时感觉酸痛的腰杆，不让漏说一个字。等到袁嘉把七十二荒两天的经过，有声有色地叙述完毕的时候，他才响亮地笑两声，把香烟头投出窗外，让残余的蓝色烟子在他的头上飞旋着。

"我说你们是小布尔乔亚，你们偏不承认。"他大声说，满脸堆着愉快的光辉。

于是他微微咳嗽一声，收起笑容，摆出严肃的态度，开始发挥他那套民众联动的理论了。他认为把鸡毛撒在门外，把鸡血撒在山坡上，表示鸡是野猫子拖去的，把只有两只母鸡，每隔三天才下一个的蛋打来当贿赂，这表示这七十二荒的老百姓的心是多么地单纯和善良！

"就拿吴保长本人来说，究竟也是佃农，并不像其他一些作威作福的保长呢，"他结束着说，好像跟人吵架，"我决定跟你们去，在哪儿住几天，帮帮你们看。我们就走吧！"

走出大门，平素很少吃零食的陈队长，绕道到正街去买了一对鸡蛋糕和一包米花糖。虽然我们表现出奇怪的样子，而且一再问他买这些东西的目的，他却一直微笑着，直到走上七十二荒的途上，他才把头偏过来，向着我们说：

"中国人相处，往往一点小意思就会消除许多隔阂，把大家的感情建立起来。你们都是来自农村，未必还不晓得这点道理吗？吴保长们不信任你们，乃是因为他们不了解你们，跟你们没有感情。所以首先跟他们建立感情，这是很重要的。其次，从事民众连动，生活方式也要跟他们打成一片才行呀！"

已经走进了荒里了。三个打着赤脚板，衣服的破片子飞舞着，站在崖边割茅柴的女人，立刻伸直腰杆，射出嫉妒的眼光牢牢盯着袁嘉，陈队长突然又开口，继续先前的话说：

"譬如袁同志，像你这一身走到农民中去，首先就没法跟他们打成一片呢。"他愉快地笑着，搜出一支香烟放进嘴里。

走到吴保长家的时候，他们才吃过午饭。吴保长正在灶房门口的矮竹椅子上吸着叶子烟，一泡泡的口水吐在面前的地上。保长娘子已经端起装着洋芋种的箩筐，而吴保长，他把他那浓密的眉毛底下的眼睛睁得圆圆的，好像他们都在捉摸不住的梦境里。我赶快抢到他面前。

"这是我们陈队长！"

他们突然从梦中惊醒转来了。

"哎呀！哪有这么讲礼的人！"保长娘子赶快放下手里的箩筐，接着陈队长的伸出去的礼物，眼睛笑眯眯地望着上面贴得牢牢的五彩商标。

"你们请坐啊！"吴保长把身子微微一动，往左右去找椅子，但没看见，于是吩咐拿着扁担，站在旁边出神的吴寿生，"去抬把椅子给先生们！"

陈队长毫不拘束地坐下了。他掏出衣包里的香烟，递一支伸向吴保长面前，吴保长忸怩一下，随即便接着了。他用两根指头拿着看一看，然后取出他的叶子烟杆，把香烟放进去。陈队长又抽出一支给吴寿生投去，好像在试验他从空中接东西的能力。吴寿生仰着他那狭长的脸，张开他那被叶子烟熏黄的嘴巴，捧着两只干枯的手掌去接香烟，任手里的扁担应声倒下地。

"保长娘子来一支！"陈队长出其不意又给吴保长娘子投一支烟去。手里正捧着礼物的她来不及腾出手来接，慌张得来把滴溜溜的眼睛跟着头顶上空的香烟跑，直到香烟落到地下，她才带着歉疚的神情去拾起来。

坐在灶房门口的火坑前的那个驼背弓腰的老太婆，也赶快把身子车过来，睁圆她的深陷的眼睛，牢牢望着陈队长。

"你老人家也来一支！"陈队长快活地笑着说，立刻抽出一支香烟亲自送进灶房门里，递到她的急急躲藏的手里。她的全是皱纹的眼角上浮着默默的微笑。陈队长自己也点燃一支。当他香甜地吸了几口，吐出白色的烟子以后，他偏着脸庞问吴保长道：

"今天洋芋种得完吗？"

"啊！种不完！"吴保长微微摇着头。

"明天呢？"

"那还得加劲才行。"他回答着，一面吸烟，一面慢慢站起来。他准备到田里去。

"那我们帮你们种啊！"陈队长认真地说，立刻从矮竹椅上站立起来，把吴保长娘子面前的装着洋芋种子的箩筐端在手里。

吴保长娘子嘻开厚暗的嘴巴微笑着，沾着菜皮的黄牙齿闪着润湿的光辉。吴保长的油黑而多青筋的脸庞被默默的微笑划开。那意思显然是说："你们种得来什么洋芋呀！"用两根指头夹着香烟在吸的吴寿生，好像看稀奇一般牢牢望着我们，尤其是表现得格外活泼大方的陈队长。他们都心想我们是说着玩耍的。但当我们拿着各人手里的东西，认真地开始出发，而且奋勇地抢到他们前头的时候，看清楚我们果真要帮助他们春耕的吴保长，倒出头阻挡我们了，显然他是怕我们耽误了他们的工夫和糟蹋了他们的种子。但陈队长一面确切地向他保证我们是内行，一面急急地跟着担起灰担子飞跑的吴寿生的背后奔驰。直到我们已经走到田边，看见已经不能阻拦我们的助耕的时候，他才眼角上挂着苦笑，不再说什么了。陈队长从我的手里夺去挖锄，自告奋勇地把这比较吃力而且比较重要的挖窝的工作担当起来，那意思是向吴保长们表示："你看我们是不是外行！"他竭力模仿农人的姿态和动作，先吐泡口水在手掌心里搓几搓，然后捏住挖锄的光滑的木柄，张开两腿，从容地，熟练地挖着，简直像一个道地的农人，而我便拿撮箕端着洋芋种，每窝里丢下一瓣，袁嘉的工作应该是撒灰的，但她踌躇一下，终于咬紧牙齿，抓起那浸着粪水的灰，每窝里撒下一把。陈队长挖完一厢土的时候，我们也跟着完成了我们的任务。立在田坎上，不放心地望着我们的吴保长，哈哈大笑起来了。

"你们这些先生真能干！"他称赞着，眼睛连连眨着，放射出愉快的光辉。

"这有什么稀奇头呢？"陈队长矜骄地说，伸直腰杆，用袖头揩脸上的汗水，于是又躬下腰去动手工作。

吴保长吩咐吴寿生再去拿一把挖锄来，于是他也立刻下田，跟陈队长并排挖着，好像竞赛一般，而保长娘子和吴寿生便做下种和撒灰的工作。一群群的八哥从山坡上的树林中飞出来，飞到我们的头上盘旋两周，才把漆黑当中夹着一两匹白羽毛的翅膀一收，迅速地落到田地里，毫不胆怯地跟在我们的背后跳跃着，琥珀色的眼睛牢牢盯着窝里的新挖起来的黄色泥土，要是碰见蚰蚁之类的虫子，那细长的嘴巴灵活地一啄便啄起来。不容它摆动一下，便活生生地吞咽下去了。

陈队长和吴保长同时挖完一厢土的窝窝了。他们两人不约而同地伸起腰背，偏西的黄金色的太阳正照着他们的巴着一层汗水的额头，反映着闪耀的光辉："我们家里还不是跟你们一样。"

"先生们的家里也是种田的吗？"保长娘子抬起头，惊奇地问。

"是呀！"陈队长温和地回答着，于是又开始工作。

"那么，先生们也下过田吗？"吴保长一面动着锄头，一面用柔和的声音问。

"当然下过田啊。"

"难怪都很内行呢?"

"去年子也是来些什么队，"保长娘子插口说，微微笑着，"那些先生就跟你们不同，他们嘴巴倒满会说，到处贴满了花花绿绿的飞飞，一天到晚打麻将。"

"他们买我们的鸡蛋，还有二十个没拿钱呢。"吴寿生赶快接过去，好像生怕忘掉了。

我们不由得停止工作，愉快地笑起来。

"你们也怕我们拿你们鸡蛋不拿钱吗?"陈队长用戏弄的口吻说。

"哪儿的话!"他们三人同声叫着，"看样子先生们都不是那种人。"

我们一面迅速地工作着，一面愉快而和谐地谈笑着，乳白色的暮霭开始从谷里升起的时候，一个狭长的约莫两亩光景的田已经只剩三厢土没有挖窝了。突然一阵宏大的号叫从对面光秃而平坦的山顶上响起来，我们面前坡上的那棵三四人合抱的黄葛树的碧油油的树叶震抖轻飘飘地响动。袁嘉立刻停止撒灰的动作，伸直腰向山顶上搜索。

"那不是! 那不是!"她带着惊恐的声音叫着。

我跟着她眼睛的方向望去，果然那不很陡峭的山梁上站着一只立着耳朵的狼，那又长又大的尾巴直伸着，好像一把扫帚。

"我们这荒里多得很，"吴保长带着嘲讽的口吻说，也抬起头望一望，"我们这么多人，它是不敢下来的。"他加添着，急急地动手挖起来。当他挖完这一厢土的时候，他立刻宣布收工。

"就只这三厢了，我们一个劲把它种完吧!"陈队长提议着，拿着挖锄架势继续挖下去。

吴保长重新抬起头，带着考虑什么的神情，四面望一望。从谷底升起来的湿雾，迅速地已经和那些不很高的山巅拥抱着。刚才那只狼站着的山梁，已经埋藏在一片白茫茫中了，只有狼的饥饿的嘶叫依然一阵阵在黯淡的空中悠长地荡漾着。

"还是明天再来吧。"他带着稳重的口吻说，首先拿起锄头跳上田坎，好像随着逐渐包围过来的白雾就有什么野物来到一样。但即刻他又改变口气说："今天已经种得不少了。要不是先生们帮忙，害怕明天还种不完。"

我们回到吴保长家的院子的时候，一种什么野物般的咆哮，正从挨近我们刚才种洋芋田地的山脚下震抖起来，而那三条在吴寿生用扁担监视之下，站在靠葛藤编扎的篱笆边，向着我们露着白亮牙齿的恶狗，立刻把翘起的尾巴放下，急急往我们住的仓房底下奔窜。

"这是什么叫呀?"袁嘉惊慌地问。

"豹子。"吴保长简单地回答着，眼角上浮着胜利的微笑，那意思显然是说："幸好我主张早些收工啊!"

"你们这儿有老虎吗"陈队长问。

"老虎倒少见，豹子倒是常常下山来的。"

"去年冬天，王边花儿不是被豹子吃了吗?"吴寿生不动声色地说，"就是在这些时候，他在门口给他妈挖草，一锄头刚刚挖下去，一只豹子突然从后面扑上来，衔住他的脑壳，带吃带拖就把他弄起跑了，地下只留了摊血。"

"啊!"袁嘉惊叫了起来。

吴保长请我们在他那边吃晚饭，而我们坚决地推辞了。但当我们正在吃我们自己下手烧好的饭的时候，保长娘子却给我们端了一大斗碗从白米饭里挑出来的冒着香甜气味的红薯。饭后，我们正坐在地铺上，在一支洋蜡烛的微弱的光线下吸着香烟，低声商量明天工作计划的时候，吴保长衔着两尺多长的叶子烟杆过来了。

"今天真是劳苦你们三位先生了。"他不安地说,坐在仓门槛上,把屁股吊在外面,然后把眼睛在屋里望了一转,"我们这儿实在简陋得很,连凳子也没得一根多的。寿生,"他把颈项转向门外,用沉稳的胸音叫着,"你把我们灶房里的板凳腾两根给先生们抬来!"

"凳子上是小事,"我趁势说,"找一扇门板倒是真的。要不,假使半夜三更闯进来一只豹子,你看怎样得了!"

"门倒没有,"吴保长不好意思地笑着说,"找块仓门板来将就开关可以吗?"

当吴寿生每只手端着一条砍满刀口的板凳进来的时候,他从嘴里抽出烟杆,仰着脸向他命令道:

"你去把仓门板找几块来!"

陈队长从地铺上站起来,走到板凳上坐着。

"保长,"他注视着吴保长说,"我们到你们贵处来,凡事还得请多多帮忙呢。"

"只要能够做得到,那是没得说的呀!"

"我们明天打算到各个老百姓家里访问,你可以陪我们走一趟吗?"

"不是昨天这两位先生都去过了吗?"吴保长睐住眼睛望着我和袁嘉。

"你别提了,"袁嘉赶快搭上去,"我们走了一家,他们总说我们是拉壮丁的,又说我们是收粮的,总跟他们讲不清楚,气得我们跑回来了。"

吴保长叹息着,向着门外飙出一泡口水,然后从容地解释着说:

"我们荒里的人活活叫那些拉壮丁的,收粮的,以及那些宣传队吓慌了,闹够了,所以凡是上头派到这儿的人,他们都一概不信。"

"所以你得多多帮助我们呢。"陈队长用恳求的口吻说，向他投射出恳求的眼光。

"我们也要请求先生们好生指教啊！"他说着，站立起来，跨出仓门外，"今天多谢三位先生了！"

"我们才要多谢你们呀！"

我们站出仓门口送着他。他刚跨下大石块搭的石阶，他那庞大身躯便被黑暗吞没了。他嘴上的叶子烟斗上的烟火，好像萤火一般闪耀着。

四

第二天陈队长提议继续帮助他们种完剩余的三厢洋芋的时候，吴保长脸上浮着感激和不安的微笑说：

"不必了，叫那寿生一个儿种吧！先生们不是说今天要去访问吗？"

"那就麻烦你陪我们走一趟。"陈队长说，递给他一支贱价的香烟。

笼罩着山头的云雾，逐渐稀薄，终于被灿烂的朝阳赶走，显出辉煌耀眼的群峰了。天气是那么晴朗，万里全是一片蔚蓝色，透明，闪着光辉，老鹰好像战斗机一般高高地盘旋着，俯瞰着这锅底一般的山谷。

走出门，吴保长抢上前，挨着陈队长的肩膀走着。他好像谈家常一般地说道：

"我们这荒里的人，都是没见过大世面的，性子又很蛮横，动不动就讲打。可是大家都是一根肠子通屁眼儿，心里直打直劈的，够朋友，不管生人熟人，银钱财物，不分彼此；不够朋友，白刀子进去，红刀子出来。"

"你们荒里，有钱的人多吗？"

"多啥子呀！"他把脸一偏说，"吃得起饭的人也就没得几个呢。"

"你的家事还好吗？"

"还不是穷田户，一年除了给主人家上租，就只落下一点小钱。可是捐款又多呀！每年到了春天就没吃的了。"

"你当保长，还捞得点好处吗？"陈队长详细地问着，好像在审问官司。

"哪赚好处呀！"吴保长轻微地叹息着，不轻易看见的微笑从多皱纹的眼角上掠过，"这些年来，事情太多，太麻烦。你看，抽壮丁，征农夫，要钱要款，哪样不要你保长办！现在又打起战来，这些公事更不好搞了。我辞了好多回，都没有辞脱。"

"你们荒里的老百姓，对于打团战，有什么意见呢？"

"哪个不说到就叫苦！"吴保长呻吟着回答，"那年我们打红军，我们荒里死好多人呵。死得顶惨的，要算曹三爷的老大。官军把他抓住，硬说他通匪，就在他的屋门前，把他吊鸭儿凫水，拿香烧背，压杠子，后来拿大刀砍，砍了十几刀才砍死——啊，那不是曹三爷的家！"

他举手指了一下，便沉默了。我的心震动了一下：他们有记忆，有仇恨的！

我们顺着靠岩壁的小径走下去。吴保长提议去访问苏括括家，就是第一次我和袁嘉曾经去碰壁的一家。陈队长首先表示赞同，而我和袁嘉倒有些为难起来。

"其实，他们也是很好讲话的，"吴保长辩解着，转过头来望着我，你要顺倒他的毛毛抹才行。吴保长走在我们的中间，继续告诉我们一些苏括括的故事。苏括括有名也有号，但因为他太过于悭吝，大年初一叫花子到他门前蹲了半天，他也不肯拿出一点东西打发他的，于是七十二荒他便以"括括"著名。他是一个自己有着二十多亩山地，而又租佃一匹山的农人，论起家事要比吴保长好一两倍，但他却不比吴保长还能看得懂简单的公文和告示，他全家七口人没一个认识字的，每逢红白喜事看日子，他都得请教别人，大半是吴保长。

到了苏括括的大门前了，吴保长脸上挂着愉快的微笑，直往里走，带着很熟悉的样子。很快地，从牛圈里钻出来一个手拿着带牛屎的钉耙的小伙子，正是前天看见我们放下水桶跑掉的那一位。他带着惊慌的样子，丢下钉耙，正架势逃跑，被吴保长喊住了。

"苏家银，你们伯伯呢?"

"你找他有啥子事?"苏家银带着不放心的口吻反问着，然后才迟疑地回答道，"他赶场去了。"

但他的话刚刚说完，一个围着麻布围腰帕的四十岁光景的人物，从堆满农具的堂屋里走出来了，这正是苏括括。

"保长请坐!"他站在堂屋门前的阶沿上招呼着，用惊奇的眼睛在我们的身上搜索着。

一个人的影子，好像一只狐狸的黑影子一样，在堂屋里一晃，随即听见细微的声音从里面传出来:"前天那两个人又来了!"但苏括括很显得镇静，一再指着阶沿上矮竹椅子请我们上去坐。陈队长趁住这机会，立刻亲热地和他攀谈起来，问他洋芋种完没有，包谷种了若干，养了几条肥猪，家里有好多人口吃饭，一句话，尽量找些话，跟他谈，竭力表示关心他。

"苏大爷，你真是一个好农人，要是中华民国四万万五千万人都像你，中国早已搞好了!"陈队长用沉重的声音称赞，把两只闪动着的眼睛望着对方。

苏括括甜蜜地笑着，呃了几下嘴巴，想说什么而又没有说出来。显然的，他对于我们，至少也没有认为我们是来拉壮丁的了。

"那么，苏大爷，像你这样会搞，一年怕要买一股的田吧？"

"嗨！你们先生真会说笑话呀！"苏括括笑着说，显然说到他买田置地，他也是很高兴的，"这些年？能够吃饱饭，也就不容易了。你想，这样捐，那样捐，捐这么多的钱拿去做什么，我也不明白。我们没有读过书！"

"所以了，"陈队长赶快接过去，把挺起的腰杆倾向前，"就因为你没有读过书，不认得字，这样捐，那样捐，把你一年辛辛苦苦挣的钱都捐光了，你还不明白。你还摸不清楚！我看，你还是赶快认识点字，读一点书吧！"

苏括括苦笑着，眼角上的青筋胀起来，好像蚂蝗。他一字一字地说：

"我们已经四五十岁还读什么书！哪来这种学堂来教你这些老学生呢？"

陈队长兴奋地从椅子上站起立起来，上前一步，立在他的面前，"我们就要在这儿办一个这样的学校呀！"

在门里窥听我们谈话的苏大娘和苏老太婆，都跨出门槛了。显然陈队长的话在他们是一新奇。老太婆一只手拄着拐杖，一只手扶着门坊，脸上毫无表情地听着，而苏大娘便张开嘴巴，有点发红的三角眼牢牢盯着陈队长。

"而今又不兴戴帽子，读书有啥子用呀！"苏括括抢着说，吐了一泡口水。

"可是多认得几个字，不说别的，你在家里也方便些呀！"陈队长说。抬起头，正发见贴满红帖子的壁上有一张倒贴着喜帖子："你看，就是因为你家里没有认得字的人，所以把喜帖子倒贴起了。"

立刻，羞惭的笑浮现在苏括括和苏大娘的脸上了。

"还有你要看个日子呀，写个帖子呀，记个账呀，你不认得字，你看你多不方便!"

"对的,"吴保长插口劝解着,"先生们到我们这儿来办学堂,实在是为的我们荒里的人。你跟你的儿都可以来读呢。"

"要好多钱呢?"苏括括摸着他的后颈窝间,有些动心了。

"一个钱不要!全是尽义务!"陈队长的瘦削而油黑的眉毛上布满了光辉。

苏括括迟疑着,笑着,那意思显然是说:"天下哪有这样便宜的事!"

"那二天我们也来读读看嘛!"

他留我们吃午饭,而且苏大娘做起就要动手烧火的样子,但我们谢辞了。"烟都没有吃一杆。"他用抱歉的口吻说,送我们出大门外。

吴保长陪伴我们又去访问了几家。每到一家,他总是夸张地介绍我们,竭口赞许我们。而陈队长好像一个热心的传教士,便乘机跟主人家密切地攀谈起来,牢牢地抓住他的弱点需要去宣传他,打动他,说服他。

五

三天以后,我们的民众学校开学的时候,出乎我们意料之外,踊跃地来了四十个人,都是二三十岁的农民,把吴保长的原来堆着箩筐,拌桶,和其他杂七杂八的农具,而现在腾出来作为教室的□房坐得黑压压的。

我教他们识字,陈队长给他们讲国内外政治状况,而袁嘉便担任歌咏。陈队长总是配合着他们的生活情形给他们讲,每当讲到他们心里有着而自己又说不出的话的时候,他们的大嘴巴便不知不觉地张开,任唾水滴出来。但能够激动他们红涨了脸的,却是袁嘉的歌咏。她摊开两手请他们站立起来。她举起右手，向着他们注视了一分钟，然后才张开她那润湿的嘴巴唱道：

抗日为哪样？

抗日为哪样？

是为保家乡！

好像各打各的破锣似的声音一起嚷起来，大声地哄笑，或者尖声嗓子怪叫。袁嘉忽然停住，半天不作声，大家嘲弄而轻薄地望着她。

"诸位，我们为什么要唱歌呢？因为我们太苦了，日子太苦了，心里苦得很。好吧，唱吧，你听。"

"我们泪水流不完，……呵，呵，活不了……"

她唱起来，眼里滚着泪。一遍又一遍地唱。

于是，有杂乱的，庄严的声音，那么轻轻地跟起来，他们的眼有的红了，有的垂下头吐口沫。

"先生教的这个歌子很有意思呀！"苏括括称赞着，一直保持住露出黄牙笑着的姿势。

散学以后，我们回到仓房里的时候，袁嘉那么快乐！

第二天早晨，好大的太阳，野鸡也开始在各处的山坡上愉快地叫起来了。

陈队长和我们商讨一阵今后的工作计划以后，他舒出一口轻快的气说：

"七十二荒的工作总算有一点头绪了。那么，我今天要回去了。你们跟倒就把妇女识字班和妇女会，农民会成立起来！"

他从板凳上站立起来，把仓角里的那根带结疤的藤杖抓在手里，正准备跨出门，吴保长和吴寿生两人从大门外抬着一张卸去架子的大花床，用极速的步子跌跌打打地走进来了。抬到仓房门口的时候，吴保长叫一声"停下"，于是伸直起腰，揩去额头上的汗水，笑眯眯地向我们说：

"先生们来到我们这儿，实在怠慢得很，连床也没有一张。这还是苏括括的呢。他看见先生们睡在地下，太不像话了，这才叫我们抬呢。"

袁嘉喜得跳起来，水汪汪的眼睛连连眨着，而陈队长便立起浓黑的眉毛，连声颂扬吴保长的鼎力相助和苏括括的多情重义。吴保长用细微的声音请我们暂时站出来，以便他们把这笨重的大花床抬进去安置归一。

我和袁嘉在陈队长的两边，一面慢慢地走着，一面说着工作上的问题，一直到伴着他走上了路，我们才转来，而吴保长和他的儿子已经把床抬进去，把卸下来的雕花柱柱也原样安好了。这是一张五六成新的大花床，雕花上的贴金映着光辉。这黄褐色的空洞洞的仓房，突然充实起来，明朗起来，而且显得格外狭小了。我们走进去的时候，好像进了洞房一样身体轻飘飘地。

吴保长娘子提着一只黄母鸡立在仓门口上，她举起颤抖的，抽风的手，把捆绑着两只脚的母鸡恭敬地递向我们。

"你提鸡做什么呀？"我吃惊了。

她吞吐着，从她那圆睁着的眼里投射出来求恕的光芒。末了，含羞带愧地说：

"我们赔，赔你们的花母鸡。"

她喘息着，厚黑的嘴唇接连动了几下，似乎想说话而又说不出来，任黄牙齿上的青菜皮子抖动着。末了，她用那突然沙哑的男子似的喉咙音恳求道：

"请收下吧，先生！我们是小人见识，请你们不要见怪。老实告诉你两位先生，你们那只花母鸡是我们寿生拿去的呀！我们七十二荒的人拐的拐，外方人到我们这儿，总是要整他一下。可是你们两位先生实在是好人！务必请你收下！"她眼里的泪水闪一道胆怯的润湿的光。

我们手足无措了，笨拙地不知说了两句什么。袁嘉从她那起着强烈痉挛的两手接过鸡来，等到她好像突然得到大病一般，歪歪倒倒离开仓门口以后，小声说：

"比我们那只还重呢！"

她用一根麻绳拴住鸡的脚杆，把它提出门外仓脚下系在一块石头上。当她跨进仓里，帮助我理好床铺的时候，陈队长带着紧张的神情，好像还有什么话忘掉说一般又回来了。他跨进屋，并不坐下，两手扶着手杖，匆匆忙忙地说：

"我走到路上，忽又想起一件事情了。我想农民们一定会要送东西给你们的，一定要你们收下的。那么，你们就不要太固执，收到就是了。"

我和袁嘉愉快地大笑起来。

选自 1947 年《呼吸》第 2 期

谢文炳

匹　夫

余子国在市立中学当一个史地教员，十几年了，生活逐渐变得和粉笔一样枯燥，黑牌一样刻板；年纪虽不过五十，已经秃了头，驼了背，老得有些像他时常夹在胁下的那只旧书包了。人都把他当一个书呆子看待，以为像他这样的人，除开教书，拿薪水，养活他的妻室儿女外，是不会有旁的关心的。

个人的生活平淡地过着。不料国家在失掉了几省的土地和人民之后，不过四年，又在什么自治运动的掩护之下发生了事变。看见亡国之祸迫在眼前，他们的学校招集了一个救国大会。当校长报告过，几个教员及学生代表演说过，正待要组织救国会的时候，出乎大家的意料之外，余子国忽然走上礼台，几句沉痛的话一说，便放声大哭起来。接着又咬破了自己的手指，当场用鲜血在一条宣纸上写了"余将发愤救国"六个大字，闹得全堂的人哭也不是，笑也不是。

事后，大家议论起来，有的说，余子国是一潭源流深沉的静水，一座潜伏了多年的火山。有的说，他是教史地的，十几年来，我们的历史，我们的地理已经和他的生活很亲切地打成了一片；他不忍我们的民族史上又多一个重大的耻辱，我们的另一部河山改掉颜色。有的说，四年前，为了那时的国难，他就痛哭流涕过；看来是人已半老，神经衰弱，受不得意外的激刺，他又发神经病了。

　　当天，余子国回到家中，怎么样也镇定不住自己的感情。于是乘妻和儿女睡去之后，抱着年青人写情书的热诚，在深夜给校长写了一封很长的建议书。书分四节：第一节感慨先烈造国的艰难；第二节叙述现代亡国的痛苦；第三节条陈他个人救国之道；第四节发挥他所理想的爱国教育。在他个人救国之道底下，他规定着：誓死反对任何形式的自治；从此不用洋货，不住租界，不无故旷课请假；从此每天节食一餐，警惕自己；每夜少睡两点钟，专读有用的书籍；从此他要努力把他的儿子培植起来，成为一个救国的英雄。他说，这是愚公移山的精神：老子不成，儿子来，儿子不成，孙子来，我们中国总有得救的一天。他盼望校长把这建议书公布出去，作全校教职员的参考以及学生的榜样。

　　校长看过建议书后，没有表示什么，把它交给了学校的救国委员会，教他们斟酌情形办理。几个委员看过，这么评论着：

　　"余先生的意思是好的，精神是可佩服的！只可惜为人有些迂腐，瞧这什么节食少睡都可以为法吗？"

　　"据我看是神经作用。瞧昨日他在礼台上那一套，不简直是演戏？"

　　"这老家伙看平素没有人理会他，无非是想借此出出风头，讨校长的喜欢，明年好加他的薪水罢了。要不，不用洋货，不住租界好了，为什么加上一个'不无故旷课请假'呢？什么心理，你们想想也就明白了。"

带着一点恶作剧的心情，拿不敢掠美为理由，他们把余子国的建议书在救国委员会的布告栏内贴出来了，一时替许多人添了不少谈话的资料。

在教员休息室内，有的同事对他说：

"余老先生，您的建议书我们拜读过，文章好极了。只是一件：您的身体已经很瘦弱，再要一方面节食，一方面少睡，恐怕于您的健康有害吧？"

"啊，这不过表示我的一点决心，算不得什么，算不得什么。从前勾践卧薪尝胆，申包胥哭秦庭七日七夜，那才是精神，那才是精神。比起古人来，比起古人来，我不过做到百分之一而已。——不过，我想，要是我们中国人个个，个个都能做这百分之一，我们中国也就不难救，我们的子孙，我们的子孙也就不会作亡国奴。"于是不禁有些感慨，便摇头诵着："天下兴亡，匹夫有责啦！"

几个同事忍不住笑了："那么，余老先生，如果别的中国人都做不到这个百分之一，您，您一个人不是白做吗？"

"所以，所以我盼望大家一齐来做。所以，所以我给校长写了那么一封建议书。"

"啊哈！余老先生，您这样大年纪，有这样的精神，真正令人佩服，真正令人佩服。"

这语气却教余子国捉摸不住究竟是恭维呀，还是冷嘲。他不知道怎么回答，便惘然摸了摸他那有点放光的秃额。

在课堂里，淘气的学生对他提出了这样的意见：

"余先生，您不用洋货，不住租界，是很好的。我们很赞成。至于不无故旷课请假，很可不必。"

"孩子，我是为你们的学业着想啊。"

"我们是为先生的身体着想哩。先生这样大年纪。每周上二十几点钟的课，还要节食少睡，太辛苦了，偶尔旷几堂课，请几点钟的假，休息休息，不是很应该吗？"

"啊，原来如此呀！我感谢你们的好意。不过古人说过，老当益壮，老当益壮，我还不过五十岁哩！"

认真的学生说："余先生，我们对于您的救国之道，完全赞同，完全赞同，只是我们希望，您既然这么规定，那您就要件件这么实行才对。"

"当然的，当然的。我说的话我当然要实行。"

"而且不单是您一个人实行，还得要您一家人都实行。譬如说到不用洋货这一层，您的令爱，余梅英小姐穿的衣服就没有做到。"

"这个，这个，那你们得原谅她，那还是她从前做的衣服。以后，她当然不，当然不用洋货。"

下了课回到家中，却为了这当然不用洋货的女儿，和余太太发生了一场口角。

余太太是一个半新不旧的中年妇人。虽然在青年的时候也住过几年学堂，她前后所受的教育，正如她的一双小脚一样，是经过了许多折磨的。于是，既缺少种种时髦的训练，又没有一双可以穿高跟鞋到处走的天足，和余子国结婚之后，便把精力完全放在家庭里，渐渐成了一个勤苦耐劳的管家婆。二十几年来，在丈夫每月只收入七八十块的情形下，居然替儿女存下了一千多块钱的教育费。只是，这二十几年来，随着一文两文钱的节省，也养成了她一种脾气，凡属家庭的事体，不论大小，没有余子国说话的余地。便是他要理发，洗澡，换衣服，拿几文钱买香烟文具，这些琐碎事体，都得听她的吩咐，得她的许可。她说一，余子国不得说二。

对于这样的家庭专制，余子国当初也表示过一些反抗。但是，因为每次反抗的结果，胜利总是不属于自己，便为了自己心地的安宁，索性一切都听命于太太了。如果谁要笑他怕老婆，他便说："怕么，不是，不是。我和胡适一样的主张：'宁可不自由，也是自由了。'"

女儿梅英呢？十八岁了，脸嘴虽然生得平常，但是，因为有着少女该有的一个轻盈活泼的身段，在中学走着的时候，她后面也不乏追逐的青年。余太太深知女儿的长处，也深知道女儿所处的时代和自己的不同。因此，对于自己，对于丈夫，尽管处处刻薄，对于女儿的衣履装饰，却并不吝啬。只要是价格公道，女儿穿着好看的衣料，在可能的范围内，总给买来，国货洋货，她是从来不问的。她觉得，女儿穿着就等于是她自己穿着一样。

这一天，余子国还没有下课，梅英已经跑回家中，一脸的埋怨，把爸爸的建议书，把同学种种的嘲笑，以及她自己因此所受的闲气，在妈妈的面前诉述了一番。并且说：

"妈妈，您也劝一劝他老人家。尽这样疯疯癫癫的，教人家瞧不起。老这样下去，这个学校我不想住，我得转学。"

"这个老东西，越老越糊涂。"余太太在心里决定了要给丈夫一顿教训。

余子国一踏进门，她便迎面啐道："你回来干什么的？你去救你的国好了。你不是说要节食吗？好的，你今晚就不要吃饭。"

"这样大的气，为，为，为什么？"

"为什么！你要在外面发老来疯，也得顾顾你女儿的面子啊！她不是三岁两岁了。你没有长眼睛，难道你不知道她穿的这旗袍面子是洋货？哼，自己穷酸，偏偏要说风凉话。不住租界，你不住好了，谁请你去住不成？不旷课，不请假，好大一个屁事，也值得去登一个大广告！什么意思，你说说看？呃，这不是摆着教人笑话吗？"

"我看，并——没有——谁笑话我。"

"没有，没有！我知道，你以为人家因此看得起你哩！你问问你的女儿，她今天在学校听着些什么话？"

梅英咕着嘴说："哼，爸爸，人家嘲笑您，您还不懂哩！"

"嘲笑，就让他们嘲笑吧，算得什么！我倒要告诉你，以后，以后，不得用洋货，穿洋货。"

"她穿她的，于你这老东西有什么关系？要你管她！啊，你愿意你的女儿将来也嫁你这么一个土头土脑的中学教员啦！哼，你愿意，我可不愿意！"

"那啦，那啦，是我的女儿，以后就得完全用国货，就得完全用国货。"

"偏不依你的，我今日就给扯一件洋货料子，看你把我怎么样！"

梅英怕把事体闹大，忙说："妈妈，妈妈，我倒不一定要穿洋货，不过，爸爸这样大年纪，也不必在学校闹那些笑话。"

"嘿，我老子闹什么笑话？难道爱国就只许，就只许你们年青人爱？他们去笑话好了，我尽我的良心。"

"你的良心，中国四万万人，就缺少了你一个人的良心，要你这样大惊小怪！你也去拿把镜子给照一照，看你像不像一个救国的样子。"

救国也有样子，余子国气极了。但是又不好怎么发作。他走进自己的书房，把书包往书桌上一掼，折转身来，使劲把房门关上了，显然地表示："我不和你们这些女人争辩，什么也不懂。"

事体不是这样就能平息的。

他们有一个儿子，叫着尉慈，十二岁了，在住市立中学的附属小学。按过去的规定，每晚从七点到九点，尉慈在爸爸的书房温习功课。这一夜，快到九点半了，余太太看见尉慈还不过去睡，便走过来推开书房的门问丈夫：

"怎么还不让尉尉睡觉去？"

"我在给他讲历史上的故事。我打算以后，以后，每晚给他讲一两个故事，让他九点半过去睡。"

爸爸的故事似乎也有相当的趣味，孩子并没有表示就要去睡的意思。是往常，余太太看着这种情形，也许就让孩子多坐一会。这一晚，回想到白天的事，她却对丈夫说：

"啊，你想把你的儿子也造成你这么一个弓腰驼背的书虫子呀！"于是走到孩子的旁边，硬把他拉走了。

余子国无法，只得坐下来看自己的书。看了有那么三四十页书吧，电灯忽然熄了。仔细一听，外面客堂有太太的脚步声音。很显然地，她关了电表上面的总电门。静静地等了一霎，他摸索着走进客堂把总电门开了，又回到书房看他的书。以为这总可无事了，不料不到五分钟，灯又熄了。听着太太的声音："快十一点了，还不睡，白费电！一个月点两三块钱的电费还不够吗？你要发愤，起五更好了。"

余子国知道再要和太太斗下去也是枉然，只好准备安息。睡上床后，乘着静夜把事体仔细一想，这才明白自己的许多规定，没有太太的了解和同情，是无论如何作不到的。那么有什么方法可以得着她的了解和同情呢？但是——这思想一浮进他的意识，便像触了电似的缩转去了。二十几年的同居生活，使他早已明白：除每月照例向他把全部薪水要去之外，对于他的思想，感情，她是从来不关心的。还记得她曾说过，压根儿她就没有闲工夫来管他这些臭事体。

朝另一方面想，难道自己昨日的规定，今日就给放弃不成？像这样还不到五分钟的热诚，还不到五分钟的热诚，那才真会贻笑于全校的同事和学生咧！自己还有脸去站在那些热血青年的面前当他们的师表！……再说，要是每一个中国人都像他这样，为了一点，为了一点家庭的烦恼，便放弃自己在良心上认为对于国家的责任，那这国家还有救吗？亡了国，亡了国的话，不说自己和家庭，连子子孙孙、世世代代都是奴才了。岂不可怕，岂不可怕！……古人说过，治国必先齐家，齐家必先修身。……大凡作汉奸的人，准是老婆不好。说不定也就是怕老婆的。……总之，总之自己未免过于懦弱。难道生来是一副作奴才的骨头？……无论如何，无论如何，打明日起，自己的一切规定，自己要绝对地实行，要绝对地实行。她要捣麻烦吗？她要捣麻烦吗？给她硬碰，看她怎样？这些年来，受她的气也够了。

便是做梦也和太太吵闹了几次。

第二天晚间，尉慈又是因为听爸爸讲故事，过了九点没有过去睡觉。余太太照样走过来推门，门却从里面锁了，推不开。她用拳头在门上捶着：

"尉尉，把门打开！"

"妈妈，钥匙在爸爸手里。"

拳头在门上捶的更响："哼，老不死的。你要在这家里斗过我，发你的疯劲，准作给你瞧，有得你受的。"

余子国打开门来，红着脸说："呃，你也要讲一讲，讲一讲理吓！你想，我并不是教你的儿子什么坏事呀！我无非是，无非是，希望他将来成一个人。"

"他有好大，他有好大，你每日这么折磨他！我不让你，我不让你！尉尉，打明日起，你在我的房里温习功课，记得啊！"

尉慈望一望爸爸，又望一望妈妈，一脸发愁，不知道依谁好。

"那啦，那啦，不成功。梅英已经给你娇惯了；儿子，儿子得由我管。你懂得什么，也要来管儿子的教育？"于是坚决地摇下头，"不成功！"

这样强硬的态度和语气，完全出乎余太太的意料之外了。她气紫了脸，跳起脚来嚷着：

"我什么也不懂，我什么也不懂！你一副龟相，你懂得多！我嫁给你，我瞎了眼睛，一辈子也不得出头。要不是我，要不是我——"

"要不是你，要不是你，哼，我没有现在这样倒霉。"

"你倒什么霉，你倒什么霉？你说，你说！"

梅英看见妈妈就要和爸爸动武了，慌忙赶拢去，连推带劝地把妈妈送进了卧房。她挣扎着："梅梅，让我去，让我去！我今日要和这老东西拼个你死我活！"

余子国自量拼不过她，慌忙溜进了书房。

第二天早，余太太破例，一直睡到九点过了还没有起来。老妈子走进房来向她拿钱买菜，她说："今日个星期，你问老爷要吧！"

问老爷，老爷说："你去教小姐找太太拿钱吧！"

过了一霎，梅英却走到爸爸的书房来说："爸爸，妈妈不给钱。我看，还是您去请一请她老人家是正经。待会儿气病了，您心地也不安吧。"

余子国明知道这是太太和他口角后所惯用的一种手段。但是，因为对于这种手段除开说好话和哀求之外，自己向来就没有另一种手段来应付，这一次也还是想不出一个应付的方法。去请吗？不，这一次决不让步。不去请吧？事情又难得下台。不知道要怎样回答女儿的话，便把手里的《大公报》往桌上一扔，从座位上站起来了。梅英以为爸爸要去的，不料他把手一背，苦着脸像一个初进囚牢的犯人，在书房来回地踱着，不言语。

梅英猜不透爸爸在想些什么，只觉得爸爸的脸色有些可怜，又有些可怕。她转到妈妈的房里：

"妈妈，您到息息气起来吧！爸爸那样儿我怕看得。假使您真地把他老人家急疯了，学校的书教不成，那不就糟了！"

"教不成，活该！那是他的事，我管不着。"沉吟了一下，却从枕头底下摸出四毛钱来交给女儿："好，你拿去教王妈买菜吧！随便她买什么，喊她别再来麻烦我，我今日也要节食。"

余子国仍然在书房内踱着方步。最后，忽然像想起了什么似地，他从桌上把《大公报》拿起来，发痴地瞪着："咳，国事闹得这么严重，这么严重，自己还在这儿为些家庭琐事烦扰，未免太笑话，未免太笑话。"他吩咐女儿：

"梅英，你到外面胡同把尉尉喊进来！"

尉慈进来之后：

"我说，尉尉，以后每逢星期日早，你来这儿看报。把报纸看完了再出去玩。不懂的地方爸爸给你讲。好不好？"

也不等儿子回答，便把《大公报》在他的小书桌上摊开来，指指点点地教他看报的方法。

余太太把女儿喊进房间去问："你爸爸在干什么？"

"教尉尉看报。"

"哼，这老不死的，他硬要把尉尉逼病了才甘心的。星期天还不让那孩子玩一玩。看去，我还得起来。"

妈妈起来梳洗过，出乎梅英的意外，穿了一件新制的丝绒棉袍，并且对她说："梅梅，你也换一件衣服吧！我们到三舅那儿去玩一玩。"

关在爸爸的书房内看报，当然赶不上去三舅那儿玩一玩开心。尉慈一听妈妈说要带他到三舅家里去，便仗着妈妈的势子，从爸爸的手膀下溜出来了。

几分钟后，整个的家里冷清清的，只剩下了余子国一个人。在平素，这样的冷清也许倒是他所欢迎的。这时候，他却觉得这冷清格外逼人。他的心情，像那房子一样，突然被人遗弃了似的空洞下来。他没有心思看书，什么也不想作。太太和女儿是这么不了解他，不同情他，而现在，而现在，他想抓住儿子的心，看去也像是一件不可能的事。苦闷极了，他想找那么一个人把自己的牢骚发一下。但是，一想到自己作人一场，连知心的朋友也没有一个，所谓晚年的灰心便不禁兜上了一层孤独的悲哀。

他想出去痛快地跑那么一趟，任何地方都可以。走到客堂后面喊王妈，王妈买菜去了，还没有回。于是又折回书房，颓然往靠椅里一坐，把双手捧住头，内心这么喊着："索性就苦闷一个够吧！"

过了半点来钟，王妈买菜回来了，进来问：

"老爷，太太小姐呢？"

"出去了。"

"我说，老爷，今日个市面很不好，小菜都贵了。大街上这儿也是兵，那儿也是兵。他们说，没有准又要开仗了。咱们这儿他们都在搬家哩！您，您去外面瞧一瞧吧！"

"瞧一瞧，瞧一瞧！瞧什么？你去烧你的饭吧！"仿佛不大明白王妈的意思。

余子国刚要出门，碰着余太太领着儿女回来了。

"爸爸，您上那儿去？"

"我呐，我呐——"

"我们打算搬家的，看你往那儿跑？"

余子国停住脚步，转过身来问："搬家？为什么？"

"为什么！你成天躲在你那副乌龟壳子里，要不是我今天出去走一趟，外面的天塌了还不知道哩，为什么！"

"三舅说，连车站都给兵占了！没有准这几天就要打。"

"呃，车站都给占了！车站都给占了！那不是十分严重吗！呃，呃！"

"呃，呃！你少发昏一点！总知道打起来了，我们这儿是不好住的。"

"那么，那么，我去瞧一瞧，瞧一瞧，就回，马上就回。"急促的语气表现着慌张与恐怖。

走到学校各方面一打听，消息全不一致。有的说，局势诚然很严重，说是就要打，却还不至于，拿什么来打呢，而且谁来打？一切全不过是对方的恐吓作用。有的说，不打！不打那还行？难道把整个的华北送掉？三十二军都在挖战壕了，中央军队也过了济南；说不准几天内就要打。还有的说，打不打是一个谜子，没有谁猜得透；只是，他们汉奸浪人要乘这几天大暴动到是千真万确的；在有的方面，这暴动也许比战争还可怕哩！

就这么一个人一个说法，谣言布满了学校，慌张与恐怖像传染病似地蔓延着。每一个人都带着一副惊惶的脸，替自己的生命财产着急。逢着同事便问："有什么确实消息吗？究竟怎么样？你也预备搬吧？"

实际上有一个同事对余子国说，连校长和教务主任也在那儿暗中搬了。

跑到救国会，一个委员问他：

"余老先生，万一打起来了，您打算往那儿搬？记得您是发誓不住租界的。"

"我呐，我呐？当然的，要搬也不搬租界。租界，租界，没有租界呢？"

"对，对，到底是余老先生有骨气！"

在回家的路上，仔细一想，对于自己的骨气却有点怀疑起来了，尽这么问自己："假使非搬不可的话，不搬租界往哪儿搬？"

走进家，看见太太和女儿正忙着收拾衣物箱子，不得不问：

"怎么嘞，怎么嘞，就要搬吗？他们说，他们说，还不一定会打。"

"不一定！你保险？你说不一定，你守在这儿好了，我们是要搬的。"

余子国放低声音，像问第三者似的："搬，往那儿搬？"

"往那儿搬？三舅替我们在英租界找房子去了，他下午准来。要仰仗你，准是在这儿等死。"

"英租界，英租界，不搬租界不行吗？"

余太太动着气大声一嚷："啊，你是不住租界的，我想起来了！那么你说搬哪儿？哄，真是好笑，到这种时候，还有你那些古儿八怪！"

余子国再也没得话说。走进自己的书房，东望望，西望望，不知道怎么安排自己。随后把双手往后一背，踱几步，停一霎，停一霎，又踱几步；内心的烦恼随着脚步一时急，一时缓。时而给自己解释："战争是一种非常的事变，得有非常的应付，能够搬当然是搬的好，总不该让生命财产白白地给敌人毁掉。那儿可以躲乱，就往那儿搬，即使因此放弃了平素的主张，那也是可以原谅的。时而又这么诘问自己：搬，搬，并没有打起来啦！这显然是懦弱，是退让。要是这样，不是敌人没有到，自己就先给地方放弃吗？东北不就是这么失掉的！况且，况且，搬进租界，那无异于躲这一个敌人的拳头，跑到另一个敌人的胁下去求保护，还不是同样地承认自己是奴才！这岂是救国之道，这岂是救国之道？

尽这么解释与诘问，反反复复也不知有多少次。到后来，居然给昏乱的脑筋想到了一个折中的办法。太太和儿女就让他们搬到租界去吧！她们是妇人孺子，应当别论。至于他自己，他自己是知识分子，是青年学生的师表，是国家的中坚公民，他不能搬！他不能搬！要是打起来了，那更好，他去后方服务。是的，这才是救国之道，这才安得住自己的良心。

午饭后，梅英走过来说：

"爸爸，妈妈喊我来帮助您收拾收拾的。"

"收拾！我的东西用不着收拾。我决定守在这儿，你们搬好了。"

听爸爸这样坚决的口气，梅英只好过去告诉妈妈。余太太气极了，隔着客堂就骂着："喂，你这个老东西，究竟要怎么样哟！呃，越老越昏！你不搬，你真地想送命吗？"到了书房内，"来，梅梅，我和你收拾。先装书——尉尉你去喊王妈把那两口木箱搬来。"

余子国坐在一边，看着太太和女儿把他的书一套一套地往箱子里装，似乎觉得每一套书都在那儿张着嘴讥笑他："主人，主人，你呆着干么？还不快点拿出你的主张来！"于是仿佛是说来壮自己的胆，坚自己的心的："喂，你们也留下几本书给我看啦！"

余太太不理会。

书装好了，正待要打点书房的零星家具，走进来一位客人。一看，正是三舅。他说房子已经给他们看好了一栋，离他住的地方很近，一楼一底，每月五十几块钱。房子旧一点，房租要算是便宜的。现在搬去的人多，房价正在涨，搬还要赶早；市政府已经下了紧急戒严令，一到八点钟，街上就不许人来往了。情形是十分严重的。

"哼，我们这个老糊涂还说不一定会打哩！"

"不一定，子哥，您在作梦吧？您去东马路那边瞧一瞧，全是兵。双方连沙包电网机关枪都安好了。一有命令就要开火的。不打？"

"还有气人的哩！他说他要守在这儿，他不住租界。"

"子哥，您怎么老这样迂腐！守在这儿怎么样？您还能退敌不成？生命不是可以儿戏的，您是有妻室的人。现在有点钱的人谁不往租界搬？连北平都有人朝这儿躲。"

"不过，我觉得，我觉得——"

余太太截断他："你觉得怎样？你觉得怎样？——三弟，您少和他说。劳您的驾替我们叫一辆大车，我们马上搬。"

三舅去了，余子国闷坐着。他把右肘枕在椅靠上，闭着眼睛，手指尽抵着自己的额头按摩。到后来，明知道太太和女儿在后房替他打铺盖卷，他还是坐着不动。再到后来，大车到了，明知道他们把一件一件的东西都搬上了车，只剩他所坐的那把椅子，他还是坐着不动。仿佛这就很够表示他是反对搬到租界去的。

人要上车了，三舅走进来推他一掌，说："喂，子哥，您起来走吧！别尽这样作得笑人。"便顺手把他从靠椅内拉起来了。

站起来之后，余子国看一眼那完全空洞下来的房子像要出鬼似的，心地陡然打一个寒噤，这才觉得让他一个人守在这儿，不但是不可能；即使可能，那孤独是十分可怕的。于是理智尽管仍然主张不该搬，情感却不再坚持了。他让三舅和梅英把他连推带送地，像一件家具一样，拥上了车。

一点钟以后，整个的余家搬进了英租界。

在租界住定之后，余子国天天盼望战争的发生，不料随着发生的事体只证明了战争没有发生的可能。于是，既没有一个非常时期来作为自己搬进租界的借口，便为了自己的失节，像一个初次失了贞节的少女那么苦恼着。固然可以说是受了太太和女儿的挟制，但是自己是男子大丈夫啊，自己的骨气究竟在哪里？一切规定全给这一着毁了，全给这一着毁了。自己的话不能实行，自己不能实行，这不就证明自己是天生的一副奴才骨头，压根儿就不配谈什么救国之道吗？十几年来被粉笔黑牌所麻木了的心地，想借一时热情的冲动，像电流似的，把它兴奋起来，毕竟是不可能啦！他陡然感觉到老来的衰弱无能了，他不相信自己还有什么力量。这感觉似乎比眼看着要亡国还要令他痛苦些。

他不能安心在租界住下去。他和余太太吵闹着，还没有住满一个月便搬回了原来的住所。这其间他曾经劝导女儿和儿子参加过两次学生的请愿和游行。这是他唯一可以自慰的一件事。

寒假满了，在开学的前两天，学校照例给他送来了一份功课时间表。同时，出乎他的意外，还送来了几本新的史地教科书。附带着一封公函，说是现在因为环境关系，旧有的教科书不便使用，除已布告学生外，请从本学期按着这新教科书讲授吧！在惊异之下，余子国把几本教科书一翻阅，发现有些地方改的改了，删的删了，连中国的地图也给填的不像一个海棠叶子了。突然一股火气从他胸中冒起来，他再也忍受不住，把书往地板上一掼，站起来嚷着：

"哩！这样的书！这样的书，我能教吗？这不是让我当汉奸！——王妈，王妈！"

王妈也许没有听着，余太太却应声走过来了。

"你又在发什么疯？"

也不理会太太的问话，仍然愤愤地自语着："这样的书不能教，这样的书我不能教！我得辞职，我得辞职！"

余太太急着问："我的爷爷，唉，你究竟为什么事呀？"

"为什么事呀，为什么事呀！喊王妈来，喊王妈来，把这几本书送到学校去！我写封辞职的信。"

余太太从地板上把几本书拾起来一看，仍然莫名其妙。还是梅英进来之后，才把原委给她讲清楚了。

"哼，哼，我说为了好大一个事体嘞！那么你辞职好了。你有本事，另外找事体。找不着的话，瞧一家大小吃什么？"

"饿饭吧，饿饭吧！"

"告诉你，银行存的钱是不能动的。马上不教书，大家马上饿饭。你辞职就是，我瞧你饿上三天！"

"总之，教我挟上这样几本书去教人家的子弟，我没有脸，我没有脸。"

"爸爸，书虽然换了，怎么教法，不还是在您吗！难道还有谁来守着您讲书不成？"

余太太也转一个弯说："你就把这个学期教过去，另外找着了事再辞也不为迟啊。"

余子国咬着牙齿不言语。

"梅梅，我们走，让你爸爸写信去辞职！"

余太太似乎是摸惯了丈夫的心理的。她们去后，余子国静下心来把事体仔细一考虑，想到便是辞了职一家大小也不得不活下去的事，他提不起辞职的勇气来。初上来，他拿女儿的话给自己解释：书虽然换了，怎么教法，还是在自己啊！到后来明白这不过是自己骗自己的话，便索性绝望地自暴自弃着："算了吧，这年头儿，这年头儿，有什么好认真的！瞧人家还不都在那儿照样活着。自己已经五十了，何必白操心思，自寻烦恼。亡国就亡国吧，有什么大了不得，什么大了不得？横直一部二十四史不也亡过几次吗？况且，况且，你不教这个书，等着想教的人多得很哩！"

但是，尽管给自己这么绝望地决定了，心地还是有些不安，每逢看着桌上那几本新教科书。便觉得那儿有了一个敌人的鬼脸在嘲笑他：

"哈哈，你，你也快了的！"

到了开课的这一天，这不安似乎并没有减少。已经坐在教员休息室等上课了，还在安慰自己："有什么关系？有什么关系？上得几天课，还不就过去了！"

走进教室，一切照旧。粉笔在那儿，黑牌也在那儿。讲台还是那么摆着的，给他坐的椅子仍然是那一把；学生虽然像少了几个，并没有一副新脸。但是，也许由于他自己心虚，当他注意到他们的眼光时，他不觉震动了：似乎每一双盯着他的眼睛都在问："瞧你怎么样吧？"虽然以一二十年教书的经验，当他从旧书包拿出新教科书来时，他的手指在那儿发抖了。

总得要交代几句呀！于是声音也发着抖说：

"诸位同学，想你们已经，已经知道，打这一个学期起，我们改用这个，这个新教科书。我知道，你们是反对的。便是我，便是我也不赞成。不过，不过，只要我们大家心里明白，这个，这个，实际上也没有好大的，这个，关系——"

陡然一个学生站起来了，截断他：

"余先生，您这话怎么说法，没有好大的关系！我们认为关系大得很。要是换书的话，那不就默认我们是亡国奴吗！"

余子国惊慌着，来不及回答，另外一个又站起来说：

"余先生，我一向是信仰您，敬重您的。您从前在救国会写过血书，在建议书上誓死反对过华北自治，下过决心不用洋货，不住租界。记得您还有许多旁的救国之道，我都佩服。怎么现在像这样的书，也没听说和学校交涉过，便拿来教我们，您究竟是什么居心？难道您过去的规定都是假的吗？"

又一个接着说："大家还问什么啦！余先生的意思无非是为我们好。现在当汉奸，当帝国主义的走狗都是好事。余先生，请您不必难为情，就讲书吧！"

一遍鼓掌的声音。

整个的教室变成了一个严肃的法庭。像一个初次被拷问的犯人，余子国惭愧的抬不起头来。心地热一阵，冷一阵，又是懊悔，又是恼怒；他周身瑟缩着，开不得口。五十岁的人，曾经为国事痛哭流涕过的，现在被自己的学生看作汉奸了，他还有什么脸来教他们呢？用着发抖的手，带着发抖的心情，他从书包里把几本教科书拿了出来，预备下堂。眼光落在书上，忽然由不得自己作主，动情地说："唉，诸位，你们总算教训我够了。我诚然是一个罪人，我诚然是一个罪人！不过，不过，像这样的书，像这样的书，你们以为我真地会按着它们教吗？我余某人并没有丧心病狂啊！我余某人，我余某人，并没有丧心病狂啊！我，我，我……"声音有些急促地异样了，他接不下去。他把空书包一夹，径然走了。

原载 1936 年《东方杂志》第 33 卷第 9 期

选自伍加伦、刘传辉、潘显一编：《谢文炳选集》，四川大学出版社，1994 年

小汉奸

　　正对着公园的大门，在梧桐和柏枝的掩映中，建立着一座抗日阵亡将士纪念碑。这是水泥造的，两年多了，仍旧很完整。当初建筑的时候，这纪念碑也曾轰动一时。但现在，它虽然堂堂地立在那儿，只不过供孩子的攀援，成人的坐憩而已；它的意义，即使没有被一般市民所忘记，也不被他们所重视。

　　纪念碑的前面有一个空坝子，坝子上摆着一块大而且厚的圆圆的砂石，中间一个圆孔，这原来大约是用来竖旗杆的。最近民众教育馆派来了一个泥水匠，在这砂石上搭上了一个篾棚。接着，他弄来了两个扎裹好了的稻草人。于是，不到十天的工夫，在一般市民好奇的眼光之下，他用石灰和粘泥把他们塑成了两个男女跪像，端端正正的，面对着纪念碑。

　　泥水匠不是雕刻家，不是画相者。这两个跪相的面貌实在教人认识不清是谁的。为的使这工作的意义更明显一点，民众教育馆又派人在这砂石旁边竖了一个木牌牌，上面用正楷大字写着："大汉奸汪精卫夫妇"。

　　石灰粘泥干了，篾棚拆除了，两个男女汉奸跪在青天白日之下，格外引人注意。一般市民，以及从四乡来赶集的农民小贩子，只要打公园门口走过，就会绕到这儿来，停下脚步，仔细瞧一瞧两个跪像的嘴脸，又望一望那纪念碑。稍微有点知识的便在心里赞叹着："唉，这真是一个好教训；当汉奸的是只配跪在民族英雄的前面，永远让人唾骂的。"

公园内有一个私立小学。在两个塑像初完工的几天，一到午后放了学，便有不少的学生，大大小小的，跑到这两个跪像的面前围着，像看西洋景地看一阵。虽然都不过是七八岁到十二三岁的孩子，但什么是汉奸，他们是懂得的。先生曾经给他们讲过，凡是中国人，在这抗战期间帮助日本人的，就是汉奸。而日本人，不是以前不久用飞机投下弹来轰炸过他们这城市，引得满城大火，所有热闹的街道都焚毁了吗？那一次被轰炸后的惨状，以及那以后每次跑警报的惊慌，在他们幼稚的心灵内，是永远不得忘记的。

孩子不比成人，不会把忿恨放在心里，发泄出来，也不会怎么文明。因此，在看过一阵之后，把两个汉奸当着杂种龟儿子骂着的也有；认为骂骂不够，照准了他们的脸而吐几泡口水去的也有；认为吐口水还不够，在临走以前，伸出小手去，着实给他们每人几个耳光的也有。到后来，甚至于有掏出裁纸削铅笔的小刀儿来挖他们的眼睛或胸膛的。尽管附近站着一个警察，随时叫喊："眼看手不动"，那只对于成人发生效力。至于孩子，他们不理会这些，而且是出没不定的，比猢狲还灵，他实在管不着。

孩子聚在一块，难免不发生吵嘴打架的事体。有一天，也是这些学生们在这儿玩耍，内中有两个不知因为什么吵起来了，彼此正相互骂着："你是大汉奸"，"你才是大汉奸"，"你是小汉奸"，"你才是小汉奸"。凑巧这一群学生中间有一个叫做萧汉江。另外一个叫做刘明的忽然灵机一动，打趣他说："喂！萧汉江，他们在骂你哩！"又拍手嚷着："哈哈哈，小汉奸，萧汉江，萧汉江，小汉奸，可不是一样吗？"这巧合的发现，登时被旁的学生听了进去，大家便一窝蜂似的围住萧汉江，也拍手附和嚷着："哈哈哈，小汉奸，萧汉江，萧汉江，小汉奸，真地是一样哩！"连过往的市民也有的停下脚步来看一看他们在闹什么。

被大家所嘲弄的萧汉江，大约不过十岁左右，长得身体结实，却不伸展；脸盘饱满，却不活泼；一看上去，就知道是一个脑子单纯而性情倔强的孩子。他看着大家这样拿他开心，已经是气极了，而刘明又加上一句："我看，萧汉江用不着再上学了，他应该在这儿和汪汉奸跪在一起。"于是他不能再忍受了。他把头一低，像一匹被激怒了的小动物，向刘明当胸冲过去。刘明不提防他来得这样猛，被冲得倒退了几步，几乎倒地。紧接着彼此便扭在一块打起来了。

刘明在学校里是一个孩子头，一向喜欢打架，凑热闹。他穿着绿绒线上衣，黄短裤，黑皮鞋。比起萧汉江的灰布制服、草鞋，要威武得多。再说，他要大岁把，个子比萧汉江也高大些。因此，他把他的对手一点也没有看上眼。在扭打一会之后，他向那些看热闹的小学生挤挤眼，猛然使出一股劲来，便把萧汉江摔倒在地上了。在大家拍手喝采的声中，他像一个中世纪的武士道，夸耀地站在萧汉江的身边，恫吓他道："小汉奸，你还敢打吧？我是专爱打小汉奸的。"

萧汉江爬了起来，一句话不答，又是一头向刘明闯过去。这一次刘明是准备好了的。趁势把他的头一拖，一个拦腰腿，又把他摔倒在地上了。大家又是拍手喝采。

"你敢再来，小汉奸。"

萧汉江迟疑着，但正当刘明以为他不敢再来时，他忽然从制服口袋内摸出一把小尖刀儿来，亮着刀尖，说："刘明，你敢再喊我是小汉奸！你再喊一句！"

刘明笑道："哼，喊你就是喊你。小汉奸，小汉奸！你敢杀我不成？"说过，看萧汉江并没有什么举动，他大胆地把胸口向萧汉江挺过去，补上一句，"你杀吧！"

哪知萧汉江抢前一步，照准那胸口就是一刀，而刀尖又相当地快利，便戳进去了。刘明叫一声："唉哟！"向后退了一步，倒在地上。登时鲜血从伤口涌了出来，染红了绿绒线上衣。周围的孩子吓得惊声嚷着："啊唷，不好了，萧汉江杀死人了，萧汉江杀死人了！"

警察赶了过来，一看情形果然不对，慌忙喊了一辆黄包车，把刘明往医院里拉；他自己带了萧汉江，向公安局走。人们蜂拥着，跟在后面看热闹，议论着："哈，有趣了，在公园门口逮着了一个小汉奸。""真该杀，还不过十岁左右！""这还不好好地拷问一下！有小汉奸就一定有大汉奸！"尽管警察向他们解释，说逮着的并不是汉奸，相信的人还是很少。于是人传人："喂，你知道吧！今天警察逮着了一个小汉奸！"城市本来小，不到一点钟，这消息便传遍了全城。

便是到了公安局里，萧汉江这孩子也没有减低他的勇气。任凭他们怎么盘问他，威吓他，所听得到的口供，只这么干脆一句："他喊我是小汉奸，所以我杀他。"旁的话再也没有。局里无法，派人去找他的爸爸。

萧汉江的爸爸是东门口一家纸铺的老板，四十来岁了，看去是一个非常委琐胆小的人。委琐是天生的，胆小却有原因。他的大儿子在年初被派着壮丁，开到前线去了；上次这城市被轰炸时，他的铺子烧得精光，而且老婆也给烧死了。他时常在同业的面前抱怨自己的命运说；"唉，我姓萧的今天走的尽是背时运。追根究底都是他妈的日本鬼子给带来的。"现在听说他小儿子杀了人，要他到公安局去，他认为又是命运给注定的；究竟是怎么一回事，他也懒得问。

他急得满额头是汗。走进公安局，赶到儿子的面前，这才问："汉儿，你，你，你杀了谁？杀了谁！这叫你爸爸怎个得了？"

爸爸的急性，萧汉江想是看惯了的。他并不马上回答他。等到爸爸又追着问时，他才把事情的经过给讲了一遍。

"啊，人家喊你是小汉奸，不过是玩玩，你就该拿出刀子来杀人家吗？"

到这时候，萧汉江才为了自己的行为，说出一点大道理来。"我说，爸爸，上次妈妈不是给日本人烧死的吗？我们学校吴先生说，日本人是非常可恨的，但汉奸比日本人更可恨。要不是他们帮助日本人，日本人是杀不到我们这儿来的。所以吴先生对我们说过，汉奸是最坏的人，我们不可随便叫着玩。就说是叫着玩，一次两次也就够了，刘明却尽在那儿叫，惹得我火起，我打不过他，我就戳了他一刀。我明天去问吴先生，看是他对，是我对。"

"你去问吴先生！像这样，以后还能让你上学吗？"

公安局长走了出来，把事情说得更严重，更可怕："萧老板，你知道你儿子杀的是谁吧？刘经理的少爷。刘经理只有这一个少爷。万一伤势很重，有性命的危险，看你怎么脱得了身？你们这种人平素只知道作生意赚钱，太不懂得管教自己的儿子。"

萧老板连忙道歉鞠躬："是，是，局长。这件事只求局长包容一些，包容一些。"

"我包容不了！看刘经理来了是怎么说法。"

萧汉江却咕着小嘴替自己辩护着："谁让他喊我是小汉奸？"

就在这时候，刘经理到了局里。这是一个穿西装，拿手杖的银行界的人物，养得身体胖胖的，脸上有红有白，看上去，令人觉得，三年多的整个民族的抗战，对于他的生活，是不曾发生什么坏影响的。他和局长原是熟人。局长忙迎接着说："刘经理，请里面客厅坐。"进了客厅，又非常关切地问："少爷怎么样？"

"我适才去医院看了来。伤口已经敷裹好了。据医生说，伤势并不重，不致于有什么危险。要住几天医院就是。"

"那就好了。"随后他把事情的原委给刘经理叙了叙，"唉，想不到一个纸铺的孩子会这么野蛮！"

"我想局里总该要给这类的孩子一点惩罚吧！上十岁就学会杀人，那将来长大了还了得！"

"那当然的，当然的！局里打算把这孩子押他两天。让萧老板给刘少爷出医药费，看刘经理的意思以为如何？"深怕刘经理不满意，又补充一句，"这一类的事叫我们局里也非常难办。小孩子打架是常事，而且在法律上他们不够年龄，是无从判罪的。"

初上来，刘经理果然认为局长所提出的处分太轻。但接着仔细一想，他不再坚持什么了。他也觉得，在这抗战期间，儿子任意骂那孩子是小汉奸，说了出去，总不免是一件背理的事。

"好，我没有什么意见，局里说怎么办就怎么办吧。"

刘经理去后，萧老板听说刘少爷没有生命的危险，这才松一口气，放下心来。他觉得儿子没有闹出人命案子就是万幸的，对于局里所提出的处分，他完全接受了，没有表示一点反对的意见。在他看去，儿子坐两天公安局，他破费几十块钱，这都是命运所注定，你逃得了吗？

刘经理是公园内小学的董事。当初这学校筹备的时候，要不是他捐一笔较大的款子，这小学是并办不成的。因此对于这学校的一切，他很有权利说话，很有权利建议。为了保障儿子以后的安全，第二天，他去会小学的王校长。在谈过一阵之后，他提出来这么一个意见：像萧汉江这样野蛮的孩子，学校总不好再收容吧。如果收容的话，那他的儿子刘明是只好不来上学了。话是说得很严重的。

开除一个学生，尤其是一个纸铺老板的儿子，王校长原有这种权限。但为的要表示他办学校一切是公开的，他说："这件事我们当然尊重刘先生的意见，不成问题。待一会儿我把这边几位先生招集拢来谈一谈，照办就是。"

但事情并不如他所想象的简单。午后，当他要把开除萧汉江这件事提出来向几个先生报告时，吴先生便坚决地反对。这是一个初从大学毕业出来的年轻人，对于这件事，他有他的一种看法。他说："我对于萧汉江这孩子毫无偏爱，他并不怎么聪明，但他很能听先生的话。我认为，以一个十岁的孩子，居然把汉奸这一个名称深恶痛恨到不怕拿刀子来对付他的同学，这不能不说是我们小学教育的成功。倘使这样的学生不可教，什么学生可教哩？"

这一番话很有力地影响了旁的几个先生，于是他们也不主张开除萧汉江。

王校长无法，提出来一个事实问题。如果不开除萧汉江，刘明不得来上学，而刘经理的校董也不得干，那以后学校方面要筹募什么款子，就非常困难了。于是他加强语气道："我们不能为了一个纸铺的孩子，而影响整个学校的前途。况且那孩子被开除了，不是没学校进的。他可以去进市立小学呐！"

选自伍加伦、刘传辉、潘显一编：《谢文炳选集》，四川大学出版社，1994 年

有钱的出钱

（后方故事之二）

升旗之后，全校的女童子军在操场上集合着，队长讲几句话。所谓队长，是一个十六七岁的女学生，有一双明朗的眼睛，晒红的双脸，一个还未十分成熟的轻盈的身段。她高高地站在那砖砌的台上，不必她开口，单是那挺秀的姿势，饱满的精神，就令人感觉到：这一定是一个活泼、勇敢、有志气的少女。她搜寻了全体队员两眼，便郑重地把自己的话讲着：

"诸位，你们已经知道，我们今天要分头在市内各区去募捐。在过去，这募捐的事，我们不是没有作过。但这一次，意义可不大同。这一次募的是救国公债，是救国公债。公债既叫着救国，意义的重大可想而见了。中央这一次给我们四川派了七千万救国公债。就我们四川的面积，人口，物产来讲，这七千万实在是一个很小的数目。既然数目很小，我们就应该在最短期间，把它募足，解到中央去。在我们四川，除重庆外，恐怕就算是我们成都市有钱的人最多了。但是，有钱的人往往不大肯出钱，你得要去劝他，去麻烦他，他才肯拿出一点钱来。所以这一次，大家要放大胆子，把我们女孩子的懦弱气质摆开，看见那些坐汽车的，坐包车的，穿西装的，穿旗袍的，一定要拦着，让他们捐。捐得太少了，你们不要接受，也不要放他们过去。这一次募捐，是全市童子军分队分区的比赛。哪一队得第一，每一个队员有一枚奖章。这种奖章，日后可以留作我们在中学时期当童子军的永远的纪念。我们这一队所担任的地带，从东御街起点，到西御街和祠堂街口，从皇城到红照壁，虽然赶不上春熙路、东大街，商业场，但也是热闹街道。只要我们大家努力，据我看，拿第一并不是很难的事体。大家要记得，这一次是募救——国——公债呀！好的，现在我们出发。"

　　队长骑着自行车在前面领路，三十几个队员，排成双行，在后面步行跟着。每人手上一根童子军棍，腰间挂一个为盛捐款用的木匣子，木匣子上有一道窄口，像扑满。她们沿路唱着歌，喊着口号，一直由学校走到给她们所派定的地点。街上各处都贴着用颜色纸写的各种募捐的标语。就在东御街和贡院街交叉的十字路上，横空扯着一幅长方的白布，上面写着十个大字："有钱的出钱，有力的出力。"这都是队长在昨夜布置的，三十几个队员，分成五六个一组，开始在她们所管的街口募捐了。在街面上向人要钱，是天地间最不容易的一件事。你得要眼快，一眼就要看出，谁是有钱的，谁是没有钱的；你得要动作快，看出是有钱的，就得上前去拦住，而动作又不可过于鲁莽。你得要会随机应变，看什么人说什么话；你要顾虑到街面的交通，你要设法疏散那些无事看热闹的闲人。都不过是十五六岁的女孩子，有多少经验？因为沉不住气，和行人吵起来的也有；因为几次失败，着急得几乎想哭出来的也有。队长骑着自行车，各处巡查着，鼓励她的队员。看见谁遇着什么困难，就当场替她解决。该讲情的地方她讲情；该评理的地方她评理；该用点手段的地方，她用点手段。总之她永远是活泼泼的，脸上一团笑容，身上一股干劲，仿佛总在说，募募捐算什么？他们在前线打仗呢！

在巡查当中，队员遇着两件有趣的事。有一次，在西御街和祠堂街的口子上，两个队员拦着一辆崭新的包车，里面坐着一个穿中山服的，胸前佩着省政府徽章的中年人。向他募捐时，他从口袋里摸出一张一元的票子来，说："呐，我身边就只有这一元钱。但我是约好了朋友去中央大戏院看影戏的。我不能失约。如果你们找我八角钱，我情愿捐两角。找不出的话，恕我不能捐。"两个队员无法想，情形很窘。人丛中一个穿短褂的伸出一双手来，说："好，我替你先生去换。""你换！你换我不放心。"凑巧，队长赶过来了，正待要接了钞票去换时，那穿短褂的人，对于刚才的侮辱受不了，忽然提高嗓子说："换啥子！瞧老子们没有包车坐的就捐不起吗？老子捐八角！"说着，果然从口袋里数出八角毛票来递到队长的手里了。周围的人大鼓掌。坐包车的中年人接了那八角钱，脸上一阵红，横了那穿短褂的一眼，又不好发作，径自去了。

另外一次，一个坐汽车的，衣履非常时髦的少妇，被拦住之后，无论几个队员怎样向她解释，她说她手边没有零钱，只肯捐一角。双方相持不下，十字路的交通也给阻塞了。队长骑着自行车过来一看，原来是某某长的太太，和她的姐姐在中学同过学，大家时常来往的。于是忙招呼着："周太太，对不住得很，对不住得很，今天看小妹妹的面子，多捐几个吧！只当是周太太打麻将少和了一牌的。我们家姐姐前两天还在问起周太太，怎么这些时候不到她那面去耍了。"说得周太太不好意思，从皮匣子内一卷钞票里抽出一张一元的给捐了，汽车开动时，她还说着："刘小姐，今天看你的面子呀！"

午后四点左右，几乎出了一件惨案。两个队员在东御街和贡院街交叉的口子上挡住了一辆半新半旧的汽车，便跳到车侧去攀住，劝里面一个穿西装的壮年多捐几个钱。穿西装的一口咬住，说他已经在另外一个街口捐过。他支吾着，无论如何不肯捐，忽然间，他发脾气，命令车夫："开走，管他妈的！"汽车就向前猛然开动了。一个队员见势不对，跳了下来。另外一个迟疑了一个，汽车开了十来码远，就给摔在街上了，打了几个滚，险些儿被一辆洋车擦着了脑袋。好在队长赶了过去，把她抱了起来，她才没有气得哭。

将近六点，街上许多商店的电灯都亮了，该是收队的时候。队长一想这一天募捐的成绩并不怎么好，便自告奋勇，邀约了两个年纪大一点的队员，去西御街某饭店去劝募。走了两三间房，捐了一元多钱。后来走拢一间，敲门进去一看，恰巧是午后那个坐汽车的壮年，不但不肯捐钱，而且几乎摔坏她的一个队员的。他正和一个妖艳的青年女人并坐在一张长沙发椅上，在谈心，脸上挂着那么一丝淫荡的笑容。不待队长开口，他站起来，嘻着脸皮说："哈，你们真是无孔不入呀，街上捐了不够，还寻到这里来！你们知道这位漂亮小姐是啥子人吧？你们喊她捐好了。"停了一霎，向沙发上坐的女人挤了一眼，又接道，"多的话，她可以捐一日所得；少一点，捐一夜所得！再少一点，捐一睡所得。哼哼！"

年轻女人忍不住笑，瞧了队长和她的同伴一眼，说："别瞎说了，人家都还是没有，没有——"

"没有啥子吧？哈哈哈，哈哈哈！"

队长气紫了脸，但勉强抑着气说："好，你这种人面兽心的东西，你有意侮辱我们女性，侮辱我们童子军，你等着吧！"

队长和两个队员退了出来，把门给带上了，里面还在吃吃地笑。她叫一个队员在门口守住，她自己和一个队员走出饭店，预备去招集旁的队员来。路上，队员忽然给她说：

"这个坏蛋我仿佛有些面熟，记得像是我们队里吴如真的哥哥。"

"是真的！你记得不错吗？——呃，看脸样子倒有些像吴如真。"深思了一霎，"好，好，我有了一个办法，我们去把吴如真找来。哼，我有了一个办法。"

十分钟后，她把所有的队员领到了饭店门口。她叫吴如真认认汽车，说是她哥哥的，队长点点头，说："好，吴如真你和我一阵去！你们旁的人等在这门口听我的命令。"

到了那房间，吴如真推开门一看，果然是她的哥哥。哥哥大吃一惊，从沙发上跳了起来。队长紧紧跟上去，这可有话说了。她不慌不忙地讲着：

"吴先生，这是你的令妹吧！她是我们队里的队员，她也是来找你募捐的。请你把刚才对我们讲的话向她讲一遍。"

吴先生愣住了，说不出话来。队长便厉声说："你讲呀，你这种流氓！你现在明白了吧！你侮辱我们，就是侮辱你的妹妹。听说，你从前也是一个军人，当过团长。现在我们国家到了这种危险时节，你不到前线去抗战不提了，叫你捐几个钱，你一文不捐，拿钱开房间，玩女人！你这种人有良心没有？你自己说，你这种人有良心没有？不但不捐，还要拿许多下流话来侮辱我们！好，今天看令妹的面上，你说吧，你要是吃软的，吃硬的？吃软的，把你口袋里的钱一齐捐出来，一文不得少。不捐的话，那就是吃硬的，那就对不住，今天的事，有我们的队员，有令妹作证，那我明天在各报上给你披露出来，让社会人士评一评，像你这种人是不是后方的捣乱分子？是不是汉奸!"

龟儿子的! 事情确实闹大了! 吴团长沉吟着，来不及回答，他的妹妹又跟着说：

"大哥，你实在是丢我的脸，你现在还有啥子好说的？首先，好好地给我们队长道歉。其次把你口袋里的钱如数交出来捐了，你拿着还不是乱花掉?"

在过去，吴团长是不轻易向谁低头的。而这一次，偏偏遇着这几个毛娃，和自己的妹妹。有啥办法？他仔细一想，还是大事化小吧。他一面摸索着自己的口袋，一面慢吞吞地，仿佛对空气说似的：

"好，三妹，今天算是我对不住你们，请你们原谅。我这个皮匣内有二十五元钱，我全捐了就是。算什么!"

妹妹接过来一数，果然是二十五块钱，队长当场给写了一张收条。随后，忍不住带着讥讽，向吴团长说：

"谢谢你吧! 再见。"

还没有走出饭店门，望见自己的队员，想到她们一天的辛苦也不过募到了二三十块钱，而自己一募就是二十五元，一阵高兴涌上胸口，队长不禁放声大笑了几声：

"哈哈哈! 哈哈哈!"

也许她的笑声不会有这么响亮，如果她知道，在她去后，吴团长曾对那年轻女人说："好家伙，幸而她们没有搜我的口袋。我这面口袋还有一只皮匣，有一百五十块呢!"

原载民国廿七年（1938）七月十日《文艺后防》创刊号
选自伍加伦、刘传辉、潘显一编：《谢文炳选集》，四川大学出版社，1994年

阳翰笙

活 力

——他妈的！我这两天只想杀人！

喝得有些醉眼陶然的 H，忽的在亭子间中的破桌上使力一拍，手朝左侧方的低空一挥，带着沉重而又激愤的口调哼了这一腔出来。

H 在他们青年的革命党员中，有个特别引人注目的绰号叫做"霸王"！一提起他这个"力拔山兮气盖世"的英名，差不多没有一个人不知道是 H，同时也差不多没有一个人不闻名而敬佩。不过他这个英名的博得，并不是因他是个个人主义最强的刚愎自用的英雄，却只缘他有过人的胆气和干就干到底的精神，所以他的同志们都高兴叫他这个雅号。自然这一半也是有些滑稽，一半却又含有深一层的敬意。

霸王这声突来的咆哮，顿时把室内的空气紧张了起来！

——我看你还是息怒点吧，别肝火太旺了！

像一个倒置的二等边三角形脸的 W，左手拿着一支香烟口里还在微咀一颗花生米，他坐在 H 的左边，咧开两片褪了红色的枯涩的嘴唇，连讥带劝的用右手来拍 H 的肩膊。

坐在 H 对面的 A 和斜倒在床上的 M，都用惊异的目光，投射到他们正在挪扯的身手上。

——你这家伙，真是阴谋家！真是冷血动物！敌人杀了我们这么多人，难道你竟丝毫无动于衷吗？我的阴谋家！我的阴谋家！

H 一翻手擒着 W 的右肩，很不满意于 W 适才冷漠的暗诮。他用力的在 W 的肩上乱抓，恨不得一把撕下一块肉来泄他的愤。

——啊呀！……人死了是哭得转来的吗？我兄弟都牺牲了呀！坐下吧！坐下吧！坐下再慢慢的谈。

W 忍痛的用手一拂，将 H 招来坐下后，还得搓揉他被抓痛了的肩膊，他斜睨着 H，心中像有些说不出来的愤愤。

——哈哈，霸王的豪气又发作了！

A 看见这帮滑稽的话剧开了场，笑得来把半杯残酒都打倒了，桌面上好像黄河决了堤一般，花生米和牛肉的残骸都被泛滥的洪涛淹没，花生米轻薄的内衣和拌牛肉而来的纤弱的香菜叶，都如一叶叶的扁舟似的，随波逐流的东漂西泊。

倒在床上的缄默的 M 也都微笑起来了，室中的空气，又顿由激愤的紧张而转为滑稽的弛放，大家都沉酣在带笑的微醉中。

真正的革命党人是没有礼拜的，他们从起床到睡觉除了吃饭的时间而外，无时无刻不在工作的忙碌中。今日如是明日也如是，天天如是，年年又何莫不如是，像今晚这样安闲的畅饮，已经是他们生活中不容易的"纵欲破戒"的事了。因为饮酒还是他们的革命纪律所不许的，严格的说来他们今晚的行为，还有些犯法。

酒——不过几两白玫瑰，肴——也不过几包花生米和干牛肉，这在富儿们眼中看来自然还不如他们的门房走卒随吃随喝时的豪奢，然而在穷贫奋斗的革命青年却已经是不可多得的华筵了！

他们很高兴的狂喝同时也很高兴的狂嚼，无奈他们的酒量都不佳，每人喝了几大口后，都有些醺醺然，脸儿红红的像都有几分醉意了。

今晚的主人翁便是 W，便是 H 所骂的阴谋家。若谈起他的历史来，倒也是一件很有趣味的事。

天生他一副面孔，不仅不十分端正方圆，好像造人的上帝还故意同他开玩笑似的，在他那三角形的尖面部上还要疏疏落落的同他点缀几颗大而又亮的星——所谓麻子是也——所以你只要一看见他这副黄瘦的尊容，自然而然的，你的脑神经会毫不迟疑的给你一个精确的预报：这个人有些阴猾！

阴猾！一点也不错，诚然是 W 的刻骨的批评。只不过所谓阴猾的意义，并不是畏首畏尾的利己主义的行为，却是对付敌人时应有的阴险狡猾的手段。在 W 负责作工的地方，敌人的欺骗政策是走不通的，他只消含着一支纸烟沉思半点钟，敌人蒙的层层纱幕都要被他一一揭破，他很阴冷，好像什么事都不能掀起他感情的热流的沸腾，只能落在他理智的滤桶里受淘汰。他在开会的时候或谈时事的时候，都不肯多发言，他只把那一支贱价的香烟不停气的拼命的吸到问题确已经难解决了，他才提起他全副的精神，连用他水一般的机智，来分析观察和推断。他所分析的都很清，所观察的都很确，而且他所推断的也都很妥当和周密，同时他所决定的攻打敌人的战略又没有一回不阴险不毒辣。

所以，他的同志们，只消同他共谋过几次事，就可以证明他们初会面时的预报，是十分的精确！

还有——

他对他的同志们虽然不阴猾，但也不十分和平。他虽绝不用阴毒的手段来对付他们，他却常常是用滑稽而又尖酸的评语来讽骂他们。从他口中吐出来的话在他的同志们看来都像毒汁浇在身上一般会令人又痒又痛。

即如他们有一个女同志，在三年之内曾经嫁过四个人，好多人都想给她取一个绰号而又苦无适当的名称。他便在暗中赠她"倒戈明星"四个很确切响亮的大字。从此人人相传，肉电话便在惊赏的谈笑中打遍他们的同志间去了。又如：他们有一位男同志，为性的苦闷逼得着慌，曾经花了几块大洋去打了两回野鸡，被他探知了，他便当着许多女同志面前大骂他道："你这家伙！兽性乱发，简直是吾党中的张宗昌！"于是张宗昌这个美名，又由他们的女同志嬉笑怒骂的嘲讽中传递入大众的耳心里。这位打野鸡的先生便跳在清香澄澈的荷池中也难洗净这满身的污渍。再加适才这位力拔山兮气盖世的"霸王"也就是 W 特别赠他的雅号。还有许多"恰到好处"的又尖酸又刻薄又诙谐又严厉的关于 W 的趣话，真是说不胜说……

在百忙中 W 抽暇来当这次主人，自然他是想在所邀的好同志中，得些畅谈的趣味。果然，他的意旨已经如愿的达到了，微醉后的他们，竟把什么都撒在脑后一般，在这一刹那间他们似忘了他们所肩荷的东西的笨重，同时也像忘记了他们的政治环境的恶劣，他们确会把一切都忘了，痛痛快快的过了好一刻的时光，可宝贵的好一刻的时光。——他们只觉有些醺然陶然而且还有些飘飘然。霸王的肝火熄灭了，阴谋家的思考也停断了……什么都没有了，大家都在这一刹那的麻醉的沉默中尽量的寻求快感。

然而这样的幸福毕竟不长，不一会他们便都恢复原状了。

——喂，老 H，听说你要到 W 地去工作吗？

A 在一度微醉的沉默过后，慎重的抬起头来放低了声音向斜靠了半边身子在桌上的 H 发问。

——大概要去吧！就在不久。

H 在沉默中被 A 这样一惊，赶快把手缩了下来，端端正正的挺直着胸腰含笑的点头随答。

——W 地是杀人的屠场呀！老 D 老 O 老 B……都牺牲在那里，你不怕吗，一点也不怕吗？

A 的话虽然急促但他的声音还是很低细，他用手做了一个杀人的手势，眼角里却又挂着几痕笑容，笑睨着 H 像在同他开玩笑。

——怕死！哈哈笑话！笑话！

H 的眼睛突的放射出惊人的火光，始而愤愤然的噘起嘴唇，继而竟又轻蔑的发起笑来。他的身子掉来向着 W 了。

——你怎样会怕死呀！你的脑袋不是铁做成的吗？

W 看见机会来了，面部的麻子伸缩了几下，提起低而又尖的声音，冷讽了 H 两句，便向床边跑去了，因为他怕"霸王"又要逞他那九牛二虎的蛮力。

——哈哈哈！

连始终在沉默中不肯多言的 M 也都随着众人笑起来了。H 只气的跺脚，但又不好动武，怒气闷在他的心头把脸都气青了。

——玩笑少开了吧，我们还是趁我们这不可多得的时间，再来寻点开心的事，好么？老 M！

A 想把刚才的空气缓和缓和，他的目光由 H 的身上转射到不多谈话的 M 身上，要想他也出来协助他的调节政策。

——难道我们刚才不是寻开心吗？

毕竟 W 来的机巧，他一句话已经把闷在那里的 H 的胸中愤郁凝成的城廓打破了，H 禁不住发起微笑来。

——我不是说你们刚才不是寻开心，我的意思是说要寻开心，我们四个一齐来，单是你们两个开起心来有什么趣味呀！

A 的话不慌不忙，一若有什么可笑的秘密，在他的胸中蕴藏着。

——好呀！你又有什么宝法玩给我们看？

——有什么宝法就请快点做吧！

W似乎已经看透A的葫芦里装的是什么法术了，他不反对也不十二万分赞成，他只依旧拼命的吸喷着纸烟，一摇头一挥手的微微的表示几分要做就请快点的意思。他已经运动他的身体归还到原位来了。

H却已经将他的注意力集中在A的脸上来了，炯炯的双睛仿佛有什么期待似的，连阴谋家的态度如何，他都不曾去留神。

M呢，他像有种说不出来的抑郁似的，今晚上的精神特别不振奋。他一来便哭丧着脸吃闷酒，他不狂笑，也不多说，有时只愤愤的痛骂几句敌人的残酷，就咽着一半不说了，一味的在沉默中郁闷着。他的酒量并不佳，但他却吃的不少，吃了以后他并不高兴纠缠，一个人离开食掉倒在床上去依还萦昧他心中的苦闷。有时看他们做得好玩，虽也应酬式的笑说几句，但到不了几分钟后，依然又不快起来了。刚才A的话确令他也有些惊奇，可总引不起他怎样大的兴趣，他不过将他的目光盯着他们，看看他们究又要玩什么戏法。

——不行呀！M！你闷起干什么？有什么大不了的心事都权且丢开吧，要去想他做什么？咱们明天这个脑袋还在不在头上还是个问题呀！又何必想那么多！起来吧！M！快快快！

M的苦闷是他们三个人都晓得的，不过他们都不愿说，因为一说起不惟不能解他的苦闷，反而要越使他苦闷得厉害，所以长于交际的A，只在说时中含混的劝慰他几句给他一些暗示也就够了。

自来踏实努力的M，又怕他们责他太无聊太重个人的感情了，也只好挂着几痕苦笑立起身来凑凑趣。

——得了得了！大家都团坐拢来了。听我说你们都别要响尤其是，喂！阴谋家！你不许说一句话，你如硬要多嘴，那末对不住，我们就要请霸王来降服你呀！喂！听清楚没有？阴谋家！

——我不跑坏你就得了呀！你尽管献你的法宝吧！

——你敢破坏！听我说，同志们！我们不消说都是最彻底的无神论者，但今晚上我们为要凑趣，要开心，我们不妨来迷信一次。同志们！在这白色恐怖弥漫全国的时候我们的生命早已没有保障的了！不消说我们每人都有必死的决心。流血牺牲在我们看来并不是意外的事，不过我们四个人谁死在谁先呀？这却没有人能答复了。现在我已经想了一个办法，我已搓好了四个纸团，请你们随意选择一个，剩下那个算我的。这样便把这个问题用迷信的方式来解答了，这不是一个最开心最好玩的事吗？

——好的！好的！就干！就干！

大家的兴味都被他提起了，一齐喧嚷了起来，而 M 特别喧嚷得厉害，自来就冷淡的阴谋家，也都破例的被他这迷信的宣传所蛊惑了，欢天喜地的兴趣也不弱。

选择的结果，挨头刀的是 W，末尾的一个却又是 H，第二就是 A，于是大家都捧腹狂笑起来，大有帝王时代看了及第榜文时的光景，都深喜得了不得。

——想不到你竟会末尾才死呀！

W 的话寓了很深的讽意。

——我也想不到你会挨头刀呀！

H 的答话也含有二分冷嘲。

——难道你还眼红吗？

——有一点不多！

——算了吧！算了吧！今晚上已经浪漫得差不多了！明天的事还多得很呀！走吧！走吧！H！M！

A 立起身来一面催着 H 和 M，一面拖起脚就想走。

——真的呀！我们恐怕有半年多没有这么样的浪漫过了。以后有机会再来吧！

　　W 的话说完后。他们三人已经跑下楼去了，W 轻轻的将后门打开，一把将 M 的手紧紧的握着，很诚恳很低微的在他的耳边说道："我想，她在狱中大半没有什么生命危险吧，你还是放宽心些的好！"M 很感激的点了点头一言不发的向着明月满地的街口跑去了。

一九二八，十二月四日

选阳翰笙：《活力》，平凡书局，1930 年，署名华汉

奴　隶

一

　　水生热汗淋淋的爬出了洞口，上气不接下气的连气都喘不过来，仿佛有什么东西压着他的头似的，飘飘然的两脚一虚，差点一个鹞子翻身倒将下来，幸喜他手灵眼快，随手去抓着一根棚柱，他才没有仰天跌一个翻筋斗。可是那枯朽得像几根干柴似的棚柱，被他这样用力一拉，虽然，并没有连棚带柱的坍倒下来，但那棚角上盖着的茅草，却已经在那里震来不住的打抖了

　　他一手紧紧的抓着棚柱，深长的嘘吐了一口长气，用力的把两条腿弹成一个弓形，头儿向左侧一偏，一只手紧紧的去掏着横勒在胸前的背带，嘿的一声怪叫。把背上的两袋矿砂——至少有九十斤重的两袋矿砂——掷到地下来。这时他好像挣断了捆缚着他的铁链

一般。心里感到异常的轻快。

矿砂从他的背上放下来了，他的气反而急喘起来，喘了一阵他才将头上顶着的保险灯取下，用手将斜插在头上的牛肋骨做成的汗片拿来揩干了满身的热汗，斜坐在棚内的长板凳上，抚摸着胸前被背带勒起的紫痕，望着躺在地下的矿砂发起怔来。

他心里漠漠然的仿佛还在洞中：四周是一片阴暗，潮湿森冷的闷气，一股又一股的横袭到他半身裸露的肌肤上来，远远的半明半暗的鬼火一般的煤油灯，在他的眼前时隐时现，同伴们的呛咳声，在深长狭小的黑洞中波荡起来，宛如酒坛里的炮声，是闷而又大。曲曲折折的洞道走完了，突然展开一块宽大的地方，四盏蛮大的煤油灯摇晃着熊熊的光焰，黑洞里的光亮虽然突的增强了，但是洞中的角落处，仍是异常的昏蒙和幽暗，赤着脚，裸着胸，披头散发的只穿一条麻布短裤遮着下身的伙伴们，一个个的脸上都像涂上了一层灰烟，筋肉隆起的浑身上下也都像抹了一层发光的清油，忙乱的往来的人影。在昏黄的光线之下看去，那里是世间的人影，简直是地狱里的鬼影啊！远远的掘矿时的击碎声，劳动时的吭唷声，和着倾倒矿砂时的嚓喇声，混合成一片极不调和的杂响，似呻吟又似愤叫，似崩吼又似哀鸣，一片凄厉阴惨的音波，不住的在洞中激荡，初次听到，真要令人浑身打抖啊！矿砂装好了，一个个鬼影似的伙伴们，人人的头上又顶着煤油灯，插着一块汗片，一步一摸的又朝幽暗的洞道中走出来，半明半暗的鬼火似的灯影，又或前或后或隐或现的在伙伴们的眼前闪动，照在每个人胸前的微明的光线，在五步之外便失掉了他的光力。潮湿森冷的阴风越向外走越吹得大起来，然而在拼命的挣扎中用尽浑身上下每个细胞中所藏蓄的热力去抵抗背上九十斤以上的东西的伙伴们，背脊上被汗水汇成了溪流，颜面上也一点一滴的滚落着汗珠，那还能觉出阴风的寒冷呢！

啊啊，这都是人干的吗？……

突然，嘿的一声怪叫，杂着轰然的砂袋落地声刺进水生的耳中来，把他漠然的杂念惊断了！他抬起头一看，一个粗长的大汉，刚好收了弓形的双腿，气喘吁吁在那里摇头摆脑的揩汗，他那一头蓬垢散乱的短发，那满口湿淋淋的络腮短须，那黑褐色的隆然裸露的筋肉，那健实有力的长大的腿臂，那炯炯然有粗野气的目光，真像一个为饥饿所逼的上古时代的野人！

——啊！我怕谁呢？才是你。

——不是我，是你爹？

这种野人似的家伙好像心里不耐烦，一面继续不断的坐在那里喘他的大气，一面却咧开嘴把水生骂起来。

——你为什么要使这样大的气呢？孙二！

气喘平了的水生，心里的气并不怎样大，还是出奇的把他这位可怜的伙伴望着。

——老子不该？

粗大的声音就像兽在愤吼，他用半只大眼去望一望水生，上气不接下气的捏着那片牛肋骨反转手去揩他背上的汗。心里似乎更有些不耐烦。

——你该！我看你这老家伙这两天的肝火好旺！

——老子不该旺？

——噫！你这人开口老子闭口老子，你今天的肝火像真的攻进心去了吗？

水生依然出奇地望着他，他也依然翻白着半边眼睛去望水生一眼，两个人同时都很长的叹了一口，沉默着不再吐一言。

秋风从半山上横吹过茅棚中来，在常人应该是感到几分寒意的时候了，然而被劳动磨炼成铁一般坚实去了的他们，倒还不甚觉得。他们在洞口的茅棚中默坐了片刻，只不过渐渐的把急喘的呼吸调和好了。

——喂，孙二！你为什么近来总是愁眉不展的，动辄就爱和人生气？

孙二脸上深深的刻画着的皱纹打动了水生的好奇心，抛开了适才因小小的口角而生的怨气，想从他的口中探听出一个究竟来。

——你晓得什么？你还年轻！

紧紧的蹙着眉头的孙二，双手搓着他胸前那两大条暴涨起来的紫痕，仿佛有什么东西压在他胸中似的，说话时不住的把头摆。

——我不晓得？难道我们不是一样的人吗？

——你晓得你就说，问我干什么呢？

——我只晓得你受罪受苦，我也受罪受苦，我不是你肚皮的精怪，谁会知道你心中有什么心思呢？

——不知道就算了呀！问来干什么？

——你又何必这样呢？天色已经快黑了，我们今天的十二次总算又背完了，他妈的！从早到晚都拼命的在黑洞里爬，那个杂种有谈话的时间呢！今天总算腰背还没有给我们背断，我们吞了一整天的阴气，难道就让他在肚子内面作怪，一句正经话都不说么，孙二，你尽管说，说出来，我有忧和你解忧，有愁和你解愁。

——够了！够了！你配和我解忧解愁。

——你又何必这样小视我呢？孙二！其实我心里也有不少的苦楚呢！

——你也有苦楚吗？水生！

——难道我不和你一样，我是一个大财主？

——那么，我就向你说一点吧。

这位上古时代的野人似的孙二，声音突然颤动起来了。他紧锁着的眉头并没有展开，刻画在脸上的愁纹也越发画的深刻，他炯炯的目光不望着别的地方，只垂着头死死的将横陈在他脚下的两大袋锡矿望着，气愤愤的他仿佛几脚要将那坚硬的东西踏成粉碎去，他停了一会，他的话才继续说下去：

——水生！你是今年才到这里来，这里的苦味你还没尝够，我到这里是整整的有六年了，我今年才三十几岁，但你看我的胡子那里才像三十几岁的人呢！我常常说宁肯今生今世作牛作马，不肯来生来世来此作苦工，你要晓得我们这一千多人，这里纵横几十里的山洞中的八九万人，那一个是心甘情愿来的呢？还不是在远乡远地遇着天灾人祸，逼得走投无路了，碰着这里矿厂里派出去招工的人，出了几十块钱才把我们买到这里来，来到这里以后，一年四季一天到晚不管你有没有病痛，下洞的限定你至少要背十二次，不下洞的也限定你至少要磨好多矿砂，做到年终，运气好的打着旺矿才给你三二十元回家去过几天年，运气不好的还不是，还不是什么都没有！说到旺矿不是人人都可打到的，就以我来说吧，我来此六年才仅仅打到两年，去年白流了一年血汗，今年，唵！水生！我的血汗又是白流了！我恐怕不仅得不到一分半厘钱，那位恶鬼似的厂主，说不定还要说今年的盐米腾贵我们还要倒欠他的呀！水生！你才来这里不到三四个月，这些规矩你恐怕不一定完全晓得的吧？

说到这里，孙二的喉头被一股冲上来的暗气塞着似的，气梗梗的不能续下去了。他长长的嘘了一口闷气，蓬垢的散发披散到了他的耳际前，他的目光移转到水生身上来了。

——我虽然晓得这么多，但这几个月来我很晓得我一定是吃不下这种苦！

水生听了他的话，一丝丝的从背上麻起来，他的头也得不住的摇摆。

——吃苦的日子还在后面呀！这才三四个月都算得吗？

——喂！孙二！你家里还有什么人？

——有父母，有兄弟，也有老婆。

——在家里耕人家田，每年吃不饱饿不死勉勉强强的可以过活，他们也很苦啊……

谈得兴奋的孙二，突然被山腰传过来的一阵小调声把他的话头打断了。

那调子的音波是异常的凄颤，随着将晚的秋风吹进茅棚里来：

> 腊月里来冷凄凄。
> 写封家书寄给妻：
> 家中没有银钱用，
> 卖点零碎皮！

这粗鄙而又单调的句子一传进孙二的耳中，就仿佛有一根尖针刺着他的心窝一般，痛得浑身都打起抖来，他抬头向棚侧的山路望去，把他口里的话吞下肚子去不谈。

唱小调的人从棚前闪身过去了。

——喂，今年打了旺矿了吗？你妈的这样欢喜！

一口愤气攻进孙二的心来，孙二气狠狠的有意和那人挑战！

——我怕谁呀？孙二哥！算了吧！打什么旺矿啊！

那人向孙二投了一瞥微笑的目光，孙二心里更以为他得嘲骂他，摩拳擦掌的仿佛就要扑上前去撕烂那人的歪嘴。

——不打旺矿，你有这么欢喜！

——我打了旺矿我倒不唱这首调子了。

那人瞥见孙二的脸色活像要行凶的样子，摆开两条大腿，一溜便朝山脚下跑走了。孙二望着他奔去的身影。心里仿佛有千只猫爪猛抓他似的，跳起脚的骂起那人来：

——这杂种真是他妈一条死猪！这样穷！这样苦，还要寻开心，还要唱小调！他妈的真是死猪不如！

——算了算了！他已经跑了又何必骂人家呢？时间已经不早

了，我下山去洗澡了，还要上山来割草烧呢！走吧！走吧！我们真不如牛马，做了一天的苦工还要割烧晚饭的野草！这真是……啊啊！走吧！走吧！天快要晚了。

水生很怕孙二和谁动武，谈些话来安慰他，把他劝起走了。他们背的东西还没有收拾好，他们的伙伴又一个个如鬼影一般的从洞口里爬出来，同样的做着水生们做过的各种各样的姿式，孙二和水生也懒得和他们攀谈了，背着矿砂朝左侧方走了过去。

秋天的残照早都收拾了它的余晖沉落在山后去了，四周的山影渐渐的都披上黑纱，一缕缕的炊烟从山腰中的茅屋里浮出，时断时续的山歌小调的音波，荡漾在静穆的傍晚的空中，声调虽然是那样的粗俗，那样的简单，但它的情趣却别有一种风味啊！

二

一排三间的大茅屋浴在银白色月光中，秋夜的凉风从山顶上直扫下来，把屋顶的茅草吹得呼呼作响，茅壁的四周已经有不少的破洞，梁顶上的支柱早也有些歪斜了，假如这茅屋是在冰寒的北边，管教一般狂风就要把它飞卷起去。——然而这破屋里却还关得有不少的人，肥的瘦的老的壮的至少也有六十个。

孙二也是这么牛马似的这一群中的一个。不过他今晚上不知为了什么总翻来覆去的睡不着，黑亮亮的睁开一对大眼睛把破壁上漏进来的一团白光望着，房里的四周是一片幽暗，除了这仅有的一团白光，俨如陷入了漆窖里，同房的伙伴们口里吐出来的炭气混杂着霉湿的臭味一股一股的朝鼻孔里攒，真要令人心里作呕！同孙二躺在一铺大木板床上的几个早都睡熟了，如牛的吼声虎虎虎的喷了出来，把幽暗里冷寂都惊破了。然而他心里并没有注意到这些。他只不转睛的望着那团白光，脑中被一些现实的难题划乱了，心里一阵阵的感着悲酸感着激愤，但他要哭又哭不出，要骂又似乎骂不出来。傍晚时在洞口听着那首不快人意的歌声，他本来决心不要去记它，可是今晚上它偏偏竟像魔语一般的总在他的耳中作怪，尤其是那句："家中没有银钱用，卖点零……！"在他的耳中特别作怪，他粗暴的心情竟被这小调中的含意打动了，他细细的去咀嚼那词句，又细细的把自身的苦况来想一想，假如他是一个柔弱的女人他真要号啕大哭了，但是他毕竟是男子，想到悲酸处，眼睛里枯涩一阵挤不出什么东西来，在心中骂了几声"他妈的"也就罢了，不过烦恼总是扰着他的，他虽然不哭，但横竖想睡又一点儿都睡不着。

他记起他六年前他快要来此时的情景了：

那年是有很广泛的天灾同时也有很广大的人祸的一年，那年的天气特别干燥，他们那个地方纵横几百里的稻都被烈火一般的太阳晒死了，到了秋收的时候，有河水灌溉的地方本可多少收获些起来，恰巧军阀的军队又在他们那个地方打了几次激仗，田埂变成了他们的战壕，稻茎不消说更被他们践踏成麻丝去了，大兵之后继以瘟疫，赤痢的病菌又在战后的灾区里流行起来了！孙二的一家人都被鞭挞到可怕的死亡的途中。饥寒，病痛，这两个吃人的恶魔，随时随刻都张开了利爪得向他全家的老少狞笑！

他的父亲母亲已经是五十岁以上的老人了，但人虽年老精力却未尽衰，他们佃来耕种的二十亩田和半里远的几大块山地，都还要着两位老人肩着锄头挑着粪担去耕播；他的一个未满二十岁的小兄弟也得不到片刻的闲，一天到晚看牛割草而外，不上山也就要下田；他的妻子却更苦了，年纪轻轻的拖着一个未满周岁的孩子，要上山砍柴来烧一家人的饭，又要到原野里去采腐叶肥草来喂两条小猪，要奉养公公婆婆的茶水，又要洗涮全家大少的衣服和屎尿布。至于他，不消说是更得力的一个了。一年四季老少一家人谁得到休息过呢！可怕的天灾人祸都一齐来了，田里是没有一粒收的，山上也没有一点可采的，家里仅存的几担稻米又被田主强收起去了，一家人都空着肚皮，滚在难民的群中，东逃西奔的只想求保一条生命！

他们随着难民一村逃过一村，风餐露宿的受尽了人生的艰难与磨折，末了他们的救命恩人到了。他的锡矿厂的厂主派人来招工，他的父母逼的无法只好接收的矿厂里来的专员四十元把孙二卖给矿厂去了。临行的时候他们全家都如死了人一般的痛哭起来，哭得顶厉害的当然是快要饿死了的他的妻子。

——孙二！你虽说卖身给人，可是儿呀！你却救活了我们全家啊！

——不！不！我不让我的儿子卖给人，你！你！你孙二呀！你走了我们的田地拿来怎么办呢？不！不！我不让我的儿子就走！

他瞥见他菜黄色的瘦削的老父老母，战战兢兢的仿佛枯枝一般的在那里流泪，小兄弟也在那里哭得仰不起头来。可怜的老母亲更失声的过来牵着他的破衣角不要他走，他的难得流出来的眼泪也都长淌下来了。站在他身旁流泪的妻，妻子怀中的赤露着四肢的小儿，他的心更悲酸到了极度了！他用了许多言语去安慰他的父母和兄弟后，他走近他妻子的面前。仿佛有千百句话朝他的喉里涌，但结果他只说了一句出来：

——我是要回来的，你别尽哭！以后更要你多多的服侍父母呀……

完了！说了这一句他的喉咙一硬就完了，什么也都说不出来了，妻子呢，一句话都不说，一把鼻涕一把眼泪，几乎哭昏过去了！小儿子也在他娘怀中大跳大哭起来。

他受不了厂里来的人的催逼，终于忍泪吞声的走了。

孙二想到这里眼睛酸痒痒的不敢去看那团跳动的银光了，闭着眼睛想把他过去的一切都抛丢开去，可他那里办得到呢！他又想起他那年第一次打了旺矿回家去的情形了；他家离此地的矿山有一百五六十里路，他拖起长腿一天便跑到家了。他抵家的时候正是二更时分，他的父母兄弟都睡了，只有他的妻子还在房中为小儿缝破衣，她一看他深夜归来。一手紧紧的捏着他的腕臂，啊啊啊的惊叫了一阵，欢天喜地的笑出了两滴热泪出来，不到片刻全家老少都惊起来了。各人惊喜交集的述说了惨别两年后的一切经过，真如死后重逢一般，又哭又笑的一直闹到三更才各自去安睡。那晚的枕边上，他在他妻子颤动的泣诉声中，知道了他的父母兄弟和妻子经过了怎么样的艰难困苦才又重回故乡，又经过了许多的波折才得重耕旧地，他又还得知他的老父老母的精力已经一年不如一年，他家的境况更是一日不如一日，他更知道自他离家以后邻近的张洪发常常都想来调戏他的妻，他的妻，是怎样的在艰苦的悲愤中过日，末了，他的妻又苦劝他不要离开她，令他至今想起都不觉心伤的是他妻向他说的那一句：我们就死也都情愿苦死在一路！……

想到这里孙二再也不忍想下去了。仿佛他的喉咙突然冲上来了一块东西，把他的呼吸都塞来几乎窒息了，他极不安的浑身突的冷抖起来！他整整的有两年没回去过了，钱不消说，一个铜板也都没有寄回去过，今年已经只有几月了，那还有带钱回家的希望呢！他想他的父母不知衰老成什么样子了？妻子也不知憔悴成什么样子了？他的小兄弟呢？他的营养不足的小孩子呢？今年辛辛苦苦的，如牛似马的干了一年又一点儿希望都没有了。家里在穷困中度日的父母妻儿怎么办呢？"家中没有银钱用，卖点……"这句粗俗的句子如尖刀般的又刺进他的心里来了！突的他想起了常常调戏他的妻的张洪发来。他的头颇仿佛就要爆炸似的，浑身突又烈火一般的燃烧起来了！他一翻身从床上摸下来他再也不能睡了，同房里的鼾声把他送出茅屋外边来，他发狂似的搔着他那乱发披披的脑袋，几步踏上了茅屋侧的斜坡上去坐起。

——啊啊啊！怎么办呢？怎么办呢？跑吗？偷吗？抢吗？他妈的，怎么办？……

满天星斗都睁着银样的眼睛向下看着他，明月更慈和了，怕他褴褛的衣衫不太雅观，特别和他披上了一层银色的轻纱，四周轻布着一片的清凉，好减散他心中的热燥，他那里理会得这么多呢！他心中竟如火山爆裂了一般。狂吼起来了。他很想杀人但又不知要杀谁才好。

过了一会儿他心里渐渐的清凉了，他才立身起来向四面看一看，一片连绵不断的山影半圆形似的长卧了数十里路，山腰上的疏林，林顶上的淡雾，远的近的半隐半现的一排排低矮的茅屋，迎面的山脚下展开的一个大平原，一抹青一抹灰的庄舍，乍明乍灭的一点点的灯火……浴在银色的月光之下，看过去是多么的神秘多么的静美啊！孙二不懂得什么东西美不美，他的两只眼睛只把近在右右的一排排茅屋望着，他想那每间茅屋里关着的几十个牛马似的伙伴们，虽然这时候十有九个都睡着了，但他们命运不见得不和他是一样，为什么他自己竟这样的苦恼而他们又为什么那样睡的甜快呢？他有些漠然了。他又想他们的人有这么多这么苦，为什么竟被一个厂主就压服了？就说他们这里的伙伴们都是蠢笨的猪，难道这里纵横数十里的山上的弟兄们尽都是猪吗？他仅不漠然而且还有些愤然。

他苦想了一阵，总觉得像这样牛马一般的劳动猪猡一般的吃嚼不对，总应该想个法子才好，但他有什么法子呢？最后他觉得只有大胆的去和那位精明能干的老家伙刘洪商量一商量，那位活泼聪明的小东西水生讨论一讨论，看究竟有什么办法没有。这时他的心中才轻松一头，他拖起他疲乏的两腿一溜烟又跑回茅屋中了。

水生和刘洪都和他是在一铺大木板床里睡。

三

天明了，牛马不如的奴隶们爬起来嚼了两大碗糙米饭又上山去了，山腰的道上，一群群的打着赤膊褐裸着长腿穿着粗草鞋，除了腰间的一条短裤浑身一丝不挂的黑色的上古时代遗留下来的野人们，背上背着麻布袋，肩上打斜的肩着铲锄，鼻孔里嘘着长气，口里嗑着一根短短的叶子烟管，噜噜苏苏的谈论着，调笑着，你挤一挤我的肩头，我摸一摸你的屁股，你骂我打，我打你骂，静寂清凉的山上的早晨，竟被这如蚁如潮的野人们的叫嚣和喧骚闹破了！——这一刹那，一天到晚只有这清晨的一刹那算是他们顶畅快的时候，可惜这一刹那太短了，一转眼他们又被生活的鞭子打入那地狱似的黑洞中！

——喂，老刘！这地方人很少，我们再详细谈一谈好吗？

孙二拖着刘洪和水生，从人群中挤了出来，往左手一偏便走到了一个人迹很少的地方，这地方是一条没有水的山沟，两面被沙石遮挡着，头上也有一株未落完叶的大树掩覆着，孙二一蹲便坐了下去，对着水生和刘洪谈起话来。

——我昨晚上被你这家伙已经闹够了，还要说什么?！我现在的脑壳都还是昏昏沉沉的，说不定今天还会被那瘟矿砂榨死在那黑洞里呢！

老头儿把麻袋向地下一铺屁股已经坐下去了。但他口里一面在吸叶子烟一面却又很淡然的在闲说，他已经是四十几岁的人了。一条条的血丝纵横在他眼珠上，几十年的艰苦织成的皱纹划满了他黄褐色的全脸，头上的几根枯发衬着他嘴上的一撮凝垢的花白胡子，越显得他人是十分的苍劲和老练。

——啊！大清早晨的，老头儿别要乱说。

水生坐在孙二的身边，含笑的望着刘洪。

——小兄弟！榨死你怕还是稀奇事吗？那瘟洞里一年还榨死多少人！

——我们还是谈正经话吧，老刘！

——那你就说，最好快一点！

——好多话我昨晚上都同你说了，要紧的还是请你想个办法！

——想办法?！去当土匪好么？当了土匪以后，给我吃个痛快！穿个痛快！还要杀他妈的一个痛快！你看多么好！

老头儿真的正经起来了，他取下烟管，血喷喷的那只红眼睛突了出来，说到"杀他妈一个痛快"的时候，小烟管还在他杀人的手势中大活动起来。

——这就是你的办法?！

水生冷笑着问。

——你知道什么？小兄弟！我在这里苦了二十年，我看只是这个办法好。

——别人擒着不杀头！?

——杀头！杀头和榨死苦死有什么分别？

——多少总有点分别吧。

——小兄弟！你真人小胆也小呀！你要知道！杀头只消一刀就死了，榨倒在矿洞里，背断了腰折了，至快也要痛你几十天才得死，这里照例是没有医生来看的，拖你来丢在茅棚里，照例每天给你两顿粥，要茶要水你就把喉咙叫破了都没有人来睬你，你想多么惨！

——那么，跑去当土匪的人定多了？

——多得很，多得很，你还不晓得吗？啊，你是才来不久你还不知道，我说给你听吧，上山容易下山难，你要想起跑么？厂主捉着是要枪毙的，他买了你，他就有权泡制你，你难道会咬他两口！

我们这里下洞不下洞的一共千多人，其中一大半都是他买的，其余一小半也大多因为穷得没办法了自愿来干的，你就有什么苦处怪得谁?! 所以好多人都只想去当匪，去年跑去的还少吗? 孙二! 你是晓得的。

老头儿越说越兴奋，涎珠一滴滴的喷满了一嘴，宛如露珠点满在枯草上。

——晓虽晓得，不过匪……

蹙着眉头闷坐在那里的孙二，虽然心里很觉到老头儿的话是真理金言，可是他总还以为匪不是好人干的，他的话还没有说出来，老头儿斜盯着他，一句又抢过去说了。

——匪总不是人干的! 是么? 你这样想那就一辈子都想不出办法!

孙二的脸愁惨得像要哭出来，失眠的充血的红眼珠，阴沉得十分可怕!

——你为什么不去干呢? 老头儿!

在沉思中的水生，突然很严肃的问。

——我么? 已经老了不中用了，不中用了，要是年轻，他妈的我倒定要去拼一拼，谁敢断定我不去做几天武官呢! 现在的什么师长大人有几个不是土匪!

那么，你这一生世就这样算了?

——不算了还想干什么? 当了一世的牛马，受了一生的活罪!

老头儿像有些感动，头渐渐的抬起去望着身后的大树沉默着半晌不言。在严肃的沉思中的水生也用手去搔着头，眉儿蹙得紧紧的好像在苦思什么的样子。

一片两片的黄叶，随着秋风从树上沙沙的飘落下来。

——喂，监工的那个杂种怕又在清查我们了，你们究竟还想得出什么办法不? 没有的话，我们就快走!

半缕失望的情绪摇震着孙二急迫的心，他立了半身起来愁惨惨的做出一种烦躁而又迫促的神气。他横泻在他们身上的目光是多么的凄怯而又困窘啊！

　　——别要忙！我还有一个好办法。

　　——除了当土匪，我不相信你会想得出一个好办法。

　　孙二被水生那突然而来严肃的而又沉着的表情惊怔住了。可是半于痛苦经验的老头儿却还不相信有第二条可以解除他们痛苦的上策，不错，在黑洞中整整的爬了二十年从没有看见过什么变动的刘洪，不相信原本是应该。

　　——我们山上有这么多人，为什么不一齐去找厂主拿工钱？天地间那有作工不给钱的道理！

　　一只粗大的拳头不住的在空中挥，水生的表情越发严肃越发沉着了。他这几句激愤的话，仿佛是残冬里的一个大雷，虽然有点不合时节，但是老头儿的脑海中却震卷起一个从未激荡过的波澜，孙二那颗茫然失望的心竟惊喜得不住的打抖！这是一句多么有魄力的话啊！孙二劳心焦思的想了多少年竟从来有没想到过，刘老头儿整整的挣扎了二十载结果也只想出一条干土匪的出路，毕竟水生聪明，他竟把陷落在失望的深渊中去了的孙二打救了。孙二望着他，几乎笑出了两滴眼泪。

　　——山上的人是不是各个人都敢去找厂主呢？

　　孙二虽然相信这个办法好，但他总不敢十分相信这容易做到。

　　——那就要看他们的苦痛是不是都同我们相同？我们都敢去，他们为什么不敢去！

　　这样一来，孙二更被水生那坚决自信的神态激动了，他快要浇灭了的心炉里，突然烧起了熊熊的希望的烈火来，他不知不觉的一步便跳来站起。

　　——小兄弟！只要山上的人都一齐去找厂主就成功吗？

老头儿用两个指头摸着嘴上的胡子，两只老眼却出奇的在水生的身上打量，他想这小家伙这个办法却还不坏。不过干起来恐怕还是凶多吉少。

——是的，只要我们山上的弟兄们齐心，捏做一块打成一团，还怕他一个厂主不成！

——一个厂主本来不足怕，但他一定会说他是出钱买我们来的，那你又怎么办？

——难道他几十块钱就能买我们一生一世替他当牛马吗？我们应该一起去叫他按月和我们讲定工钱，他妈的，什么旺矿不旺矿的规矩我们可不管，买我们的钱尽管我们的工钱里扣除，做工不给钱天地间真怕只有我们这个地方才有这个道理。

——算了吧，小兄弟！他真的就给了你工钱，还不是要在那黑洞里喝闷气，这样干一下就出头了么？

——我们总有出头的一天呀！只要肯干，我们一步一步的来，我们现在只要厂主出工钱，承认我们组织工会，隔些时日我们再和他们斗一斗，你怕这几十里路的矿山就不能归我们推举人去管理了吗，老头儿！别这样丧气，同我们一块儿干吧！

——干！水生的办法对得很！对得很！

老头儿闷着不答话，两只眼睛仍然在水生的身上探寻，惊佩的情绪涨满了他全心，但他却始终怀疑这样年轻人为什么竟能谈出那样有气魄有卓识的话。孙二呢，他越听越惊服，越听越神往，他看见水生的表情一刻比一刻紧张，他也兴奋的惊叫起来！他仿佛一个被人迫滚下悬崖去又突然得救飞升到崖顶上来的人似的，心儿雄雄的，胆儿壮壮的，他就像要掉转去追逼人去了。

——可是怎样干去呢？小兄弟。

老头儿似乎被他们的狂热激动了。很诚恳的问。

——干法很多的，不晓得你敢来不敢来？

水生的态度始终是很沉着很严肃，他的胸怀里仿佛满藏着这山上一切矿工们的激愤与悲愁，他那对黑亮亮的眼睛更像得替着全山的矿工们喷着怒火流着热泪。

——我不敢来！你就把刀摆在我的颈上我都不怕呀！难道我还顾惜我这条老命来天天受活罪吗？

老头儿有些愤然了，他似乎气愤水生小视了他，又似乎得憎恨什么人的样子。

——那就好得很呀！只要你肯干我们的事一定可以成功。

于是水生又把他们干起来的步骤——的告诉他们，他谈话的时候，他的表情是那样的真诚热烈，他的语调又是那样的激动和凄颤，他的计划是那样的精密周详，他的主张又是那样的切合实情而又富于魄力。老头儿听的来不住的点头，孙二也听得来又钦佩，又惊喜，又狂愤，又感动。他们心里都很奇诧：水生竟是这样一个了不得的人。

——这些办法你们想来都同意吧？

好！好得很！我们从今天起，照你说的干下去！

突然孙二和刘洪都一齐跳过去扶着水生的膀膊，同声的欢呼起来。他们手挽手的说说笑笑的朝矿山洞口走去了。

老头儿在好几十次诚恳的谈问中，才探知水生是由省城里受了政府的压迫才特地跑来此地作苦工的一个工人，他更惊服了。

四

残腊的一个清晨，曙光才从山巅上泛流下来，四山都还闪动着鱼肚白的晓色，山林里的小雀也都还冷得不敢惊叫，矿山上的一千多矿工们就已经从牛栏似的茅屋里爬出来了。奇怪！今天这些牛马不如的野人们，没有一个像往常样的背起麻袋朝山上那地狱似的黑洞蹿，一个个在茅屋外排列起队伍竟一队一队的往山下跑去了！他们身上披着一件千疮万孔的褴褛棉短袄，腿上穿的是一条短破裤，脚上着的是粗草鞋，半只泥黄色的腿杆和一个蓬垢的黑头裸露在冰冷的晨霜中，一个个的嘴鼻都喷吐着轻烟一般的长气，半山的静寞都被那突起的狂涛般的喧叫惊碎了！然而这喧叫声却不似往天早晨一样含着戏谑调笑和欢唱的音浪；却仿佛那上阵时的战士的激昂呼喊，也仿佛那自己冲破了监狱时的囚徒们的欢呼愤叫，满山都被这的突起的喧声惊动了，就是那枯林里的树枝上贴着的几片黄叶儿也被震撼得不住的打抖！

这一片喧腾声里杂着几个人的谈话声：

——啊！水生！我整整的在这里的山洞里爬了二十年，我真做梦也没有想到我们会有今日呀！

——老头儿！我们只要拼命的干下去，还有我们的明天呢！

——就只有今天也很够我欢喜得跳了！水生你知道我心中的苦楚吗？我自从二十年前卖身来此后，从天明到夜晚，天天在黑洞里躬着背儿驮着那九十斤以上的矿砂慢慢的爬，月月如是，年年如是，爬来爬去我整整的爬了二十年了！但我得到过一点什么报酬呢？我所得到的是我的胡子一天天的白了，头发一天天的落了，眼睛一天天的陷落了，痛快的说：我的精力一天天的衰枯了！在那吃人血的矿主还怕把我太好了，仍然要我驮着那么重的东西在洞里爬，爬，爬！老实向你说吧，水生！我有几回真想故意一跤跌下去好让背上的东西把我榨死，但我又怕！怕那东西榨我不死让我慢慢的去痛死，那岂不太惨吗？现在，啊啊，现在我心里是多么痛快呀！我们这些蠢笨的猪，我们这些牛马不如的奴隶，公然从那洞黑里爬出来去和那吃人血的魔王大魔王比一比高矮了！

——你以前还劝我去当土匪呢！信你的鬼话我们那还有今天!?

——以前是以前，今天是今天，孙二！那你却怪不得我！

——鬼在怪你！我说老头儿，你猜那王八蛋矿主看见我们这么多人，会不会发抖？

——那当然啊！

——说不定吧，你忘了那王八蛋的连珠枪？

——他敢！

——老头儿！你的胆子真比以前大了呀的！不过，我们是不怕他那开枪的，我们这样多人，真的，他敢！

——他就开枪我也不怕，我决定拿这条老命去和那吃人的杂种拼一拼！

——不错，他是不敢开枪的，我们今天的要求很正当，我们只要他给我们今年的工钱，只要他烧毁我们那卖身文约，只要他承认我们有组织工会的自由，这在别的地方很平常的，难道他竟敢下毒手，不过万一他就开枪，我们也不怕，我们这么多人，我们邻近的山也还有好几万兄弟，他杀得完的么？

——对的，水生！不过我还想和那王八蛋算一算二十年的账呢，你看对么？

——老头儿！个人的事小团体的事大，慢慢的来，总有一天我们还要派人去管理他的矿山呀！？

——好的，那我们就一步一步的同那吃人血的魔王斗吧，总有一天我们会把他打跑的啊！……

群众声浪的高潮，把他们的话声淹没了，这一片呼喊的喧声随着成群结队的矿工们流荡到山脚下去。

矿工们都提高了他们的嗓子，呼喊出他们心中郁积着的要求，一声紧迫一声的激荡在凝冻的半空，他们仿佛示威游行似的，气愤愤的表现出激愤而又紧张的神情，沐浴着新鲜的晨光，如上战场一般的直向目的地的大道上冲去了！

那内心里流荡出来的求生存的迫紧的呼声，如狂潮一般的一阵紧一阵的澎湃起来，心声的浪潮掀荡着满山的林木，仿佛就要将那还在那纵横数十里的一带矿洞中爬来爬去的矿工们惊醒。

阳光现出温暖的面容来和大地握手了，从地狱似的黑洞里爬出来的千多矿工们，今早晨才第一次从愤感中嚼出了人的生活的快味。

一九二九，二月一日

选自阳翰笙：《阳翰笙选集》第一卷，四川人民出版社，1982年

十姑的悲愁

一

榨榨榨……

一片机器的震动声，从德威织袜厂的厂房中传出来，飘荡在四围的低空中，应和着离这里不远的拍岸的惊涛，把这海湾内的寂静都惊碎了。从白天到夜晚，又从夜晚到白天，这一片"榨榨榨"的机声，不仅停息的时间很少，而且，在近两月来，它的喧骚的音波，更仿佛狂风一般的奔驰，骤雨一般的密响，加劲儿地就象要把什么东西都要榨尽榨绝！

榨榨榨……

这喧叫的声音，只要能够多延长一分钟，这工厂的兴隆，便能够多得到十分的保障，所以，它怎么肯停呢！只要有人去动它，它当然就毫不客气的"榨榨榨"的震动起来了。

然而，在两年半前，这工厂却大大的遭了一次空前的打击，被它榨取着的女工们竟大大的罢了一次工，它虽然"榨榨榨"的继续榨下去，但是，被榨取的工人们都跑空了，它又怎么能够再榨起来呢！而且，这次罢工时间之长，恐怕全世界没有哪一处的罢工能够比得上。从罢工那天起，到开工这天止，不多不少整整的硬有两年。这难道不能算是世界上一件顶珍奇的事么？在那整整的两个年头中间，这织袜工厂里的大部分机器，不仅未曾高高兴兴的喧叫过一分一秒钟，而且连那最细微的引线的尖头上都添上了几分赭红的锈色了！厂房的四壁到处都有长溜溜的扬尘，地面上至少有一寸多厚的积灰。全工厂的各处，都象披上一层死灰色的轻纱，仿佛只要有人一敲丧钟，即使没有人去焚化它，它也要自动的解体了——然而偏偏它的死期未到，偏偏有那样仁慈的救命王菩萨来搭救它。死去了整整两年的它，突然，在半年前复活了。

　　死去又还魂的，自然是精力大枯，唯一需要的是大补而特补，这剂十全大补的人参汤，当然只有吸吮工人们的精血来配制了，所以那"榨榨榨"的喧骚，从白天到夜晚从夜晚到白天都不肯稍停，随时随刻都得如狂风一般的奔驰，如骤雨一般的密响了。

　　今天同昨天一样，全厂都表现出动的气象，没有哪一个地方是在象征着死的。女工们也没有什么异样的变迁，脸儿照例是一层营养不足的惨白或灰黄色；四肢也照例是无力的瘦削；肺呼吸也照例的是十分不调畅。就是手脚，也照例的是在机器上机械的去摇动，扭拨，拧转，要说有什么两样的话，那只有今天厂里的空气了。真的，今天厂里面的空气却大大的不同，突然比往天格外的紧张起来了！从早晨起，工厂门口便有二十几个武装的外国巡警一来一往的逡巡，一个个手里都拿着四五尺长一根皮鞭的工头们，也一齐都跨进厂房中东瞟西睒的不轻易离开厂房一步，电炬似的眼光不住的在女工们的身上溜转，他们东一蹿来西一蹿的不骂这个就骂那个。女工们不仅没有交头接耳的自由，连大便小便都要受人监视了！

这究竟是怎么一回事呢？

又要捉赤党了吗？但是这个不大不小的女工厂。在这半年以来已经捉得不少了。赤党的传布似乎不象雌鱼的产卵，哪里有这么快这么多呢！什么"示威日"又要到了吗？这种佳日似乎一月至多只有一两回，不是四天以前厂主洋大人的狗威已经示过了吗？为什么竟又这么快！而且过去洋大人照例只带猎犬般的工头，是不带一卒一兵的，而今天又为什么竟来这么多洋丘八！这究竟是怎么一回事呢？被忧郁，病苦，疲劳所困窘着的女工们，大都惶惶然猜测不出一个所以然，虽说她们也大都知道那批狗家伙之来对她们只有一个大大的不利！

空气是一刻比一刻紧张，猎犬似的工头们的威风，也正和紧张的空气成正比例的激涨，他们的鞭丝不时都在无情的声色俱厉的向着女工们的肩臂乱抽，今天他们似乎掌握得有生杀自由的大权。女工们越发在惶惑中陷入惊怖的深渊里去了。

黄昏快近了。

女工们好象苦囚得着大赦令似的，心甩突然松弛了一头，人人的心中都希望暗夜的黑幕早点来临。

呜呜呜的放工的汽笛尖脆的惊叫起来了。女工们都很惊喜，然而也很惊疑：到放工时间还有点多钟为什么就放工了呢！？

"大家不许走，不许走，好好听我说：今天厂监要训话，赶快到空坪里去集合！听见了吗？不准嘈杂！不准拥挤！"

站在厂房中的一只凳上高高的挥动双手在那里传达命令的是工头赵华九，是女工们心里最憎恨的赵大狗！

谁敢不服从命令呢！一个个只好朝着赵大狗所指示的地点不慌不忙的走去。接着各间厂房里的女工们都如幽灵一般的断断续续的被工头们赶到厂侧的空坪里去了。

厂监李浦是一个英国人，他来中国经商已经有十余年了，他的中国话说得很好。他挺着胸脯站在空坪中的桌台上，两只沉蓝的鹰眼望着环绕着他的女工们，用手搔一搔他那半秃了的头上的几根黄毛，向女工们说道：

"听说你们又想组织工会了，是吗？哼，工会！谁想组织？除了是赤党谁敢组织？！你们大概上赤党的当还没有够吧！赤党叫你们罢工，你们就罢工，叫你们坚持两年，你们也就坚持两年，那时你们的威风真大，不仅把我们的厂逼迫来关门了，而且把全港所有的工厂都逼迫得来不能不关门了，不仅把全港的工厂逼来关了门，而且把我们这个在全世界数一数二的繁华热闹的良港都弄成一座冷落凄凉的荒岛去了。你们的本领真大，我真佩服！我真佩服！但是结果怎样呢？杀的杀头了！腰的腰斩了！枪的枪毙了！剩下来那些杀不完斩不尽枪毙不绝的，一个个又哭哭啼啼的走回这荒岛上来，哈哈哈，你们的本领真大！真大！但是大就要大到底才好呀！"

李浦的八字胡翘了几翘，阴险的眼瞳里散射出嘲骂的冷光；向四围扫视，他突然将话声停住了。正在这刹那间，他的耳边仿佛飚来了一阵刺耳的细声：

"王八蛋！你凶什么呀！当心你的秃脑袋！王八蛋……"

仿佛有一根芒刺刺着他的心窝，突然他愤愤然的向着他左侧方的一群女工骂道：

"谁在那里谈话？是你？你叫什么名字？"

他的蓝眼睛突了出来，硬挺挺的伸着一个指头指着一个女工，就象要一口把她咬来吃掉的样子。

赵大狗早就飞也似的跑到那女工面前，高高的举起他手中的鞭子，想劈头劈脑的打将下去，但他象突然被一种东西挡着了，他竟不敢打下来，他只斜睨着半只眼睛，斜抖着半边络腮胡把她痴望着，鞭子悄悄的垂下来了！可他又不能不敷衍，于是，他便赶快高高的换一只手向她的嫩腮上一下——其实是轻轻的一摸！——半骂半笑的说道：

"是你吗？十姑！当心点！当心点！"

一朵红云飞上了十姑的脸上，她的头低垂下去了。愤火不住的冲上她的喉头，她默默然的只好将恶气朝肚里吞下去。

"我在谈话的时候，不准哪个乱开腔！你们要晓得：那些赤党，真是扰乱全世界的和平的大怪物，你们跟着他们跑有什么益处呀！你们看：我们这个港依然是全世界数一数二的大商港。这个荒凉了一时的大岛依然又变成了一个繁华热闹的大商场。跑空了的四十万工人依然又招收足了四十万。赤党究竟打击着我们没有呢？所以你们应该清醒！清醒了！假如你们不醒的话，我们也要叫你们不敢不醒！你们好生记着：谁在这里面提倡组织工会我就要逮捕谁！谁在这里面秘密活动，我就要开除谁！谁敢怠工迟到多言多嘴我也就要责罚谁！你们都听到了吧！这几天来你们的表现都不好，但我不愿和你们多说，今后我只好拿事实来答复你们！今天提前一点钟放工，今晚的夜工也暂时停了，明天你们准时早点到工厂里来！"

封建主似的厂监李浦对他的奴隶们训诫了一番后，一步跳下台来，一摇一摆的走着绅士式的台步回厂去了。

一阵愤骂的细声又突然在女工中鼓噪起来。过了一会，女工们终于被工头们的皮鞭驱散了，一个个终于在激愤惊疑中被猎犬般的工头们驱散了。

二

暗影在四围弥漫起来了，女工们大都从东边的一条大道上散去，只有十姑的家是在离这里有一里之遥的西边，所以她的同伴是很少很少的，她一个人在暮色苍茫的归途中，冷凄凄的踏着曲曲折折的僻径，想起适才那些令人憎愤的事，对岸阴森的山影和港内高标着的帆樯投射到她的眼中来，她都仿佛变成一个色盲者去了。她的内心只被积郁着的怒火燃烧着，深深的映在她眼瞳中的，只有那闪着怒光的厂监的蓝眼睛！只有那半眯半笑的赵大狗那淫狡可怕的大眼睛！她的耳中，她的腮旁，也仿佛还有那叱责声噪响着，还有那粗手烙印的痕迹在燃烧着，她的全部心灵都被愤激的情绪占据着了。

她一步快似一步的向前走走走，驰过她眼前的一切景物，她仿佛都没有看到，她恨不能纵身一飞，一飞便飞回她的家中去了！

"呀，十姑！慢点儿走呀！"

突然，一只毛大的粗手从十姑的背后伸到她的胸前来，她吓得来大大的打了一个寒噤，接着心脏便突突的狂跳起来，她几乎向后一仰倒跌下去了！

"你害怕吗？哈哈哈，是我呀！"

在惊怖中的十姑掉转头来一看，才是满口络腮钢须飘洒胸前的那只怪东西！那只长而又大的赵大狗！这时假如有钢刀在手，她一定一刀把这蠢才的脑袋给他砍了下来！

"你一个人走着不寂寞吗？十姑！"

一点一滴的涎沫飞落在他的络腮胡上，他一步跨上前去紧挨着十姑的肩头。色火不住的从他的大眼中向外迸射。

"我寂寞不寂寞关你屁事！这样宽的路你挤紧我干什么!?"

十姑的心仍然在不住的狂跳，她知道这只狗不是善类，愤愤然的骂起他来。

"哈哈哈，你看你就转眼不认人了！平素间我对你是怎样的好呀！就拿今天来说吧，若是别人我的鞭子早都在她的身上抽了，但我今天怎样对你呢？哈哈哈，你就转眼不认人了！"

一条条淫纵的笑纹深深的划在他的额角与眉尖，赵大狗飘飘然的仿佛就要做醉仙了！

"我不懂你说的是什么屁话！"

"你不懂我的屁话吗？我的屁话不妨再向你重说一遍吧：我说我平素待你那样好，今天又待你这样好，你为什么竟转眼不认人，开口就骂我！"

"我骂你！我骂的是那无耻的流氓！那洋大人的走狗！"

"你骂我是走狗吗？你要晓得我这只走狗对你是多少有用处的呀！谁都知道，你是中国政府遣送回来的，你是常在工厂里秘密活动的，但我从没有在厂监面前说过你一句坏话，有旁的工头去告发你，我只有为你掩护，你难道还不晓得吗？厂里一半多被送回来的工人什么自由都没有了，但你在我管属之下总算还有谈话的自由，大小便的自由吧，可你一转眼就什么都忘记了！"

"谢谢你，你别在路上和我纠缠好么？"

"你怕你的丈夫等得你心慌吗？"

"我不高兴听你的屁话！"

"关于你丈夫的屁话你总高兴听吧！有一件事是我听来的。"

"什么事？"

"哈哈哈，你看关于你丈夫的事你就要听了呀！"

"你这流氓！你这走狗！谁高兴听你的屁话！"

十姑愤然的向前一冲，跑在十步之外去了，赵大狗一面叫一面又向她追赶过去。

"十姑！十姑！真的是关于你丈夫的事体呀！你跑什么？"

十姑依然拼命的朝前跑，赵大狗也拼命的向前追，十姑的脚终于不及赵大狗的腿长，不一会儿就追上了。

"十姑！十姑！一点儿也不是和你开玩笑的呀！"

"什么事？你赶快说！"

十姑心里虽然又在狂跳，虽然知道赵大狗是一个好酒好色的流氓，虽然晓得今天他的言动于她都不妙，然而听说是她丈夫的事，她只好将脚步放慢些，好听一个究竟。

"你丈夫不是在对岸的造船厂做工吗？"

他用手指着对岸在暮色苍茫中隐约可见的一片高大建筑，运动他高大的躯体，一纵又挤来挨紧着十姑，十姑却毫不客气的沉下脸来说道：

"你就隔远一点我也听得到呀！你挤近来干什么？！"

"那我就退两步吧，你听我说，对岸造船厂里有一个工头是我的朋友，他前几天向我说，你的丈夫有赤党嫌疑，你要叫他当心！赤党不是好玩的，证实了就要砍头！"

他的手向胸前一挥做了一个杀人的姿势。

"他有什么事使人嫌疑？"

"听说他在里面提倡组织工会，鼓动工人要求加薪，难道这还没有嫌疑吗？"

"照这样说来，凡是出来说几句大家要说的话，做几件大家应做的事，都是赤党了，都有赤党嫌疑了，照这样，还有什么说头！"

"别人是这样说呀！你也怪不得我。"

十姑沉默着不答话，拔起脚依然朝前面急走，赵大狗心里却着急起来了！他皱了一阵眉头，呕了一阵心血，才又嘻皮笑脸的说：

"十姑！你说我们厂里哪个最漂亮？"

"你妈最漂亮！你这流氓！……"

一股股的恶气冲上她的心来，她的背上突起了一阵寒战，这流氓丑恶的原形摆在她的面前来了。

"那你就是我妈呀！我的妈！我的妈呀！"

赵大狗抢前两步，掉转他一口络腮胡的嘴巴去挨近十姑那白嫩的腮侧，他那颗淫纵的心也跳动得厉害，仿佛马上就要从他口中直跳出来！

"我要骂你的老祖宗呀！你这狗王八蛋！你这洋大人的走狗！"

十姑再也不能忍受了，啪的一声一个耳光打到赵大狗的颈项上来，毕竟大狗的狗力大，他两只手已经紧紧的将十姑搂抱着，他的钢针一般的络腮胡很快的从她的唇边掠过，才几秒钟她的腮边唇角就印上了他几个蛮大的湿吻了。

"赵大狗！你这狗王八蛋放不放手？"

十姑心里又羞又急，几乎急得流出眼泪来。

"要我放你吗？除非你……"

十姑用力将身子一纵，拖着尖长凄颤的声音，惨厉的惊叫了起来：

"有人抢人啊！救命呀！救命呀！"

"丢那妈！谁抢你！你这娼妇再喊，再喊老子就抛你下海去！"

悽厉的惊叫声划破了长空的寂静，苍茫曲折的小道上只见两个模糊的人影在那里推来推去的扭打。

突然远远的过路人的咳呛声传过来了，赵大狗知事不妙，一松手便向浓暗的地方飞也似的奔去，十姑的围解了！

三

横遭了凌辱的十姑，眼泪如飞泉般的倾泻了下来，她一个人哽哽咽咽的一直啼泣到她家的门口，她的泪流都还没有停止。她的家到了，但她心里却踌躇起来，适才这一件羞人欲死的伤心事究竟应不应该告诉她的丈夫听呢？告诉他吗？他一定要愧愤，要大感不安。不告诉他吗？她又觉得她满腔的积愤无处宣泄，她将更感到忧郁，而且将这样一段羞耻的伤心事情隐秘在心，她总觉得她没有面目来对她这穷途中的唯一的知己。结果她决定把今天所有的一切都坦坦白白的向她的丈夫诉说一个痛快。

微淡的灯影从低矮的茅板屋里漏射出来，她才想收着热泪去掀门，然而门已经不待她掀而大开了，含笑的迎出门来的是她那壮健沉毅的丈夫冯忠和她那心爱的四岁男孩子阿宝，她还来不及开腔，那衣服褴褛的孩子却先很亲昵的摇动着她的双手，"妈呀妈"的便想从他父亲的怀中倾扑过来，她奔过去一手接着他，不知怎的，心里好象有什么东西在猛刺她似的，一阵心酸强吞着的热泪又长淌下来了。她将她的头偏去挨着那孩子的嫩脸，昏昏然的呆立在门前竟不知道移动。

在微淡的灯影和稀薄的星光扫射之下，冯忠突然发现了他妻的腮边上晶莹的泪痕了！他很惊愕，但他总猜测不出一个原因来，他惊诧的上前几步，用他有力的臂腕去将她环抚着，口里不住颤声的问道：

"怎么啦？十姑！"

"妈妈！你今天为什么不给我买糖回来呀？你昨晚上不是说要给我买吗？"

十姑还没有说话，阿宝的头偏了几偏，"嗯呀嗯"的便在她的怀中先嚷起来了。在悲哽中的十姑一听到她丈夫那柔和的慰问声和她爱子的无邪的娇痴语，适才的一切又兜上她的心来，她在沉默中眼泪越发淌的多了。

十姑被她那温情的丈夫扶进破朽了的茅板屋中去了。丈夫虽然是一个粗壮的工人，但他对于他的妻子却是体贴入微，他一再殷殷勤勤的问她究竟为的什么，他要她详详细细的说出来他才好和她解慰。冯忠对他的妻子表示得越殷勤，十姑的心里越发感觉难过。十姑表示得越难过，冯忠也就越发表示得殷勤，因之十姑简直变成一个泪人儿去了！过了好一会，十姑才把今天所有一切的经过毫不隐瞒的通统说出来。

"啊啊，赵华九这王八蛋竟这样的胆大妄为吗？我总有一天要打死这王八蛋，我心里这口恶气才能够出呀!"

沉毅的冯忠听到他妻子悲悲切切的泣诉后，羞愤的烈焰烧得他心里难过，他突的立身起来在茅屋内一往一来的冲，咬牙切齿的这样愤愤然的顿脚大骂。

"是的，只有打死这狗王八蛋我们心里这口恶气才能出!"十姑拭干了眼泪愤然的说。她满腔的悲愁仿佛真被她丈夫担去一半了。她的心里顿觉轻松了一头，她紧紧的吻着阿宝的小脸儿去了。

"妈妈为什么不给我买糖来呢?"

"妈妈忘记了，明天一定给你买。"

"嗯呀嗯"的阿宝又撒起娇来了，她紧紧的亲昵着他，轻声轻气骗好了他后，又才向着她的丈夫惊问道:

"我一直到现刻都还不明白:今天为什么厂里竟提前一点钟放工呢? 今晚上为什么竟连夜工都不开了?"

"你还不晓得吗? 全港都是这样的呀! 就是我们厂里还不是一样。"

冯忠收着了脚，脸上现着深思的表情，对他的妻说。

"全港都是这样的吗?! 究竟是为什么事呀?"

"啊啊，你还不知道吗? 全港的资本家不论中外的今天都在预备欢迎他们的救命恩人呀!"

"谁是他们的救命恩人呀? 你的话越说越难懂了。"

"你想吧，他们整整的死了两年是谁把它们救活的!?"

深思着的冯忠，面部的表情越发表现得沉着，深刻，和严艰。他的精神仿佛集中在一处在查察什么东西似的，适才那冲动的愤焰就象被他吞在肚子里去了。

"啊啊啊，我想起了，我想起了，难道他们欢迎的是我们国内的高将军吗?"

"当然只有高将军才有被欢迎的资格呀!"

"那么，今天工厂门前为什么又派武装外巡来监视我们呢？为什么又提前放工和停做晚工呢？"

"谁都知道高将军把全港的资本家一齐救活转来，完全是靠他采取毒辣手段，把战斗了两年以上的四十万工人的领袖组织罢工委员会解散了，把杀剩的押送来港的工人的血泪榨成了药剂，然后才成功了的。现在他竟公然的来联欢来了，难道这里的工友们竟都把他忘掉了吗？所以全港的中外资本家都怕我们今天有什么反抗示威的举动，从早到晚就派兵来监视着我们。但他为什么又不怕牺牲竟连夜工都停了呢？这正因为我们多在工厂一分钟他们就多一分钟的隐忧，所以他们索性提前放工连夜工也都不做，想把我们早点赶出厂来，免得我们在厂里闹乱子。"

"难道放我们出来我们就不能闹不敢闹了吗？"

"闹？啊呵，我刚才回来的时候看见，他们五步一岗十步一警的把全港都警戒起了，就使你要去闹你又能从哪里闹起呢！"

"啊，啊啊！"

一口愤恨的恶气从十姑的口里深长的嘘了出来，她充血的双眼越发红得可怕，仿佛有一星星的烈火就要进射出来，她紧紧的抚着她的孩子，转入憎愤的沉默中去了。

冯忠望着他这被人凌辱惨白得可怜的妻，想着今天的一切，沉着的木然的脸上，也被深忧的皱纹纵横的画着，似乎有千斤的重担压上了他的肩头，他虽然还没有被压到窒息那步田地，但他快要用尽了他一身的精力，看看就要不能撑持了。他忧郁着，沉思着，默默然转视着肃然的四壁做出极不安适的样子。

"妈妈！爸爸！哈哈哈，妈妈眼睛红红的，爸爸脸上黑黑的……"

四围都被沉默支配着了。只有那天真活泼的孩子还在那里拍手动脚的又说又笑。

四

突然，轰轰轰的几声大炮声响了起来，仿佛天崩地裂一般，连他们的茅板屋都震动得打抖，这把十姑惊吓住了！

"啊！这是什么事呀？"

十姑惊颤了起来，很惊惶的问。

"一定是他们的救命恩人到了。他妈的真是好一个救命恩人！救命恩人！"

冯忠听着这突鸣的炮声并不惊慌，他愤愤然的答应了这几句后，依然沉默着忧郁着，脸上的皱纹划得多而又深了；

"说是什么炮呀？"

"外国兵舰上的大炮。"

"为什么要放炮呢？"

"说是鸣炮表示欢迎，其实是那些胜利了的狗王八们向我们示威！"

轰轰轰的大炮声又响起来了，好奇心逼着十姑几步跨出了他们的茅板门，在茅屋前的空地上呆立着，冯忠也赶出门来把阿宝从他的妻子手中接过来，也伴着十姑在那里呆立着。

西码头灿烂辉煌的五彩灯光，火树一般的照得半空雪亮，从十姑们站着的空地前看去，大约在半里路远的地方，可以看见一层连接一层的高楼，楼上闪烁的电灯光，灯上高飘着的外国旗。再向左前的低下方看，可以看见明光闪亮的一只大比一只的泊在港湾内的兵舰，帆樯高擎着的商船，波动着的蓝靛似的海水。今晚上这些景物都有一些异样，都象含着轻蔑的敌意在向他们作出冷酷的狞笑。

炮声狂鸣中雄壮的军乐也腾奏起来，人涛的喧吼声也可模糊的听到，繁华热闹的 E 港，仿佛都跳动起来了，活跃起來了，沸腾起来了。

炮声响了三十二次突然停止了，然而雄壮的军乐声和人涛的喧吼声却一刻比一刻的大起来，有时还杂着一阵如狂的掌声乱响乱拍，仿佛全 E 港都要在这军乐声中被那人声掌声吼碎！

十姑听得发恼，血红的双眼恼得几乎流出热泪来！她颤声的问她的丈夫：

"是些什么王八蛋的吼声呀？那么大！"

"自然是那些资本家啊！他们的救命恩人到了，他们当然应该牛跳马滚的狂叫狂喊呀！"

"那军乐奏得那么起劲，恐怕欢迎的人也有不少的外国兵吧？"

"岂止外国兵！外国的总督都一齐亲身去欢迎他去了！"

"啊啊啊，中国的资本家，外国的资本家，中国的将军，外国的总督，他们，他们，谁说他们不是一伙儿的呀！"

被恼愤搅扰得浑身发抖的十姑，突然，灵感般的紧紧的捏着拳头，半似自言半似领悟的对着星光微淡的苍空长叹起来，她的神经似乎震愤到极点了！

她从港湾里望过对岸去，一座阴森的山影下一片东一点西一点的灯光反映到她眼中来，她知道那便是由这 E 港直达中国境内的一条铁路的火车站，她怔着了！那东一点西一点的乍明乍灭的灯光，竟在她的心里映照出一段往事来。

是两年半前的事了。

那时正是浅夏，野兽似的英国帝国主义，正在中国各地架起机关枪和大炮到处屠杀中国人，侨居 E 港的中国工人为了争取被压迫民族和被压迫阶级的生存，四十万工人齐齐心心的给了 E 港的英帝国主义一个总同盟大罢工的答复。英帝国主义在东亚的一个金库，不到一月便变成一座荒岛去了！那时十姑也在德威织袜厂做工，全港的中国工人都罢工了，她们厂里的女工当然也不能例外，她记得在罢工后的第二天她就与几百同厂的女工坐着火车到中国的 D 城，到了 D 城的第三天，D 城的劳苦群众便很热烈的开了一个欢迎罢工工友的大会。

开欢迎会那天是很晴丽的一天，刚刚到午后一点钟的时候，D 城全城里的民众都活跃，沸腾起来了。铜鼓的声音，喇叭的声音，杂着口号的声音，在一队又一队的人群中悠扬雄壮的喧腾着，叫喊着，欢呼着。红色的，蓝色的，青色的，各色各样的旗帜在半空中招展着，如雪片般的欢迎传单飞满了全街，工人、市民、学生、妇女、军队、童子团……一个个都生龙活虎似的整齐着队伍如潮水般的向开会地点汹涌过去，几十万群众，不到一两个钟头就齐集在一个广大的空场中去了。

工农商学兵分成了四五座讲演的欢迎台，一跨进那广大的空场，只瞥见蔽天的旗帜在半空中飘飞，只看见如潮一般的人涛在空场中波动。

欢迎会开幕了，军乐雄浑的奏了起来，几十位罢工的工人代表在庄严璀灿的空气中，在几十万群众的鼓掌欢迎声中，跃登上了欢迎台，那时欢迎者和被欢迎者的心中，是何等的欢欣！何等的严肃！而又何等的悲愤啊！

十姑那时侧身在被欢迎的工人群众中，那时她的心情确是严肃、欢欣，而又悲愤极了！她记得，一直到两年半后的今天她还记得：有一个致欢迎词的工会代表的话几乎感动得她流出热泪来。

她记得他的话中最感动她的那一段是这样的：

"为民族解放而战的罢工工友们！为工人阶级解放而战的罢工工友们！你们数十万工友这样英勇的和大英帝国主义者战斗，我们的话真是不能表达出我们心中万分之一的欢迎的赤忱啊！E 港是英帝国主义在东亚的一座宝藏，它每月的贸易在十二万万以上，这港口仿佛一个飞扑在海面上的大怪物似的，它伸长它奇长的大颈，张开大嘴死死的噙着我们的咽喉，把我们一切劳苦贫民的血，一口一口的毫不停息的朝肚子里吞，我们是一个一个地枯瘦而死了，这怪物却一天比一天的肥壮起来了呀！你们这次的罢工，正是一刀把这大怪物的长颈割断了！从今后，这大怪物就要身首异处的死亡而我们全中国的几万万垂死的劳苦贫民，看看也就要一天比一天的壮健起来了呀！亲爱的工友们！你们这次伟大的功绩，在历史上是不能磨灭的啊！……"

十姑听到这里，她的双掌拍痛了她都还不觉得，她的心里，真是被一种说不出来的情绪充溢着，她想：她们这次大罢工的意义确是非常的伟大，大到她的心里都想象不出来。她又想：能够得到几十万群众这样热烈的来欢迎他们，不说小小的牺牲三四角吃不饱而又饿不死的工钱他们不后悔，就是牺牲了他们最可贵的生命他们也毫不后悔呀！她还想：工农商学兵不分阶级的这样多人，既已亲亲爱爱的捏做一团，他们总不会再象奴隶牛马一样的去过那种非人生活了。她想到这里她的眼前突然透露出一片光明的霞彩来了，她虽然不知道这霞彩是从何而来的，但她却深深的相信：从今后她在这霞彩辉映中她总可以多过一些快快乐乐的时日。

光明的霞彩闪耀在她的眼前，她的心情真是欢欣极了！畅快极了！……

"妈妈呀！你在望什么东西呀！"

十姑正在回忆这段畅心快意的往事，却被阿宝扑在她的肩头上把她呼唤醒了！

她掉转头来一看，她的丈夫正在望着西码头那火树一般的灯光出神，微淡的星光之下，可以看见他的脸被深思烦感惊扰得十分怕人。那孩子呢，他一半在他父亲的怀中，一半却斜扑到她的肩臂上来，唇动嘴张的不知在说些什么。她一面回味着那段往事，一面又目睹着这种情形，她这时的心情真正是万感交集啊！

远远的军乐的余音和欢迎者的欢呼声，还在一阵又一阵的传进她的耳中来，她不听到这刺人心魂的声音还罢了，她一听到，猛烈的愤火又冲上她的心来，她浑身气得战慄着，拳头又紧紧的捏着了，充血的双眼不住的迸射出怒火来，她今天受的凌辱、欺侮、压榨、嘲骂，一切的一切，都一齐兜进她的心头，真是火上加油，不由她不悲愤到了极度，她真恨不能一刀一刀的把她心中的敌人杀一个干净！

"啊啊，你知道吗？那个吃人精髓的大怪物的长颈又靠拢来了呀！"

她痴痴地望着她的丈夫，突如其来的这样说。

"你说的什么呀！十姑！"

在沉默的忧思中的冯忠惊怔着了！他瞥见他妻子面部的表情有些异样，连忙用一只腕臂去抚着她。

"我说的是那吃人精髓的大怪物！我平素不是向你说过的吗？E港正是一个吃我们中国劳苦贫民血髓的大怪物呀！"

"啊啊啊，我明白了！我明白了！不过十姑！你别要急躁吧！相信我们自己：总有一天我们还要再把那个大怪物的长颈砍成两段呀！这不是怎样难的事，只要我们相信我们自己的力量！"

冯忠那凝思着的眉峰突然舒展开来，现出一对炯炯摄人的眼睛，很坚定的这样说。他的表情是异常的沉着和诚挚，仿佛他在长时间中的烦思，便得到这样一个确切不移的结论，他把这结论来劝慰他的妻子，也把这结论来警惕他自己。

"对啊！我们还应该努力把那个怪物的长颈再一刀砍成两段！"

冯忠坚定确信的表情感动了十姑，她的心头仿佛一松，她不知不觉的竟纵身到他的胸怀前来了，她的手抚着他的半边肩，望着他那对坚定有神的眼睛，在激愤中淌了一滴感激——或者说欢欣吧——的热泪出来。她浑身的战栗渐渐的停止了。

　　天真活泼的阿宝又"妈妈呀！爸爸呀！"的欢叫起来，夜风挟着轻沙把他们送进破旧了的茅屋中去了。

1929 年 1 月 15 日晚脱稿

选自阳翰笙：《阳翰笙选集》第一卷，四川人民出版社，1982 年

叶伯和

|作者简介| 叶伯和（1889—1945），四川成都人，祖籍广东，原名叶式昌，又名式和，字伯和，现代著名音乐理论家、音乐教育家。曾在四川组织建立"草堂文学研究会"，主编会刊《草堂》。代表作品有《中国音乐史》《伯和诗草》《叶伯和著述丛稿》、小说《一个农夫的话》等。

一个农夫的话

这几个月内，耳所听得的：只有步枪声，大炮声，喇叭声……眼所见到的：只有某某指挥，某某司令的旗帜，和大批"赏坐二人肩舆"缠着绷带的伤兵。……据报纸上登载的统计，直接战死的，大约在三万以上了，这都不能使我惊异而挂念的。我的注意力却集中在未来的间接的死亡和痛苦。因此农人张三哥的一夕话，顿使我脑海中印了一个深痕。

张三哥是浑朴，诚恳而富有农业经验的人，他以前在我的一个族人家中当雇工，每年工钱只十四吊。亏他不上十年，居然蓄积几十两银子，佃了我们一庄田地，自行耕种。他的庄稼，比别人做得好，收获也就多些。每年除还租外，他常常要送些豆类，番薯，玉蜀麦……供给我们。

我祖父于众佃户之中，独很称赏他，因此他每到公馆来时，祖父必定要亲自慰问他几句话。他对答时，总是和蔼而有条理，全不紊乱。

这回战事的正路火线，恰恰在他住的那一乡。祖父早就念着："此次张三哥不知惊骇到什么程度，损失到什么程度了？"

双方的战斗，暂时停止了。张三哥赶急的进城来看望祖父来了。

张三哥往回进城，一定是要穿戴他的大礼服——新的缎瓜皮帽儿，宽大长袖的蓝布衫儿——今回的装束，特别变更起来：一件破败的大衫，前后都开着几个通空气的窟窿；头上连帽儿也没戴；脚下连草鞋也没穿了。他和蔼的面容，变作忧愁而惨淡的颜色，他的言语，也前后颠倒，不像从前那样有秩序了。

以下的话便是他向我祖父陈诉的：

"老太爷！这回受惊呀！哎哟！我们那一乡，简直被他们——兵——扰得不像样了！

"今年春雨不调匀，麦子本来不十分好，那晓得又遭这一场践踏，麦田早就变成荒坝了！

"这还不算……呵！哎哟！有一天他们打了败仗下来了。真是凶恶！真是凶恶！不由分说地立刻把我们这一乡的房子，都完全占去了。可怜一乡的人，逃的逃，跑的跑。妇女们更怕得厉害——最惨的是我们隔壁王大娘的媳妇呵！她产了孩子还没满月，竟被他们……"

张三哥说到这里，把头低下去了。不听命令的泪珠儿，禁不住落下几点来了。他慢慢地用着他的长大的衣袖揉了眼睛几下，才继续说道：

"老太爷！我活了几十岁，从来没见过这样的惨事呵！幸好我家没有女人（张三哥的妻子，是早已死了）。我同我的大儿听见他们来了，急忙往屋后竹林里去避一避。那晓得他们一进门便大声叫道：'这屋里的人，那里去了？不出来，老子们立刻把这背时的狗棚子烧了呀！'这时候我虽是十分害怕，也由不得不硬着胆儿，勉强出来支持着……

"刚才走出来，他们都一齐拥过来了，有几个拿着枪筒，指着我说道：'把你藏在家里的银元，快快给老子们拿出来！你不要装穷，听说你去年还买田哩！'我当时只骇得说不出话了……"

张三哥说这话时，现出惊魂未定的态度，仿佛当时那凶恶的余威，还把他包围着。他四下一望，忽然停止了他的话头。我因想起张三哥的华居，不过是柴门两扇，茅屋几间，简直是幽人逸士隐居之所，那里像"土老肥"的宅子呵！他们的心理测验，不知是从那一派传下来的。

张三哥停了好一会，才接着说道：

"随后他们又说：'你不肯说，我们便要搜！'幸好搜了一遍，果然没有银钱，也就完了。

"那晚上更不成事体了，把我储下来的几斗米，都煮成饭了。油哪，盐哪，菜哪，他们自由自便地用，我们几个月的粮食，被他们一晚上都吃尽了。可怜我蓄的两只叫明的雄鸡，也被他们杀了。还打着我的大儿，问他腊肉藏在那里。老太爷！你老人家是知道的，像我们这样的庄稼人户，那里还敢吃腊肉呢？后来他们逼着我的大儿，竟自向他们磕了许多头，才把这件事了下去，老太爷！我们一年的辛苦，积了这一点粮食，这一下被他们吃完了，我爷儿两个人，怕会饿死哩！

"那晚上我们的床铺被盖，都算是他们的了，连衣服，帽儿，鞋儿，只要稍好一点的，他们都看得上。老太爷！我们简直像抄了家一样呵……

"第二天另外一股追兵便赶起来了，打了两天两夜的炮火。才把瘟神送走了。但是后来我一清查，才晓得临走的时候，我的大儿被他们拉去背抢去了，至今还没有回来哩……"

张三哥说到这里，声音有些凄切，接着他叹了一口气，又说道：

"幸好这股兵便一直追下去，没有在我们那里停留着……

"这几天到处都堆起是死尸，隔五里远便有腥臭的气味，红十字会的先生们，也不空来收埋，乡里的人，又不敢动，怕惹出祸事，不晓得要搁到哪时呵……"

张三哥又叹了一口气，续说道：

"就是现今停了战，也不济事，乡下的人，都去当兵去了。他们懒惯了，谁肯再来辛辛苦苦地做庄稼呢……"

张三哥是从来不打诳语的，他的话还没有说完，我心中早起一种无名之感触：我以前所怀疑的"他们为什么肯为四元九角钱而牺牲呢？"——此间军饷是七元的七折开支——哦！现在我知道了，他们当兵，是要发展他们的占据冲动哩！

若说是为生活问题逼迫而当兵，我是绝不相信——就此间情形而论——我所知道有许多吃粮的，都是家里很能过活的，他们丢了生意不做，抛了田地不耕，偏偏要去做那争斗，掠夺，自残的兽行，这不是受了神经病，脑膜炎的传染么？

死者长已矣！但我们存者呵！将来再战三战……即使不战了，而闹饥荒，害瘟疫……种种惨剧，更不知演至何时！

我想到此处，只觉我一身都沉浸在恐怖，忧愁，悲哀的大海里，心中一阵热潮，不住地汹涌着。

选自 1924 年《小说月报》第 15 卷第 7 期

周 文

三 个

　　玉方又拈一小块黑色的枣泥，搁在左手里的捏成杯子似的面团中心，把它捏拢来，用一根尺来长的圆滑木棍"杆"成一块饼，摆在旁边第二行第十块饼之旁的时候，忍不住又张开嘴打一个呵欠。立刻觉得颈子俯得很酸痛，他便把驼下的腰背伸直起来，右手捏做拳头捶捶后头，把颈骨捶得痛了，这才好像轻松一些，他于是两眼闷闷地看着对面的华光。华光是隔着面前这一张五尺宽的一丈长的白木案桌打横坐着的，正和玉方面对面；他也沉默地闭住嘴，两手不断地在案上动作着，捏弄着面团——他的手旁边已经摆了三行饼子。他的背正逼着楼窗的五尺见方的窗框，窗上缘还挂有一张蜘蛛网，光线就从这窗框射入；他的头一动一动，就使得光线一闪一闪，好像房外吱吱吱拖得很长的蝉声都在随着闪动，他的额角于是流汗，但他仍然沉默地两手动作着。玉方皱皱眉头，就把脸掉向右手方的案桌头，看了坐在那儿的光头阿元一眼。阿元也沉闷地闭住嘴，仍然拿着刻有"枣泥"两字的木戳，将案桌上装红的小盘里蘸着红，印在一个个饼子上。他老是感觉到眼皮很重，像挂了两块铅似的老要往下垂，于是眼前一个个的饼子都忽然变成双的，自己的手也是双的，手上拿的木戳也是双的，随即就甚么都没有了，眼前忽然呈现出一盏赶工时的玻璃煤油灯，灯火光黄黄地一跳一跳。但他立刻惊觉这是昨晚熬夜赶工时留的印象，知道自己已快入梦了，于是赶快把自己从这样的梦境拉回，努力睁大眼睛，这才又看见面前的饼子，就又拿起木戳印上红字去。他的脸子现得和屋子里的颜色一样灰黄。玉方又对着这灰黄的脸子皱皱眉头，于是立刻又抓起一小块面团捏弄起来了。眼光一碰着蹲在案桌当中那一大团灰黄发光冬瓜那么大的面团，呼吸都立刻窒塞起来。没有风，蝉声更大声地叫起来了；吱……吱吱……眼前的一切就更加显得灰黄，气闷，玉方于是立刻觉得额角在湿漉漉地流下几条汗水，自己就像坐在蒸笼里似的。他便用袖子擦了额角，长长地吁一口气。但他立刻两眼发光了，因为他忽然看见光头阿元就那么坐得端端地睡着了，两眼半闭着，嘴巴半张开，拿着木戳的手搁在红盘子上。他的头慢慢地慢慢地向前送，那搁在盘上的手也跟着慢慢地向前送。玉方忍不住嘻开嘴笑了，很当心地伸一个指头到红盘子去，想抹在他脸上。但他刚刚站起，街上的一种声音忽然把他吸住了，他立刻竖起耳朵。街就在他背后的那一方距他坐的地方有五六丈远便是临街的象棋盘似的方格小窗，窗上的纸污黑而破烂，被戳着许多眼孔，街上的声音就从那儿传了进来。他直直地站在案旁，偏着脸把耳朵紧紧对着那临街的纸窗，仔细听，仔细听，终于辨清楚了那渐渐响近来的确是军号声。渐渐，声音更大更尖，是马号的声音：

"大——达大达低——大——达底低达——大——达大达底低达低大达大达——"

"嚇，过军队！"玉方很高兴地说着，便向临街方格纸窗走去，把眼睛贴到那粘有黑尘的窗眼上。

阿元被那号音和玉方的脚音惊得一抖，醒转来了，张大一对眼圈慌张地左看右看。

华光立刻抬起脸来喊道：

"喂，玉方，别担搁了！你看还有这许多面团啦！"

玉方掉过脸来给他摆摆手，挤挤眼睛，又掉过脸去贴在窗眼上。

"喂，玉方！看老板来呵！他来就总说我！"

华光又皱着眉头喊道。立刻，他忽然听见老板在楼下天井旁向谁说话的声音，他便把脸掉向背后的窗框，向着窗外楼下的天井边一看，见老板正向梯子走来，他便赶快掉回脸来喊道：

"喂，老板来了！"

阿元已听见楼梯响，赶快拿起"枣泥"木戳，一面就要向饼子上印字，一面赶快说道：

"喂，玉方！真的来了！"

玉方刚刚转身，圆胖脸的老板已在楼口出现了。他一看见玉方，便把脸沉下来，瞪着一对眼睛，把玉方看得顺下眼睛，埋着头，从临街的窗边就一直把他瞪回案桌边，才发话道：

"哼，在看甚么！过军队，有甚么看场?!"他一面愤愤地说着，一面就逼近玉方的背后，"事情不好好的做，你看你吃午饭以后才做这二十几块！我不早给你们说过么，今天非赶出四百个不行，人家明天就要拿去的！你看，你这做的甚么?"他伸手就在那二十几块饼子中拿出一个压扁了的饼子来，"这成甚么样子呀！年青人做事就这样马马虎虎！哪，重做过！"他手一扬就抛到玉方面前去；玉方气得把手嘟起来，懒懒地拿起那扁饼。老板又在枣泥盘子里拈出一块枣泥来了："你看，你们弄的枣泥心子这样大！这生意像这样做法，恐怕只有关门了！哪，把它们分小一点！——你，华光!"

华光惊了一下，望了站在玉方背后的圆胖脸老板一眼，觉得老板那瞪得圆圆的眼珠很可怕，赶快就顺下眼睛，看着自己手上的面团。

"你，华光！"老板不断地说道，"你是他们的师哥！你应该催着他们做。哪，我看你才做一，二，三，四，五……"他伸出一根指头指点着桌上的饼，"……二十九，三十，这半天也才做三十个！不行！像这样做不行！"

华光于是把两手的动作加快起来了，脸沉着，做出这也并不难的神气。手拿着棍子一"杆"，又是一块饼子。

玉方老觉得背上背了一个人，像要被压倒似的沉重，头顶上感到老板那一股股热热的带有葱味的鼻气。他也一面加快着手上的动作，里面肚子里骂道：

"妈的，还不走！还不走！"

阿元只是两眼呆呆地望着自己手上捏的木戳，蘸着红，一个又一个的印在饼子上。但眼皮仍然像铅似的重，老要向下垂；他于是伸手来揉揉眼睛，竭力地睁大着。

老板这才走动起来了，右手摇着一把蒲扇。玉方如释重负地深深透一口气，把脸掉过去一看，却就和老板的眼光碰着，于是又只得赶快掉回来。老板瞪着一对眼睛站一站；又走过去。每一经过背后，玉方就感到毛骨悚然一下。他于是嘟起嘴看了华光一眼，肚子里却说着："妈的，你看他！"

华光向他瞪一下眼睛，伸手指指前面的面团，轻声地说道：

"快点吧！"

老板又慢慢地走了过去。

阿元的头忽然弯下，弯下，点在桌上了，砰！玉方一看见，忍不住嗤的笑一声，华光赶快就瞪玉方一眼。

"甚么？"老板忽然掉过胖脸来了，站在玉方的背后。玉方和华光又赶快埋着头，加快了手的动作。阿元吓得脸流汗水，不敢拿手去揩，直把木戳一个又一个的印着饼子。

"阿元！你看你那睡不醒的样子！昨晚上虽然熬夜，但你今上午……"老板忽然把下面的话缩住了，因为他记起前天阿元请假回家去了，回店来的时候，送来一块腊肉。于是他就转身，开始下楼梯。三个人都同时感到一种轻松，都深深地透一口气，一面肚里说着："妈的，我道你不走呢！"一面都同时把脸向楼梯口旋风似掉过去。老板已经只现了半身，但立刻又转身走上来了，全身都现了出来；大家又赶快把脸掉回去，俯着，加快着手上的动作。

"玉方！"老板喊道。

玉方赶快掉过脸来，斜签着身子。

"你家爹，说是把你的口食钱给我送来，到现在还不送来！嗯？"

玉方立刻很惶愧，迟疑了一下，才从喉管底里答道：

"不晓得。"

"哼，不晓得！听说他今天进城来了，有人在赌场碰见他！你给我找找来……"

玉方脸上装着一种很不高兴的神气，肚子里却暗暗喜欢，马上放下手上这讨厌的面团，就站起来。

"哦哦，不，"老板忽然喊道，"我不是叫你现在去，我是说叫你把货赶起来再找罢。"

玉方立刻又嘟着嘴坐回去。

老板终于转身走下去了。

大家这回才真正的深深透一口闷气，立刻又才很清楚地听见房后不断的蝉声，好像那蝉声把房间里都特别叫明亮了起来。

三个人互相看了看，都不期然而然地透一口气，说道：

"唉！"

玉方用袖子揩了脸上的汗水，便马上站起来，跑到阿元背后的一条茶几旁，拿起茶壶来含着嘴子喝茶。他看见那茶几上有一根白色的灯草，他便拈起来搁在阿元的后脑勺上。

"你又这样！"华光带一种责备眼光看着玉方。

玉方便向他挤挤眼睛走回来，一面抓起一小块面团，一面唱起来了：

"哪个的头上有根草，猴子摸跳蚤！"

华光也笑了，和玉方一同怀着一种需要发泄的心情，准备看着这光头的阿元会怎样狂怒的跳起来。

阿元搁下木戳在红盘子里，伸手就在后脑勺上准确地拈下那条灯草来笑道：

"我晓得的。你刚才在我背后喝茶的时候，我就晓得你在干甚么把戏。"他说完，就把灯草丢下地，依然又拿起木戳，埋下他的头去。

但玉方和华光终于也哈哈笑了。可是立刻也就觉得没有甚么可笑的，各人又注意手上的工作。一种可怕的沉默又笼罩了全房间，笼罩了每个人的心。加重这沉默的是从房后送进来的那吱——吱吱吱的蝉声。

华光看看自己旁边摆了三行的饼，又看看蹲在案桌当中的一个大圆灰黄的面团，忍不住就张开嘴打一个呵欠，一面说道：

"唉唉，天气真长，不知道又是多少时候了！这半天才做他妈的三十几！四百块，够赶呢！"他于是伸一个懒腰便向背后方窗口转过头去，向着楼下的天井边一看，只见那块斜方的黄闪闪的阳光好像一方透明的金黄布似的贴在靠天井边的壁脚，好像天天都贴在那儿似的。"唉，闷人的天气呵！"

"阿元！阿元！"老板的洪亮声音忽然在楼下喊起来了。

阿元应声着，立刻放下木戳。玉方和华光立刻又射出羡慕的眼光看着他。

"阿元，来一下！"

"来啦！"

玉方就在经过他们旁边的阿元屁股上捶了一拳：

"妈的，又是你去快活！"

阿元也捶他背上一拳，说道：

"嘻嘻，你去哇！"

"妈的，老板总不让我去哇！又是去帮老板娘买东西的罢？"

阿元没回答，立刻就下梯子，他知道自己的背上一定又是死盯着两双眼睛，那种带着忌妒的眼睛。他叹一口气，就一直走下去。

李大师忽然从那边楼上脸涨红着，双手抱着一大团冬瓜似的面团走过来。

"嚇，又来啦！"他喊着，便把面团抛在案桌上，砰的一声。

玉方恨恨地就给那面团一拳，打得面团凹进一个坑。

"怎么又来啦！我们这里还有这样多！"

"别吼。"李大师举起一只手掌一晃，立刻伸出一根指头指指楼下，"老板说过，今天还要赶夜工！"又指指对面那间楼房，"那边还有这么一大团没拿过来呢！"他把嘴使劲一撮，头就一摇一个圆，走回对面的那他们也在那儿工作的楼房去。

玉方和华光对望着，苦笑了一下。

"老板今天既然又要赶工，干吗老是把阿元喊下去！"玉方愤愤的说，把"杆"好的一块饼放在旁边。

华光也一面"杆"着饼，一面愤愤地说道：

"人家那天送一块腊肉呀！所以——"

"所以阿元就快活了！"玉方把手上的一块正要拓好的饼愤愤地打在案桌上，啪的一声。于是他就立刻想象着那闪烁着黄黄的阳光的街，街上幢幢的来往的人影，光着头的阿元就在这阳光下的人丛中走去。

而且这人丛中还有那尖下巴络腮胡子的爹，这时候一定是在赌场上的人堆中挤着，皱着两道浓眉，两眼不瞬地盯着牌宝。玉方于是张开嘴叹一口气，就把那块"杆"好，放在旁边。他看华光一眼，华光已没有先前那么快的动作，也在懒懒地捏弄着面团，两眼的眼皮垂下着，好像要瞌睡似的。他看着华光背后的窗框，窗框被天井边的阳光反射上来的黄光映得灰黄黄地，挂在窗上缘的蜘蛛网仍然丝丝明亮静静地张着。蝉声是闷人地不断送来，叫得眼前的一切灰黄都更加灰黄。于是，一种可怕的沉默又笼在他心上来了。很闷气。那黑黄黄的屋顶就像要压下来似的。很想打甚么，或者吼甚么。他举起两手来就大声地畅快打一个呵欠，嘴巴张得大大的。随即他就一面捏着面团，一面唱起来了；华光骨碌着一对眼珠看着他。

> 月儿弯弯照楼台，
> 打个呵嗐瞌啊睡来，
> 瞌睡虫闹上床来，
> 哎哟，哎唷，
> 瞌睡虫闹上床来，
> 哎哟，哎唷……

华光很有味地看着他，嘴巴带笑地张了开来，手都停止了工作。玉方于是越唱越忘情了。声音渐渐高了起来：
"叫你不嫖你要嫖，
把个——"
"在唱甚么！"老板忽然在楼下大声地吼起来了。
两个都吓得对伸出红舌头，好久都缩不回去。接着就听见老板走到天井里的声音。华光以为他上梯子来了，掉过脸去一看，却就和站在天井边的老板的眼光碰着。他呆了似的，不知道马上把头缩回来的好，还是不忙缩回来的好。

老板仰着他那涨红的圆胖脸，圆睁着一对眼珠，伸出一手指着窗口吼道：

"哼，你们！"他看见了华光的脸，"哼，华光！你也这么大了，比他们谁都大！你倒领头唱起小曲子来了！哼，我这是规规矩矩的店子，又不是妓院！哼，唱！唱唱唱，打滥仗！"他指着吼着，双脚跳了起来，"你们这些进城学生意的，好的没有学着，倒学着这些怪名堂！"

华光赶快缩回头来，脸发青，瞪着一对眼珠看着玉方，轻声地埋怨道：

"看嘛！唱，唱得好！干我屁事，倒说是我！我说不唱不唱，你总要唱！"

玉方苦笑一下，说道：

"好，好，对不住，对不住。"

"华光！"老板还在下面吼道，"你当心，下回再给你说！"

华光愤愤地掉过半面脸去说道：

"又不是我！"

天井里已没有了声音。

"妈的，你告！"玉方忽然愤怒了，鄙夷地看了华光一眼，"你去告哇！你告了，老板顶多骂我一顿，但是你——"

"我怎么？"华光愤愤地瞪着两眼看着他。

玉方只是报以鄙夷的一眼，立刻又埋着头捏起面团来。

于是又是沉默，沉默得只听见各人很粗的呼吸声。

阿元走上梯子来了，脸晒得红红的，汗水珠数不清地在额上鼻尖上冒了出来，身上穿的一件短汗衣，也给汗水浸湿成一片。他一到楼口，便喘着气说道：

"哎呀，好疲倦！妈的，我道叫我甚么事！是叫我去同一个夫子抬糖！妈的好热！"他用袖子揩着额上的汗水珠，"那东西重得要命。"他张开口就打一个呵欠，"一连抬他妈的几趟。"他说到这里，忽然诧异地张开嘴巴了，诧异地看着面前这忽然菩萨似的不说话的两个。他看看华光的脸，又看看玉方的脸。但他自己觉得两腿很酸，全身很疲倦，很想躺下来。于是不再说甚么，就坐在自己的座位上，靠着背后的茶几，扇着一把破芭蕉扇，长长地嘘一口气。

好一会儿，大概又做了六七块饼的工夫。

玉方渐渐觉得大家这么僵着，很闷气起来了。"刚才的唱，当然是我的不对，我怎么怪他呢？"他这么不安地想，就抬起脸来，希望和华光的眼光碰着，顺便笑一笑，大家就又可以仍然谈起话来，冲破这闷人的沉默。但一看，华光却仍然埋着头，两手动作得更快起来了。他再看看，华光仍然埋着头。他想："妈的，充甚么神气呀！老搭着师哥架子！"他就愤愤的把脸掉开，但他立刻忍不住嗤的一声笑了，因为他看见坐在案头的阿元靠着背后的茶几就睡着了，两眼半闭住，嘴巴大张开，额上鼻尖上珠子似的钉着几十粒汗水，手上还捏着破芭蕉扇。

"妈的，舒服啦！"玉方埋怨地说道，"还有这许多面团呢！"他忽然伸两个指头到红盘子里去了，蘸了红起来。

"喂，你又这样！"华光赶快说道。

玉方不看他，就在阿元张开嘴的上面画上一个红八字胡。阿元立刻眼不睁开地从鼻孔"唔唔"了一声，脸转动了一下，同时举起破芭蕉扇来在嘴边摇一摇，但立刻又停住。

"嚇，你真是！"华光又说道。

玉方偏不看他，随即又在阿元的鼻尖上抹上一块红。阿元又眼不睁开地从鼻孔"唔唔"起来了，脸转动了一下，把破芭蕉扇摇一摇，同时把手背揉揉鼻尖，立刻鼻尖的一块红和嘴上的八字胡都给揉成一片糊，这才给了大家一个很开心的畅笑。玉方笑得赶快伸手遮住嘴；华光笑得前仰后合，两手按着自己的肚皮。

忽然老板又在楼下喊起来了。

玉方和华光都呆了一下。

"阿元！阿元！"

"来啦！"阿元从梦中就答应出来，立刻张大一对眼睛呆呆地望了望面前的两个人。但立刻他就知道又是老板在喊了，便赶快偏偏倒倒地离开座位，向楼下跑去。玉方这才好像忽然惊醒了，两眼发直，赶快起身追到楼口喊道：

"阿元！阿元！"

阿元已经在天井边了，仰起那红鼻子红嘴巴的脸说道：

"等一息，我就来的。"边说就边转身走。

"喂喂，你的——"玉方抢着说。

阿元已跌跌撞撞地出去了。玉方立刻全身都紧了起来，背脊上的汗毛都根根倒竖。

"看嘛，我叫你别弄别弄！"华光也皱着眉头埋怨的说道。

玉方的心都捏紧起来了。但立刻就听见老板在楼下吼道：

"阿元！你这在干甚么的！"

"甚么？"是阿元的声音。

"哼，甚么！你拿镜子自己照照看！你这在发疯了！跳神啦！"接着就是一个巴掌声——啪！

玉方简直发昏了，他两手抓住楼门口的门框，不知道怎么是好。接着楼下又是拍的一声。

"看嘛，老板一问，你又要拖累我们的！"华光埋怨地说道。

玉方好像感到受了侮辱似的，不看他，咬着牙就一直下梯子去，他一面想："这算甚么！哼，累了你！我去承担了就是！"他刚刚走到天井边的门口边的时候，他忽然一愣地停住脚步了。因为他忽然看见柜房外正站着四五个街邻人在那儿哄笑地看着老板和阿元。他所有的勇气一下子又消失了。他犹豫着："是出去的好呢？还是不出去的好？"

"你说呀！"老板瞪着一对眼珠向阿元喝道，"你脸上这些红是怎么涂的呢？嗯？好玩么？你不想想这些红是要钱买的么？拿了我这些钱买来的东西来寻开心！"他捏起拳头来凸出中指就在阿元的光头上凿几个栗凿。

阿元哭丧着脸，咬住牙，两手捧着自己的头，躲着栗凿，只是向后退。

"你脸上的这些红，是那个给你弄上的？是你…你想变鬼了么!？"老板又逼进一步喝道。

阿元两眼滚动着泪水，僵了。"是玉方呢还是华光？"他着急地想，"不，不行，说了是他们不是更糟么，是会问出我的睡觉来的！"

"你傻了么！怎么不说话？"

玉方又犹豫起来了，他站在门框后边，全身都出了汗："不行，我得出去承认！"但他刚刚一动，却看见阿元的嘴唇颤颤地说起来了。

"那是我自己抹上的，因为印红的时候。红糊满我一手。"

玉方于是又立刻退回了，感到一阵轻松，但也感到一阵内疚，非常高兴而又非常痛苦地望着阿元那直直的身体，不知道自己应该对他怎样才好。

"哼，自己抹上的！"老板喝道，"去，去洗干净来，我再给你说！"

阿元刚刚一走进门，玉方便一把将他的手拉住，赶快伸手就去摸他头上打红了的地方。

选自 1936 年《作家》（上海）第 1 卷第 1 期

山坡上

一

　　圆圆的火球似的太阳滚到那边西山尖上了。敌军的一条散兵线也逼进了这边东山的斜坡下。在那一条白带子似的小溪流边，就很清楚地蠕动着那几十个灰色点子，一个离开一个地沿着那条小溪拉连了好长。黄色的阳光洒在他们身上，可以看得见他们那些戴着圆顶军帽的头在动和扳枪的手在动。几十支黑色枪杆的口子翘了起来，冒出一股股的白烟，噼啪噼啪地，直向着这东山坡上的石板桥头一条散兵线射来，从弟兄们的耳朵边和头顶上掠了过去：嗤——嗤——嗤——好像蜂群似的在叫着狂飞。蹲在弟兄们之间的王大胜，知道营长在背后树林边督战来了，他赶快又用肩头抵住胸前的掩蔽物（这是临时在这桥头用许多大理石堆成的一条长长的矮墙），向着坡下沟边灰色点子开了几枪。他刚刚从枪身上抬起脸来，忽然一颗子弹向他脸前的矮墙石尖上飞来，啪的一声，几块破石片和一阵石砂都爆炸起来。他赶快一缩颈子，把自己的三角脸向石堆后面躲下去，鼻尖在枪托上碰了一下。随后他抬起发青的脸，赶快举起右掌来，从额角直到下巴摸了一把，一看掌心和五指只是些石砂点子，并没有血迹，这才对着手掌心吐了一口宽慰的气，同时怕人家知道似的连忙向两旁蹲着放枪的弟兄们扫了一眼。只见在这一条掩蔽物后面的几十个弟兄们，一个一个的都依然相隔三尺模样靠墙蹲着，都把军帽的黑遮阳高高翘起在额头上，紧绷着黑红的脸皮，挺出充血的眼珠子，右手不停地扳动枪机，噼啪噼啪地把子弹向坡下射去。他把眼光收回来的时候，就看见左肩旁隔三尺远蹲着的刘排长，正用他的左肩抵住胸前的掩蔽物，撑出黑杆子的步枪，用没有闭住的一只右眼，凑在枪的瞄准器后面，他那有着一条金线箍的圆顶军帽就好像嵌在枪身上似的在闪光。

"快放！"刘排长忽然把那戴着金线帽的头抬了起来，两眼喷着火似的向两旁很快的一扫。

王大胜赶快避开刘排长的眼光，不使他看见自己这还在发青的脸，便右手抓着枪机一扭，推，咔的一声又把一颗子弹推上枪槽。在这很快的一个动作间，他从眼角梢似乎觉得到刘排长的两眼又盯住他这很灵活的右手在闪光。

斜坡下的左旁，那一带抹着斜阳的黄绿色大树林边，一幅黄绸大旗忽然一闪地从那里撑了出来。随着一阵尖锐的冲锋号声跳出了几十个灰色人们，手上都端着闪亮着刺刀的长枪，一路射击着向坡上冲来。登时那一片只是阳光的黄土坡上便零乱地动着许多恐怖的黑影。跑在最前面的就是那一面呼呼翻飞着的黄旗。黄旗后面戴着圆顶军帽的一群里面，也随即吼出蛮号子来了：

"吓——吓——吓——呜——"声音非常尖锐而庞大，轰得天光发抖，连桥头的这一条掩蔽物都好像震得索索摇动。两旁弟兄们又加紧地一阵快放。

"打那旗子！"刘排长又伸起圆脸来，白着嘴唇，两眼向两旁一扫。

王大胜的嘴唇也发白，但左眼角梢依然好像被牵引着，老是觉得刘排长的两眼在看他。他于是立刻摒着呼吸，很灵活地把脸一伸，将右眼凑在瞄准器后面，指着那黄旗瞄得很清切。"哪，你看！"他心里这么喊一声，便把右手曲屈着的食指扣紧扳机一扳——叮！只有枪机上的撞针单调的响声。

"嘿，妈的！"他把发烧的脸一抬，粗声地喷着唾沫星子说。接着他就又用一种解释的口气加添道："嘿，恰恰是这一枪瞎了火！妈的！"他说完了这话的时候，还是老觉得刘排长似乎在对着他从鼻孔发出冷笑，而且似乎看得他简直不把眼睛掉回去。他于是又凶狠狠的抓着机柄，退出那颗子弹，推上另外一颗子弹，推势太猛，把枪身都朝前冲了一下。

"你妈的！"他口里咒着，手指扣着扳机，向那飘来的黄旗一扳——叭！他立刻从枪身上抬起他那兴奋的黑红三角脸，只见那飘到半坡的黄旗一偏，随着一个灰色的人就倒下去了。那飞跑的一群突的都怔了一下。只听见桥头弟兄们的枪声都加速地在快放，在闪动的斜阳光中充满了白色的浓烟和火药的气味。

"哪，排长这回一定要说了：'这回还是我的那一排出色，你看，王大胜那家伙，一枪就打倒敌军的旗子，这回一定要请镇守使升他班长'……"王大胜脑子里忽然电一般地闪过这个念头，他的眼角梢就特别觉得被左边的金线帽所牵引；他想望过去，看看刘排长在怎样对他闪着惊异的眼光。他掉过脸去一看，左肩旁的刘排长却正俯着脸，从胸前十字交叉的子弹袋里摸出一夹银色尖头的子弹，嘴一歪，便把它按进枪的弹仓，随机又全神贯注地闭住左眼，用右眼凑在瞄准器后面，向掩蔽物下面瞄准。王大胜张开嘴，把眉头皱了一下，想："嘿，他并没有看我！"

他把脸掉向前面的时候，只见那面黄旗已被另一个灰色的人拿起，又抢在那一群人的前面跑来了。几十个圆顶军帽紧跟在呼呼翻飞的黄旗后面，闪亮着几十支枪剌的白光。在一阵密集的枪声中，蛮号子又震天动地的重复吼起：

"吓——吓——吓——呜——"

王大胜右肩旁一个新弟兄吓得直发抖，好像在向他身边躲来，但移不两步，就啊呦一声倒在王大胜的脚边。王大胜知道又完了一个了，竭力不看他，只把脸伸到枪身上，右眼觑着瞄准器，就在这一刹那，忽然觉得眼角梢甚么东西一闪。他立刻抬起脸来，向右一望，不由的就泥菩萨似的呆住了，三角脸刷白，嘴唇变乌，就在眼前离桥不过五六丈远的右前方，在那玉米秆林子当中，居然出现了敌人的另一支抄队。那玉米秆林子遮住了敌人的脸面和身体，只露出十几个圆顶的灰色军帽。最前面的一顶军帽是箍着一道金线的，那黄澄澄的一条特别觉得触目。立刻，玉米秆林子一摇动，便闪出十几支刺刀明晃晃的长枪，黑洞洞的枪口直对住这桥头放出一股股的火光，和白烟，雨似的飞来噼噼噼的枪弹。王大胜扣着扳机的食指也发抖了，只觉得口里发麻，全身的热血都一下子凝冻了似的，头脑好像就要炸裂。但见两旁弟兄们都把枪移向那里快放，他也咬住牙，镇静地把枪口移过去，指着玉米秆林子那儿的金线军帽瞄准；就这瞄得清切的当儿，眼角梢又好像被刘排长的眼光牵引了去，他于是就兴奋地用食指扣紧扳机一扳，叭的一声，只见那戴金线军帽的敌人就在那玉米秆林子中倒了下去。他的脸更兴奋地发光了，因为他忽然觉得刘排长的手一抓一抓地在扯他的左肘。他掉过头来一看突然的一下子他又一惊地呆住了，三角脸变白，嘴巴都大大地张了开来。眼前呈现的刘排长，正朝天仰着他那惨白的圆脸，躺在右墙后面，两眼翻白，鼻子右边有一个圆圆的鲜红窟窿，鼻孔和口角都涌出猩红的鲜血，染红的半边脸，向着耳边流下去，滴在黄色的泥土上，两手还在痉挛地抽搐。

"嘿，妈的！"王大胜说；两眼都好像被那鲜血映红，冒出强烈的火焰，同时脑子里这么阴郁的一闪："完了！"在这当儿，敌人的蛮号子声音已经震天动地的逼上前来，面前的这条矮墙也给它震得发抖。他急忙掉过脸去一看，只见那半坡跑来的敌军已跟右前方的那支抄队混在一起，逼近石桥来了。他于是赶快把脸掉向背后，对着那容易逃跑的黄绿树林边闪着两眼一看，却见头戴着金线军帽的连长正站在那儿的一株树边，一手高举着手枪粗声喊道："不准动！死力抵抗！"他又只得掉回头来，那一面黄绸大旗却已一闪地在桥头出现了。几十支枪头刺刀都闪着雪亮的寒光，渐逼渐拢。掩蔽物后面的几十个弟兄们，立刻混乱了，都不再听连长的叫喊，就像一群吃惊的鸦雀各自飞奔逃命。顿时跑得震动山坡，地上散满着凌乱的黑影，一阵黄尘漫天漫地地腾了起来。王大胜苍白着他的三角脸，慌忙离开桥边的黄土大路，沿着树林边的草地撒腿就跑，忽然一堆乱草绊住他的一只脚胫，他便在自己的黑影里一仆跌了下去，随即便听见许多脚板打自己头边跑过去的声音，背上屁股上还被谁重重地踏了几脚。背后是一片震天动地的喊杀声。他赶快一手紧抓住枪，一面挣扎爬起，一面连连掉头向后看。在那一片闪光的黄尘飞舞中，他模糊地瞥见一个跑落后的弟兄被一条雪亮的枪头刺刀追上了从背后猛的一刺，那人啊呦一声便倒下去了。他于是用牙齿咬紧了下唇，竭力不让自己的膝盖发抖，从草地上挣扎起来，正要拔步，只听见一声"杀！"随见一条雪亮的枪头刺刀已正对自己的肚子刺来。王大胜向后一个腾步，还不及站稳了脚，却看见面前那个头戴黑遮阳军帽的黑麻脸汉子第二下又刺来了。他急忙双手抡起枪杆使劲向那个闪亮着刺刀的枪横砍过去，就听见夸的一声，白光一闪，黑麻脸汉子两手里的枪杆便蹦出许多路外去了。那汉子的麻脸立刻点点发青，举起空空的两手向王大胜胸前猛扑；王大胜还来不及向后跳一步，双脚一飘，一个翻身就被他压着倒下去了，后脑勺在草地碰得砰的一声响，黑麻脸爬在他身上，右手抡着拳头就要向他胸口打下来；王大胜急忙伸出两手打横里一格，随即叉开两双手爪，挺上前去扼住黑麻脸的咽喉，使劲摇了两摇，同时将两膝盖挺起来往上一顶，黑麻脸便从王大胜身上滚下地来，军帽都离开他的脑壳跳了开去。王大胜从草地上一翻身爬了起来，分开两脚骑在黑麻脸身上，左手的五指紧扼住黑马脸的颈梗，将他扼牢在草地上动弹不得，右手抡起铁锤般的拳头，向他额角上狠狠的一拳，立刻见他两眼一翻，脸色顿时翻了白；随即又举起拳头，对他额上脸上接连的擂，直擂得他口角冒出白沫，鼻孔流出鲜血，就一丝儿不动了。王大胜慌忙爬了起来，忽然又斜刺里出现一条雪亮的枪头刺刀，直向他肚子刺来，噗的一声响，刀尖刺破军服直进肚皮；王大胜发昏地用力向后一跳，将肚子脱开了刺刀尖，一股殷红的鲜血随着喷了出来。他急忙双手按住伤口，在不知有多少敌人的一片喊杀声中，他沿着树林边向前跑了十步光景，便觉心头一阵慌乱，口里一阵发麻，两腿一软，仰翻身就倒下去了；两耳嗡的一声，眼前火星乱迸，立刻便昏了过去。

二

太阳落下西山去了一会，月亮便从那黑黢黢的东山顶露出她那圆圆的白脸，刚爬上蔚蓝色的天边，马上就把她那清凉的淡绿光辉洒了下来，抚摸着掩蔽物后面横横直直的尸体，也抚摸着这树林边草地上躺着到黑麻脸。黑麻脸觉得一阵清凉，渐渐才意识地觉到了自己的头脑，两手就在身体两边微微地动一动，他疲倦地一睁开那涨痛的两眼，清凉的月色立刻就抹上他那闪光的一对眼珠。他看见那圆白照明月正在向上升，被一块破絮般的白云遮了进去，只现着一个模糊的轮廓，立刻却又在那白云的上边露出脸来，洒下比先前更加明亮的清光。就在这很快的一瞬间，他忽然惊觉了："我怎么睡在这里的？"同时也是很快的一刹那，他就记起了那骑在他肚皮上的敌人，那三角脸，那一手扼住他的咽喉，一手捏着拳头对准他的额角雨点似的捶击下来的景象。他于是举起右掌来抚摸额角，那肿起来的皮肤立刻就刀砍似的痛了起来，烫得掌心都颤了一下。他一摸到那湿腻腻的鼻孔和嘴角，忽然非常吃惊了，赶快把手指移到眼前，对着明月的光辉一看，五指上完全粘满黑色的粘液。"呵，血！"他这么一想，全身都紧了一下。一股怒气冲上来了，挺出一对眼珠，把那粘血的手指捏做拳头就向身边的草地上捶下一拳，恨恨地向着自己脑中的三角脸影子瞪了一眼，并且想像着这一拳恰恰捶在那三角脸的鼻尖上。一股凉风掠过，旁边的那些抹着月光的树梢叶子都顺着一个方向摇动，索索的响了起来；四野的乱虫也立刻起着杂乱的鸣声，他又才记起自己仍然是躺在战场上的。"不知道我们边防军是打胜了还是打败了？"他皱着眉头想。"不，一定是打胜了，一定的。我们第三连也许已经进城了！妈的，为甚么不把我抬走？"他愤愤地把头从草地上向上一抬，颈骨立刻痛得刀砍一般，好像就要断了下来似的。头又只得躺了下去。痛得咬紧的牙关都发起抖来。"有谁扶起我来就好了！"他这么一想，就更加觉得被剩下来的孤独，全身都好像冷得痉挛了一下。他摸着疼痛的颈项，就叹一口气。在周围是凄清的虫声，在前面是悠悠的月色，黑黢黢的远山和近山，在眼前画着弯弯的几重弧线，怪兽似的蹲在那里。身边的一丛树林，也显得非常黑黢黢。忽然他的两眼很吃惊了，因为他仿佛看见有许多黑色的东西在那树林里边躲躲闪闪地跳动。他捏着一把汗定睛看去，原来那树林里从许多叶缝漏下来的月光，在随着微风一摇一晃地动，忽然圆月被一朵黑云遮去了，眼前顿时变成一片黑暗。旁边的树林都立刻伸出狰狞的爪牙，乱虫都吃吓得停止了鸣叫。黑暗得使他的鼻孔都窒塞起来。只见一星绿莹莹的光，从那头的黑暗中出现，渐渐移了近来。忽然一晃地又不见了，立刻却又是一星，二星，三星，忽然十几星，都绿莹莹地，闪闪烁烁上下飞舞。"是萤火虫。"他决定的这样想；意识里却又隐隐地疑心那是鬼火。那十几行绿莹莹的光也更加闪烁了；他全身都缩紧起来，也就更加觉得这黑黢黢的周围都在隐藏着甚么可怕的东西，只要注意的一看他就会跳出来站在面前似的，一股凉风沙沙掠过，他全身的汗毛都就根根倒竖。月光终于从那朵黑云中挣出来了，立刻又把黑暗驱散，洒下她的清光。

"我得走！"他一面这样坚决地想，一面就两手按着草地向上一挣；颈骨却又刀砍似的痛了一下，头就像重铅似的抬不起来，他于是只得又躺了下去。"我走哪去？"他立刻又自己回答："当然回连上去！"一想到连上，他心里就一紧，全身都也痛苦地跟着缩紧起来了；因为他好像觉得自己已经站在一圈弟兄们的包围中，眼前一个个全是嘲笑的嘴脸："你们看，李占魁这家伙简直是死卵一条！居然拿给打败了的敌人几拳就打昏死过去！哈哈哈！"他于是又冲上一股怒气来了，挺出一对眼珠，恨恨地瞪着脑里记忆中的三角脸影子，又在草地上捶一下拳："哼，我李占魁膘你奶奶！"他在肚子里这么骂了一句，同时把牙齿咬紧起来，磨得格格作响。

忽然一条黄狗跑到身边来了，舌条拖在嘴外边抖了几下，嗅着鼻孔伸到他肚皮上来。他一惊，忍着颈项的疼痛，很快地就翘起头来。黄狗吓得赶快把嘴向上一扬，夹着尾巴向后退了一步。他于是捏起右拳向前一挥，黄狗才掉转屁股拖着尾巴跑去了。他趁势全身用力翻仆过来，爬着，闪着两眼追着那狗跑的方向看出去，他的黑麻脸立刻起着痉挛了。就在前面四五丈远的石板桥头掩蔽物后面，横横地躺着三条尸体，靠过来一点又是直直地躺着两条尸体，都脸朝上，两手摊在身体两边。正有十来条白的黄的黑的各种颜色的狗，在那旁边零乱地围着，用嘴有味地咬着他们的肚子。一条白狗的嘴从一个尸体的肚皮里拉出条闪光的肠子来，长长地拖出，有许多黑液一点点地滴在地上。狗嘴一咬动，就吞进五寸光景，动几动，就吞得只剩两寸长的肠子尾巴在嘴唇外边它，它长长地伸出舌条来一扫，立刻便通通卷进嘴去。刚刚跑过去的那一条黄狗，也把嘴向那尸体的肚子里插进去，含出一块黑色的东西来，一点点的黑液滴在地上。白狗呜地咆哮起来了，闪着两星眼光，张开嘴一口就咬住黄狗的耳朵，黄狗痛得举起两脚跳了起来，猛扑白狗，两条狗就打起来了，冲得那十几条狗一下子混乱起来，都乱跳乱咬，几十只脚就在那五条尸体的身上践踏着冲来冲去。

李占魁看得倒抽一口冷气，全身都痉挛起来，两颊害疟疾似的起着寒热。"如果我不早醒转来，恐怕肚皮已经变成血迹模糊，肠子都被吃光了！"他恐怖地然而又感着一种侥幸似的想。忽然在不远的树林边，传来"嗯——"的一个呻吟声，他立刻很兴奋，两眼都发了光；"原来不只我一个！还有人！——人！"他这样从心底里闪出希望的光，向着左后方扭歪疼痛的颈项望过去，就在前面十步光景，也爬着一个人，翘起三角脸，那三角脸上的两眼在闪光。"哼！原来是这家伙！"他的麻脸立刻点点发青，一股怒火从两眼喷了出来，脑子里面这么紧张地感觉着，"不是你死，便是我亡！"咬紧牙关，两手按着草地便向上爬起。

三角脸的王大胜也看清了黑麻脸，见他忽然站起来，向前扑来。"糟！这家伙居然也活转来了！"王大胜心慌地一想，赶快把按着肚皮上刺刀伤口的两只血手一挣，伤口痛了一下。他咬住牙关，全身紧张地爬了起来，捏起两个拳头的时候，李占魁已又出两手向他身上猛扑过来，王大胜两脚一飘，仰翻身就被压着胸口倒下去了，后脑勺在草地上碰得砰的一声。他立刻伸出两只手爪抓住李占奎的两肩，鼓着一口气向上撑住，使李占魁的拳头打不下来。李占魁也伸出右手抓住王大胜的右肩，硬挺地撑住，把王大胜的军服都撑了上去；右手的五指就像王大胜的喉管抓去。王大胜把颈项躲开一边，咬住牙，两手抓紧李占魁的两肩向左旁一推，两脚的膝盖用力向上一顶，李占魁一偏就翻下草地去了。王大胜立刻翻了上来，压在李占魁的身上；两个仍然互相撑出两手抵住对方的肩头，两个脸对脸地距离两尺远光景。李占魁趁王大胜还没压得稳，也抓紧他的两肩向着右旁一推，两脚的膝盖向上一顶，王大胜又包裹似的翻下草地去了。忽然肚子那儿发出"噗"的一声，两个都一下子泥菩萨似的呆住了。李占魁赶快扫过眼光去一看，只见王大胜的肚子上裂开长长一条口，一捆花花绿绿的肠子带着黑色的血液就从那儿挤了出来，对着明月的惨淡光辉在圆条条地闪光；血水流了出来，在伤口两边的黄皮肤上留了四五条黑色的小沟，滴在草地上。他忽然感到一阵克敌的痛快。王大胜痛得两眼喷火，在那很快的一瞬间，抓住李占魁的右手就往口里送，牙齿咬在手臂上；李占魁的左手在草地上，动不得，便翘起右脚尖来准备踢去，还没踢到，王大胜忽然惨叫一声，就昏了过去。李占魁一怔，右脚立刻就一愣收回来了，赶快从王大胜地牙齿缝把自己的右手拖了出来。他蹲在旁边仔细一看，只见王大胜的三角脸在月光下呈惨灰色，两个颧骨尖尖地突了出来，两眼愣愣地翻上，非常的可怕。掉眼来看王大胜的肚子，只见那挤出来的花花绿绿的肠子两旁，正在不断的流出鲜血，流过那黄皮肤一滴一滴地滴在草地的时候，还借着月光在草地上闪着一点点的黑影，他的麻脸忽然痉挛起来，两眼都好像被那鲜血映红。他再看王大胜的脸，这才看见那凹下去的两颊皮肤，在起着痛苦的痉挛，微微地颤动。他忽然觉得眼前的这三角脸非常可怜起来了。"如果今天我的肚皮也破了，不知道怎样了！"他这么一想，全身都起了鸡皮疙瘩。一条黑狗跑来了，抖动着嘴边三寸长的舌条，闪着两星眼光望着那肚子上的一堆肠子。他于是就在自己的脚边抓起一块石头来，手举在头顶以上，一挥地向前掷去，黑狗退一步，掉转屁股拖着尾巴就跑去了。就在这一刹那，王大胜又醒转来了，马上就觉得肚子一段痛作一团，好像有千千万万的针尖直刺进皮肉里去；但他紧紧咬着牙关，竭力不让自己在敌人面前哼出声音，只是一面瞪着一对眼珠，恨恨地看了那黑麻脸一眼，一面伸出五根手指颤颤地摸着肚皮，伸到伤口边，指尖一触着那伤口，立刻又是一阵刺心的大痛，手指一抖地又缩回来了。

"哎呀！受不了！谁打我一枪就好了！"他的脑子里只是这么痛苦地想着，依然不让自己的声音哼了出来，竭力咬紧牙齿，把整个身体侧左侧右地摇动，两手的五指死死抓住身体两旁地上的草根，抓进泥土里去。忽然身旁甚么东西一晃，他掉眼看去，只见五条狗跑来了，很清楚的五个狗脸，在嘴边拖出舌条，对着自己肚子上的一堆肠子就站在旁边。他立刻全身都紧张了，那刚才桥边的尸体被咬破肚皮的景象，立刻向他威胁来了。他全身发热，两眼立刻闪着恐怖的充血眼光。"完了！就这么在敌人的眼前给狗完了！"他这么绝望地想着，两手就在地上乱抓，寻找石头。伤口一扭，立刻又是一阵刺心的大痛，气都透不出来，他便本能地揸开两手，十指扼住自己的喉管，同时坚决地想道："我倒莫如自己弄死的好！"忽然有几个石块一晃地向那五条狗掷去了；五条狗夹着尾巴一退，分开，立刻都又冲了上来。一条黄狗在最前面跳起四脚来汪汪地狂叫，那几条狗也都跳起四脚来汪汪地狂叫。王大胜一怔，看见李占魁居然就在旁边向上一冲地站了起来，右手一挥，又打出了一把石子去，一条黄狗和一条黑狗的鼻尖各着了一块，夹着尾巴调转屁股就跑。剩下的三条狗还在冲来。李占魁再蹲下来，伸手去抓石块的一刹那，王大胜看着这粘满鼻血的黑麻脸，忽然感着一种奇怪的感觉，觉得那麻脸倒并不可怕，而且和自己似乎还有着一种甚么相同的东西。他看得身体一扭动，伤口又痛得使他全身发抖了，痛进心里，痛进骨头里；但他把咬紧的牙关放开了，用着惨伤的声音称震动山林地痛快叫了出来：

"哎呀——我的妈呀——哎呦——"

李占魁就在旁边一起一伏地甩出石块和狗搏战。三条狗都夹着尾巴逃了开去的时候，他才说道一声："他妈的！"把剩下的几块石头随手向地上丢去，有一块忽然滑落在王大胜身边；王大胜躲了一下，伤口立刻又是一阵大痛。他于是又叉开两手扼住自己的喉管，指头把颈珠都按了下去。

李占魁皱着两眉，赶快两腿一弯蹲下来了，自己觉得好像做错了一件事情似的，两眼紧紧盯住那咬紧两排牙齿的三角脸，想说话，嘴唇动两动，自己又不知道应该怎么说才好。于是张着嘴叹一口气。

王大胜终于下了一个决心，两手离开喉管，大胆地望着李占魁的黑麻脸，喘着气颤声地喊道：

"喂，弟——"他刚要叫出去平常叫滥了的"弟兄"两字，立刻却又觉得不好意思，马上就把它吞回喉管去了，单是痛苦地硬生生地喊道：

"喂，我受不了了！我受不了了！请你把我弄死吧！把我一枪——哎呦——"他惨叫一声，立刻又闭着两眼，两手扼住自己的喉管，痛得两脚后跟紧紧抵住草地。

李占魁心头一怔，觉得非常难过。终于大胆地伸出两手去抓住王大胜的两手，从喉管拖开，颤声地说道：

"弟兄，你别这样，你别——"

王大胜立刻用痛得把自己的两手抽回去扼住自己的喉管，从咬紧的牙齿缝哼出"哎——哎——"的声音。李占魁皱着两眉，举起右手来，抓抓自己的后脑勺，搭响着嘴唇，无可奈何地望着王大胜的脸，终于他又把手伸去了，抓住王大胜扼住喉管的手爪一面扳开，一面说道：

"啧，弟兄，你别这样，啧，你别……弟兄……"

王大胜忽然感觉着从李占魁的两手流进来一股温暖，一种从来没有感觉过的温暖，他好像立刻忘了痛苦，反手来紧紧抱着李占魁的两手，睁大一对发热的红眼睛望着面前的黑麻脸，颤声地震动山林地大喊一声：

"唉，弟兄——"泪水立刻从一对眼眶涌了出来，在眼角梢积成珠子，映着明月的光辉颤一颤滚下耳边去。

李占魁也立刻感动得嘴唇乌白，一种从来没有过的温热，沿着两手冲上心来，眼眶都冲满了泪水。他从糊模的泪光中，紧紧盯住三角脸，也把自己的手抽出来紧紧握住王大胜的两手。他掉脸去看看那肚子上的肠子，叹一口气，又掉脸来看看那土灰色的三角脸，又叹一口气。皱紧了两眉，说道：

"怎么办，怎么办，唉！啧……唉！……"

王大胜的两颊忽然痉挛起来了，在鼻头和嘴角两边起着几重弯弯的皱纹，从咬紧的牙齿缝挤出细微然而坚实的一声：

"唉，弟兄——"便两眼一挺，昏了过去。

李占魁就那么抓住他的两手，眼眶热热地。两颗泪水闪一下光，便滴在王大胜的脸颊上。

月儿也好像看得皱起脸来了，向着一朵乌云后面躲了进去。留在李占魁眼前的是一片伤心的黑暗。

一九三五，十月

原载 1935 年《文学》第 5 卷第 6 号

选自《多产集》，文化生活出版社，1936 年

山坡下

赖大卷着袖子露出两条黄瘦的手臂，在他肩旁的老婆，也是两手卷着袖口。都在慌慌忙忙的弯腰扑向床里去抓出一些东西，又蹲向床下抓出一些东西，都丢在地上铺着的一方蓝色包袱布当中。四

个小孩子围在包袱布周围，都圆睁着黑亮的大眼睛，盯住他两个，看他们一会儿把变黄了的白布卧单卷作一团丢下来了，一会儿把一大包米丢下来了……满屋子都腾起雾似的灰尘，在那薄暗的光中飞舞。靠在门框外边的赖老太婆，右腋下夹住一个圆篦簸箕①，里面装着六七双给孙儿们剪的黄色笋壳鞋底，底下是一些红的布角，蓝色的布片，旁边还有一把发了黄锈的剪刀，装满针的针筒，缠满线的线板……她皱着一张风干了的香橙似的脸，两眼呆呆地向着篦簸箕看着——这些天天做惯了的小鞋底，在眼前闪着黄亮亮的光。她叹一口气，便又唠叨起来：

"又逃难，又逃难！我真活够了！长毛那年，逃离，反正那年，又逃离！前四年闹'洪宪'，今年又闹北洋兵。那些要死的光打仗，逼得我们不安生！逃，逃，逃得好，甚么东西都逃光！从前那死鬼就偏要逃，逃到山洞里，七天七夜，饿得嘴青脸黑，等到回来，精打光，精打光……"

赖大嫂抬起一对阴凄凄的眼睛，又向老太婆瞪了一眼，苍白的嘴唇颤颤地动了两动，就小声的咕噜起来了：

"你不逃，就不逃好了，老糊涂了，尽管噜噜嗦嗦。我来你家就是精打光的，难道把我陪嫁来的东西都要精打光！"

"唉唉，你少跟她吵几句好不好？"赖大忽然一挺地站直起来，看了老婆一眼，"快些收拾好，看着就要打到镇上来了！"

"唷唷，我哪里是跟她吵？"赖大嫂说着，鼓起腮巴子，也一挺地站直起来，两手叉腰。

"好了好了，你对你对——我去看看伯伯②他们收拾好了没有。"赖大避开老婆的眼光说着，便跨出房门，经过母亲的肩旁，向外走

---

① "篦簸箕"就是"针黹篮，"也叫"针线簸"。——原编者注
② "伯伯"指岳父。

去。赖老太婆也跟着他转身，把右腋下的圆篾簸箕移到左腋下夹住，右掌伸出去摸着墙壁，一双小脚儿一拐一拐地跟在后面，说道：

"我是不去的，我是不去的……"

赖大跨出那透着一片天光的大门，随着他的脚后跟反手就把门关上。赖老太婆就在墙壁边愣住了，苍白着两片薄嘴唇。

"'不去不去，'我们是要去的！"赖大嫂忽然从房里送出来这一声。

赖老太婆把耳朵侧过去听了听，立刻就转过身，把左腋下的圆篾簸箕又移到右腋下，拿左掌摸着墙壁，一拐一拐地回转来愤愤说道：

"我跟他说话，没有跟你说话，你——"她还没说完，就见媳妇擎起一只手掌，向那拖着她衣角的三儿腮巴子上拍的就是一个耳光，口里骂道：

"还要吃！还要吃！死活都不晓得！没有你们我也清爽些！"

三儿张开嘴哇的一声就哭了出来。

赖老太婆就一瞪地站住了，两片苍白的薄嘴唇抖了几下，话还没有说出，忽觉背后头一亮，她掉过头一看，见大门大开着，赖大苍白着脸色，慌慌张张跑进来了。

"打来了，打来了！快些快些！伯伯他们都收拾好要走了！"赖大跨进房门，便一面把一个大红板箱背在背上，一面抱怨地说，"妈的！年年在我们身上逼了多少的捐税去，就拿去打仗！打仗！"他一手抓起四儿，搁在老婆背上；老婆赶快拿一张布单把四儿的屁股一盖，拉出两条带子来勒着两肩在胸前架个叉形缚好。接着她一手提起一个大而圆的包袱，一手抱起了三儿。赖大只把二儿抱起，跨出房门，一把抓住老太婆的手肘：

"妈，走了！打来了！"

他看见还夹着圆篦簸箕的母亲直瞪着一对吃惊的眼珠呆呆地看着他。他急得皱起双眉，在地上顿了一脚，不由分说地向外就拉。

"爹呀——"大儿却在背后哇的一声哭出来了。

赖大掉过脸去，见五岁的大儿伸着两手向前扑来，一把抓住他屁股边的衣角，打腿边仰起脸来，哭喊：

"抱，抱，爹！"

赖大皱着眉头，叹一口气：

"走！走！这样大了，还要抱！爹要搀奶奶！"

赖老太婆忽然抽出自己的手肘：

"我不去，我不去。你抱他去……"

但赖大又一把将她抓住了：

"妈，啧，打来了，啧，走呵！"他喊着，又在地上顿了一脚，唉了两声，随即把二儿送过去，放在老婆提包袱的一只手弯里。转过身来把赖老太婆的圆篦簸箕拖了下来。

"啧啧。"赖大嫂忽然发出这么两声。

赖老太婆于是又把两眼瞪起来了，抢回地下的圆篦簸箕，闯进旁边自己睡的一间黑暗的房里去，把篦簸箕放在床头，就一屁股坐在床沿上。

赖大着急得不知怎么才好。紧跟着追了进来，顿着脚，说道：

"妈，啧，打来了，啧，走呵！"他声音抖着，好像要哭出来。但忽然他一惊，脸色一变。把耳朵尖起来一听，隐约地似乎有谁在远处炒豆子似的噼噼声。"妈，枪声，你听！"他于是又一把抓住母亲的手肘，把她拉了起来。赖老太婆也只得走起来了，但走了两步，她还转身向床去，在枕头下摸出一串发绿的青铜大钱来，揣进胸前的衣怀里，又把针筒和线板都拿了起来，揣进胸前的衣怀里。

"妈，走了！"

她跟着走了两步，立刻却又站住了，掉过脸去向着那铺有一片破席，挂有一顶四方形破蚊帐的床深深地看一眼，摇摇头，又叹一口气，眼眶边莹莹地涨满泪水。但赖大终于把她拉着走起来了。到了大儿的面前，赖大便把空着的一只手抱起大儿。

"天呵，菩萨呵！"赖老太婆一面跨出大门，一面凄然地说，"这一把老骨头要丢在山洞里的，要丢在山洞里的，我六七十岁了，还要去抛尸露骨……"她走下阶沿，掉过脸来，看见媳妇正在拉着门扣关大门，那熟悉的门额上贴的一条画满符咒的黄纸都随着那关出来的风飘动起来。她的心一紧，那一飘一飘的黄纸，似乎在预告她这住了几十年的房子很难再见了！那变成污黄的门额和门板在她眼前都忽然变成鲜明起来。她叹一口气，泪水簌簌地流了下来。但忽然她一惊，脸色变成苍白了。只见远远的巷口正有五六个肩上挂枪，头戴军帽的老总，用绳子牵着两三个穿蓝布衣服的人走来。

"呵呵！"她惊叫一声，便抓住赖大的手拉了一把，爬上阶沿，夺掉媳妇手上的门扣，一掌掀开门，便跌跌撞撞地走进门来了。

赖大同老婆也慌张地走进大门，抓起一条门闩来，赶快用力地插在大门上，嚓哒一声。

"看嘛看嘛，尽挨尽挨，拉夫来了！"赖大嫂顿着脚抱怨地说，"你听，枪声也近了，要死要死！我家爹他们不晓得怎样……"

"真是不晓得伯伯他们怎样了！"赖大皱着眉，转过脸来也抱怨地说，"妈，你看嘛！拉夫来了！怎么办！唉，真是！"

赖老太婆只是吓得张开嘴唇望着他，急得眼眶里也涨满了泪水。心里非常难过地想："早该让他们走了的！"但她却抖着嘴唇说道：

"我早就是说不去不去，你们要自己尽挨！我又走不动，我原说不拖累你们，你们把孙儿们照顾着走就是。我又不怕人来拉我的夫，又不怕人来奸我，我是老……骨……头……了……"她说不下去了，眼角就又滚出一串泪水珠，向着颧骨边画了一条水线，滚了下去。

"大儿他爹，她不去就算了，快些，趁早后门还走得脱！"赖大嫂乌白着嘴唇，抓住赖大的手，"反正她也走不动，我们又不能背她。走了走了！我家爹他们不晓得怎么样呢，我们还要赶快追他们去！"她抱起大儿来，放在赖大的左手弯里，又抱起二儿来放在赖大的右手弯里。自己便把三儿抱在提了一个大包袱的左手上，伸出右手去拉赖大。赖大只是看着母亲，自己的眼眶也涨着莹莹的泪水，心里决不定是走的好，还是不走的好。

突然——

砰……砰……砰……砰……砰……砰……

三个都一下子脸色变白，把耳朵尖了起来，很清楚地听见是几个拳头捶着隔壁一家的门板的声音。赖老太婆的膝盖发抖了，立刻伸手推着赖大的肩头，颤声地说：

"去吧，去吧，你们去吧！快去逃你们的命！去，去！"

赖大也抖着膝盖：

"去，去。"他无可奈何地叹一口气，就跟着老婆经过睡房旁边的一条小巷，走到灶间，拉开了后门出去。赖老太婆一手摸着墙壁，一双小脚儿一拐一拐地跟到后门口，靠着门框，看他俩走去。赖大走在前面，背上是红木板箱，两肩现出两个孙儿的头，赖大嫂走在他的旁边，背上是一个孙儿，右肩上也现出一个孙儿的头。赖大走几步又掉回脸来一下，走几步又掉回脸来一下。他俩走过前面的一坪草地，绿草在他俩脚下现出一块一块的脚印。他们已走到那一株大树的田旁边的黄土大路了。那大树的绿叶好像张开的一把伞。他们都被遮了进去，但立刻又现出来。忽然外面捶门板的声音很大了，显然是捶到自己的大门。赖老太婆的膝盖又加紧发抖起来。"但愿他俩快走到看不见了吧！"她想。呵，走到那一块白色的墙边了，差不多只能看得见两个蠕动的黑点。两个黑点绕过那白粉墙的拐角，不见了。她还用一手掌搭凉篷似的搁在额上，两眼一眨一眨地还望着墙拐角那儿好一会，才深深地嘘一口气。她尖起耳朵听那捶门板的声音，那声音却又远了，枪声却噼吧噼吧地密了起来，似乎就在前面那一个白色墙角边发响。"他们要不遇到老总才好呢！但愿他们几步就转出那有着茂密森林的沙湾，趱进那两崖夹成斜谷的小路才好呢！天！菩萨！保佑他们吧！"她想。

轰隆！！！

忽然一个庞大的声音，雷似的好像从空虚里迸了出来，应山应水嗬嗬嗬地发响，把那青色的天空和地皮都震动得发抖起来。赖老太婆一惊，伸出发抖的露骨五指一把就抓住身边的门框。她脸色顿时惨白，两片薄嘴唇都颤抖了，两脚膝盖直发抖，好像要跪下去。接着却又是第二声：

轰隆！！！

应山应水地又发出嗬嗬的回声。只见前面发现许多人乱跑。赖老太婆吓得赶快转身，两只发抖的手扑着墙壁，向着灶头脚边走去。一路发昏地喊：

"天呵！菩萨呵！……你这些挨刀的！打！打！……天呵！"

一个大铜锣似的筛灰篦筛在她两脚前一绊，她一突坐便跌了下去，屁股击着地面砰的一声。她失神地张开乌白的薄嘴唇坐在地上很久。她伸出两只发抖的手撑着地面，想站起来，但脚膝一抖，撑不住，又坐下去了。"唉，我怎么要让他们走呵，连拉我一把都没有一个人！"

轰隆！！！即刻就听见这庞大的声音把天空划得呼呼呼地发响，最后似乎就落在墙外，墙壁都震动得簌簌发抖，沙沙地落下灰尘来。坐在地上全身发抖的赖老太婆，赶快两手抓起那一个大铜锣似的篦筛，遮在头上。篦筛在两手上直发抖，许多灰尘就从筛眼漏了下来。"我怎么要让他们走呵！一家人团团圆圆……"她正在这么发抖的想的时候，忽然又是一声：

轰隆！！！划着空气呼呼呼价响，接着房顶上哗啦一声，落下几片瓦来，一朵红光在面前闪了一下；赖老太婆的右脚一抖，眼前一黑，两耳嗡的一声，立刻就失了知觉。不知多少时候，渐渐地，渐渐地，眼前又才开始模糊起来，在混沌的黑暗中，似乎透着一线模糊的灰色，灰色渐渐扩大，面前就现出背着红木板箱的儿子，他两只手上抱着两个孙儿。儿子旁边站住的是媳妇，她背上背一个孙儿，手上抱一个孙儿。却又好像隔住一层青烟一般，似乎近，又似乎远，儿子顿着一只脚，皱着两眉说道：

"妈，啧，打来了，啧，走呵！"

赖老太婆两手去圈着儿子的两腿一抱，同时大喊一声：

"呵，我的儿！"

可是抱一个空。她全身一抖，睁开眼睛，面前却只是一间空荡荡的灶屋，后门的门口空洞地透进来一片灰白的光。大炮声已经没有了，远远却还有着断断续续的枪声。但儿子的影子就似乎刚在她睁开眼睛时会把那灰白的光遮了一下走了出去。她于是大声地喊道：

"老大呀，老大，你别走，来，来，你看娘只有这一把老骨头了！来，一家人，团团圆圆……"同时她把手撑着背后的墙壁，身体向上一挣，但她的腿子好像被谁砍了一板斧似的。她痛得呵呀一声，赶快又坐了下去。俯着脸一看，她的脸色立刻变成惨白，嘴巴张得大大的了，眼前的这景象简直晴天霹雳似的几乎把她吓昏过去。但她咬牙镇静着，仔细一看，自己右脚的裤子从膝关节那儿烧断了，斫成残缺的破布。破布分开，现出断了的膝关节，血红的碎骨和碎肉，膝管骨在那血红中透出一点白色，血水从那碎肉与碎骨那儿汩汩地流了出来，好像涌泉，流在泥地上，汇成红红的一摊。在一摊血水中就有两块煤球似的有棱角的铁块，赖老太婆立刻明白这大概就是轧断腿子的东西。那断了去的小腿，血肉模糊地，横躺在自己左脚的旁边，缠在那小腿上的裹脚布已烧成破片，乱七八糟地翻着。她一把抓了过来，捧在眼前，惊叫起来了：

"呵呀，我的妈！"她简直发昏了，几乎忘了疼痛似的，痴痴地盯着这小腿好久。小腿的膝关节的一头固然是流着血，现出碎肉和碎骨，而尖尖脚的一头的脚尖也没有了，现出那白色的脚掌骨，骨的周围是破了的皮和肉，血腻腻的。她脑子里面简直不能想甚么了，捧着那小腿，把那膝关节的一头对准自己大腿的膝关节一凑，只想把它接上去，但她立刻浑身一抖，呵呀一声，赶快就把捧着的小腿离开大腿。这一下，她才知道完全绝望了，扁着嘴放声地哭了起来。泪水莹莹地从她两眼流出来，滴在大腿上，变成红色。

"菩萨，菩萨，呕呕呕……我的儿呀！我怎么不同你们一块走呵！母子们团团圆圆的哟……儿呀！儿呀，我的孙儿呀……"

她一面哭，一面把小腿上面裹着的破布一片一片地扯下来，现出一条两头血红中间黄色粗皮的肉棒，好像刮了毛的猪蹄子。她把小腿紧紧地抱在自己的胸前，手指摸抚着那皮子，号哭了一阵，终于把胸口仆在地上，两手向前爬动起来，她的那只断了的大腿流出来的血水就在地上画了一条红色。她爬到后门口，先把空着的左手抓着门槛边缘，再把拿着两头血红小腿的右手伸出门槛去，头翘起来，两眼向前面一望，忽见远远的那一个白粉墙面前，现出几个黑点子似的人影在蠕动。

"儿呀！儿呀！我的儿呀！"赖老太婆对着那黑点子大声叫喊，把抓住门槛边缘的左手伸出去，胸口搁在门槛上，两手便临空高高伸出，好像要拥抱甚么似的，那两头血红的黄皮小腿还摇动两动。"来，来，娘要同你一块呵！"

那些黑点子转过那白粉墙的拐角，就不见了。她哇的一声又哭了起来。两眼的泪水不断地滴落在门槛外边的地上，粘住尘土，珠子似的滚了开去。她甚么都忘却了，枪声也不理了，唯一的想头就是追上去。她咬住牙把两手向前爬，终于爬过门槛，那断了的膝关节在门槛上刮了一下，她呵呀一声，全身都痛得抽紧起来。流着泪水，脸枕在右手上躺了一下。

"儿呀！我的孙儿呀！"她又咬住牙把脸抬起来了。可是就在这同时她面前正出现一群成千的黑色大蚂蚁，在向着她手上的血红小腿奔来，在小腿的脚管骨边，正有两个大黑蚂蚁在那儿凸出的一块碎肉边转圈子。那碎肉周围的血水还是湿腻腻的，两个蚂蚁的细脚便洗澡似的在里面乱动，染成亮亮的红色。前面的一个就用它头上两条粘血的触须夹着碎肉的下面，碎肉一动却把头压住了，于是所有细丝似的脚都在浅浅的血水里乱动起来。后面的一个蚂蚁伸出头上的两条粘血触须去推那碎肉，前面的蚂蚁才拿出它染红的头来，于是绕着碎肉又转了一圈。在脚管骨那面又爬来一个，接着又来一个，接着又是排着的三个，都用头上的两条触须划着血，夹着肉，在那碎肉周围转动。赖老太婆一看，突然愣住了，她痛苦地感到：自己被打成这样，连蚂蚁都敢来相欺了，她伸出五指就把七个蚂蚁都抹下地去；七个蚂蚁便在地上画了七条红线，混进那成千的黑蚁队伍里去。她把小腿翻转来一看，立刻两颊痉挛，全身都觉得痒痛起来了。在这一面膝关节的脚管骨边，正爬着成百的大黑蚂蚁，几百只脚和几百条触须在一个肉洼的血水中翻腾。有一半蚂蚁的被染成了红色，血亮亮地爬动。她立刻觉得这小腿的肉简直痛得要命。伸手又去抹，痛得很厉害，就像几百针尖似的刺进心里。立刻她也就明白这痛的不是手上拿的小腿，而是大腿的膝关节。她便把头弯到背后，皱着脸，一看，那裤子的破布片露出来的一角肉红的膝关节，似乎也有许多黑东西在那儿爬动。她把小腿移到左手里紧紧捏住，刚伸出右手到大腿那儿去的时候，左手里的小腿忽然很凶的跳动起来了，在向外面抽。她赶快掉过脸来，就看见一条光着一对圆眼睛的黄毛狗在啃那小腿。同时斜刺里又有一条白毛狗和一条黑毛狗追来了。

"呵呀……"赖老太婆怪叫一声，把小腿拖了回来，只见那血红的脚掌那一头已被咬去了一角皮子。她立刻，扁着嘴放声地哭起来了。赶快把小腿紧紧地按在自己胸前压在地上。三条狗的眼睛都在狠狠地对着她，嘴里发出呼呼的声音。黄狗还在咂嘴，伸出红舌头舐着嘴边的红血。黑狗和白狗就把舌条长长地拖在嘴唇外，出着热气，一抖一抖地。赖老太婆举起右手来一挥，喊道：

"吁！"

三条狗只把头动一下，依然又抖着舌条望着她。忽然黄狗走到她背后去了，黑狗和白狗也尾在它那尾巴后。赖老太婆跟着掉过脸来，就看见那黄狗伸出舌头来舐她大腿膝关节的血。黑狗和白狗也伸着舌条插嘴过来了。她痛得叫了起来，右手举起来挥了几下。狗们却依然伸出舌条舐着大腿，发出很有味的声音。她一看，几十步以外却才有一堆断砖。她便右手紧捏着两头血红的黄皮小腿，向那断砖开始爬动。她爬一步，狗们也跟着追一步；仍然用舌条舐着膝关节。黄狗追了两步，索性咬住膝关节上一块翘起的皮子。赖老太婆呵呀一声，浑身都发抖了，发昏地举起两头血红的黄皮小腿便向着那狗头打去；三条狗都夹着尾巴向后退一下，但一看清是肉，黄狗便张开口扑上来了，"啊唔"一声，一口咬定小腿的脚掌。赖老太婆两眼充满恐怖的光了，伸出左手去帮助右手，紧紧抓住小腿的膝关节向后拖；黄狗咬住不放，也斜撑着四脚向后拖，黄狗和白狗张开大口都向中咬来了。赖老太婆被咬得呵呀一声便放了手。黑狗嘴趁势便一口咬定小腿的膝关节。于是黄狗和黑狗嘴对嘴地咬住那一条黄皮小腿，都不放。黑狗嘴把小腿向地上一按，黄狗嘴也把小腿向地上一按。赖老太婆鼓起全身的力，翘起头，举起两只手爪向前扑去，白狗却正向那两个狗嘴之间插下嘴去，一口咬住小腿的中部，向旁一拖，便含住跑了。黄狗和黑狗都叫了起来，向着白狗追去。

"我的腿……腿……腿……"赖老太婆两眼发热地翘起头来。把两只手爪高高地伸出。"腿……腿……腿……"但那三条狗互相咬着抢着，在一株大树旁转弯，尾巴一扫就不见了。赖老太婆的两耳嗡的一声，牙齿一咬，眼前顿时变成黑暗，高高伸出去的两手向地上一搭，惨白的脸便慢慢地慢慢地搁在地面，鼻尖埋在土里。

这时候远远的枪声又逼近来了，而且中间还夹着"轰隆"的大炮声。

一九三五，九月

选自周文：《多产集》，文化生活出版社，1936 年

雪　地

一

这是一个西康的大雪山，这里的人都叫它做折多山的。

雪，白得怕人，银漾漾地。大块大块的山，被那很厚的雪堆满了，像堆满洋灰面一样。雪山是那样光秃秃地，连一根草，一株树都看不见。你周围一望，那些大块的山都静静的望着你，全是白的，不由你不嘘一口气。你站在这山的当中，就好像落在雪坑里。山高高地耸着，天都小些了。其实你无论如何也看不见天。你看那飞去飞来的白雾，像火烧房子的时候的白烟一样，很浓厚地，把你

盖着。所以你只能够看得见你同路的前一个人和后一个人；在离你一丈远走着的人，只能很模糊地看见，好像荡着一个鬼影，一丈远以外的，就只能听见他们走路的声音了。山是翻过一重又一重，老看不见一点绿色或黄色的东西。阴湿的白雾把你窒闷着；银漾漾的白雪反射着刺人的光线，刺得你眼睛昏昏地有点微痛，但是你还得勉强挣扎着眼睛皮，当心着掉在十几丈深的雪坑里去。

在这个一望无涯的白色当中走，大家都静悄悄地，一个挨一个的走。因为是太冷、太白得怕人了，空气太薄了，走两步就喘不过气来。那裹着厚毯子裹腿的足，一步一步很小心地踏下去，这一踏下去，起码就踹进雪两尺深，雪就齐斩斩地吞完你的大腿，就好像农人做冬水田两只足都陷在泥水里，你得很吃力地站稳右足，把左足抬起来踏向前一步的雪堆里，左足小心地站稳了，再照样的提出右足来，又楚楚楚地踏下前一步的雪堆里去。

无论你是怎样强壮的人，照规矩你是不敢连走六七步的，要那样，就会马上晕死在这雪山上。他们照着规矩走三步歇一口气，抬起头望望那模糊的白雪和白雾，心里就微痛地打一个寒噤。他们那毯子裹腿，是和内地的军队用的布裹腿两样。那是西康土人用没有制练过的羊毛织成，像厚呢一样。他们虽是裹着很厚的毯子，但是走了一些时候就已经湿透了。从大腿到足趾简直冰冷的，足板失去了知觉，冻木了，但是有时也感觉这足趾辣刺刺的痛。粗草鞋被雪凝结着，差不多变成了冰鞋，缩得紧紧地，勒着足板怪不受用。想解松一下，但是在雪地里又站不稳，只好将就吧，咬着牙起劲再走。

他们身上穿的军服也是白毯子做的；已经黑了，还臭。身上是驮满的枪支，子弹，军毯……七七八八的东西。东西可算不少，但还是冷得要命，不过并不打抖，冻木了。手指冻得不能抬起来抹胡子，手像生姜样。其实在这雪山上走怎么也不能抹胡子，因为胡子被呼出来的气凝结成冰了，你一抹，胡子就会和嘴皮分家。张占标那老家伙的胡子，就是那样不当心抹掉的，好笑人。

在走来累得喘不过气来的时候，也要出一点汗；汗出来黏着军服，马上就在军服上变成了冰。出一次汗，心里会紧一下，肚子里就像乌烟瘴气的怪不舒服；像是饿，又不大想吃。连着翻了四天这折多山，总是那样又饿，又不想吃，满满的一袋糌粑①面，并没有减少多少。不过要走路，也得勉强吃点，填填肚子。

有二十来个兄弟的手指是已经被雪冻脱了的——他们不知道冻木的身体，应该睡在军毯里让它们慢慢的回复了活气。他们才一歇足，就把手去烤火，第二天手就黑了，干了，齐斩斩的十只指头就和自己脱离关系。现在他们不能再拿枪，不能再捏糌粑给自己吃了——这些都是他们为国戍边的成绩！在这调回关内换防的路上，不能拿枪就做背枪的工作，一个人五支，嗨呀嗨地踹着雪堆走。

本来他们是整整的一营，在上半年开出关去防藏番的。在出关的路上就冻死两排人在山上，另外有一排人被雪连足趾都冻脱了的，成了废人了。本来向钱上打算一下，一个月仅仅能领得几角钱的零用，早就想足板上擦油——溜他妈的。但是不行。像这大山，雪山重重包围的西康，溜是溜不了的，十个总有十一个捉回来，起码让你吃个把外国汤圆。他们这大半营想逃的人，一想到外国汤圆，只好硬着头皮开出关。在甘孜县住不上几个月，藏番就打起来。抵抗了几个月后，连这二十来个没有指头的弟兄算在内，仅仅只剩五六十个人了。不过营长还是一个，连长还是三个。排长虽也只有两个了，却另外增加了两个营长的蛮太太。

现在他们是奉命换防回来了，大家都觉得好像逃出了鬼门关似

①　糌粑：是藏文的译音，用青稞、燕麦之类炒熟磨成粉，是西康人主要的食品。要吃的时候，用手调着粉和着酥油捏成面团，就叫作糌粑。——原编者注

的，他们虽是也想起来那雪坑里冻死的弟兄，枪弹下脑浆迸裂的弟兄；但是想过也就算了，自己总算是活着回来。

不过他们变多了，心里老是愤恨着一种甚么东西，但是大家都不讲，老闷在心里。

李得胜的肚子饿了。但是他自己没有手指，不能捏糌粑喂自己嘴的。他肚子里非常的慌乱，就更加喘不过气来。他差不多要晕倒了。他叫住他前面的吴占鳌扶他一下。他们站着。吴占鳌开始帮他捏糌粑。

拍！拍！营长在马上抽下两马鞭来，而且骂着：

"老母子个屄！野卵肏的要掉队！屄，屄，掉队！"

他两个被鞭子打得呆了，痛苦地望望营长又走起来。

营长的确非常威严，皮帽子，皮军服，皮外套，坐在马上胖胖的，随便那一个兄弟看见他都要怕；再加上他那副黄色的风镜把眼睛遮着，他究竟是在发怒，是在笑，看不出来，更可怕。不过大家都像不满意，前面走的更是有点好奇，于是就传说起来了：

"营长又打人了！"

"营长又打人了！"

"……"

像传命令一样，从后面一个一个的传连到前面。

营长于是喊道："屄，屄，不准闹！"

大家就静默了，一个挨一个的在白雾当中小心的走。只听见踹得雪楚楚楚地响，刺刀吊在许多屁股上拍呀拍地摆动着，中间也杂着几匹马颈上的串铃声，丁丁丁地。就好像夜间偷营一样的小心走着。

营长这次虽然还是皮帽子，皮军服，皮外套，而且还增加了两个蛮太太，而且也增加了四个"乌拉"① 马驮的真正云南鸦片烟；可是他的心里也怀着一种怨恨：他怨恨自己不是旅长的嫡系（他是老编军系被宰割后收编来的），他怨恨旅长太刻薄了他。他想：

"尻，尻，尻，他的小舅子营长为甚么不派出关来！一个月的军饷又要四折五折的扣！说甚么防止英帝国主义的侵略，叫我的一营兵去死，他的小舅子在关内安安逸逸的享福！现在一营人给我死去娘个尻的两连多，尻的旅长用这毒方法来消减我！"

他在马上越想越愤恨。他悲痛他的实力丧失，他惧怕他的地位动摇，他就愤恨地抽了马一鞭子。

马在无意中挨了一皮鞭，痛得跳了，雪块像大炮开花样从马的脚下飞射起来落在前面几个兵的颈脖上。马的头向前猛冲一下，在前面背着五支枪的夏得海被冲倒了。枪压着了他。他爬在雪堆上叫不出来，昏死了。因为雪太深，陷齐马的大腿，跳不动，所以营长还是安全的驮在马上。

营长勒着马，叫前面的几个兵把夏得海拉起来。

好半天了，夏得海才渐渐的转过气来。营长叫他慢慢的在后面跟着，叫前面的几个兵一个人帮他背一支枪。

队伍又走起来了。

一些怨恨的声音又像传命令般从后面一个一个的传连到前面。

夏得海一个人在后面，痛苦地一步一步的爬着。冷汗不断的冒。足像不是自己的，爬不动。队伍已经掉得很远了。他愤恨，他心慌，眼泪大颗大颗的从眼角上挤出来。他抬起冻木的手去揩眼泪，他又看见他那没有指头的手，秃楚楚地，像木棒。他更痛苦了。乱箭穿他的心。他仅仅把那木棒般的手背在眼角上滚了两下。

---

① 乌拉：是苏文的译音，凡是牛马统叫作乌拉。它的含义有差役或奴隶的意思。在汉人通常称马为乌拉马，称劳动的康藏人为乌拉娃。——原编者注

"老夏！来！我搀你走！"

他抬起头见是刘小二向他走来，心里好像宽松一些。于是两个人说起话来了：

"营长叫你来的么？"

"膝他的娘！他不要我来呢！咱们弟兄一营人，就已经只剩他妈的五六十个了！死……我怕你一个人给老虎抬去，我来陪你。他妈的营长不准我来。我给他妈的闹了。不是张排长帮我说话，他妈的还不要我来！……"

"膝他妈的屄！膝他蛮太太的屄！把老子撞昏死他妈的啦！"

"膝他的娘！咱们兄弟死的死，亡的亡。他们还是穿皮外套讨蛮太太！克扣咱们的军饷去贩鸦片烟。打仗的时候，看见英国军官他们脸都骇青了，藏番冲锋来，他们躲他妈的在山后面。咱们弟兄，患难弟兄。老子现在不说，进关去才三下五除二的给他妈的算账！"

夏得海觉得问题的中心已经找着了，也说道：

"膝他屄！算账！算账！……"

忽然后面不断的串铃响，响得非常讨厌。

"你们为甚么要掉队！想逃？"是营副沙沙的声音。

他两个只是搀着慢慢走，不理，也不回头看。

渐渐地串铃声越响越多，已经到了面前。

营副向来就和连上的士兵非常隔膜，遇事只晓得摆臭架子。这两个兵今天公然不立正回答他说："报告营副。"这已是有伤他的尊严，何况又是当着书记长，军需长，司书们的面前丢他的面子。他也老实不客气地抽下鞭子，骂道：

"你想逃，你……你……"

刘小二痛得愤火中烧。不知怎么，愤虽是愤，见着长官总是服服贴贴地。他那冻木的身体被鞭子抽得辣辣的痛，差不多痛闭了气。他陷在雪堆上，瞪着好半天才呐呐地说明他们掉队的原因。书记长们在马上笑了。其实并不好笑，不过好像他们在雪雾当中骑着马闷了半天，借事笑着好玩儿。

一会儿，营副们已经骑着马走向前去了。还有五个勤务兵也骑着马，押着几匹"乌拉"驮的辎重，紧跟在后面。渐渐地，那些人马离得很远，隐约地，在那纱一般的白雾中消失了。

"臊他的娘！臊他的娘！"

"狗子，这些混账王八旦！咱们弟兄送死，他们升官发财！狗养的勤务兵也骑马。老子们一刀一枪地去拼命，拼命！……老子有田做，哪还当他鸡巴的兵！他妈的！"

夏得海似乎要说出甚么，但是又冷，又痛，又饿，肚里面空空洞洞的，又像乌烟瘴气的，嘴唇颤动一下，又闭着了。

两个对望了一下，心里都冲动着一种甚么，只是不说出。

他们搀着又在雪里慢慢地颠起来。

白雾渐渐薄起来了。

太阳在山尖上射下来，对着雪反射出一股极强的光线，烧得擦满酥油①的脸皮火烧火辣的怪疼。眼睛简直不敢睁大。

那几十个的一队已经慢慢地走了好远。

蛮太太骑着马在崖边上挤着了，几乎把陈占魁挤下崖去。陈占魁眼睛昏昏地向里边一挤，蛮太太在马上一滑，滑下马鞍来。她叫了。

营长叫连长们叫队伍停止前进。他骑着马走到蛮太太的身边。他恨恨地踢了陈占魁一足。

呵嗬！陈占魁就连人带枪，稀里哗啦地滚下崖，落在雪坑里

---

① 酥油：是用牛奶煮熟，装在木桶里，用木棒舂，到冷时，牛奶便变成酥油，同黄油一样，也是食品中主要的一种。通常调糌粑及熬茶之用。在雪山上走，必拿这东西来擦脸；不然，太阳射着雪的反光，会把脸皮烧焦。——原编者注

去了！

因为雾子薄些了，大家都看得很清楚，哇呀哇呀哇地哄闹起来。

连长和排长的脸都白了，白得怕人。

大家都感着一种沉重的压迫，都在愤怒，说不出一句话，只是闹。

营长在马上手慌足乱了，通身在发战，他颤抖抖地拿出手枪来骂道：

"屄，屄，造反了！那个敢再闹！屄，军法……"

马旁边的李得胜忽然也跟着叫道：

"屄，屄，营长！"

劈拍！营长打出一手枪，却并没打着谁。他愤怒地足一踢，李得胜又连人带枪，滚下崖，落在雪坑里去了。

"哇哇！"

"哇哇！"

"哇哇！"士兵们都叫起来了。

"不准造反！"李连长很威风地叫出一声。

陡然，这空气很薄的雪山，被这些声音的震动，立时阴云四合起来。太阳不见了。很浓的白雾又笼罩了下来，浓得伸手不见五指。密密麻麻的雪弹子往下直落。人声在这阴暗中，在这雾罩中，渐渐地又静下去了。

雪弹子越落越厉害，大家的愤怒也到了极点。但是人都被打得僵木了。没有办法。① 只好把军毯铺在雪地上，裹着身体睡了下去。长官们也都下了马睡着。静静地。

---

① 在西康走路，常常要打五六天的野，才能见得着人家。在雪山上遇着雪弹子来时，就把毯子一类的东西连头裹着睡在雪地上，到雪弹子落完时才起来。雪常常是堆尺多高。——原编者注

二

第二天早晨醒来，觉得身上压得重重的，好容易才从尺多深的雪堆下钻了出来。在雪堆下埋着倒还暖和，刚刚一钻出雪堆，白雾便把你包围着，马上就冷得发抖。不过雪是早停止了，雾也不那样浓；但还是看不见山顶，看不见天。

肚子饿，还是那么乌烟瘴气样，还是不想吃。

腿子陷在雪堆里，像不是自己的。实在不想再走。

心头愤恨着，愤恨着。还是愤恨着：

"他奶奶的屄，当鸡巴的兵！"想叫出来，但是又没有叫出来。

听见前面有人踹得雪楚楚楚地响，接着是问话声：

"你是——？"

"我是陈大全。"一个人答了。

接着便看见李连长模糊的面孔，对准着自己问：

"你是——？"

看见李连长那付卑鄙凶恶的面孔，早就令人恨不得打他两耳光，但是不知怎么自己又答出来了：

"我是杨方。"

连长又走到后面去了。杨方想，就是踢起这么一足呀，便把他跌下崖去，但是足冻木了，提不起来。

耳朵注意着听点后面的一个名，听了半天，不见有声音。

连长在后面喊了：

"杨方！"

"有！"

"来！"连长说。

不知怎么，腿是连长的样，连长一喊，自己僵木的腿也提动了。

连长指着一个雪堆说道：

"把吴癫头拉出来！"

杨方看了连长一眼，不说甚么，便同王冈弯下腰去，用手把雪拨开，手被雪冻得痛，痛到心头。

呵嗬！吴癫头冻死他妈的了！嘴唇缩着，像笑死样。身体已经僵硬了。

连长叫把吴癫头的枪弹取下来，叫杨方背枪，叫王冈背弹。杨方的心里真是又悲痛，又愤怒，但是终于把枪背在身上。

连长又走到后面去了。

"他奶奶的屄，干掉他！"杨方说。

王冈对他笑了一下。

渐渐地，雾薄起来了。

前面一个一个的传着命令来：

"准备！出发！"

"准备！出发！"

一个一个的又传到后面去了。

不想走，不想走，但是又不能不走。管他妈的，勉强梗梗噎噎地塞了些糌粑在肚子里去。脸上又糊上一层酥油。

他妈的，走吧！城里面算账去！

楚楚楚，楚楚楚，人又在雪堆里动起来。刺刀又在屁股上拍呀拍地摆动着。马铃的声音也响起来了……

今天总算真的逃出了鬼门关。在太阳落山的时候，已经望见了打箭炉北关的棚子，接接连连的房子的烟囱，都在冒着烟。看见了瀑布般的水，看见了黄黄的山，看见了喇嘛，看见了商人……的确雪山是走完了。看见了街市，就好像回到家乡一样，心里也就宽松了一点，不由得不嘘出一口闷气——嘘——

不知怎么，在要下山的时候，足虽是痛得要命，总是走得那么起劲；现在看见了棚子，倒反而拖不动，腿子真酸的要断。看见没有雪的地面，简直想倒下去睡他妈的一觉再说。

几个兵在石头上坐了下来。口里吹着嗯哨，眼里望着那些田。张占标心里想：有田种多么好。

"坐着干甚么！"连长骑马吼着来了。

"报告连长！我们休息一下。"

"胡说！"李连长吼着，恶狠狠的下了马，提着马鞭走了米。

几个兵并没有正立；坐着说：

"报告连长！足要断了！"

"娘卖屄？你，你，你，"连长的鞭子在兵们的背上抽着，"到此地还敢捣蛋！断了也要走！走！"连长把最后的一个"走"字吼得特别响。

愁苦着脸，大家望望又站了起来，腿子简直没有知觉了，还是要痛苦地拖着走。

看见了旅部，门口摆着一架机关枪，十几个兵在门外闲散地站着，望着这回来的一队。中间有几个是认识的。

"弟兄！辛苦辛苦！"认识的几个向他们打招呼。

夏得海望望他们，痛苦地伸出两只没有指头的手，其余的几个也同样的伸出来晃了两下。夏得海苦笑道：

"弟兄！这就是出关的手！"

大家就对望着苦笑一下。

忽然对面几个武装的兵士，搀着用绳子绑着的两个徒手兵押着过来了。

"逃兵！"谁叫了一下！

大家都望着那两个，像上屠场的猪样搀着过去了。

这时街上已经在关铺子了，但是很闹热：许多兵拉着一串一串的夫子在街上走。说是第三营准备后天开出关。大家都快感了一下，意思说：我们总算是活着进关来了。

因为一想到自己，更觉得拖不动，甚么都不想，只想倒下去。

他们宿营的地点，是东关口的一个破庙里。营长，营副，书记长，以及两个连长住在另外一个好地方。

一点名，又少三个，说是昨天在雪弹子下面冻死了。现在大家都没有心思来理这些。只想睡，横躺直躺的在神龛面前就呼噜呼噜地睡着了。

三

第三天，还没有吹起身号，就有一个人影子，鬼鬼祟祟的，在神龛面前，在人堆里跳过去，跳过来的，嘘嘘嘘地讲着话。

许多兵都迷迷糊糊地坐了起来。手指揉着眼睛，都像傻子样望着那个人。有些在咳嗽，吐痰。

出了甚么岔？

仔细听，仔细听。……

那个人在讲：

"旅长把营长扣留了！昨晚上。"

"是么？扣留了？"

睡着的也爬起来。足腿硬得像木棒，身上的骨头像挨了一顿毒打样，痛得要命，但是终于爬了起来。

大家围做一堆，黑压压地。头在攒动。嘴在议论：——

"扣留了吗？我们的饷？"

"饷？营长不是说回来发？几个月一齐。"

"旅长就是说他们克扣兵饷呢！"

"我们报告旅长去！"

"他还有鸦片烟，四驮，四驮！"

有些人望着那大殿上的鸦片烟箱子发笑。

一大堆分成几小堆，谈着，讲着。

起身号吹过半天了，还不见吹点名号。连长和排长都慌张地进一头，出一头的，像忘了点名。

有几个兵跑到连长室的窗子外边听。

"营长的事总算弄好了。"连长的声音。

"旅长不要他赔饷了么?"王排长的声音。

又是连长说:

"营长找参谋长说好，送旅长一驮鸦片烟。旅长要营长今天就走，免得兵士为难他。"

"那，这些兵士怎么对付?"王排长又问了。

"今天马上改编。哪个捣蛋就枪毙哪个！"连长这么答，他故意把声音放响一些。

几个兵离开窗子，把消息带到人堆中来，几个小堆又聚成一大堆。又议论起来了:——

"旅长把我们卖了！"

"他们原是官官相卫的！"

"臊他的娘！我们性命换来的钱！"

"我们向营长要去！"

"干！要去！不去的算狗鸡巴！"

尖屁股伍桂是著名的逃兵。他从十五岁起就当兵，现在已经三十岁，跳过三十几个部队了。上半年出关时，因为山多，终于还是不敢逃。这次他真也没有想到他会活着回来，能在人堆中站着。他离开人堆又溜到连长室的窗子外边去了，耳朵靠着板壁，听不见甚么;又把眼睛挨近窗眼。

忽然背上辣剌剌的挨了一鞭子，接着又是拍拍拍的几下。他痛苦地转过背来，望着张排长。张排长吼道：

"你在此地干甚么！唉，干甚么！怕要造反了！"

伍桂用手摸摸他痛辣辣的背。

"在动些甚么！不晓得立正吗？这些不识好的东西！滚开！"

张排长把话说完就跳着跳着向连长室走去。人都望着他的背后嘘了两嘘，他只装着不听见的进去了。

一会儿，连长同排长们走到大殿里，叫五个勤务兵和两个伙夫把鸦片烟箱子搬到营副住的那屋里去。还剩下两箱，又叫两个伙夫和两个兵士送到旅长的公馆里去。两个排长押着去了。

"集合！"连长叫着，又把口笛逗在嘴上呼呼呼地吹起来。

伍桂向列子懒洋洋地走去。

"死人！"连长吼着，接着就是一拳，"快点！"

列子站好了。报数也报过了。

连长把那凶恶的眼睛，从左至右向列子扫了一下，吭着嗓子喊道：

"听到！"

列子里面混乱的把足收了回去立正。

"在干些甚么！没有吃饭么！"连长红着脸骂。

大家只是懒洋洋的听着。有些足腿酸得打闪闪。

"现在跟你们宣布一下：本营今天改编到第三营，旅长的命令。今天营长要回军部去。我们现在把武装准备好，去欢送。听到没有？"连长把话说完，眼睛直直地望着列子。

列子里的头都在骚动，大家望了望。里面只是零零碎碎的答出几声"听到了！"

"干甚么！干甚么！"连长愤怒的叫了，闪着贼一般的眼光，好像要找谁出气，"这成甚么队伍！嚇！军纪都破坏完了！哪个要捣蛋的站出来！站出来！"

列子又静静的了。

连长本要找个把人来出出气的，但是也觉得队伍一改编，自己的位置都靠不着了，他歇了一下又吭着嗓子说道：

"现在马上就准备好。听到没有？"

"听到了！"

"稍息，解散！"

列子散了。兵士们混乱地向着大殿走去，一面讲着话：

"他妈妈的改编到第三营去吗？"

"才进关来又要出关吗？"

"膘他的娘！还要把咱们剩下的送死吗？"

大家都知道第三营快开出关，都觉得死义摆在面前。

"妈妈的！长官们升官发财，拿我们死！"大家都这样的想着。

突然有一个人叫了出来：

"弟兄们！咱们要饷去！饷不发，不要营长走！"

"对，要饷去！老子还要问他要指头！"夏得海们也叫着。

大家都在乱七八糟的说着。挂刺刀声，拿枪声，更显得混乱。

连长在房间里，知道今天有点不大对头，不敢出来骂了。

隔一会儿，又集合了。

不准带枪去。

他们走到棚子门口站着，排成一列。都在期待着，期待着。

远远地，马串铃响着来了，接着便看见勤务兵押着驮子出去；接着是营副书记长们和两个蛮太太骑着马走来，也跟着驮子屁股去了。接着又看见一排武装兵，接着是营长，跟着来送行的是参谋长，和几个旅部的官佐。

"挡着他！"谁在列子里叫一声。

列子骚动起来。

连长的脸色变了，接着便叫：

"敬礼！"

但是没有人理他，都围着营长走来。喊道：

"营长，拿我们的饷来。"

"没有饷，不能走。"

参谋长叫起来了：

"这成甚么！反了！反了！吴排长！把为头的两个反动分子捉着！这还了得！李连长！把队伍带回去！不走，就跟我开枪！"

夏得海立正说道：

"报告参谋长！我们的饷！"

"你是为头的是不是？吴排长！拿着他！"参谋长说着，手指挥着。

那一排武装兵持着枪走来，夏得海同王冈就被捉去了。大家都愤恨，怒火要把人烧死。但是自己是徒手没有办法，终于被一排人的枪口监视着排成队伍，被李连长带回来了。

在解散的时候，大家都在骂：

"狗鸡巴的东西为甚么忘记用刺刀！"

"为甚么不用刺刀呀！怕他鸡巴的枪！"

大家都在摩拳擦掌的跳着，叫着。都在失悔，都在骂。

有两个弟兄是被捉去了，他们知道要求是不中用的。大家都在等待着，等待着；然而也明知道不见有好的兆头。

天色阴沉沉的，雪又落起来了。

大家在大殿上一堆一堆的挤着，想不出办法；只你望我，我望你地，好像都在等别人想条好计。

突然一阵反的号音，很凄惨地经过庙门。

"枪毙人！"有人这样一叫，大家都惊慌起来，向着营门走去。

心都在跳，不是怕；是一种说不出来的紧张。眼睛都像火焰在烧。

有两班人的武装兵在门外走着。雪落在那四个反绑着手的赤膊身上。

"有两个是逃兵！"

"糟糕！夏得海也绑在一起！"

"他们有甚么罪呀！"

大家都愤怒得要疯狂了。都想跳出去，把夏得海同王冈夺回来，都在等谁先跳出去。大家的心都是都是散乱的，谁也没有先跳出去。

"只说逃出了鬼门关；谁知进关来还是送死！"大家都好像这样的想着，都好像明白了自己是甚么人，"不错，自己的生命不如一只鸡！"

突然旅长雄赳赳气昂昂地走了来，后面跟着四个背盒子炮的白白净净的弁兵。巧得很，李连长这时也从后面走了出来。兵士们让出一条路。旅长刚跨进庙门，李连长便大声地喊：

"敬礼！"

不知怎么，大家都不知不觉的把手举在额上。

旅长的脸色很难看，嘴唇动了两下，似乎想骂谁。最后他叫李连长马上集合训话。

都知道，这是来解决甚么事的。都好像忘了疲倦，振作着精神。

列在大天井中排好。雪落在颈脖上都忘了冷。许多心都紧张地连成个僵硬的一条，像一条地雷的导火线，在等待着谁来点火。

连长同弁兵们站在旅长的背后。

旅长很愤怒似的，站在飘飘的雪下面，恶狠狠地望着。眼睛在不住地转动，口里在骂：

"你们是天兵！你们出过关，就了不得！军人！懂不懂，黑暗专制，无理服从！你们公然侮辱长官，聚众要挟！你们丧完了军人的德！"

大家的心都在起伏着，波动着。眼睛像火在烧，不动地望着。

旅长又说了：

"军人！哪里是军人！是土匪！我们革命军，……"

"革我们的命！"排尾不知是谁在轻轻地说。

旅长望着排尾吼道：

"哪个在讲话！哪个在讲话！哼！了得！李连长！把他拖出来！"

大家的头都在动，看见拖出来的是尖屁股伍桂。大家的心更加紧张起来。

"李连长！枪毙他！"旅长坚决地说。

"枪毙？"谁又在列子当中叫了起来。

大家都忘记一切了，明白的认识了站在面前的敌人。都像狂兽般的拔出自己的刺刀，扑上前去。

旅长同连长见势头不对，惊得向外逃走。

那四个白白净净的弁兵，也慌得取出盒子炮，向着这狂兽般的兵士扫射来，在前面的倒了几个。但是离得太近，许多刺刀明晃晃已扑到身边。只听见格轧格轧的肉搏声，四个弁兵已刺死在地上。

旅长和连长逃不多远，便看见门口的两个卫兵持着枪跑了进来，他两个向后便走，却被追来的许多刺刀乱砍下去。士兵们喊了：

"弟兄们！咱们快走！"

一下蜂拥地上了大殿，各人拿着自己的枪，便无秩序地向东关外跑去。足像长了翅膀，好像在飞。

雪落得更大了，在许多头上乱飞；他们并不觉得冷。

现在才觉得腿子是真的属于自己的，都想飞，都想挤上前去。在雪山上的辛苦，十几天的疲倦，都完全忘记了。都觉得太痛快，太自由，笑着，叫着，讲着，许多口沫在许多干瘪的嘴唇上飞溅。

一九三二七月

选自周文：《周文短篇小说集》第 1 集，开明书店，1940 年

一天几顿

当我刚刚失业，开始被穷困的鞭子抽得瘟头瘟脑六面碰壁的时候，那一股子梗梗在喉的怨气呀，无论一见着可不可与言的朋友，总是想一口气就把它吐了出来：

"穷呀，苦呀，呵呀呵呀，不得了呀!"

这自然并不一定是想提醒对方解下钱袋来帮忙帮忙，但希望得着一声同情的安慰倒是真的。

但是当这一串带着苦笑的话声，一在对面那偏着头假装没有听清楚而张开着迟疑嘴巴的脸皮上飘了一下，依然不添不减地回到自己耳朵里来的时候，那声音，在自己那一顿的心尖上便感觉到只是一种无毒的嘲讽。

后来，穷怕了，自然而然地就会让自己的头发蓬松，脸色灰白，闭紧嘴唇，坐在空得可以见底的米柜上，右腿笔挺地架上左腿，翘着脚尖，眼珠则挺直地翻上，盯住那挂满流苏似的蛛网的屋角。如果朋友问：

"近来生活怎样?"

有时不答，只把朋友的眼睛外心外意地看一看便望到窗外的墙壁去。如果似乎觉得被逼不过，便漫然地答道：

"马马虎虎。"

苍白的嘴唇自然而然地就又紧紧合上，像铁腭似的。右腿依然笔挺地架到左腿上，对着朋友的脸孔翘着自己的脚尖。如果觉得这么面对面地空气太僵了，便让撑在下面的左腿"打摆子"似的抖动几下，架在上面右腿的脚尖便这么跟着悬空地摇上几个半圆。要不然，就索性躺到床上去。

于是我那些渐渐剩下来仅有的几个朋友，都曾经那么地把帽子一抓便冲着走出门，不再来了，并且向着另一些朋友说：

"老李这人，神经病！"

自然这就是冲着一走而不再来的理由，我想当他们说出这句话来，使得他面前的朋友也点头冷笑的时候，他们一定感到满足地哈哈哈。

神经就神经，不来拉倒。这些朋友的影子让他们跌出我们的脑子圈外罢，我一个人倒可以清静地对着这窗上透进来的灰白晨光，坐下来看一点书。

"又买又买，眼见这两天公司就要关门，生意一息，吃的都会没有了，还买还买！"突然一个男子的粗暴声音从隔壁前楼刺空地叫了起来。

"你又向我吵甚么？"是一个女人的声音，也是那么尖锐地，"不买就拉倒！"

接着就听见一只踏着楼板很重的脚步声橐橐橐地走，接着是一声很重的关门——砰，那屋角的蛛网都惊得抖一下，无声地落在我的床上。那踏着很重脚步的声音经过我的门外便下楼去了。同时，前楼的床上也发出扑的一声，好像一个沉重的包裹抛了上似的。

"哼，今年这年关简直要使许多人发狂！"我想。

我走到床面前咒骂一声，把枕头上的蛛网拂去的时候，甚么"清静地看一点书"的念头又被刚才的吼声赶得无影无踪了。而且觉得全身冷得发颤，脚趾简直像冰块样硬。想烧点火，煤球已没有了。我于是便站在房中心来做一下柔软体操。可是两手平平地一字伸直起来的时候，左边的手指就碰着了柜子，右边的手指又碰着了床的木柱。两手笔立地伸直上去，却又打着电灯的白瓷篷，那电灯泡就在我的头顶上荡一个圆圈。于是我便只好改成蹀方步了。可是走去五步就被炭风炉挡了驾，走回五步却又被一口箱子逼住了。

"唉唉！"我叫着，气愤地向床脚踢出一脚去，但马上我就蹲下抱住我这像刀割一般痛的脚趾。

"嘻嘻！"对着我左手边的一条门缝忽然发出一个笑声。但我掉头一看，却又没有了。一会儿再看，那门缝就停住一个矮矮的影子，比我靠门边的那一张枱子仅仅高出半个头。从那不到一寸阔的门缝中，现出一个小小的黑鼻子和一只灼灼闪光的人眼睛——我想，这一定又是那孩子。

记得我从前才搬来，正当着要失业了的那些日子，每当那冰冷而灰白的晨光使满街堂人们都还恋着热被窝的时候，我走出房门，总看见这靠门的巷口，一个矮小的人物儿，脸蛋黑红的，弯着发抖的身体在一个炉子面前摇着扇子，蓝灰色的烟雾被扇得满梯子满巷子都缭绕起来。烟得我非流出眼泪不可。他那身黑而破的不合身的夹衣，形成一个耸肩缩背的样子，看来就像一条伏在地上的小猪。我有时疲倦地苍白着脸子走回来，总又看见这一个孩子，手上抱着一个比他短不到一半穿着红绸旗袍的白胖女孩，而且就站在我的门口，灼灼地闪着眼光。立刻，不知怎么我便不费力地断定：这一定我这邻居前楼用的小童仆。当时，很讨厌他给我烟气受，我就一眼也不看地对着他的鼻尖便把门关上，躺到床上去。前天刮大风，我发抖了。就下一个决心把剩下仅有的一点煤球烧起来，但是我在楼梯边烧了很多旧报纸还不燃，那黑孩却站在旁边笑，看来好像是嘲讽我对于此道没有他精通。

"先烧点木炭就好了。"他提醒着我。

我瞟他一眼，仍然拿着一本破书扇着炉子，蓝灰色的烟雾一团一团的扑上脸来，眼眶马上就涌着泪水，正在这时候，他却用他那两只生满冻疮裂开条条紫血的手，捧住尖溜溜的一大堆木炭到我炉边来了。

"先烧这个。"他蹲下来说。

我伸着一只手在炉边一拦，同时想道：你乱拿你主人家这许多木炭送人，不怕挨打么？可是我还没有说出来的时候，前楼的门突然呀的一声开了，马上就现出一个女人的白脸。我想：如果我拒绝了他的这好意，那么他的女主人一定会看见的。我便不声地看着木炭放进炉里，他也就在屁股边的衣服上擦擦手，阴影似的躲开了。

这些往事在我的脑中一闪的时候，我便不禁站起来去拉门，一开，他那身黑而破的衣服马上就出现在我的眼前了，手上依然抱住那一个穿红绸棉棉旗袍的白胖女孩，那女孩呀呀地在他的怀中叫着，一只穿着黑皮鞋的小脚就在那黑孩的围腰布上踢动。我清楚地看见那围腰是蓝土布做的，那中间的一大片已经变成黑色，闪着一种油腻的光，并且连着两小片模糊的白灰，形成一种奇怪的花纹；至于齐脚边的布则已经破成许多眼和缺口，好像被蚕子吃过的桑叶一样了。那女孩正伸着一只手去扯黑孩头上戴的破皮帽，把他那遮着额上的一块毛皮扯翻转来，一只手拍着他的黑鼻子。于是我就看见那一个冻红了鼻尖的黑鼻子下面，正爬下两条晶亮的东西，他鼻子一缩，那晶亮的东西就一抖地退回洞口，但马上又爬下来，爬过人中就在上唇边吊着，摇摇地就要钻进口里去。他这回是伸手上来了，用那穿着短而脏的袖子的黑手背横横一掠，那晶亮的东西便都一齐失掉。他把手伸到屁股旁边的衣上一揩，我又看见那儿原来也有一大片亮晶晶的油腻。

他把女孩放下地站在他的两脚面前了。眼光灼灼地避开我的眼睛就盯住窗下枪子上书旁边的一个五寸长雪亮的口琴。那口琴的两排方孔正向着外面，他眼珠不转地盯着它，舌尖便在嘴唇边一舐一舐地。接着他就两手抓住女孩的腰带，两脚的膝关节向前一弯一弯地推动女孩的脚，身体左摇右摆地向前倾起来了。女孩似乎不愿意进来，却把那穿着皮鞋的一双小脚退后去踏着他那一双赤脚穿着布鞋的脚，于是我又看见那布鞋尖已经破了一个小洞，一个冻红的脚趾正在那儿纳凉。他终于一摇一摆地把女孩的脚摇进来了。女孩呀呀地摇着双手就向床边走去，但他轻轻把她一拉，女孩就掉转方向走到我的身边，而他也就跟着在我的身边站住了。一站住，他又盯住那口琴，并且把头伸过去，偏着、扭着颈子，向口琴的方孔看看，又把头偏过旁边，又看看那口琴的漆黑闪光的方头，看着看着，嘴角边便闪出一种梦似的微笑。终于他从我的腰部抬起脸来了，向我瞥一下眼光便向着枪上伸出一根畏缩的指头，愣了几秒钟，才喃喃地说道：

"我晓得这东西是吹的。"说完，指头颤一下，便赶快缩回去，同时勉强地露出一排黑牙齿微笑，但那笑纹马上却又变成一种僵硬的痕迹，一颤一颤地在他的嘴角边好久才消逝。

"你怎么知道是吹的?"我偏着头微笑地问他。

"从前爸爸给我买过。"他摇摆着女孩悄声说，脸上显出一种活气，好像从这一个口琴看出了他过去的黄金时代似的，那一个冻红的脚趾也在他那只鞋尖的洞口忸怩地翘动两下。

"你的爸爸在哪里?"我蹲下地对着他的脸孔问。

他好像害羞地低下头了，上眼皮向我一翻一翻地闪着眼光，答道：

"我爸爸在公司里。"

"在公司里做甚么?"

"做先生。"

他见我这么问他，他的脸又慢慢地抬起来，正对着我的脸，充满着一种很感兴趣的眼色。

"你家住在哪里？"

他微笑地伸一根指头就指着前楼：

"就这里。"他说。同时深深地看我一眼；他忽然从眉梢起转成一种忧虑的脸色，在我的耳边悄悄说道：

"她是我的后娘，她很凶呢！"

那女孩叫着要出去，平平伸直着两手就转弯。黑孩立刻皱着眉，紧紧拉住，要使她依然回转身。那女孩子却呀呀地叫起来了。他于是轻轻地拍着她的肩头说道：

"小妹妹，乖，不要叫。"

桌上还剩有几颗花生米，我就站起来分给他们。那女孩马上停止了叫，接过去便塞住她的小嘴。

"你的娘呢？"我又好奇地问。

"逃了！"他一面答着，一面把花生米接过，去装进他的衣服里面那围腰带束住的胸部。

"你不吃么？"

"不，我要留住慢慢吃。"他笑着，避开我的眼光又盯着桌上的口琴了，舌尖又在嘴唇边一舐一舐地。

"你吹么？"他又伸着一根颤颤的指头说。

"吹。"

口琴在我的嘴上颤动出抑扬的声音，他那黑红的脸颊便浮出两个小酒窝快活地微笑了，溜动的眼珠黑白分明地闪着一种天真的光。那女孩也在他的胸前仰起头来呀呀地笑，叫。

门边一响，忽然现出一个白胖的小面孔，那头和靠门边的那张枱子一样高。一双眼珠灵活地闪灼着。嘴角边也充满着快活的微笑。当他看见黑孩在我面前时，他便一跳地抖动着脸庞的肥肉进来了。头偏着，靠近黑孩的肩头紧盯住我捧在嘴上的口琴。看样子，大约五岁的光景。头上戴一顶红中夹白条的尖顶绒线帽，穿一身朱红的厚绒线紧身和裤子，脚上是一双尖子已经踢模糊了的黑漆皮鞋。他笑嘻嘻地瞅一下便把黑孩向旁边一推凑近我的面前就伸着一双小白手来要我的口琴：

"给我玩，给我玩。喂，给我玩。"

那黑孩急得头只是转动，皱着两道浓黑的眉头。

"小弟弟，那是人家的。"他推着那小孩的肩头说。

小孩脚一飘地，几乎跌在地上，他站稳过来时，便向黑孩的脸上曲着五指抓一把：

"妈妈，你推我！"他瞪着眼珠说。

黑孩儿躲开脸，只是哧哧笑一下，露出一排黄牙齿，但他忽然听见甚么声音，脸上变成吃惊的样子，眉毛一扬，便急急地抱着女孩，一翻身去了。那小孩也一跳一跳地跟着他跑去。

一会儿，就听见前楼那女人尖厉的骂声：

"你跑到别人家去做甚么？你这死鬼？"

"不，是小妹妹要去。"

"为甚么不泡水来！成天只晓得贪着去玩！你看地也不扫干净！痰盂也还没有倒！打死你！"

"妈妈，阿根推小青！"是那穿红绒线衣的孩子的声音。

"你为甚么推他？你是不是想谋死他？"

同时就听见一个很清脆的耳光声——拍！

"赶快去把水泡来，回来再跟你说！"

我贴着板壁的一条缝望过去，就看见那房中站住一个两眼圆睁眉头倒竖的女人，头发蓬乱着，衣上许多皱折，拖着一双拖鞋。她左手正拿着一只热水瓶，右手伸出一根指头对着黑孩的鼻尖骂。

"铜板呢？"阿根直直地站着说。

"叫他给你。"女人指一下小青，马上就从阿根的手上把那女孩抱过去，嘴还在一扭一扭地说着：

"哼，你这死鬼！你的爸爸没有生意了，就要饿死你！你这狠心短命的死鬼！"

"弟弟，给我一个铜板。"阿根伸出一只手掌去。

小青把他手上的十几个铜板按在胸前抱得紧紧地，转身走到桌旁去。阿根跟着走，过去站在他的面前依然伸着一只手掌：

"弟弟，给我。"

"这是我的，不给。"

阿根苦着脸站了一下，又苦笑地说道：

"来，还是我装瞎子，你装太太，你就给我一个铜板好不好？"

于是他便摇动着手掌，曲着腰，学着乞丐的声音唱起来了：

"太太，做做好事，把一个铜板给我。"

小青依然紧紧抱着胸前的铜板，顿着一只脚说道：

"不给。"

"哎呀，小青，赏一个铜板给他！"女人厉声地叫着。

小青便拈出一个铜板来，但他一下又收回去，噘着嘴，指着地下笑道：

"还有汪汪。"

阿根向他背后那女人悄悄看一眼，便叹一口气，弯身，两手爬下去，两脚跪在地板上，翘起头来：

"汪！汪汪！"

他的手里面便有了一个铜板，皱着眉，提住一把壶走出去了。当下梯子的时候，我听见那铁壶在梯子边缘撞得訇訇地，一连串响了下去，最后是落在地下砰的一声。

到了他第二次捧着一个白瓷痰盂出去了一会儿的时候，我也拿着一个热水瓶去泡水。在泡水馆的门外正围着一大圈大人和孩子，圈子当中发出当当的锣声，一个黄毛胡子戴着一个黑胡子的面具就在那当中跳动。我站在泡水馆的门口，向着那圈子的人们的笑脸望半圈，立刻就发现在一个歪戴打鸟帽的大孩子旁边，就站着那张着嘴巴的阿根。他的眉头已不再皱了，满脸闪着快活的笑，忘去了一切似的，眼珠不动地盯着猴子。那戴打鸟帽的大孩子挤他一肩，他望他一望，便也把手拐子曲成一个三角形挺出去撑住，仍然紧盯着猴子。一会儿，猴子牵走了，圈子也散了，我拿着热水瓶出来，就看见他一个人孤零零地立在那儿，两手抱着光光的头呆着了。但他立刻惊慌地向着那一群人追出去，在街堂口站一站，终于又皱着眉头眼眶闪着泪光走回来了。

"你做甚么呀？"我拍着他的肩头问他。

他看了我一眼，叹一口气说道：

"我的皮帽子没有了！"

我想，这回他一定又要挨打了。果然，当他抱着痰盂走进前楼去了一会儿，就听见那女人发出一种严厉的声音：

"你的帽子呢？"

我贴到那壁缝望过去，就看见阿根耸着肩，隔住一个方凳站在那女人的面前。小青一手抓住她母亲的旗袍角，眼珠骨碌地把阿根盯住。阿根有点发抖，五指抓着五指在胸前扯着，脸一躲一躲地，两脚就在向背后桌子与墙壁的角落之间一点一点地移动。

"我在门口倒痰盂的时候……"他嚅嗫地说。

"你的手指痒了，站都没有站样！"女人厉声地，眼白翻了一下。

阿根马上一抖地就立正，两手直直地垂下。

"倒痰盂的时候，"他的脸仍然向后一躲一躲地，"有一个人从我的背后抓着我的帽子。我一看，那人已经跑出街堂去了。"他的脸又向后躲一下。可是一只大手掌马上就追着劈过去了——拍！声音清脆极了。阿根仅仅随着脸上的痉挛把眼睛闭一下又睁开，牙齿咬一下嘴唇又紧闭住，伸起一只手掌来抚摸着自己涨红的脸颊。第二下又是一个清脆的耳光。阿根的脸又躲一下，但那只手掌还是很正确地拍在脸上的。

“你这败家子！你晓得那皮帽子要值多少钱呵！饭把你胀死了！你这死鬼？你看你这倒霉样子，怎不叫人生气哟！你妈生了你这样的好种！”

接着手掌又在黑脸上劈一下。

阿根仍然痉挛着脸，紧闭住嘴唇，一手抚摸着脸颊。

“把地再扫一下，等你爸爸回来，再叫他收拾你！”

小青的脸呆着，这时忽然从他母亲的腿边抬起脸来了，抓住他母亲的旗袍角说道：

“妈妈，不爱阿根，妈妈爱小青。”

女人愣着眼睛噘着嘴站了一下，便把小青抱起来放在床沿上，空出地板来让摸着脸的阿根挥动着扫帚。

“妈妈，洋娃娃，给小青。”

小青指着离扫帚三尺远的屋角地上躺着的一个肉红色的有着一对大黑眼珠的树胶娃娃。那女人没有动，只是把眼睛瞪着阿根的光头。小青便在床沿踢着双脚叫了，声音尖锐地刺人耳朵，女人便跑去拾起来了，那一双小黑手抓着的扫帚马上就在那儿扫动。

我到街上去吃午饭的时候，脑子里面总是粘着阿根那黑脸的影子，想起他早上对于几颗花生米那样宝贵的情形来，我便不由的在一家店里买了五个铜板的花生米。回来的时候，听见前楼的碗筷在响，我想阿根一定在和他的父母弟妹们一块儿吃午饭了。但马上就又听见一个男人的粗暴声刺空地叫了起来。我一望过去，抢先进我眼里的是阿根，他正双手捧着一小碗白饭站在桌角边送到小青的小手里，马上就退后几步，在一个白铁饭锅的面前垂手站住。靠窗坐的那个穿棉袄的男子，正用他右手捏着的筷子托托托地戳着左手拿着的碗心，颧骨凸出的瘦脸怒瞪着一对眼珠，几粒白饭停在不动的一排牙齿外边。两颊都凸涨起来。他对面坐的女人也把筷子一搁，拖着那最小的一个女孩站起了，口里也尖声地吼道：

"你今天为甚么尽这样？你？你为甚么尽拿气给我受？"

小青包着一口饭，也缩着眼光愣住了，右手捏着的筷子也停在桌边不动。

那男人见女的走到床边去，便把筷子提得高高的向桌上一摔，筷子在一个菜碗旁边一跳，敲得当的一声，便箭一般地射到楼板上的饭锅面前了。阿根头一侧，身体更加站得笔挺。空气立刻静得像死一般地沉寂。

"死了也好，死了也好。"好一会儿才从床上发出那女人呜咽的声音。

那男人满脸怒气地还在瞪着他对面空了的位子，好像他刚刚才开手，而敌人却已悄悄地退却，使他感到一种扑空的悲哀似的。他的嘴唇颤了两颤，便把眼珠瞪到阿根的脸上来了，阿根马上就耸着肩抖了一下。

"你看着干甚么！呸！"一种粗厉的吼声和着几十粒饭颗就射了出来，阿根的鼻尖和两颊马上就长起许多白色的凸麻子。"你疯啦！你傻啦！不晓得拾起来！"

一只五指叉开的手掌就向着白麻子的黑红脸颊飞似的劈了下去——拍！又是一个清脆的声音。那手掌收回去的时候，黑脸上的麻子没有了，但左颊上却换成五根白色的指印，慢慢地，慢慢地，才恢复了黑红。当手掌飞去的时候，阿根被击得退后一步，但立刻仍然笔直地站住，皱着两道眉头，眼睛闪着泪光，伸起一支手来摸抚一下脸颊，便弯腰去拾筷子。

我的眼睛几乎热昏了，转过身来盯着桌上的书本出神了好久。但一会儿，我就发现那书本旁边的口琴失踪了。抽屉里面，桌子下面，枕头下面，都给我找遍，还是没有。奇怪，甚么人拿去了？我记起我出去吃饭的时候没有关门时，便断定这一定是那个小青来拿去的。等到阿根在巷口站在一个磁盆面前，拿着一张毛巾擦着最后的一个碗的时候，我便悄悄地站在门口。立刻就见他从盆子里面又提出一双水淋淋的乌木筷子来了。那筷子一头是光的，一头则是纽丝似的花纹。我才打算要喊他，却见他把那两支筷子一齐并着，咬住牙就一扭，但筷子仅仅弓似的弯一下。他于是放下一支来，切嚓一声，一支筷子已在他的手上扭成两段，接着那放下的一支就拿起来了，又是切嚓一声。

"喂。"我轻声地喊道。

他全身抖了一下，掉过头来，脸色变成灰白，但他立刻又回过头去，拿着那四支断了的毛头筷子飞似的连连地回着头跑下楼梯去了。

当他空着手回来，把那些洗干净了的碗和筷子捧进前楼去的时候，我就听见那女人严厉的吼声：

"滚出去！我要睡觉！"

我想也许又要打了，还想再看看。那小青正站在他小妹妹躺着的白藤摇篮边，抱着那肉红色的洋娃娃脸亲着脸。那女人在床边抓起一些衣服来，怒声地劈手向着椅上抛，一翻身就躺上床去。阿根把碗筷放下，就轻轻拉好门走出来了。我在门边挡住他，他一愣地站住，看我一眼便畏缩地把头掉开去，我才要拉他的时候，他已经一闪地溜过去了。他走出巷口时，又不断地回着头，眼睛充满了惶急的神气，好像怕谁在背后追着他似的。

我想，不来就算了，还是索性睡睡午觉吧。四面很清静，窗外太阳的黄光，也似乎很疲倦地不动了。就只有前楼那小青摩擦着洋娃娃声和快活的笑声。但一会儿，另一个声音就把我的耳朵吸引着：在楼梯边一种单调的慢条斯理的脚步声踏过去，又踏过来，踏过来，又踏过去，很像一种老头子的步法，一声声地踏在我的心上。那声音，像是在一种四望无涯，荒凉的沙漠上独自迈进的脚步。我便爬起来，站到桌子前了。从那透着一线刺人眼睛的冷风的门缝望出去，原来还是那一个阿根。他两手放在背后，五指扣着五指，脚踏得极慢，而且极轻，好像怕把蚂蚁赶跑似的，一只脚出去，踏稳了，再出另一只脚，五六步光景便踱到亭子间那紧闭着的门口。站一站，又踱了回来，五六步，又踱到巷口的前面了。眼睛深思地盯着远处，黑红的脸静得如皮革一般。看样子，简直像一个正在构思时候的诗人风度。这时，他又踱过去了，一下捏起一个小拳头，鼻孔哼的一声，拳头便向空中打出去。似乎这一拳，就打着了甚么似的，嘴角边闪着微笑。但他忽然站住了。好像发现了甚么，仰起头来，一根从屋上漏下来的黄色水晶柱似的东西就斜斜地立在他的一只眼睛上，那眼眶，立刻便盖上一个圆形的黄玻璃镜似的光辉大眼珠挺直地睁着，好像在研究那根光柱的上下究竟有多少万万万的灰尘在那儿翻腾。几分钟后，他把眼睛闭着，掉开了。等到再睁开眼睛，他便不动地盯着他对面远远的墙壁，盯着盯着，把头就慢慢地望上去，慢慢地，他的头又望下来了，眼睛不转地都一直盯着对面，好像发现了甚么宝贝似的，嘴笑着，脸庞光彩地现着一种快活的神气，他的头慢慢地又望上去。

"嘻嘻！"他出声地笑了一下。

这孩子恐怕要疯了。我便跑出去拍着他的肩头问他看甚么，他不看我，只是微笑地指着对面的墙壁说道：

"喏，那一块黑的，圆的，在飞。"

见鬼，对面墙壁完全是一片粉白。

"喏，飞上去了。"他一面说，一面又慢慢地抬起头来。

我就跑到刚才他研究过的那一根光柱那儿去对着一看，那火红的太阳射出一把针似的光辉马上就刺痛我的眼睛，头掉开，我的眼睛对面的墙壁上也就现着碗口那么大的一个圆的黑影，除了黑影之外，甚么也看不见，眼睛稍微一动，那黑影便球似的很快飞上去。

弄得我的头有些昏眩起来，不得不把眼睛闭了好久。我便向他说，以后不要再这样，会把眼睛弄瞎了，真的变成街上讨饭瞎子的。

"喏，又飞下去了。"他的嘴角边依然闪着快活的微笑。

我拉他到房间去，他还缩着肩头退一下，但我终于把他拉进来了，并且把花生米递给他。但他忽然闪着迟疑的眼光看着我了，手指只在屁股旁边一动一动地，最后他的眼球溜动地闪一下，看一看纸包才悄悄地说道：

"你逗我的。"说完，他就把身体转动一下。

当我把花生米放在桌上，弯身下去拾一本书的时候，就听见他偷偷地捏一捏那纸包的声音，我把书拾起来，从眼角就发现他的一只手很快地离开桌子缩回去。我便拿起花生米来微笑地向他说：

"你看，真的是花生米。"我把纸包拉开，指着那一大堆的花生米，并且把那些脱落了的黄皮子吹散到地下去。

"你逗我的。"他又把身体扭动一下，伸一根指头搁在嘴唇边，眼睛闪着斜视的光。其实我很清楚地听见他的口水在喉管吞得"咕儿"的一声。

我便把花生米重复包好，立刻塞进他的衣服里面。当我从他的胸部抽出手来的时候，他便快活地笑起来了。露着黄牙齿说道：

"谢谢你，"而且问我，"你要泡水吗？我去帮你泡。"

"不，不泡水。"

停一会，我向他说：

"你弟弟把我的口琴拿去了。"

他马上全脸涨红起来，红得像血泡样，连眼白都红了。他避开我的眼光就掉开去。

"我不晓得。"他轻轻地说。声音有点发颤。

但立刻前楼忽然发出一阵口琴的声音。来了，他的脸马上又由红变成灰白，肩头微颤着，脚就在暗暗向后退。口琴又乱叫起来了，同时，前楼那女人就拍着床发出一种不耐烦的声音：

"哎呀，不要吵！小青！"

但停一下，又是严厉的一声：

"你在甚么地方拿来的口琴！你？"

"这里，枇子脚脚，妈妈。"

于是床一响，脚步就在楼板上响了。

"一定又是那死鬼偷了人家的东西！"

"呀！呀！妈妈，不给我！"

"胡说！"

阿根的脸发青，脱开我的手就溜出房门。当我跟着走到门边的时候，那女人已经拿着那口琴怒目地走出来，站在阿根的面前了。小青也叫嚷着跳着脚追了出来，一把就抓住他母亲的旗袍角伸着手要：

"呀，妈妈，呀，给我！"脚就在楼板上一顿一顿的。

阿根低着头，耸着肩，眼睛不转地盯着他自己鞋尖上一个洞口的冻红脚趾。

"哼，你又偷人家的东西！打死你都不改的！"

我看见那雪亮的五寸长的东西，确是我的口琴，我还没有说出话来的时候，就看见那女人随着吼声就向着阿根的左脸劈下一个耳光。

"你这偷儿吓！你这贼骨头吓！你甚么时候偷人家的，你还不快说！"

阿根皱着两道眉头，这回的眼眶是滚着泪水了。但他仍然用黄牙齿咬咬嘴唇依然又紧闭住。当那五根白色的指印在他的脸颊上一现的时候，他便又伸一只生满冻疮的手去抚摸，同时右边的脸颊一退退地向后躲闪着。但那女人又伸出两个指头了，这回是拈着阿根的一只耳朵。扁扁的耳朵顿时拉成圆形，向上一提，阿根那紧闭的嘴唇都随着向上牵歪起来了，腮巴子的肉耸上去，一只大眼睛便挤成一线缝。女人的手提着摇两摇，他的头也随着摇两摇，手挺直地一送，头便砰的一声撞到墙壁上，阿根的脸马上又皱成一团，但咬一下嘴唇依然又恢复原状。

"不，这是我送他的。"我很奇怪，为甚么到现在我才说出这句话来。

但那女人并不看我，只是从鼻孔哼出一声，嘴唇白了一下，脸色好像更加暗黑起来。愣了好一会儿，看着阿根的颈。这回她却捏起拳头来了，阿根向旁躲一下，立刻就舐舐嘴唇，把肩头缩紧，其时，小青还在旁边嚷，伸手去拖他母亲手上的口琴，当他刚刚拖下来的时候，他母亲的拳头便向阿根的脊梁捶下去了。阿根向前挺一下，但背上已发出来一种单调的咚的声音，随着拳头凹进去的衣服腾起来一阵黄色的灰尘。接着又是第二下。究竟这一拳捶下去，是否又腾起一阵灰尘，我已没有看见，因为我早就一翻身跨出门槛了，但那脊梁上单调的咚的一声我仍然清楚地听见。

"你这死鬼呵！你这杀千刀的！"

咚咚！

"你成天价自己的财门不站，要站到人家的门口呵！"

咚咚！

"你有本事要人家的东西，你就索性教人家养你去！"

咚咚咚！

我站在梯子半腰愣住了。这女人显然骂到我的身上来了。我的脚已经回上一级的楼梯，但那单调的咚咚声终于使我头脑昏昏地在街上走起来了。不，不知道是走还是在跑，周围的一切我一点都没有看见，脑子里面很久还响着那单调的咚咚咚的影响，和一张闪着泪光紧闭住嘴唇的黑脸。

选自 1935 年《申报月刊》第 4 卷第 5 期